KB181099

둘레길을 걷다

강 외 석

새미

이 도서의 국립중앙도서관 출판시도서목록(CIP)은 서지정보유통지원시스템 홈페이지(http://seoji.nl.go.kr)와 국가자료공동목록시스템(http://www.nl.go.kr/kolisnet)에서 이용하실 수 있습니다.
(CIP제어번호: CIP2014017288)

|책머리에|

*

갑오년 봄날은 간다. 내게는 꼭 시의 봄날에 겹치는, 이미 산모퉁이 몇 굽이 돌아갔을지 모르는 그런, 시의 봄날은 간다. 읽히지 않는 시의 시대에 대중없는 나는 팔리기는커녕 읽히는 것과도 무관한, 무료한 책 한 권을 또 낸다.

이 책의 Ⅰ부는 여러 편의 글을 텍스트로 하여 그 텍스트성을 따져서 읽고 쓴 글쓰기임에 반해, Ⅱ부는 시 한 편을 텍스트로 하여 가볍게 읽고 쓴 평이한 글쓰기이다. Ⅲ부는 Ⅰ, Ⅱ부의 시의 궤도를 벗어난 수필에 대한 글쓰기 또는 수필적인 글쓰기이다. 시에 대한 글쓰기를 주로 한 이 책의 주력은 그래서 Ⅰ, Ⅱ부에 있다. 이런 글쓰기는 어느 글쓰기이건 간에 읽는 이에게 불친절하다는 것인데, Ⅰ부의 불친절은 Ⅱ부의 그것을 단연 압도한다. 말하자면, 두 개의 텍스트–시인의 텍스트와 평론가의 메타 텍스트를 비교하거나 소급해서 읽어야 하는 곤욕을 치러야 하는데, 그 곤욕은 도저한 불친절이 아닐 수 없다. 그리고 하나 둘 시의 곁을 떠나고 있다. 그들을 다시 불러 모으는 길이 있을까. 추운 날 모닥불을 피워놓으면

한 명씩 모여들어선 빙 둘러서서 불을 쬐는 그런 풍경이 재연된다면 좋으련만. 그 풍경의 기획적 모색의 일환으로 II부의 글쓰기를 시도하긴 했는데, 글쎄, 그 바람이 적이 이루어질까.

*

문득 누군가의 글을 읽다가 그 글에서 표해 둔 데카르트의 말이 생각난다. "사람은 어느 한 가지를 깊이 이해하면 할수록 한 가지 말밖에 할 줄 모르게 된다." 그가 어떤 정황에서 남긴 말인지는 알 수 없지만, 내겐 뜨끔하면서 부러운 일이다. 내가 한 가지를 깊이 이해해서 한 가지 말밖에 할 줄 모르는 지경에 이른다면 오죽 좋겠는가. 하지만 슬프게도, 그 한 가지 말의 경지는 내게 너무 멀고 아득하다.

텍스트는 늘 침묵하고 있다. 그 침묵은 혼돈이다. 그 혼돈은 무질서한 질서이고, 질서의 치밀한 주도 아래에 있는 무질서이다. 그 침묵을 깨고 들어가 질서 속의 무질서와 무질서한 질서를 해독하는 일이 내 글쓰기에 주어진 과업이다. 그들의 침묵은 대체로 완강하다. 완강한 그들의 침묵이 두렵긴 하지만, 그 과업은 얼마나 행복한 고통이며 고통스러운 행복일까. 어둡고 좁은 갱도를 더듬어가는 고통 끝에 환히 열리는 눈부신 황금의 세계, 엘도라도El Dorado는 그 얼마나 놀랍고 황홀한 세계이겠는가. 텍스트는 그런 놀라움을 준다. 그 놀라움으로 해서 내 글쓰기는 당분간 더 지속될 것 같다.

*

연전에 놀라운 일이 있었다. 그 일은 내가 젊었던 시절, 시골의 어느 작은 학교에서 만났던 십대 후반의 그들이 졸업과 함께 내 앞에서 사라진 지 25년 만에 40대 중반의 중년이 되어 내 앞에 나타나 나를 놀라게 했던 일이다. 이 책의 출간은 그들에 대한 순도 높은 응징(?)을 여러모로 고민한 끝에 내린 결정에 따른 것이다. 이 책은 이러한 결정에 따른 것이므로 마땅히 그들에게 바친다.

甲午年 五月

강외석

|목 차|

■책머리에

I 부 _ 말의 풍경■

말의 풍경－강희근론 _ 13
책－읽기의 괴로움－김언희의 시 _ 28
노래가 되는 시－홍진기의 『거울』에서 _ 45
입안의 휘파람 소리－홍일표의 『매혹의 지도』 _ 58
마혼의 저녁들－김병호의 『밤새 이상(李箱)을 읽다』 _ 70
잘생긴 눈썹－맹문재의 『사과를 내밀다』 _ 86
아웃사이더의 세계 읽기－김남호의 『고래의 편두통』에서 _ 100
중보의 소리－공광규의 시 _ 113
입체적 모자이크－오덕순의 시 _ 122
구전에 점을 찍다－정원숙의 시 _ 132

II부 _ 둘레길을 걷다

유홍준의 「북천」 연작—둘레길을 걷다 _ 145
고영민의 「학수」 _ 157
고은의 「내려갈 때 보았네」 _ 164
김상미의 「제비꽃」 _ 169
김안의 「나의 용서」 _ 175
김이듬의 「나는 세상을 믿는다」 _ 182
김지하의 「花開」 _ 190
문성해의 「하문(下門)」 _ 196
박성준의 「분위기」 _ 202
박용래의 「겨울밤」 _ 208
박우담의 「구름 트렁크」 _ 213
송진권의 「그 저녁에 대하여」 _ 219
원구식의 「시감도」 _ 225
정푸른의 「흐르는 군중」 _ 232
채선의 「삐라」 _ 239
허만하의 「밀밭에서」 _ 245
황동규의 「탁족(濯足)」 _ 251

Ⅲ부 _ 자유인의 초상

「권태」의 배후－이상의 「倦怠」에서 _ 259

'觀', 만행(卍行)의 글쓰기－류준열의 『무명그림자』 세 번째에 부쳐 _ 277

도끼글의 가능성－윤지영의 수필 세계 _ 287

입사형(入社形)의 세계－고동주의 수필 세계 _ 302

자유인의 초상－천상병의 풍경 _ 318

◆ I 부

말의 풍경

말의 풍경
-강희근론

-시는 한 장르 이상이다. (고은)

시의 가장 깊은 내부에까지 내려가면 결국 시는 욕망이 된다. 프로이드의 욕망이론에 따르면, 욕망은 결핍과 충족의 모델을 근거로 한다. 욕망은 거의 이상적인 모델을 향해 나아간다는 세계관에 의거해 있다. 욕망을 읽으면 결핍된 세계의 인간이 나타난다. 딴은 욕망의 뿌리는 결핍이고 욕망은 곧 인식이다.

욕망은 으레 풍경으로 치환되어 그 속에 잠재하거나 숨는다. 풍경은 결핍을 앙상하게 드러낸 것이나 결핍을 충족한 것이거나, 그래서 풍경은 살풍경이거나 산풍경이거나 둘 중의 어느 하나이다. 그런데 풍경은 대체로 '나, 풍경이오' 하면서 자신을 그대로 노출시키는 법이 없다. '내 눈은 못 속인다. 네가 바로 풍경이구나. 이리 오너라'고 했을 때, 비로소 와서 풍경이 된다. 이때 풍경을 감지하는 시선의 주체가 관건인데, 풍경에 대해 전적으로 열려 있거나 깨어있어야 한다는 것이다. 풍경의 본질은 내면적이기 때문이다. 이 내면적인 풍경을 접하기 위해 그 풍경의 자리로 더듬어지는 곳을 자세히 읽어야 한다.

길은 나면서 가야 할 길이 된다
비록 내가 낸 길이 아니지만
누군가 길이라 이름 붙여주면 길은
내게로 와 나의 숙제가 된다

―「빛나는 아침」 1연

풍경과 만나는 전제는 의당 길이다. 길이 본래 낯설 듯 풍경 또한 낯설다. 낯설기 때문에 깨어있거나 열려있는 시선의 주체만이 그 풍경의 실재를 알아볼 것이다. 허만하의 어느 산문에서 읽었던 아름다운 구절 하나. <길이란 낯선 것을 만나 낯설지 않은 풍경으로 만들어가는 아름답고도 어려운 과정이다.> 낯선 풍경을 낯설지 않은 풍경으로 우리 안에 모시기 위해 우리는 길을 '제대로' 가야 한다. 그 '제대로' 가겠다는 집념의 표명이 '숙제'인데, '숙제'를 통해 시인은 길에 대한 강한 지향성을 드러낸다. 숙제이니까 길은 의지적 선택의 대상이 아닌 것. 당위와 의무로서의 숙제이니까, 길은 신탁과도 같은 것.

가장 최근에 나온 그의 시집 『새벽 통영』이 낸 길의 풍경을 따라 가다가 만난 독특한 풍경이 하나 있다. 「퇴계 종택을 지나며」의 풍경인데, 내게는 꼭 『새벽 통영』의 '종택 풍경'으로 다가온다.

잠들락 말락 누워 있지만
서른네 칸짜리
저 독가촌이 조선 팔도의 정신이다

재미있다 정신은 중앙집권이 없다

안동에서도 한참을 떨어져 나와
떨어져 나오는 것마저 감감 잊어버릴 만한
곳에

종택이다

시인은 퇴계의 종택인 '서른네 칸짜리/저 독가촌'을 '조선 팔도의 정신'으로 추앙하면서 '정신은 중앙집권이 없다'고 못을 박는다. 이 전언은 알심이 단단히 박힌 전언으로 보이는데, 천하의 퇴계 이황의 종택이 안동에서도 한참을 감감하게 떨어져 나온 곳에 있다는 것이다. 무슨 말인가. 조선 팔도의 정신을 쥐락펴락 움직였던 그의 종택이 시메 산골, 그것도 아주 감감한 두메에 있다는 게 아닌가. 정치, 사회, 경제 등 모든 분야의 중심이 중앙인 한양인데, 안동 땅에서도 감감 이수를 잊어버릴 만한 곳에 있는 두메의 정신이 중원을 장악하여 집권하고 있다는 것이 아닌가. 이렇게 말하는 시인의 켯속을 알아채지 못하면 이건 당달봉사에다 청맹과니일 것. 거창하게 지금 시대가 지방 분권의 시대이니 하면서 정치 잇속이나 따져 산가지[算木] 놓는 무리들의 그런 진정성 없는 공허한 소리에 더부살이 하는 소리가 아니다. 정신은 종파주의를 따르지 않는다는 것. 그의 지역시가 존재감을 확보하는 순간이다. 다시 말하지만, 지역은 지역 콤플렉스가 잔뜩 무의식으로 깔린 그것으로서의 지역이 아니라는 사실. 지역을 넘어서지 못할 바에야 지역을 사랑할 수밖에 없다는 식의 인지부조화의 이중 심리가 작동하는 지역이 아니라는 사실이다. 이 종택의 풍경에 잠재되어 있는 욕망은 정신의 부재에 대한 인식과 지역 가치의 발견이다. '통영'의 풍경 역시 이 욕망의 연장선상에 있다.

『새벽 통영』은 풍경의 다채로운 스펙트럼을 보여주고 있다. 통영에서 그는 초정, 청마, 춘수, 경리, (유)치진 등의 문인들과 윤이상, 전혁림 등의 예술인의 풍경을 만난다. 이는 현재 진주문단의 설창수, 이경순 등의 시인들의 문학과 삶의 풍경을 지紙와 지誌의 면을 통해 연재로 풀어내고 있는 근자의 행보와 서로 일치한다. 그를 움직이게 한 배후는 무엇일까. 그들이 시인의 욕망의 부름을 받은 것으로 짐작되는데, 그 알리바이를 제공하는 단서는 뜻밖에 마르셀 프루스트의 다음 구절에서 발견된다.

> 우리가 사랑하는 사람들 속에는 우리가 언제나 지각하고 있지는 않지만, 우리가 추구하는 어떤 꿈이 내재되어 있다.
>
> ―마르셀 프루스트의 『잃어버린 시간을 찾아서』

그의 시의 주요 공간이 되고 있는 '통영'은, 주요 공간이 되는 만큼 통영을 사랑한다는 것인데, 그 사랑은 통영의 고유한 특성들 때문이라기보다는 통영과 관련된 인물 때문이라고 볼 수 있다는 것이다. 그 인물들은 물론 그가 사랑하는 인물들이겠지만, 그가 사랑하는 진짜 심리적 이유는 우리가, 혹은 그가 추구하는 '어떤 꿈' 때문일 가능성이 크다는 것이다. 이 꿈이 욕망일 것이다. 거듭 말하지만, 욕망은 결핍으로 인해 생겨나서 결핍을 먹고 자란다. 이들의 등장은 꿈과 믿음이 사라지는 환멸의 현실로 인해 추구되는 '어떤 꿈' 때문일 가능성이 크다. 적어도 내게는 그렇게 보인다. 가령, 「이야기 하나」에서 그러한 기미가 포착된다. 그가 새로 나온 시집을 들고 시사 모시러 갔다가 '낭패'라고 여긴 이야기인데, 무슨 말인가 하면, 그가 생각할 때엔 그 시집들을 '진주 강씨 은렬공파 정도면 서로 가져 갈 것이라,' 여겼던 것. 그런데 이게 대단한 착각이었던 것이다. 시집을 서로 가져가려고 박 터지고, 피 나고 할 것이라고 생각했지만, 막상 현실은 그 생각을 보기 좋게 빗나간다. 문중의 몇몇 어른들만 가져가고 젊은 사람들은 그야말로 '꽉, 막힌 굴뚝'이었던 것이다. 그래서 그는 충격을 받곤 이렇게 말한다. '오, 대부 어른/낭패입니다, 유세차/굴뚝에 연기가 나지 않는 낭패에요/이래 가지고 문중의 불, 지필 수가 없습니다……' 시를 읽지 않는 세태에 대한 낭패를 드러낸 것이다. 시인으로서야 당연한 우려이겠지만, 시인의 편협된 시각, 혹은 시인이다 보니 지나치게 시 위주의 엄살을 피우는 게 아닌가 하는 의혹을 불러일으키는 발언이다. 그러나 고은의 말을 끌어오면 꼭 그렇지만은 않다. <시는 한 장르 이상이다.> 시는 한 장르에 그치는, 이른바 문학의 하위 장르가 아니라는 것인데, 아리스토텔레스의 『詩學』이 하위 장르로서의 '詩'에 대한 '學'이 아닌 것과 마찬가지라는 것이다. '한 장르 이상'이었던 시가 근대 이후에 와서 끝내 문학의 하위 장르로 스스로 편입된 것은 주지의 사실이다. 고은의 설명을 한마디 덧붙이면, <시세계는 한 정서적 형상화를 넘어 세계와 현실의 모든 상태들의 진실과의 통섭적 소통을 요청할 수 있어야 할 기제>이기 때문에 시는 한 장르 이상이라는 것이다. 그러니까 시는 문학 행위를 넘어서는 삶의 실재적, 실제적 표현 행위라는 것인데, 문학만의 문학을 넘어선, 말하자면 전술 문학을 포괄하는 행위라는 것이다. 그가 「이야기 하나」에서 우려한 것은 시의 그런 위의를 염두에 둔 발언이었으리라. 시를 읽지 않는다는 것은 단순히 한 장르인 시를 읽지 않는 행위가 아니라, 삶의 전체가 무너져내리는, 그래서 문중의 불길이 사위어가는 불길한 징후로 본 것이다. '통영'은 한 장르 이상인 시의 위의를 재연할 수 있는 잠재적 욕망의 공간으로 설정된 것으로 보인다.

통영에 오면
유난히 유년이 많이 돌아다닌다
남망산 밑 햇볕 곁으로 초정의 유년이
이름표 달고 지나간다

부둣가로 지나가면 싼판으로 드는 청마의
유년, 코흘리개 까까머리가 독 한 점 없이 말갛다

대교쯤 오면
민머리 자주 쓰다듬으며 비너스호 지나가는 것
바라보는
춘수의 유년이 눈썹에 걸린다

(…)

중앙통으로 흐르는 간선도로
신호등까지 깜박거리고 막히면 오장이
육부가 다 쇠한,
지팡이 짚는 늙은이로 보일 것이다

—「통영에 오면」 부분

통영은 한창 유년이다. 범상한 유년이 아니라, 초정, 청마, 춘수, 경리 등의 유년이다. 왜 이들의 유년인가. 하필 그들의 유년에 대한 욕망인가. 새로운 것에 대한 꿈과 믿음의 시기에 대한 욕망, 그 욕망의 창조적 특권에 대한 욕망이 유년의 욕망이 아닐까. 늙음은 이러한 꿈과 믿음의 상실, 결핍이 아닐 것인가. 그들의 유년이 아니라면 통영은 '오장육부가 다 쇠한,/지팡이 짚는 늙은이'로 보일 것이라는 극언은 장자풍의, 시인다운 호언이다. 이 호언이 곧 시적 진실이다. 이 진실은 현실의 구구한 진실 따위를 훨씬 넘은 그 위에, 또 그 위에 있다. 이런 그에게 있어 유년은 단순한 유년의 의미 이상이다. 가령, 「진주에는 눈이 내리지 않는다」에서, 그는 눈의 의미를 '유년'과 결부시켜 '순결의 대못'으로 읽어내는데, 진주에 눈이 내리지 않는 겨울 현상을 두고 유년의 부재로 비약하고 있다. 그에게 있어 유년의 부재는 순결과 순수의 결핍이고, 순수 세계에 대한 꿈과 믿음의 상실이기 때문이다. 시의 마지막 부분은 인상적으로 마무리되고 있다.

> 눈이 내리지 않는다
> 지금, 진주에는 떠돌이 사춘기 하나 없고
> 유년을 불러내는 소리꾼 하나 없다

'유년을 불러내는 소리꾼 하나 없'는 세계는 그에게 있어 끝없이 추락하는, 지리멸렬한 세계이다. 끝없이 추락하는, 지리멸렬한 세계이기에 눈은 내리지 않는 것이고, 눈이 내리지 않는 세계는 그래서 유년도, 사춘기도 없는 삭막하고 거친 세계이기만 하다. 그렇다면 그가 그토록 바라는 눈이 와서 쌓이는 유년은 어떤 세계상일까.

> 풍금에 오면 풍금이 있다
> 풍금이 주인이다
> 여기 풍금은 손으로 켜지 않고
> 추억으로 켠다
> 추억의 손은 낡거나 퇴물이 되는 법 없이
> 커튼을 열고
> 유년의 교실로 성큼 들어선다
> 내 추억의 손은 푸른 하늘 은하수
> 하얀 쪽배,
> 반달을 켠다
> 반달을 타고 우리 반에서 제일 예쁜 점이가
> 머리 나풀나풀 날리며 돌아오고
> 단 한 번 그랬던 것처럼
> 그는 고개를 내 어깨에 살풋이 기댄다
>
> —「무인 찻집 풍금」에서

풍금을 켜면, -그는 풍금을 손으로가 아니라 추억으로 켠다. 그 말은 추억이라는 욕망으로 켠다는 뜻일 터, 그 욕망은 '낡거나 퇴물이 되는 법 없'는 늘 신선하고 맑은 욕망이다. 풍금의 그 욕망의 풍경은, 추억으로 풍금을 켜면 유년의 교실이 성큼 나타나고, 추억의 손으로 푸른 하늘 은하수 하얀 쪽배, 의 반달을 켜면, 반달을 타고 우리 반에서 제일 예쁜 점이가 머리를 나풀나풀 날리며 돌아와 내 어깨에 고개를 살풋이 기대는 풍경이다. 구구한 해석 따윈 사양하는 풍경. 해석은 오히려 풍경을 해친다. 바로 이 풍경이 그가 그토록 내리길 바라는 눈의 풍경이 아닐까. 욕망의 풍경. 눈은 추억이 켜는 풍금의 세계를 담보하고 있고, 그 세계를 눈은 욕망하고 있다.

다소 의외의 '눈'도 있다. 「첫눈」에서의 '눈'은 '깨어있는 언어'이다. '이색 저색이 많은 세속에/이색 저색으로 섞이지 말고 살아라고' 내리는 눈이고, '이 소리 저 소리에 섞이어/아무 소리도 아닌 소리로 살지 말아라고' 내리는 '깨어있는 계율'이다. '~하지 말(아)라'는 로고스는 계몽의 담론인데, 우리가 알고 있는 그의 시는 체질상 계몽과는 접선이 안 된다. 이 '눈'은 초자아가 불러낸 욕망의 눈이다. 진주에 눈이 내리지 않는다며 망연자실, 낙담하는 파토스의 시인과는 아주 초간하다. 그래서인지, 「첫눈」의 '눈'은 뜨악하게 내리는 눈이다.

최근 그의 시 쓰기 방식은 신변의 일상 경험을 취하여 수필에 가까운 글쓰기를 하고 있는 점이다. 장르는 각기 강점이 있다. 그 강점을 취하여 글쓰기의 욕망을 제고한다. 그래서 장르는 구분이 아니라 통섭이다. 수필 쓰기는 일상 경험을 통해 진실을 발견해내는 강점이 있다. 신변 소재를 능란하게 다루기는 시보다는 수필이 안성맞춤이다. 수필 쓰기는 산문에 가깝다. 그는 산문으로 흐려지는 시성을 그만의 독특한 뚝심으로 지켜내고 있다. 이 뚝심은 '노래性' 혹은 운율 방식인데, 「마이웨이 찻집에서」를 통해 확인해 보자.

> 대낮이라 갈매기 오수에 들고
> 시나브로 여객선은 가까이 다가오고 다가오다가
> 뱃길을 내며 사라져간다
> 사람도 살면서, 살아내면서 길을 내는가
> 길 뒤에 포말이 프림처럼 뜨는데 뜨다가
> 다시 물결로 돌아가는데

그의 뚝심은 '다가오고 다가오다가', '살면서, 살아내면서', '뜨는데 뜨다가'의 반복 구절, '길'과 '가다'류의 낱말, '사람도 살면서, 살아내면서'의 두운 'ㅅ', '포말이 프림처럼'의 두운 'ㅍ', '다시~돌아가는데'의 두운 'ㄷ', '다가오다가', '내는가', '뜨다가'의 각운 '가'와 같은 운율 방식과, 낭송에 가까운 통사론적 구성, 혹은 끊일 듯 끊이지 않고 연면히 이어지는 문체 등이 전체적으로 조화롭게 어우러지는 운율 방식에서 나타난다. 아무튼 산문에 가까운 형식의 시에 시의 풍격을 불어넣어 시성을 유지시키는 그의 뚝심은 아주 인상적이다. 왜 '노래'를 버리지 못하는 것일까. 노래, 혹은 운율은 시에 대한 그의 뿌리 깊은 욕망의 드러냄이 아닐까. 전 문학의 위에서 그 문학들을 조율하고 아우르는 자리에 시가 있다는 것, 혹은 인간의 삶이 시작됨과 동시에 시작된 예술의 원초적 자리에 시가 있었다는 것, 요는 모든 예술의 뿌리는 시가 아닌가, 하는 자존적 욕망의 표현이 아닐까.

이제 그의 수필에 가까운 글쓰기를 살펴보자. 가장 먼저 눈에 포착되는 풍경은 관계의 인식과 소통의 풍경에 대한 것이다.

제주도에서 보내온

밀감 상자 속
밀감 서너 개 달린 가지 하나
잎 무성히 달고 빙그레 웃으며, 덤으로
얹혀 있다

—「택배」에서

시인의 뛰어난 감성이 유감없이 드러난 시. 감성은 범상한 데에서 범상치 않은 진실과 면모를 발견하는 내면의 엄청난 힘이다. 밀감 서너 개 달린 가지 하나가 '빙그레 웃으며'(!) 덤으로 얹혀 있는 풍경. '웃음'은 그의 예민한 감성이 포착한 것이다. 웃음이 포착된 것은 '덤'으로 얹혀 있기 때문인데, 보낸 이가 '덤'으로 보냈기에 그것은 보낸 이의 '웃음'이다. 중요한 것은 비록 보낸 이가 웃음을 덤으로 얹어 보냈지만 받은 이가 읽어내지 못했다면 이 '덤'과 '웃음'은 소용없는 일이 되고 말았을 것이라는 것. 받은 이가 그 덤의 코드를 해독했기 때문에 보낸 이의 택배는 성공한 케이스이다. '택배'를 통해 관계에 대한 인식과 소통의 문제에 대해 사유한 이 시는 수필 쓰기 방식을 빌린 시 쓰기의 성공적인 전례에 속한다.

비트겐슈타인의 말로 기억되는, "우리에게 가장 중요한 사물들의 면모는 그 단순성과 친숙함으로 인하여 숨겨져 있다(우리는 그것을 알아챌 수는 없다. 왜냐하면 그것은 언제나 우리 눈앞에 있기 때문이다)"는 의미심장한 전언이 있다. '덤'의 풍경 또한 그것의 소소하고 단순한 것으로 인해 괄목의 시선이 아니라면 좀체 발견되지 않았을 풍경이 아니던가. 삶의 진실이나 진실된 면모는 이렇게 늘 은폐되어 있다. 「천사의 구슬 앞에서」의 경우도 그러한데, 천사의 구슬이라 불리는 방울토마토 같은 열매를 두고, 그는 '천사는 남 줄 것 다 내주고/이렇게 작아서 하느님 곁에 있는 것일까 (…) 마음은 흙 밑으로 밑으로 파고 내려가/제 입에 지퍼를 채운 것일까', 라고 생각한다. '하느님'을 빙자한 메시지는 진실은 작고 미세한, 그러면서 범상해 보이는 것들 뒤에 숨어 있다는 것일 터인데, 노자의 '見小曰明'이 그렇지만, 작고 미세한 것의 의미를 발견해 내는 힘이 정녕 밝은 지혜가 아니겠는가. 허나, '제 입에 지퍼를 채'울 줄 모르는 세상은 늘 배반하고 반역한다.

삶에 대한 비평적 성찰의 사유도 수필 쓰기로 득의한 영역이다. 가령, 「해장국」에서, 아침에 해장국을 먹으러 갔다가 말과 일이 맞지 않는다는 것을 발견한다. 해장할 일도 없이 먹는 국밥이 무슨 해장국이냐는 데에 생각이 미치자, 말에 맞지 않는 일, 일에 맞지 않는 말이 많음을 인식함으로써 삶 전반에 대해 비평적 성찰의 사유를 하게 된다. 혹은 삶에 대한 풍자와 비평 또한 수필 쓰기의 매력이다.

> 나는 언제나 장내보다 장외場外가 좋다
> 실력은 장내와 장외가 뒤바뀌기도 하고
> 내용도 장내와 장외가 뒤섞이기도 하지만
> 마당극 같은 걸 보라 계급장 떼고 공연하는 것같이
> 신명이 기준이므로 자연스럽다
>
> ―「산청약초축제 품바각설이 야간공연」에서

'장내'에 만연한 허위가 폭로되고 있다. '계급장'은 허위의 표지이다. '완장' 같이 아주 웃기는 물건. 위계성이기 때문인데, '계급장' 앞에서는 실력도, 내용도 뒤죽박죽이 되어 뒤바뀌고 뒤섞인다. 실은 문학예술판에도 '계급장'이 우월한 권력이 되어 설친다는 사실은 기정사실이다. '계급장'이 신명을 억압하며 억압자가 되고 있으니, '계급장'에 대한 의심과 비평이 정해진 수순일 듯. '계급장'을 의심하지 않고서는 '신명이 기준이므로 자연스럽다'는 진술이 이어지기 어렵다. 신명은 '계급장'을 일거에 수거 · 해체해 버리고 공평성을 소환한다. 경칭도 존칭도 거추장스러울 따름. 오로지 신명 하나면 평교가 가능하다. '후딱/가슴이 열리는' 신명의 한 마당 질펀한 축제가 그의 욕망이 아니었을까.

> 이,리,오,너,라,같,이,놀,자,
> 인두 같은 뜨거운 불길 같은 판소리 한절이면
> 후딱
> 가슴이 열리는 계절이니라
>
> ―「꽃 읽기」에서

언젠가 계급장 떼고 '이,리,오,너,라,같,이,놀,자,' 하는 자리에 그가 참석한 적이 있었는데, 실로 가슴이 뻥 열리는 경험이었다. '경상도 아가씨'를 포함한 경쾌한 대중가요 몇 곡을 신명 나게 불러 제켜 듣는 사람으로 하여금 자신도 모르게 손박자를 치게 하고 자연스럽게 어깨를 들썩이게 하는 것을 본 적이 있다. 하여간 그는 '장내와 장외'를 가리지 않는 전천후의, 신명 많은 시인이다. 수필 쓰기를 통한 은밀한 욕망의 글쓰기는 이렇게 안으로 꽁꽁 여며 감추기보다는 적당히 드러내거나 풀어내는 방식을 취한다.

그러나 수필 쓰기에 의한 풍경의 소묘가 다 성공적인 것은 아니다. 이런 글쓰기가 갖는 치명적인 약점의 하나인, 제자백가식의 '한 수 가르치기'에 빠져들기 쉽다는 것이다.

> 시장에서 앵두 3천 원어치 한 봉지 사들고/집으로 간다
> 오늘 저녁은 3천 원어치 행복이 방 안 가득 채워질/것이다
> (…)
> 3천 원어치 행복을 바라보다가 그것 한 알씩
> 한 알씩 몸에다 풀어넣을 것이다

틀림없이 몸이 진홍이 되거나
행복이 그 빛깔 진홍이 되리라

―「앵두 한 봉지」에서

앵두 3천 원어치를 사들고 왔는데, 그것이 3천 원어치 행복으로 변주되고 있다. 물량의 탈물량적 변주는 물질에 대한 정신의 완벽한 한판승이다. 그런데 읽고 난 훗입맛은 그리 개운한 느낌이 아니다. 왜일까. 가만히 생각해보니, 작은 것에서 행복을 느껴야 한다는 그런 완강한 느낌 때문. 달리 말하면 욕망이 지나치게 넘쳐 압도하고 있다는 뜻이다. 욕망이 지나치면 계몽으로 빠질 우려가 있다. 이른바 계몽의 토포스, 계몽은 사유의 억압에 가깝다. 우월한 사유를 내세워 고만고만한 사유를 억압한다는 인상이 강한 느낌인데, 그런 억압의 계몽, 계몽의 억압이 시는 불편하기만 하다.

시 읽기를 거의 끝낼 무렵 까딱했으면 그냥 놓치고 말았을 풍경이 하나 나타난다. 말의 풍경이다. 글로벌 시대니, 세계화니 하면서 통 크게 노는 통에 목하 우리말의 환경은 영 꼴이 말이 아니다. 비정상을 지나쳐 광기의 풍경으로 달려가고 있다. 假美人, 假英人이 되는 것이 오히려 자랑스러운 일이다. 어학연수니 해서 돈을 싸들고 밖으로, 밖으로 출국하는 공항에서의 낯선 말의 풍경하며, 인터넷공화국이라는 이름이 명불허전, 그곳에서 벌어지는 말의 광기를 볼작치면 우리말의 운명도 거의 막장 수준이다. 이런 환경에 다음 시는 거의 희귀종이다.

풀대 휘듯이 바람에 휘다가 다시 일어서는
사람들은 섬처럼 아름답다
그들은 곧은길 막무가내 아니다 입으로 거품내며
눈앞 섬으로 덤벼들거나 삿대질 해대는 외고집

버린 지 오래 오래
저녁 되면 앞섬으로 달 오르고 한밤중 그 길이
휘어져 내리는 걸 옆집 아저씨 뵙듯이
눈인사 바라본다

―「영운리 사람들」에서

결벽증에 가까운 말의 풍경이다. 풀대, 바람, 섬, 저녁, 달, 아저씨, 곧은길, 거품, 삿대질 따위의 이름씨에 휘다, 아름답다 따위의 움직씨, 그림씨가 모여서 저물녘 남쪽 어느 바닷가 마을의 고적한 풍경을 그냥 그림으로 그려내고 있다. 한국인의 정서와 감성을 자극하는 그림이 되고 있는 결정적 계기는 앞에서 구사한 말의 풍경이 제공하고 있다. 이뿐만이 아니다. 유려하고 감미로운 통사 리듬의 도움을 받아 영운리 사람들의 부드러우면서 강인한 삶을 그림처럼 재현하고 있다. 특히 위 시를 포함하여 대다수의 그의 시는 소리내어 읽어야 한다. 소리로 인식할 때 그의 시는 더욱 시답다. 소리로 인식할 수 없는 시가 태반인데, 그의 시는 소리로 인식할 수 있어 불행 중 다행이다. 더욱 다행인 것은 그의 시의 말의 풍경은 의식적이라기보다는 거의 무의식적이라는 것, 그러니까 굳이 우리말 의식을 갖지 않더라도 생래적인 말의 풍경이 만들어진다는 사실이다. 무의식적 욕망의 글쓰기 풍경이다.

최근 그의 시는 일상으로 걸음 폭을 넓히고 있다. 그 속에 그의 은밀한 욕망이 있다. 이런 욕망의 행보에 따라 그의 시 쓰기도 수필에 가까운 글쓰기의 형태를 보이고 있다. 그런데 솟구치는 우려 한 가지는 시의 안과 밖의 경계가 흐려지는 그 뒤의 결과는 어떨까 하는 점이다. 하지만 쓸데없는 기우이다. <시는 시 안에만 있지 않다. 시의 외부야말로 시의 시작도 끝도 없는 시의 내부이다.>(고은) 그렇다. 시는 시일뿐, 시의 안과 밖의 구별이 무슨 소용이랴. 문제는 시의 생경한 바깥이 시의 안으로 들어

와서 안과 원만하게 통섭을 하느냐는 것인데, 그 문제는 우리가 의심할 수 없는 그의 절대 강역이 아니던가.

이런 글쓰기에 당장 어떤 변화가 있을 것 같지는 않다. 그의 시 홈페이지를 방문하고 나서 느낀 것이다. 그의 신작시방 코너에는 이삼 일 간격으로 한 편씩 신작시가 올려지고 있었다. 아예 그 자신 스스로 시의, 시에 의한, 시를 위한 시가 되고 있다는 느낌. 시의 바깥에 있던 원석原石의 외부들이 해일처럼 쓸려 들어와 시의 안이 되고 있는 풍경은 좀체 보기 어려운, 아주 낯선 풍경이었다. 그리고 그 낯선 풍경은 이내 낯익은 풍경으로 바뀌고 있었다. 그런 풍경은 쉬이 종료될 것 같지 않은 예감이 들었다. 그의 시집의 맨 마지막에 위치한 「빛나는 아침」의 마지막 부분에서 그런 예감이 들었다.

> 아, 가야 하리
> 저녁이 오기 전에
> 길 중에서 잘난 길, 제일 많이 설레이는 길
> 그 길을 골라 가야 하리

특히 '저녁이 오기 전에'에서 그의 비장한 듯 뜨겁고 결연한 육성이 귓전을 쟁쟁 파고들었다. 또 어딘가로 갈 길을 골라 가려나 보다. '단별 미명을 벗는'(「새벽 통영 · 1」) 이듬의 새벽녘이거나 아침쯤에 단단히 감발을 하고 떠나는 그가 눈에 선하게 어려 보였다.

책－읽기의 괴로움

－김언희의 시

책 읽기의 괴로움은 오래 전, 최인훈의 「회색인」의 등장인물인 독고준의 책 읽기에 대한 김현의 정치한 분석에서 제기된 바가 있다. 독고준의 아버지는 해방 이후 북쪽 점령군에 의해 전형적인 봉건지주로 낙인찍힘으로써 홀로 월남하게 되고, 그의 월남으로 인해 가족의 삶이 무너지면서 독고준은 책 속으로 망명하고, 책 속에서 독고준은 세계(삶)의 원형을 만난다. 원형이 오롯이 온존하는 책 속에서 세계의 모든 것은 화해롭고 조화롭고 그래서 책 속의 책 읽기는 행복하다. 그러나 책 밖의 세계는 책 속의 세계와 다르다. 불화와 불균형, 그리고 불행의 결핍이 있는 세계이다. 그런 까닭에 독고준의 책 읽기는 고통스럽다. 책 속의 책 읽기처럼 책 밖의 세계를 살 수 없기 때문이라는 명징한 결론을 김현은 끌어내고 있다. 그러나 독고준이 읽은 책 속 세계처럼 모든 책 속의 세계가 화해롭고 조화롭고 행복한 것은 아니다. 해방 공간의 독고준보다 한참 뒤의 세대로서, 자신을 책으로 간주하고는 '나의 영혼은/검은 페이지가 대부분이다, 그러니 누가 나를/펼쳐볼 것인가,'(「오래된 書籍」)라고 한 기형도의 검은 책이 있으며, 나이로는 기형도보다 앞서나 창작 활동기로는 기형도보다 뒤인, 그러나 기형도보다 한 술 더 떠 자신의 책, 혹은 자신이 본 세계의 책을 전격 개봉하여 독자에게 자신이 읽은 고통과 같은 극심한 고통을 안기는 김언희의 끔찍한 책이 있다. 김언희의 책－읽기(책과 읽기 사이의 '－'는 김언희가 읽은 세계라는 책과, 우리가 읽는 김언희의 그 책이라는 중층적 의미를 드러내기 위한 부호임)는 상상 바깥의 끔찍한 상상력과 우리 일상의 내부에 감추어진 섬뜩한 리얼리티로 직조되어 있다. 그의 책－읽기는 그가 일원이 되어 살아가고 있는 이 세계－읽기에 다름 아니다. 세계 자체는 하나의 텍스트이며, 그 텍스트는 정밀한 읽기를 통해 의미화된 책이 된다. 텍스트의 즐거움을 논한 롤랑 바르트에게 있어 텍스트는 작가와 독자가 서로 찾아 만나야 하는 구체적이고 관능적인 만남의 공간이다. 그래서 그 텍스트는 즐거움의 대상이다. 그러나 김언희가 읽어낸 텍스트는 우리가 지녀온 전통 이념 또는 인문 교양의 체험 따위에 폭력과 충격을 가해 그것을 전복하는, 그래서 우리가 감당할 수 없는 가공의 텍스트이다. 근대시 형성기에 출몰했던 괴물 형상의 이상의 텍스트에 놀랐듯이 팜므파탈의 모습으로 나타난 김언희의 텍스트에 또 한 번 놀라고 있다.

> 이 책이 소리를 전부 빨아먹는다
>
> 이 책이 비명을 전부 빨아먹는다
>
> 이 책이 피를 전부 빨아먹는다
>
> 육절기(肉切機)로 썰어 넘기는

책장 한 장 한 장이 혓바닥이다

—「이 책」에서

김언희의 '이 책'은 고상한 정신들이 모여 만나 교유하는 자기장의 공간이 아니라, 소리와 비명과 피를 전부 빨아먹은 흡혈귀의 끔찍한 책이다. 소리와 비명과 피를 빨아먹은 책장 한 장 한 장이 혓바닥이라고 했으니, 그 혓바닥이 발화하는 내용은 소름끼치는 것일 것이지만, 그것은 어떤 앞선 단독자(시인 이형기는 유파가 따로 없는, 자신이 곧 하나의 유파인 시인을 두고 '단독자'란 표현을 쓴 적이 있다)에 의해 기필코 발화되어야 할 피의 비명의 소리라는 점에서 트리스탄에게 간절한 이졸데의 흰 깃발과 같은 것이 아닐까. 피는 섬뜩하지만 살아 있음의 증거이며, 비명과 소리 또한 같은 맥락 위에 있다. 그런데 '저 책'이 아니라, '이 책'이라 했으니, '저 책'의 사유와는 다른 책일 것이며, '저 책'의 사유들과 대결하게 될, 견고한 지층이 된 사유들과 싸움을 불사할 위험한 책이다. 그의 시집을 포함한 모든 시편이 '이 책'의 실체이다. 그래서 우리는 그의 시집—책에서 지금까지 듣지 못했던 소리들과 비명들과 피들의, 신디 셔먼의 '애브젝트 아트Abject Art'와 앙토냉 아르토의 '잔혹극'이 뒤섞인 그런 충격적인 책을 읽게 될 것 같다. 그러나 아르토의 '잔혹'은 아르토 자신의 말대로, 상황적인 의미, 그러니까 사악한 잔혹성이나 정도를 이탈한 욕망을 움트게 하는 잔혹성과는 아무런 상관이 없다. 아르토의 잔혹은 반항과 파괴에 핵심이 있다. 극단적인 응축과 표현 형식의 공포스러움에 닿아 있는데, 그 공포와 당혹이 관객 혹은 독자에게 육체적이고 정신적인 충격을 가할 수 있다는 데에서의 '잔혹'이다. 그 잔혹이 주는 충격은 전형화된 사고와 행동, 기계적인 태도와 나아가 윤리, 체계, 집단, 조직, 인습 등으로 얽혀 있는 관계들과 그것들을 형성하고 있는 이성적 논리의 기준을 파괴하고 거부하며, 금기를 넘어 위선 등, 들뢰즈 식의 '지층'이라고 할 만한 것들에 갇힌 인간들을 해방시킨다.

'잔혹한, 끔찍한, 기괴한, 외설적' 등의 섬뜩한 수사가 동원되는 김언희의 시는 아르토의 이 두 가지를 전략으로 삼은 것처럼 보인다. 두 번째 시집 『말라죽은 앵두나무 아래 잠자는 저 여자』의 자서에서 임산부나 노약자, 심장이 약한 사람, 과민 체질, 알레르기가 있는 사람이 읽기를 경계한 것도 그런 전략의 일환으로 보인다. 특히 이미 지층화된 영역에 침투하여 그것을 해체하려는 데에는 잔혹의 방법이 가장 유효한 전략일 것이라고 생각했을 것이다.

피의 비명의 소리에 대한 시인의 깊은 관심은 자신이 소속된 이 세계가, 「고요한 나라 · 1」의, 그 '고요한 나라'라는 인식에서 출발한다. 그 나라는 아무도 부르지도, 대답하지도 않는 나라이며, 시간의 피를 핥아먹으며 주검만 자라는 나라인데, 거칠게 말하면 개의 나라, 노예의 나라이다(그런데, 내가 알고 있는 시인의 등단 정보에 따르면, 이 시편이 그의 등단작이라는 사실인데, 바로 이 점이 의미심장하다. 이 시로써 그의 시인됨을 선포했다는 것인데, 당시의 '고요'에 그가 질식하여 참아내기 어려웠을 것이라는 추정 때문이다. 그의 참음의 무의식은 『요즘 우울하십니까』의 「나는 참아주었네」로 변주되어 표백되기도 하지만, 더 중요한 것은 그가 지금까지 낸 4권의 모든 시집이 기실은 '고요한 나라'와, '고요한 나라'의 그 '고요'에 대한 심리적 반작용의 것이라는 사실이다).

반짝반짝 개털 난다
개 한 마리 짖지 않는 개의 나라

기다리는 기다리는 기다리는 노여운
고요가 고요를 도살하는

고요한

백정의 나라

—「고요한 나라 · 1」 1, 2, 3연

고요한 나라는 개의 나라, 개들의 세상, 그러나 그들은 짖지 않는다. 짖지 않는 것은 억압되었거나 억압으로 인해 강제로 성대를 거세당했을 개연성이 크다. 그래서 그들은 의식도, 자의식도 없는 무정체성의 물화된 존재일 뿐이다. 그 세상은 고요가 고요를 도살하는 백정의 나라이다. 여러 개의 목소리에서 나는 오직 하나의 소리는 살아 있는 소리가 아니다. 그 소리는 파시즘적 소리로서 이미 죽은 소리일 뿐이다. 이미 굳어져 고착된 지층 영역의 견고함을 보여 준다. 지층은 포획이다. 다른 양태의 잠재성을 억압하고 오직 하나의 형태로만 포착하고 포획한다. 지층은 견고하고, 그래서 지층은 억압의 다른 이름이다. 그 억압적 지층의 하나가 '고요함'이다. 고요는 다양한 소리의 잠재성을 하나의 형식으로 제한하고 가두며, 그 소리들의 생명력 있는 강밀도를 가두는 지층의 형식, 그래서 하나 외의 모든 소리는 무성 처리되고 하나의 꼭 같은 소리로 똑같은 말만 지껄이도록 하는 파시즘이다. 파시즘은, 바르트의 말을 빌면, 말하는 것을 방해하는 것뿐만 아니라, 말하게끔 강요하는 모든 체제이기도 하다. 고요는 말과 소리의 파시즘이고, 코드화와 영토화를 동시에 작동시키는 획일적 지층이고, 따라서 일체의 다른 소리들을 도살하는 백정의 소리이다. 시인에게 있어 고요는 이렇게 엽기적 추억이다. 엽기는 기이하고 괴상한 취미이지만, 의심하고 비판 · 부정해야 하는 것에 함묵하는 것이야말로 더욱 괴이한 것이어서 오히려 그것이 더욱 엽기적이다(그래서 그는 「나는 참아주었네」에서, '오늘의 좋은 시'를 참아주었다고 빈정대는 것인지 모르겠다. 이를 테면, 현대시의 지층이랄 수 있을 김소월의 「진달래꽃」, 정현종의 「섬」, 오규원의 「한 잎의 구멍」과 같은 '오늘의 좋은 시'에 「그 섬에 가고 싶다」, 「역겨운, 역겨운, 역겨운」, 「한 잎의 구멍」으로 각각 덮어쓰기하여 원시가 지닌 품격과 담론의 권위를 잔혹하게 난자질하고 있는 듯 보인다).

피 묻은 혓바닥을 널름거리는
일렬횡대의 칸나꽃

시간의 피를
핥아먹으며 주검만

자란다 무럭무럭 키가 크는 주검의
검붉은 혀

—「고요한 나라 · 1」 4, 5, 6연

억압되면서, 그 억압 속에서 자라는 것은 '주검'이다. 주검, 곧 탈유기화脫有機化된다는 것은 불길하지만, 반드시 절망적인 것은 아니다. '검붉은 혀'를 자라게 하기 때문인데, 그것은 죽음을 넘어 새로운 생성과 창조의 잠재성으로 연결된다. 선동적 정치의 담론에서 자유는 피를 먹고 자라겠지만, 이 시의 주검은 시간의 피를 핥아먹으며 무럭무럭 자라고 있다. 자라는 주검과 함께 검붉은 혀도 자란다. 주검이 검붉은 혀를 낳는 셈이다. 주검만큼 잔혹한, 치명적인 혀가 예비되면서, 「이 책」의 '혓바닥'과 공조하여 지리멸렬하고 지루한 이 세계를 한 번 크게 뒤집어엎겠다는 그런 낌새가 전해 온다. 뒤집으면 은폐되어 있던 세계의 속살이 보이거나 다른 세계가 나타날 것이다.

'고요'의 엽기적 지층과 맞물리는 추억의 지층은 뽑으면 줄줄이 딸려 오는 감자뿌리와 흡사하다.

그것은, 어디에나, 있고, 그것을, 무엇이라고 부르든지 간에, 극장이라, 부르거나, 유치원이라, 부르거나, 간에, 그것은, 도살장이고, 도살장임에, 틀림없고, 그것을, 모르는 사람은, 아무도, 없다, 그것들의, 공공연한 용도를, 사무치는, 용도를, 모르는 사람, 역시, 없다, 어떤 간판을, 달았든지 간에, 거기서, 벌어지는, 일들이, 자신의, 집, 안방에서, 또는 욕실에서, 家傳의, 도살 기구들이 흔들거리는, 그곳에서, 벌어지는, 일들과, 흡사하다는, 것을, 모르는 사람은, 없다, 그 섬뜩한 항등식, 무엇을, 대입해도 성립되는, 도살의, 등식을, 모르는 사람, 또한

-「벙커 A」 전문

'그것'은 무엇인지 뚜렷하지 않은 것을 지칭한다. 불분명하면서 포괄적인 '거시기'와 같은 어사이다. 불특정한 것을 지칭하는 것이니만큼 '그것'은 억누르는 것들의 존재가 도처에 퍼져 암약하고 있다는 생생한 증거가 될 수 있다. 무엇을 대입해도 성립되는 그 섬뜩한 항등식이 그는 두렵다. 그것은 '도살의, 등식'이기 때문이다. 항등식은 하나의 진실만 요구된다. 아니, 어떤 값을 대입해도 하나의 진실로 둔갑한다. 일원화된 세계 논리의 공포! 도살이란 반드시 죽이는 실제 행위만이 아니다. 다양한 진실의 가능성과 잠재성을 원천 봉쇄하는 것도 도살인 것. 엄격한 명령 체계, '예'만 강요되고, '아니오'는 도살되는 체계, 아니, '예, 아니오'로만 소통되는 이 세계가 두렵다. 이 세계가 분명 '도살장이고, 도살장임에, 틀림없고, 그것을, 모르는 사람은, 아무도, 없다'고 했지만, 알고도 모르는 체하고, 혹은 아예 모르는 사람이 많다는 것을 알기에 그는 그 사람들의 세계가 두렵다. 이 세상은 천지간에 온통 '벙커'-그런데 왜 벙커하면 억압적 군사문화가 연상될까-이다(계속 쉼표는 끔찍한 도살의 섬뜩한 항등식이 어디서건 작동 중임을 알리는 표지일 것인데, 그런데 그 쉼표는 숨을 안정되게 고르게 하는 쉼표가 아니라, 쉼표가 시키는 대로 쉬고 읽고 쉬고 읽고 하다보면 되레 숨통이 꽉꽉 틀어막히는, 괴이하고 공포스러운 책-읽기를 강요하는 불길한 표지이다).

김언희는 그 억압의 벙커를 전격 공개하기로 결심한 듯 「트렁크」 지

퍼를 연다. 범상한 나그네의 트렁크가 아닐 것이라는 예상을 했지만, 그 이상의 밖이다. 지퍼를 열자 튀어나오는, 질겨빠진, 팅팅 불은, 토막난 추억이 쑤셔 박혀 있는, 코를 찌르는, 엽기적인 트렁크가 공개되면서 트렁크 속 내용물에 대한 사람들의 관음적인 기대는 풍비박산이 나고 '뱀에 물린 얼굴'(「바셀린 심포니」)이 된다. '수취거부로/반송되어져 온' 트렁크의 반송된 물계를 알 만하다. 트렁크 용처에 대한 지배적 통념 혹은 추억의 헤게모니 때문이다. 그 추억은 이미 단층이 되어버린 지층의 다른 이름. 그래서 그 추억의 지층은 '백 살까지 발기할지 모르'(「이봐, 오늘 내가」)는 질기고 집요한 추억일 것이다. 그러니 그 추억은 얼마나 지루하고 끔찍할 것인가.

> 한다/한시간이고/두시간이고한다/물을먹어가며한다
> 하품을해가며꾸벅꾸벅/졸아가며한다/한다깜빡
> 굴러떨어질뻔하면서그는/그가왜하는지/모른다무엇
> 과, 하고있는지도/부르르진저리를치면서그가
> 한다무릎과팔꿈치가벗겨지면서이제는
> 목을졸라버리고싶지도/않으면서, 한다
> 한다밤새도록걸어다니는침대위에서
> 칠십네바늘이나꿰맨그가/죽다살아난그가
> 한다한다/한다천번이넘는
>
> —「한다」 전문

이 텍스트는 그 자체가 고통이고 고통이 되고 있다. 띄어쓰기, 휴지도 없이 '천번이넘'는 '한다'를 지루하게 반복한다. 하는 '그'도 지루하고 고통스럽겠지만, '그'의 지루한 행위를 읽는 나는 더 지루하고 고통스럽다. 왜, 누구와 하는지도 모른다고 하고, 게다가 통사구조에서 '한다'의 행위

목적조차 밝히지도 않는다. '한다'의 반복만큼이나 의문도 증폭되지만, 의문은 풀릴 기미가 없고 더욱 얽히고 설켜 복잡하기만 한다. 그가 노리는 것은 무엇일까. 이 세계에 만연해 있는 일상의 무의미함일까. 아니면 인간의 무의식의 밑바닥에 깔려 있는 에로스와 타나토스의 욕망을 통한 세계 전복일까. 억압된 표현으로부터의 자유 획득일까. 통사구조의 불구성은, 한 비평가의 분석처럼, 이 사회 구조의 불구성에 대한 인식일 것이다. 따라서 최소한의 문법의식도 없다. 없는 것은, 문법의식 아래 지층화된 구조에 대한 탈주가 아닐 것인가. 세상으로부터의 도주가 아니라, 세상을 지층화로부터 일탈케 하려는 탈주이다. 그 구조의 한복판에 상징계의 기호로 보이는 '애비/의붓애비/아버지'가 있다(상투적인 '상징계' 운운하는 순간, 시인은 냉소를 날리며 시의 허물을 벗어던진 채 한 십리 산모롱이를 돌아가고 있을 것이고, 그때 나는 바보스럽게 그의 시의 허물만 잡고 헛물만 켜고 있을 것이다. 그리고 나는 시인이 1953년 뱀띠인 것을 약력에서 비로소 알았다).

모든 애비는
의붓애비

아버지,

아버지,

개가죽을 쓰고 오세요……

―「아버지, 아버지」 전문

세계의 기득권을 쥐었던, 지금까지의 '책'의 저자이기도 한 '아버지'는 추악한 추억과 엽기적인 추억의 발신자이자 생산 주체이다. 억압의 주체이자 권력의 지층인 아버지를 전격 해체되고 있다. 의붓애비/아버지는 기표상의 차이가 나면서 전혀 다른 기의가 된다. 아버지의 의붓애비-되기에는 개가죽을 쓰는 과정이 있다. 개가죽을 쓰면 개의 영혼이 되어, 개의 짐승스러움에 지배된다. 그렇지만 개는 영혼이 없다. 개 같은 짓만이 있을 뿐(그에게 개는 '개 같은'의 그 '개'로 인식될 뿐이다). 의붓애비가 된 아버지가 생산하는 추억은 실로 엄청나다. 그 아버지는 「가족극장, TE」에서, 내 얼굴과 가슴과 자궁에 사과를 던져 박은, 던져 박는, 던져 박을 행위를 자행하고, 그 사과에 식칼을 던져 박은, 던져 박는, 던져 박을 행위를 감행한다. '박은/박는/박을'의, 시간을 관통하는 행위의 일관성을 통해 추억의 생산이 여전함을 환기한다. 여기에서 그치는 게 아니다. 「아버지의 자장가」에서, 아버지는 어린 딸의 두 눈을 보고 어린 양의 눈알요리가 일품이라며 입맛을 다시고, 후벼 먹힌 눈구멍에 금작화를 심어보고 싶다고 하고, 콧구멍, 귓구멍, 숨구멍에 꽃을 꽂아 살아 있는 꽃다발로 만들고는(딸에게 자행되는 아버지의 끔찍한 일련의 행위를 볼진대 딸의 삶은 딸이 주체가 된 삶이 아니다. 아버지의 뜻과 의지에 의해 만들어지고 길들여지고 조작되는 타율적 삶이다. 스스로 하는 삶이 아니라 시키는 대로 해야 하는 예속의 삶이다. 그것은 「가지마다 다른 꽃이」를 읽고, 아버지가 접목한 나무에 열리는 열매가 하나같이 불구였다는 사실을 알고부터 더더욱 끔찍하고 잔혹하다).

이리 온, 내 딸아
아버지의 바다로 가자
일렁거리는 저 거대한 물침대에
너를 눕혀주마
아버지의 바다에, 널
잠재워주마

―「아버지의 자장가」에서

고 한다. 자장가는 평화스럽고 행복한 수면을 부르는 기능의 노래이지만, 그러나 텍스트의, 아버지의 자장가에서 시인은 그 기능에 대한 최소한의 기대마저 아주 잔혹하게 거세해 버린다. 식인 충동에 잔혹 충동, 잔혹 충동에 최면 충동 따위의 겹겹의 충동으로 거세하고 있다. 아버지의 바다는 폐쇄된 곳을 뚫고 확대해 가는 지평과 전망의 바다가 아니다. 보나빠르트의 모성으로서의 바다는 더더욱 아니다. 아니, 모성의 바다인 것처럼 속여서 딸을 유인하는 사악한 타자로서의 바다이다. 거대한 물침대의 바다로 축소되는 바다. 그 바다에 눕혀 잠재워주마라고 하는 길들여짐과 하강으로서의 행위가 있는 바다이다.

「음화」에서, 그 아버지의 유년인 '사내아이'들 또한 그랬다. 사내아이들은 인형을 눕히고 치마를 들치고 연필심으로 사타구니를 쿡쿡 찌르고 죽어 죽어 죽어 하며 책상 모서리에 패대기를 친다. 그들이 저지른 억압의 폭력적 현장을 사물로서의 인형, 아니 이미 인간화된 인형의 눈을 매개로 생생하게 검증하고 있다. 그러나 이윽고 '걸레쪽처럼 칼질 될 얼굴'이,

> 쓰레기더미 위에서
> 제 몸이 불타 없어지는 것을 끝까지
> 지켜보던 둥근
> 눈이
>
> —「음화」에서

'있었다.' 둥근 눈이라니? 선해 보이고 겁이 많아 보이는 눈이 둥근 눈이다(이 눈은 여성의 눈이기에 둥글다. 어쩌면 어머니의 깊고 어두운, 둥근 자궁을 꼭 닮은 눈이다). 그러나 제 몸이 불타 없어지는 것을 '끝까지 지켜보는' 눈은 선한 눈도, 겁 많은 눈도 아니다. 그 둥근 눈은 자신에게 가해지는 폭력을 차갑게 지켜보는 눈인데, 그래서 무서워하며 놀라는 눈이면서 잔뜩 벼르는 눈이다. 잔뜩 벼르는 눈이기에 잔혹극을 음모하는 섬뜩한 눈이다. 이

둥근 눈은 검붉은 혀와 공모하여 자신마저 '노브라 노팬티의 시'(「털난 구름」)의 알몸 상태가 되어 꽝꽝 얼어붙은 지층의 세상을 '똥밭'(「봄은 똥밭이네」)으로 아주 더럽고 잔혹하게 반격할 모양, 그래서 그이거나 그를 읽는 독자이거나 간에 끔찍한 책-읽기는 불가피한 일이다. 무서워하는 눈은 무서운 세계의 개연성일 것이며, 벼르는 눈은 버려야 할 끔찍한 세계의 잠재성이기 때문이다. 그의 책, 책-읽기에서 근엄한 아버지는 해체되어 흉하게 일그러진 형상이다.

거울 속의
아버지, 새빨간
패티큐어를 하고, 아이,
꽃만 보면 소름이 져요, 허리를
꼬는 아버지, 과부가
된 아버지,
생리 중인 아버지
시뻘건 아버지의 음부, 아버지의
질, 하룻밤에 여든여덟 체위로
내 남자와
하는,

빗자루 손잡이와 그짓을 하고, 자동차 뒷자리에서 스무 켤레의 구두와 하고, 유리상자 속에서 왕뱀과 동거를 하는,

—「가족극장, 과부가 된 아버지」에서

의, 산문적으로는 불가해의 세계인, 비록 시의 세계이지만, 이렇게 물구나무 선 듯한 소름 끼치는 세계가 있다니! 그의 무의식에서 미치지 않고서는 쓸 수 없을, 아니, 이렇게 쓰지 않고서는 미쳐버리게 될 것 같은 광

기의 도착적 책-읽기이다. 괴이하게 읽은 전복적 세계를 읽게 하고, -그런데 이것은 대공분실 지하실에서 오촉 전등 아래 자행되는 가혹한 고문이다, 그런 면에서 그는 음흉하게 가학적이다. 이 전복적 양상을 어떻게 받아들여야 할까. 문학의 전복적인 양상은, 바르트에 따르면, 기존의 문화나 언어의 파괴에 달린 것이 아니라, 언어를 변형하고 재분배하는 데 있다. 언어의 변형과 재분배에는 반드시 틈새가 존재한다. 이 틈새는 세계와의 불화 때문일 것. 문제는 그가 벌려놓은 불화의 틈새가 상상을 뛰어넘는 것이라는 점인데, 새빨간 패티큐어를 한, 과부가 된, 생리 중인, 거울 속의 아버지라니. 이 지경에 이르면 아버지는 불화를 넘어 모욕과 모독의, 파괴적 대상이다(어머니나 과부의 자리에 아버지로 치환하여 성 패러다임을 비틀어 놓았는데, 체제파괴적이다. 관음적 위치에서 피관음적 위치로 자리바꿈하여 겪어 보라는 뜻이 무엇이겠는가). 그는 아버지를 성찰 대상으로 삼고 있는 것일까. 거울 밖에서 아버지가 부린 혹은 뿌린, 우리 일상 구석구석에까지 미시적으로 침투하여 권력이 된 미셸 푸코식의 권력의 추억은 음란하고 추악했다는 것, 가령, 위 텍스트의 후반부의 '빗자루 손잡이와 그짓을 하고, 자동차 뒷자리에서 스무 켤레의 구두와 하고, 유리상자 속에서 왕뱀과 동거를 하는'에서 보듯 음란하고 엽기적인 추억은 광범위하고 무차별적이다, 그것을 성찰해 보라는 것일까, 거울 안에서 말이다.

김언희의 성적 뒤틀림은, 『에로티즘』의 저자 조르주 바타이유가 사드에 지속적 관심을 표명하고, 포르노소설을 쓴 그 의도와 대화적인 관계에 있는 것일까. 바타이유의 의도는 금기 위반에 있는데, 그 위반은 인간 내부에 있는 폭력을 잠들게 하는 이론적 성찰인 것으로 분석된다. 김언희의 위반도 그런 성찰의 일환일까. 금기는 세속적, 이성적 시간 아래에서는 엄격하게 준수되는 반면, 신화적, 신성한 시간 아래에서는 위반된다. 원시인들은 금기 위반의 제의가 행해질 때, 『호모 노마드』를 쓴 자크

아탈리에 따르면, 폭력이 번성하는 것을 막기 위해 그들은 인간이나 동물로 된 희생물에 폭력을 응집시켜 그 희생물을 죽였다고 한다. 이때는 물론 성적 방종의 시간대이기도 한데, 바타이유와 김언희의 책들은 세속적 시간을 내려다보고 쓴 신적-예술적 시간대의 위반, 곧 폭력의 존재, 또는 그 배후를 들추어냄으로써 폭력을 피하려는 한 방법이었을까.

김언희의 이런 책-읽기의 기조는 가장 최근의 『요즘 우울하십니까』에 와서도 별다른 변화가 없다. 사람들은 더욱 뻔뻔해지고 더럽고 짐승스럽게 되어 가고, 세계의 끔찍함은 여전하다. '가로수에 매달린 시체를/아무도 안 본다/샴쌍둥이도/이젠 별거 아니다'라는 놀랍고도 무서운 둔감으로 시작되는 「이 밤」은 세계와 사람들의 짐승스러움과 뻔뻔함과 더러움을 제대로 아퀴 짓는 책이고, 그래서 괴로운 책-읽기이다.

> 줄을 세워서 똥을 먹이면
> 줄을 서서 똥을 먹는다 애국가를 부르는데
> 구지가가 나오다니, 스컹크를 잡는 데
> 썼던 장갑은 십 년이 지나도
> 냄새가 나고
>
> -「이 밤」 2연

줄은 질서이고 체계이고 패러다임이고, 그것들의 총합이고, 그 총합에 길들임이고 길들여짐이고, '십 년이 지나도 냄새가 날' 고약하고 더러운 지평이다. 우리 삶도 이 고약하고 더러운 줄에 얽매여 있다. 이러한 삶이 신비롭고 가치로운 존엄의 대상이겠는가. 시적 화자가 자신을 무료 증정 이벤트에서 무료로 증정받은 증정품에 지나지 않는다고 여기는 자의식과, 인생이란 바나나 껍데기에 미끄러져 여기까지 온 것에 불과한 무의미하고 우연한 일일 뿐이라는 인식이 그것을 뒷받침한다. 이런 자의식과 인식의, 팽만한 '이 밤'은 '넣는 순간, 헛 넣는/죽는 순간, 헛 죽는', 도시 헛것에 불과하다. 이 헛것 칠갑의 책-읽기에 아주 이골이 난 듯, 쇄를 갈고 바꾸어도 그의 책-읽기의 출구는 예정되어 있다. 그 출구는 '극과 독'(「거미」)의 길일 것인데, 가령, 「아직도 무엇이」에서,

> (…) 적당하게 더러운 인생보다 더, 더러운 인생은, 없어, 아모르, 아모르포팔루스, 아직도 무엇이, 모자란다 더, 추잡한 무엇이, 더 기름진, 무엇이

라며 아모르포팔루스의, 거의 완벽에 가깝게 '더, 더러운 인생', '더, 추잡한 무엇'에 대한 굶주린 탐색의 욕망을 드러내는 대목에서나, 혹은 「만트라」에서,

> 나는 더 노래지려고 한다 내 인생에는 추문 사라질 날이 없군 꼬리에 꼬리를 물고 자지에 자리를 물고 시작은 미미하나 끝은 창대할 악문(惡文) (…) 나는 집중하려고 한다 피어오르는 더운 구린내에 더 집중하려고 하는 구린내에 구린내를 잇대려고 나는 더더욱 샛노래지려고 나는

의, '惡文'과 '더운 구린내에 더 집중하려고' '더더욱 샛노래'질 것이라는 대목에서 그는 그가 줄곧 걸어온 '극과 독'의 길을 포기할 뜻이 없음을 표백한다. 그 길은 시의 형태면, 가령, 비슷한 정황의 거듭되는 중첩의 반복이나 쉼표를 찍으면서 무한 지속되는 네버엔딩 기능 단위 속에서도 노정되고 있다. 이 길의 편집적인 지속은 그를 자칫 토포스topos의 위험과 '동어반복의 지옥'(「시, 추태」)에 빠뜨릴지도 모른다는 우려가 들기도 한다. 그럼에도 그는 왜 그러는 것일까. 「마그나 카르타」를 읽으면 슬며시 짚

이는 게 있는데, 당당하게 그는 '권리'라고 답하는 것으로 내 눈에는 들린다. 가령, '아침부터 썩어 있을 권리(가 있고)/하루를 구토로 시작할 권리'로 시작되어 '똥을 눌 권리'에까지 다양하게 제시된 이상한 권리의 목록들을 접하면, 폭력과 더러움과 치사함의 세계는 떳떳하게, 당당하게 혐오할 권리가 있다는 뻣뻣한 그의 소리가 내 눈에 희미하게 들린다. 환청일까. 아니면, 난독 중증의 환시일까.

김언희의 책-읽기는 여전히 괴롭다. 책-읽기의 괴로움의 또 하나는 그 책을 생산해 낸 그 자신과 더불어 그 책을 읽는 모든 남들이 다 괴로움의 내상을 입는다는 점이다. 그러나 어찌하랴. '운구용 범퍼카, 시속/백사십의 핸들에서/손을/놓'(「운구용 범퍼카」)아버렸다고, 아슬하고 까마득한 절벽 끝에 서서 손 털듯이 담담하게 말하던 그가 아니었던가. 해서, 그의 괴로운 책-읽기는 그것에 제동을 걸려는 보수적 검열 기제에 대한 분명한 선긋기일 것인데, 딴은, 그 괴로운 책-읽기가

뜨거운

생의 배꼽 위에서

복상사
하는 것만이

내 꿈의

전부

―「꿈의 전부」 전문

라고 한 그 '복상사'의 일환이거나 그가 사랑하는 '북두칠성의 여덟 번째 별'(「바셀린 심포니」)을 위한 필연적 모색이라고 한다면 어쩌겠는가. 유마힐의 아픔이 그랬을까.

노래가 되는 시

–홍진기의 『거울』에서

'노래가 되는 시'(「시인의 말」)는 어떤 시일까. 범박하게 보더라도 시조는 이미 노래가 되는 장르가 아닌가. 그런데 그가 꿈꾼다는 '노래가 되는 시'란 무엇이란 말인가. 곡조를 배제한 노래가 있을 수 없으니 우선 곡조는 기본 조건이겠다. 그러나 단순히 곡조, 곧 율격 개념에 그쳐서는 안 될 듯. 두 가지 전제를 상정해 볼 수 있다. 첫째, 격조를 동반하여 불리어지는 곡조일 것, 그러니까 3(4), 4조의 4음보와 같은 틀에 박힌 전래 곡조의 따분한 노래만을 지칭하는 것은 아닐 것이라는 점이다. 이 점은 그가 시조의 기존 형식을 다양하게 실험하고 있는 데에서 충분히 뒷받침되고 있는데, 일관된 형식이 주는 따분함을 탈피하기 위한 의식적 노력의 일환으로 간주된다. 둘째, 곡조만으로는 노래의 생명이 오래가지 못하는 만큼 노래에는 필경 삶의 우여곡절이 있어야 한다는 것이다. 사연이 없는 노래는 노래의 생명이 없는 것과 진배없다. 그 사연과 우여곡절을 다독거려 그것이 삶의 과정에서 필수적으로 동반되고 극복되어야 하는 것임을 일깨워주는 인생의 깊은 울림이 있어야 한다는 것이다. 따라서 노래는 반드시 감미로운 곡조풍의 노래가 아니라, 삶의 우여곡절과 상처를 헤집어서 생생한 딱지를 만드는 거칠고 격한 곡조풍의 노래가 될 수 있어야 한다는 것이다. 남은 것은 그의 시집 『거울』을 통해 '노래가 되는 시'의 가능성을 직접 타진해 보는 과정이다.

같은 서정 양식이지만 시조는 시에 비해 시인과 화자의 관계가 엄격하지 않고 느슨한 편이다. 느슨한 만큼 시인과 화자의 거리는 매우 가깝게 느껴진다. 그래서일까. 『거울』에는 '등 뒤에서 익는 가을'(「가을 낙수」) 앞에 선 황혼녘의 그가 보이고, '골 깊은 주름살'(「거울」)의, '어질게 늙는'(「두껍다리 위에서」) 선한 얼굴의 그가 보인다. 그의 시 어딘가에 '홀몸'(「소정(小井)」)이라는 언급이 보이는데, 배우자를 여읜 척신隻身으로의 그 '홀몸'일까. 아닌가.

언제나 눈을 뜨면 동그마니 혼자 있다
손잡고 같이 가며 영혼을 나누자던

아내의
혼인서약은
시효가 이미 지났다

—「꿈이 없는 꿈」 1, 2연

혼자 있다는 것은 아내의 빈 자리, 곧 부재를 뜻하는 것인데, 이 시집에서 아내의 있음과 없음은 공존하고 있다. 그러니까 이 시집 속에서 아내는 현존의 부재, 또는 부재의 현존으로 존재한다. 가령, 아내의 살아 있음을 노래한 시로 「아내의 손」, 「땀」, 「섣달 그래」 등이, 아내의 부재를 노래한 시로는 「반지」, 「꿈이 없는 꿈」, 「직녀에게」, 「이별 이후」 등이 있다. 아내의 현존과 부재는 사적 영역인데, 현존에서 부재로 이동하는 과정이 지극히 서사적이다. 그 이동의 서사 속에 그의 서정이 들고 나고 하는데, 이러한 운동성을 서사의 서정적 극화라고 하면 어떨까. 이 운동성은 혹 그가 삶과 죽음의 이원성을 일원적으로 수용해가는 과정을 무의식적으로 드러낸 것이 아닐까. 그 무의식적 드러냄이 아내의 부재 이후 죽음을 포함한 각종 이별 현상과의 접촉과 해후로 자연스럽게 나타난 것이 아닐까.

이별 내지 부재 현상의 가장 극단적인 경우는 죽음이다. 우연의 일치일까. 부재 현상의 문학적 전통이 알게 모르게 그의 무의식에 뿌리내리고 있었던 것이나 아닌지 모를 일이지만, 상고적 노래 세 편 가운데, 가령, 「공무도하가」, 「구지가」, 「황조가」 중 「구지가」를 뺀 나머지 두 노래가 쌍숙쌍비雙宿雙飛의 어느 한 쪽이 무너진 부재 현상, 곧 이별이나 죽음을 모티브로 하고 있다는 사실인데, 더욱이 그 부재 현상이 노래로 불리어지다 남게 되었다는 사실에서, 부재 현상은 한국 노래의 소프트웨어가 되어 있음을 시사한다. 기실 철학은 죽음에서 비로소 태어나 자라는 것이고, 따라서 죽음은 철학의 뿌리가 되는 것이다. 하물며 몽테뉴가 철학은 죽음을 배우는 일이라고까지 했을까. 이렇게 인간의 실존도 죽음을 인식하는 데에서 자란다.

사는 길 가다보면
몇 갈래로 찢어지고
불 꺼진 골목길의 옹당이도 만나지만
세월을
실종한 삶에
봄기별은 없더라

—「묘지 가는 길」 2연

철없는 가을꽃이 담장 아래 피어있다
자잘한 꽃잎들이
해바라길 하고 있다
머리 푼
영혼을 닮은
만장들이 펄럭인다

—「건강병원」 2연

위 텍스트의 파토스는 자명하다. 존재하는 것들의 허망함. 그 허망함의 파토스에 충격되어 시인은 정서적으로 심하게 흔들리고 있다는 느낌. 그는 대체로 외부의 자극에 대한 정서적 태도가 솔직한 편이다. 심리를 드러내는 술어인 '없더라', '펄럭인다'에서 그 허망한 파토스에 아주 마음을 놓아버리거나 더 이상 어쩌지 못해 죽음의 파토스가 흔드는 대로 흔들리고 있다는 인상이 강한데, 죽음은 여전히 두렵고 낯설게 인식되는 때문일 것이다.

이렇게 각종 죽음을 접선한 그 역시 '하루가/잔광을 거두는/구부정한 저녁나절'(「가을 낙수」)에서 보듯 죽음과의 거리가 아주 초간한 것이 아님을 알 수 있다. 늙음도 추악한 늙음이 있기 마련이다. 추악한 늙음만큼 몹쓸게 늙는 소리도 있지만, 그의 몸 가까이 얼굴을 대어보면 그의 몸 어디선가 돌돌돌 흐르는 '어질게 늙는 소리'(「두껍다리 위에서」)가 들릴 것만 같다. 그의 자화상이라고 해도 무방할 다음 시를 읽으면 영락없다.

바위틈에 이가 시린 옥수천이 아니란다
계곡을 주름잡는 폭포수도 그냥 지나
없는 듯
목만 축이는
길손들의 입김 같은 것

—「소정(小井)」 1연

그의 아호가 소정小井인데, 이번에 처음 알게 된 사실, 어쩌면 이 아호에 그의 삶이 표명되어 있을지도 모르겠다. 옥수천이거나 폭포와 같은 강렬한 존재라기보다는 '없는 듯/목만 축이는/길손들의 입김'에서 보듯 낮고 미미하지만 꼭 필요할 때 적절하게 소용되는 존재라는 그런 표명 말이다. 낮은 곳에서 소외된 타자들을 보는 시선은 여느 시인의 그것과 크게 다를 바가 없다. 식단의 밑반찬처럼 전혀 새로울 것이 없는 것이지만, 그러나 시인이 갖추지 않으면 안 될 기본 자질이고 덕목이다. 더욱이 어질고 선한 성정은 그들의 천성인 것을 어찌하랴. 문제는 구조적으로 얽힌 이러한 문제를 시인이 현실적으로 해결할 방도를 갖고 있지 못하다는 것인데, 한갓 시인에게 그 문제를 떠안겨 해결해 줄 것을 바랄 정도로 독자 대중이 미련하지는 않다. 그것이 이 세계의 수치이고 치욕이라는 것인데, 수치와 치욕도 때로 관습이 되기도 한다. 관습은 망각의 성벽이 있다. 수치와 치욕에 대한 자각이 깊어질 때 망각을 반성하는 노래 또한 깊어질 터. 딴은 노래는 천상의 높은 노래보다 지상의 낮은 노래가 깊고 아름다운 법이다.

누가 밤저녁에 쓰레기를 버린다
가로등도 오래 전에 돌을 맞은 외진 골목
남루한
이웃이 싫어
선걸음에 달이 간다

전신주는 귀곡새 만장(輓章)을 읽는 시간
독거노인 담 너머 구새먹은 감나무에
재넘이
밤마다 와서

시린 볼을 비빈다

—「달동네」 전문

희한한 현상이지만, 쓰레기나 먼지가 중심으로 모이는 법이 없다. 그것들은 사람의 눈길이 미치지 않는 구석 귀퉁이에 저들끼리 모여 자리를 튼다. 자괴감, 열등감 때문일까. 사람도 못난 것들은 변두리로 밀려난다. 밀려난 그 자리에 검버섯 같은 달동네가 피어난다. 밀려나고 버려졌다는 함의에서 보면 달동네와 쓰레기는 같은 기호군에 속해 있다. 달동네는 근대의 못된 성벽, —그 성벽은 분리하고 단절하는 못된 버릇—이 남긴 확실한 증거이고, 치부이고, 기형이다. 근대의 치명적인 흠은 자신의 행위를 반성하지도 자각하지도 않는 데 있다. 그런데도 근대에 마취된 근대인은 마냥 '좋다.' 시는 그 마냥 '좋다'의 뒤에 음험하게 숨어 있는 불량 존재를 발견하여 그것의 존재를 폭로할 때 비로소 시로서의 존재가치를 부여받는다.

그의 달동네는 달동네의 존재를 자각하게 하고 달동네라는 수치를 낳은 근대를 진지하게 반성하게 한다. 이름하여 달동네인데도 '남루한 이웃이 싫어 선걸음에 달이 간다'는 표현은 아이러니이다. 달에게서마저 버림받은 동네라니. 달동네의 미래는 독거노인이 담보하고 있고, 독거노인의 미래는 역시 달동네가 담보하고 있다. 정확하게 말하면, 둘은 서로의 미래이다. 독거노인의 독거 실상이 실감나게 잡히지 않지만 그것을 환기하기란 어렵지 않다. 「봉노인 일지」를 펼치면 아주 가까이 확대되어 나타난다.

알람은 어김없이 네 시 반에 일어나고

대접엔 먹다 남은 국숫발이 말라있고

고양이
등 굽은 새벽
죽은 듯이 누워있다

—「봉노인 일지」에서

독거노인의 '독거' 실상이 생생하게 전달되고 있는, 건조하지만 이보다 사실적인 일지는 드물다. 한 장章 한 장이 각기 한 장면이 되면서, 비록 짧지만 탁월한 리얼리티를 확보하고 있다. 특히 '대접엔 먹다 남은 국숫발이 말라있다'는 표현은 아주 뛰어난 리얼리티를 보여준다. 봉노인 역시 독거노인일 것인데, 「유통기한」에서 '바람 빠진 리어카에 폐지뭉치 담아 싣고/뼈마디/쑤시는 길을/달을 지고 오르'내리던 그 노인일 것이다. 그의 노래의 대상은 비단 독거노인에 그치지 않는다. '부도난 공장에서 마침표를 찍고 나와 지하상가 계단 앞에 새우잠을 자'(「구조조정 편린」)는 사람들, '새벽을 가로질러 눈바람도 밀고나온 이마가 시린 사람들'(「인력사무소」)의 곡절도 빠뜨리지 않는다.

독거노인 외 민감한 사회적 사안을 거론할 때 미리 짐작한 바이지만, 그의 대사회적 발언은 예고된 것이었다. 이 노래는 듣기 상그러운 노래가 될지 모르지만 그렇다고 귀를 막을 수도 없는 노래이다. 단[甘] 노래가 아니라 쓴[苦] 노래이다. 그의 시에서 주목되는 것은 사회 · 역사의식의 균형이다. 어쩌면 그 균형은 보수를 편드는 편향이라는 오해를 살 소지가 큰 것이다. 다음 시가 그렇다. 잔뜩 심기가 불편해질 잠재 계층을 거느리는 노래이다.

'조직'이란 말이 '조작'으로 들릴 때가 있다
뒤에서 다듬은 칼로 역사를 비켜가며
성장(盛裝)한

산야의 체액을 완벽하게 지워낸다

닭장에 기른다고 꺼병이가 닭이 되랴
맹수는 갇혀서도 송곳니를 세우는 법
아무나
껴안는다고 어찌
사랑이라 하리야

—「언턱거리 허튼가락」 1, 2연

'조작'은 오차 범위 내에서 읽으면 역사 조작일 것이다. 그런데 하필 '조직'을 '조작'으로 들었을까. 이렇게 생각해 보자. '조작'은 '조직'에서 조직적으로 해야 가능한 일이지 않을까. 역사 조작은 국가 권력 차원의 조직이거나 그 권력을 배경으로 움직이는 조직이 아닐 것 같으면 감히 생각해 볼 염도 내지 못할 터, 이런 발언을 결심한 저간의 배경이 무엇일까. 읽는 자유를 허락해 준다면 이 시의 배경은 '홍위병'을 내세워 이념 논쟁을 격화시켰던 어느 정권의 난장이다. '뒤에서 다듬은 칼'이라니, 이 칼은 어떤 칼일까. 음험한 모략의, 떳떳하지 못한, 위선의, 허위의 그런 칼이 아니었을까. 그런 칼로써 조직을 움직여 역사를 비켜가며 산야의 체액을 완벽하게 지워냈으니 '조직'이 '조작'으로 들렸을 법도 했을 터. 진짜 위험한 것은 가짜 진보들의 움직임이다('진보' 운운하는 참에 불현듯 생각나는 것이 하나 있다. 유령 같은 이념의 금단 구역이 이 나라에 있다는 사실인데, 이 나라의 지식인, 문화예술인의 이념적 위선이나 허영기가 있다는 것인데, 이른바 진보 콤플렉스가 그것이다. 까칠하게 말하면, 일부이겠지만, 그 일부가 표방하는 진보의 실체는 이념의 진정성이나 정직성이라기보다는 이념적 스타일일 가능성이 높다는 것이다. 그러니까 포즈만 진보인 가짜 진보 말이다. 가짜 진보는 논리만 정연하고 무성하며, 여차하면 폭력적이고 일본판 이지메 성향이다. 섬뜩하고 살벌한 진보이면 십중팔구 가짜 진보이다). 그리고 진보의 어릿광대이자 꼭두각시인 홍위병이 움직이면 만사 끝장이다. 최소한 이문열의 현대판 '분서' 사태를 기억하고 있는 한 그렇다. 누가 언제 불각시에 '뒤에서 다듬은 칼'로 등 뒤를 칠지 송연해진다. 그 송연함은 현재진행형이다. 2연은 어째 개화가사풍이어서인지 메시지가 지나치게 밖으로 돌출되어 있어 읽는 재미가 반감된다. 이 노래는 본의 아니게 그의 의도가 너무 밖으로 돌출되어 있는 편이다.

이런 세상은 도대체 그가 이해되지 않는 방향으로 굴러가고 있다. 가령「부분집합」에서,

> 신비의 바그다드 우람한 돌기둥이
> 중동의 석유를 안고 불길로 뛰어들 때
> 시대는
> 평화를 쓰고 육자회담을 들먹인다

라고 했을 때, 도대체 누가 이 이상한 모순 구도에 대해 뛰어난 이해력을 발휘할 수 있을까. 짧게 인용한 부분은 나라 바깥의, 당최 이해불가의 국제 정세를 거론한 것이지만, (인용되지 않은 부분의) 나라 안의 돌아가는 풍조 내지는 세태도 비슷한 모순을 범하고 있다. 이 시의 제목인 '부분집합'은 그래서 붙은 것이다. 불편한 전망이다. 그렇다고 해도 세계에 대한 그의 전망이 도무지 암담한 것은 아니다. 그는 역사라는 '시간'에 대한 강한 믿음 같은 것이 있는 듯하다. 가령,「시간」에서 그는 그 시간을

> 망명정부 밀서처럼 가장 은밀히 감추면서
> 우주 밖을 다스리는 정확한 산법으로
> 신들의
> 엄격한 심판 산자를 지(킵니다)

지켜줄 것으로 믿는데, '신들의 엄격한 심판' 운운은 여간한 믿음이 아니다. 그 믿음대로라면 「언턱거리 허튼가락」에서 조직이 자행한 역사 조작도 엄격한 심판을 거치면 이내 바르게 되돌릴 수 있을 듯. 순진한 믿음일까. 하긴 순진함이야말로 믿음의 절대성을 보증하는 수표이니까. 문제는 역사 평가가 생각만큼 그렇게 녹록한 게 아니라는 사실이다. 그가 믿는 그 '시간'마저도 힘의 논리, 곧 권력의 속성이 있기 때문이다. 그의 믿음이 훼손되어 않았으면 하는 바람인데, 그 바람이 지켜질까. 그런데 그가 끝내 지켜내고자 하는 '산자'의 범주는 어디까지일까. 지켜내야 할 가치 있는 '산자'로부터 마땅한 당위 체계인 모든 올(이치)과 일들에까지 넓혀져도 좋을 것이다. 따라서 '산자'는 다양한 변주의 잠재성을 가진 개념으로 인식해야 할 듯. 다음 시의 경우에도 그 변주의 잠재성은 있다.

> 한 마리 벌 나비도
> 철새도 찾지 않는
> 사시로 연금당한
> 이 도시의 규격 속에
> 무모한
> 도전장 들고
> 옥매화 꽃눈 튼다
>
> —「연금(軟禁)당한 꽃」 2연

도시의 규격은 네모와 직선의 네트워크로 이루어진다. 도시의 집은 네모와 직선의 아파트가 규격이고, 도시 전체는 네모와 직선의 바둑판이 규격이다. 네모와 직선은 인위의 소산이지 자연의 것은 결코 아니다. 그래서 도시의 규격 속의 삶은 네모와 직선에 갇힌, 그가 적의하게 표현했지만, '연금'이다. 옥매화 꽃은 도시의 규격인 네모와 직선의 틀을 캐는 파격이다. 무모하지만 그 규격에 도전해 볼만한 가치가 있는 일이다. 그의 시에 빈번하게 등장하는 봄꽃 일종은, 전혀 새로운 것은 아니지만, 그러한 네모와 직선의, 곧 죽음의 도시에 대한 극복의 개념으로 이해된다. 가령, 「천주산 운(韻)」에서, 그가 인식한 도시는 '겨누는 칼날'이다. 왜 칼날일까. 칼날은 죽음의 칼날일 터인데, 그가 다른 시에서 '무구한 생명을 치는 이 도시'(「골프장」)라고 짧게 언급한 대목을 보면, 그에게 있어 도시는 죽음이 만연한 부정적인 공간으로 인식되고 있음을 시사한다. 의당 그 도시 속의 우리 가슴은 '돌문보다 굳게 닫'혀 있다. 천주산의, 짧지만 엄청난 힘이 느껴지는, 아래 석 줄짜리 자연에서 도시가 겨누는 그 죽음의 칼날도, 굳게 닫힌 폐색의 그 무거운 돌문도 일거에 철거되고 말지 않을까.

풋것의
향그런 숨결
불쑥 불쑥 솟군다

지금까지 아주 거칠고 성글게 홍진기의 「거울」에 비친 세상과 삶의 우여곡절에 대한 노래들을 논의해 온 셈이다. 「거울」의 시화, 이것은 상당히 오랜 연륜을 가진 것인데, 그 연륜의 '거울'은 단순한 소재 차원이 아니다. 이상과 윤동주가 굵게 긋고 간 뒤에 가히 전통으로 굳어질 정도의, 강력한 카리스마의 알파이고 오메가이다. 그들의 거울은 상처 덩어리다. 만지면 그 상처의 아픔과 슬픔이 물커덩 손에 전해져 온다. 이상의 거울, 그 젊은 나이에 정신분열에 가까운 불구의 생각들이라니. 혹은 윤동주의 거울, 골방에 처박혀서 구리거울을 들여다보며 자조하고 학대하면서 자신을 반추하던 우울한 모습이라니. 불우한 시대가 할퀴고 간 거울의 모습이다. 홍진기 시인의 「거울」 전문은 이렇다.

> 무심코 곁에 놓인 쪽거울을 들여다보면
> 등살은 벗겨지고 빛이 바랜 어느 길목
> 거기엔
> 숨찬 나날의
> 피에 젖은 땀이 있다
>
> 골 깊은 주름살에 갈아 끼운 앞니 하나
> 턱 높은 세상살이 바람만 굽이치는
> 또 하나
> 요지경 속 같은
> 건너야 할 터널도 있다

자화상인데, 시인의 자화상치고는 초라할 정도로 담박하다. 수식의 도움이 없다는 것에서 그렇겠지만, 우선 군살이 없는 성실한 자화상이다. 이 성실함은 윤리의 조건이다. 그는 윤리적인 시인이다. 그는 또 바르고 반듯하며 올곧다. 그의 자아는 일탈을 모른다. 그의 사유 또한 일탈을 모른다. 그의 사유는 선비적이다. 이 윤리적 성실함과 선비적 사유가 그의 시의 장점이지만 한계이기도 하다. 물론 그의 이런 특징이 잘잘못의 가치 판단의 도마 위에 있는 것은 아니다. 다만 시의 세계가 윤리학에 쏠리다보면 경색될 수도 있다는 우려가 생긴다. 시의 세계란 철학의 세계와는 달리 철학의 앞이나 뒤에서 철학의 둔중하고 경색된 행보를 이완시켜 가볍게 한다. 홍진기의 경우, 그 이완과 가벼움은 '노래가 되는 시'로써 실현된다.

'노래가 되는 시'의 '노래'는 가락, 곧 율격이 우선이다. 시조의 특징적인 4걸음 가락은 우주의 돌아가는 질서를 닮은 것인지는 장담할 수 없지만, 그것은 슬프고 아픈 삶을 체념과 달관, 승화의 삶으로 이끄는 가락일 수도 있을 것이다. 그 바탕 위에서 삶의 우여곡절이 논의되는 것일 터인데, 논의가 용이하게 해결될 성질인가, 그처럼 기실 삶의 우여곡절도 용이하게 다스려지지 않는다. 우여곡절이 용이하게 다스려진다고 한다면 그것은 눈속임이고 사술詐術일 가능성이 크다. 차라리 다스리기 힘들다고 한숨을 토하면서 그것을 힘써 넘어가려는 간곡한 몸짓이 동반될 때 우여곡절은 승화되고 진정성의 위에 서는 길이 된다. 그 길을 그는 시조로써 타진하고 있다.

입안의 휘파람 소리

—홍일표의 『매혹의 지도』

'수국 한 송이'(「수국에 이르다」) 입안에 넣고 우물거리는 바람처럼 홍일표의 『매혹의 지도』를 곰비임비 우물거리며 읽었다. 처음 읽을 때 느꼈던 막막한 검은 그림자의 문장은 읽을수록 조금씩 엷어져 따뜻한 분홍빛 그림자의 문장으로 바뀐다. 그의 시는, 방법론에서 보면, 노자적이며 장자적이다. 사물을 다르게 보고 다르게 생각한 데에서, 혹은 '말 밖의 말'(「뱀 이야기」)을 통해 이미 말 속의 말로는 포착하기 어려운 삶의 비의를 포착해내고 있는 데에서 일면 노자적이고, 가끔 초현실적 이미지와 비약적 상상력을 통해 다르게 보고 생각한 것을 드러내는 데에서 일면 장자적이다. 그래서 그의 시는 '공중에 찍혀 있는 발자국처럼 명백하고 사뭇 모호하게'(「무언극」) 읽혀졌나 보다. 그가 심혈을 기울인 이 '매혹의 지도'에 대해 어떤 말을 적어야 하나. '힐끗' 하는 기술 태도는 금물이다. 「힐끗,」에서의 표현을 빌면, 우리는 '많은 이들을 폭식한다.' 폭식은 허하고 나쁜 방식이다. 폭식한 탓에 어느 순간 우리는 눈처럼 순식간에 녹아버리고 서로가 서로를 지우기에 바쁜, 서로의 죽음을 익숙하게 확인하는, 그래서 우리는 늘 허기진 백지이다. 우리는 그의 예민한 관찰대로 '오늘도 찰나의 눈빛을 반짝이며, 힐끗,' 하며 지나치고 있지 않은가. 낯선 듯 낯익은 풍경이 된 데에서 그것은 죽음의 방식, 「시간의 영역」에서, 낯선 골목이 낯익은 몸 안으로 들어오는 것을 두고 죽음이 군림하는 방식이라고 한 그것과 통하는 죽음의 방식이다. 바슐라르의 표현에 기대지 않더라도 시는 우리를 둘러싸고 있는 것과의 대화인 것, 찰나의 그 눈빛은 오로지 진지한 소통을 위해서, '힐끗'은 필히 빼고, 반짝여야 한다. 이때 꼭 「힐끗,」에 대한 자성적 텍스트로 보이는 「텍스트」를 만난다.

> 달빛 아래 짐승들이 헤매고 다니는 눈 덮인 내설악은 너무 밝은 텍스트다 멧돼지는 달빛을 모르고 내설악은 멧돼지를 모르는 것 서로가 서로에게 캄캄한 것 그리하여 달빛과 내설악은 박물관의 유물처럼 밤새도록 심심한 것
>
> —「텍스트」

텍스트란 무엇인가. 무한한 의미망을 보유하고 있으면서도 밖으로 뚜렷하게 그 의미망이 드러나지 않은, 미해독의 아득한 영역, 텍스트는 깨어있는 누군가가 두드리고 깨고 비집고 건드려야 움직이는 생물이다. 세상은 그래서 모두 텍스트이다. 앎과 깨달음을 위한 인식적 읽기의 대상으로서의 세상이기에 그렇다. 달빛 아래 짐승들이 헤매고 다니는 눈 덮인 내설악은 얼마나 밝은 텍스트인가. 밝다는 것은 열려 있다는 것인데, 텍스트는 열려 있는 닫힌 체계일 뿐, 서로가 서로를 모르거나 서로가 서로에게 캄캄해져 급기야 서로 다른 표정으로 멀어지는 것이 아니다. 서로 다른 표정으로 멀어진 '박물관의 유물'은 밤새도록 얼마나 심심할까. 그래서 시인은 『시인의 말』에서, "대상과의 깊은 교유는 곧 귀신을 만나

는 일이고, 단 한 번도 감각하지 못한 생의 숨결에 온몸이 젖는 것"이라고 했던 모양인데, 그가 운운한 '귀신'은 자연의 것, 혹은 자연의 내부를 자연의 마음으로 읽은 노魯의 목공 자경梓慶의 솜씨를 귀신의 솜씨라고 기술한 ≪장자≫ 속의 그 귀신이 아닐까. 그 귀신은 초현실적인 우주의 귀신일 수도 있겠고, 아니면 시적 대상을 지극정성으로 대하여 대화하는 시인의 내부에 있는 뜨거운 마음을 일컫는 것이기도 할 것이다. 그 두 귀신이 서로 교응하고 또 서로의 귀신에 빙의되어 일체의 외적 간여, 이를테면, 시적 전통이나 낯익은 방식과 같은 메커니즘을 거부하는 마음에서 결정된 어떤 매혹적인 절정의 순간이 그의 시에 찾아든다. 한마디로 그의 귀신 운운은 대상 텍스트에 깊이 침윤되어 그 대상의 내부를 정치하게 읽어낸다는 표현의 다른 표현으로 볼 수 있다. 「얼핏」과 「텍스트」는 정치하고 섬세한 대상 읽기를 시사하는 맥락의 텍스트이다. 따라서 보기에 따라, 착시 현상일지 모르지만, 그의 시집에 수록된 상당수의 시편은 기존 시에 대한 반성적 인식을 기조로 하여 새로운 시에 대한 메타적 인식을 보여주는 일종의 메타시와 창작의 실제 편들이다.

시의 존재론적 울림은 존재의 이면을 읽을 때 커진다. 더욱이 어두운 이면을 읽을 때 그 울림의 진동은 더욱 커진다. 이 지점에서 그의 메타적 인식의 우려가 표명된다. 낡은 관습과 형식에 얽매이고 길들여진 언어의, 무딜 대로 무딘 감각의 시로서 생의 비경을 포착, 존재의 이면을 길어 올리는 섬세하면서 정치한 읽기가 가능하겠느냐는 것이다. 「거울의 식성」에서, 그는 거울이라는 메타포를 사용하여 자신의 우려를 비유적으로 나타낸다. 거울은, 그의 표현대로, 귀신과 접신하여 세상의 곳곳, 구석구석과 제대로 소통하는 매개로서의 거울이어야 할 터, 정작 「거울의 식성」에 나타난 거울은 딱하게도 이빨이 없다. 게다가 그 거울은 병든 거울이다.

연신 몸을 들락거리는 사람들, 우연히 방문하는
길가의 가로수나 구름 한 점도 소화시킬 수 없다
우물거리다가 다 토해내는
거식증 환자이다

―「거울의 식성」

소화불량의 거식증 환자인 이 거울을 보면 귀신과의 접신과 소통은 애시당초 글렀다. 기왕의 거울에 대한 그의 불신감은 이렇게 크다. '골동품 같은 구름이거나 기러기를 버린 지 오래'(「안개 통신」)되었다고 선언한 그에게 전통은 골동품과 같은 죽은 생명의 것이다. 달빛 사용을 조심하라고 거듭 당부하는 「달빛 사용 설명서」에 투여된 시인의 저의는 여기에 있을 것이다. 그것은 쉽게 곁을 주지 않을뿐더러 자칫 잘못하다간 전통주의자로 뭇매를 맞거나 한물간 음풍농월로 오해받기 십상이다. 전통에 대한 믿음을 상실한 그는 경계를 지우거나 묻어버리는 일에 익숙한 안개처럼 일종의 무신론자이다. 그에게는 절대란 없고, 절대에 대한 확고한 믿음도 없다. 절대의 이미지인 하늘의 새파란 이마도 그에게 걸리면 그의 발끝에서 여지없이 깨지는 수모를 당하고 만다. 거울도 예외가 아니다.

무청 같은 새파란 눈썹 하나 꿈틀댄다
내 안의 퀭한 거울이 배가 고프다

―「거울의 식성」

감연히 깨뜨려서 버린 뒤 돌연 새파란 눈썹 하나 꿈틀대고 문득 식욕이 동하는 거울, 배고픈 거울이 태어나고 있다. 어떤 거울일까. 리얼리티를 앞세운 리얼리즘용用 거울은 아닐 것, 다른 생각의 날개용用 거울일 것이다. '날개를 숨긴' 채 '늘 다른 생각을 한다'는 「유리창」의 '유리창'과 동류의 성능을 가진 것일 것이다. 다른 생각은 이미 패러다임이 된 생각을 따르지 않는 생각에 대한 혁명적 꿈꿈이다. 이런 그에게 날개는 꼭 필요할 듯. 비록 납덩이에 불과하여 태양을 만나면 녹아 없어지는 이카루스의 날개일지라도 '계명이 바뀌지 않는'(「역사의 방법」), 동어반복의 지루하고 낡은 이 지상을 상쾌하게 비상할 날개가 필요한 것이다. 이 세계에는 '다른 목청의 노래가 발바닥이나 겨드랑이'(「이면의 무늬」) 어딘가에 서식하고 있을 것이라는 것, 그리고 그것은 세계의 이면이고 내부이다. 그래서 다른 목청의 노래도 불리어져야 한다는 것을 그는 알고 있다. 그 사실을 잘 아는 그이기에 세계의 내부를 가로지르며 어두운 허공을 낮게 날기도 하고, 맑은 허공을 감미롭고 상쾌하게 날기도 한다.

그 비상의 순간은 거의 밤에 결행된다. 그런 밤은 하나, '밤을 버리고 돌아온 밤'(「콘서트」)이고, 둘, '저녁이 식은 해를 안고 불의 심장으로 들어간다'(「매혹의 지도」)고 했을 때, 불의 심장에 해당하는 그 밤으로서의 밤이다. 전자의 밤은, 허위와 편견의 용수를 씌워 '박물관의 유물'처럼 캄캄하고 심심한 밤으로 변질된 그 밤에서 본래 자리로 돌아온 맑고 투명한 밤이다. 이런 밤이면 밤은 용수를 벗고 투명하고 환한 어둠으로 돌아간다. 「까마귀 전사」의 '까마귀'는 '밤을 버리고 돌아온 밤'을 대표하는 전사이다. 까마귀는 벙어리새에서 시인에 의해 비로소 어둠을 어둠으로 가로지르며 홀로 반짝이는 검은 광석으로 발굴된다. 허위의 편견에 묻힌 존재의 발견이다. 「콘서트」에서, 콘서트가 열리는, 새파란 나뭇잎 같은 귀들이 팔락이고, 하늘에 별들이 정충처럼 반짝이는 밤, '여자 안에 구겨져 있던 여자가 걸어 나온다'고 할 때의 '여자'도 그렇다. 후자의 밤은 불의 심장을 지닌 밤이다. 밤은 불의 심장을 지녔기에 식은 해를 다시금 뜨거운 해로 달구어서 아침이면 중천에 보낼 것이다. 불의 심장을 가진 아름다운 정경 하나 더. 「비상구」의, 나비의 날개를 위해 태양의 마음을 공평하게 나누어 가지려는 꽃잎의 마음이 그것이다. 불의 심장은 다른 존재, 타자의 삶에 연민과 사랑을 나누는 마음이다. 그 마음이 있기에 돌멩이 같은 허공의 틈새가 조금 더 벌어지는 놀라운 세계가 개진된다. 또한 '달지 않은 수국 한 송이를 꺼내 한 열흘 땅 위의 배고픈 그림자를 먹여 살릴 수 있'기를 바라며 '솜사탕을 수국 한 송이로 번안하는 일에 골몰'하는 「수국에 이르다」 역시 불의 심장을 가진 화자의 시적 담론이다.

「모란 날다」에서, 귀신을 만나는 마음으로 꽃의 뜨거운 내부를 가로지르는 상상력 속에서 생의 비의를 발견하기도 한다.

> 저 내부에는 색지로 포장된 봄별이 있거나 아직도 내 안에서 뜨거운
> 서쪽 여자의 분홍빛 입술이 숨어 있을 거라고

그러나 대상의 내부가 이렇게 다 뜨거운 분홍빛 입술의 내부는 아니다. 내부의 다른 한쪽에는 울음이 있기도 하다. 울음을 만든 슬프고 고통스러운 외부, 바깥이 전제되는 바, 그곳을 그가 드러내 놓고 리얼리즘 시처럼 파고 비꼬지는 않지만, 무의식 중에 그곳은 발설되고 있다.

> i) 남은 허공을 쥐어짜면 새들의 울음이 주르르 흘러내리기도 하는
> 여기는 바닥에 노래가 새겨지지 않은 곳
>
> ―「저녁의 표정」

> ii) 여기는 최소한 거기가 아닌 곳이라고 중얼거리지만
> 여전히 촛불은 미완의 음악
> 따뜻하게 응고된 슬픔을 어루만지며 조용히 견디는 것
>
> ―「이면의 무늬」

> iii) 다만 여기는 음악이 흐르다가 얼어붙는 여름의 빙판이고

당신의 어금니를 빠져나오지 못하는 오래된 봄이네
—「역사의 방법」

'여기'는 ⅰ)의 노래, ⅱ)의 음악, ⅲ)의 음악과 결부되어, 바닥에 노래가 새겨지지 않는 곳, 미완의 음악, 음악이 흐르다가 얼어붙는 여름의 빙판 따위로 해서 결빙된 곳이다. 결빙된 곳이기에 울음이 흘러내리고, 응고된 슬픔을 어루만지며 견디어야 하는, 오래된 봄이라는 비극적 인식이 드러나 있다. 이러한 인식의 배후는 사회역사적 상상력일까. 시집 전편에서 사회역사에 대한 발언이 거의 없는 것으로 보아 그 혐의는 어려울 듯. 노래, 음악이라고 했으니, 그곳은 시의 현재 '여기'를 뜻하는 곳일 것이다. 여기는 억압하는 곳. 주류가 된 시의 일방적인 흐름이 헤게모니를 잡고 기득 권력을 행사하고 있어 그것이 억압적이 되고 있는 문학적 현실의 그곳이다. 억압적 권력은 그 내부에서 부패하기 마련이다. 그리고 그것은 '오랜 지병'(「무거운 병」)이 될 것이다. 「원시인」은 꼭 이에 대해 반응한 시처럼 보인다.

바위의 눈 속에서 나는 바위이고
공기의 눈에 나는 물렁물렁한 공기이다
내가 희미해질수록
나는 정직한 물질이 된다

내가 중심이라는 인식, 그러니까 초자아가 강하면 나의 존재는 완강해져 존재의 변환은 기대하기 어렵다. 그것은 초자아가 자아를 억압하는 것, 따라서 정직한 물질이 될 수 없다. 존재 변환의 필요에 따라 바위가 되고 공기가 되는 이곳은 억압적 권력이 가동될 수 없는 곳이다. 내가 희미해져 정직한 물질이 되기 때문이다. 이 메시지는 '오랜 지병'을 앓고 있는 시단에 던지는 중요한 화두이기도 하다. 아울러 일방주의에 젖어 문학의 지평이 닫혀있는 시단에 대해 그는 문학의 지평을 넓히는 사유와 감각의 다양성을 제시하는데, 이를 테면 '왼쪽으로 세 걸음만 걸으면 봄이 오는 방법'(「역사의 방법」)이 있음을 제시한다. 그러한 억압은 「무거운 병」에서 구체성을 띄게 되는데, 꽃병 속에서 다시 살아 나오지 못할 꽃들이 밤을 우그러뜨려 별을 터뜨릴 때 꽃병이 깨지고 꽃들을 물고 있던 이빨들이 흩어진다. 그리고는 꽃들이 하늘로 나풀나풀 날아간다. 실로 '오랜 지병'에서 치유되고 있는 절정의 순간이다. 그의 억압에 대한 해방 의식은 돌연한 일상에서도 분출되고 있다. 가령, 「명암의 방식」에서, 선풍기 안에 새가 산다는 엉뚱한 진술 아래,

> 네모난 벽을 돌리고 있다
> 그때마다 물고 있던 새를 발설하는 벽
> 삑삑거리다가 지금은 목청 곱고 우아한
> 날갯죽지가 푸른 새
> 벽화 밖으로 나와 퍼득이는

광경이 눈에 나타난다. 벽에 달린 선풍기가 돌아가면서 네모난 벽을 돌리는 아주 돌연한, 그러면서 놀라운 광경이 벌어진다. 그 선풍기가 벽이 물고 있던 새이다. 미력微力의 선풍기가 위력威力의 벽을 돌리는 힘은 억압이다. 억압은 해방과 자유를 키워 먹여 살린다. 억압은 그러므로 숙주이다. '박물관의 유물' 같던 벽화 속에 억압되어 있던 날갯죽지 푸른 새가 벽화 밖으로 해방되어 자유를 퍼득이고 있다. 이런, 일상의 도처에 억압이 만연해 있다. 딴은 '퍼득이는' 일만 남았다. 『매혹의 지도』도 그 일환이다.

내부를 가로질러 중심을 싱겁게 하려는 시인의 뜻을 감안할 때 물질의 측면에서 비의 동형인 안개를 그냥 지나칠 수 없다. 안개는 밤과 닮았다. 안개의 살을 만지면 안개는 '손발이 없다 얼굴은 뭉개져 소리가 오가던 길도 지'(「매혹의 지도」)운다. 이렇게 안개는 손발과 얼굴과 소리가 만든 고정된 형체를 해체한다. '세상의 중심을 모호하고 싱겁게'(「눈사람」) 만드는 연기처럼 말이다. 이때 안개는 정직한 물질에 대한 욕망을 드러낸다. 정직한 물질이면 바위가 되기도, 물렁물렁한 공기가 되지도 않던가. 그리고 거꾸로 '안개 속에서 바위도 녹고 너무 선명한 어제와 내일이 녹'(「원시인」)기도 한다. 내가 희미해져 정직한 물질이 되었다는 증좌이다. 안개처럼, 대낮의 뚜렷한 형체들을 해체하여 사라지게 하는 밤은 안개의 이미지와 접선하여 허위의식을 깨기도 한다.

> 예언은 사탕의 달콤한 혀로 산 너머 공중의 마음을 말한다
> 허공에 박혀 있던 한쪽 발이 빠지지 않는 것은
> 어금니의 단단한 고집 때문이라고
> 백발의 늙은 안개는 오랫동안 중얼거리는 저녁이다
>
> ―「안개 통신」

그의 다른 시 「삐걱거림에 대하여」의, '(점성술사의) 예언은 항상 바람의 뒤통수만 겨냥한다'에서 알 수 있는 것처럼, 그는 예언에 대해서는 별 무신통이다. '사탕의 달콤한 혀' 정도로 부정적으로 생각한다. 예언의 주체는 누구일까. 이 시에서는 '어금니'이다. 더 자세히는 그 '어금니의 단단한 고집'이다. 어금니의 예언은 늘 그렇듯이 절망은 감추고 낙관만 부추긴다. 그 고집은 단단해서 도대체 절망을 키우지 않는다. 절망을 키워야 낙관이 튼튼해진다. 절망을 숙주로 하지 않은 낙관은 허방이다.

다시 내부를 가로지르면 이면의 무늬격인 그림자가 나타난다. 그림자는 사물이 있고, 빛이 있으면 생긴다. 따라서 외물의 성립에 따른 필연적 현상이다. 사물의 상호의존성과 상호연관성을 말하는 것이다. 어떤 사물도, 혹은 사람도 주체적 우월성이 있는 것은 아니다. 모두 무엇에 의지해서 존재하거나 움직인다. 그런데 그림자가 억울한 것은 빛의 분신 정도로 생각된다는 것이다. 그렇게 생각된 것은 순전히 '태양의 농락 때문'(「그림자 재고 정리」)인데, 그림자는 빛의 이면일 뿐, 빛의 예속이 아니다. 빛과 그림자는 서로가 서로를 가능하게 하는 일종의 방생方生 관계이다. 우리가 진정으로 자유로워지려면 사물의 한 면만을 보고 거기에 집착하는 편향된 태도를 버리는 일부터 앞서야 할 듯. 죽은 그림자가 아닌 생명의 살아 있는 그림자이기를 바라는, 그래서 그림자에 대한 그의 바람은 절실하다.

> 저녁 하늘처럼 우아하게
> 칼에 맞은 그림자가 피를 흘렸으면 좋겠다
>
> —「418호」

칼을 맞아 피를 흘리는 그림자에 대한 시인의 간절함. 죽은 그림자는 칼을 맞아도 피를 흘리지 않는다. 그러니까 그림자의 존재가 피를 흘리는 생명의 존재이기를 바라는 인식의 표명이다. 이렇게 그림자가 피를 흘리고 난 뒤에야 비로소 「그림자의 문장」이 나타난다. 눈 감지 못한 새벽 두 시, 마침내 당신이 보이지 않는 아침에 그림자의 문장은 씌어지고 있다.

> 한 줄기 연기와 살을 버린 소리 몸 섞으며 사라지고
> 아직 태어나지 않은 빛

터질 듯 달아오르는 돌 속에서 빗살무늬로 수런거릴 때

귀와 눈이 지워지는 무화과나무
맨 처음 진흙 같은 표정으로 구물구물 살아 움직이는

그림자의 가슴에 가만히 손을 얹는다

귀와 눈은 기억의 감각 장치, 의미를 오래 저장하여 기억하는 버릇이 있다. 성서적 이미지로 보이는 무화과나무, 그 나무의 귀와 눈은 오래 기억된 것을 환기시켜 새로운 눈과 귀의 역할을 가로막는다. 현상적 기관인 귀와 눈이 지워진다는 것은 새로운 태어남을 위해 기왕의 침침한 눈과 어두운 귀는 사라져야 한다는 뜻이리라. 그 사라짐과 지워짐 이후에 성서의 시원 이미지인 맨 처음 생명의 질료인 진흙 같은 표정으로 비로소 살아 움직이는 그림자가 태어나고 있다. 그림자가 피가 흐르는 생명의 존재이기를 바란 그의 바람이 이루어지고 있다.

책상 위에 잠시 내려놓은 휘파람에서 푸른 싹이 돋고
얼음장 밑의 미나리 싹 같은 새가
입안에서 지저귄다
멀리 날아가지는 못하고 입안을 둥지로 착각한 새의 불행이 시작된다

로 시작되는 「늙은 남자의 휘파람」은 꼭 시인의 자화상처럼 보이는 시이다. 이 시의 말미에 있는 '아직 부르지 못한 노래만 남아 불 꺼진 입안을 맴돈다'는 대목에 이르면 오늘밤도 그는 쉬이 잠들긴 글렀다. '가슴 속 화염이 피를 먹고 휘파람으로 진화할 때까지'(「늙은 남자의 휘파람」) '주름살 깊은 그림자'(「역광」)와 '배고픈 그림자'를 위해 수국 한 송이의 만찬

을 준비하는 그의 시는 두근거리는 어두운 심장의, 불 켜진 고양이가 되어 오늘 밤도 잠들지 못한 채 검고 가느다란 울음소리를 흘리고 있을 것이라는 짐작이 든다. '입안을 둥지로 착각한 새의 불행'일까. 아니면, '불운도 행운도 아닌 그저 희미하게 사라지는 원시인'(「원시인」)의 운명일까. 그가 건넨 '수국 한 송이'를 입안에 넣고 우물거리다가 글을 끝내는 지금은 새벽 두 시, 잠들지 못한 늙은 남자의 입안의 휘파람 소리가 연신 귓전을 울린다.

시가 무슨 쓰임이 있으랴 마는 쓰임을 겨냥하지 않는 데에서 그 쓰임은 극대화될 것이다. 이른바 무용無用의 용用이다. 시가 무슨 목적이나 쓰임을 겨냥한다면 그 시는 한없이 가벼워지고 무거워질 것이다. 그 시의 의미의 부피가 평면적인 데에서 한없이 가벼우며, 목적이나 쓰임을 겨냥하는 데에서 더없이 엄숙하고 무거워지기 때문이다. 대상과의 친교와 소통을 겨냥한−겨냥한 데에서 쓰임이 있는, 홍일표의 시 또한 가벼우면서 무겁다. 위로 상승하는 상상력으로 인해 무거운 것들이 깃털처럼 가볍게 들려지고 있는 데에서 그의 시는 가볍고, 그 시의 자연스러운 행위가 굳이 기존의 것에 대한 억압을 의식하지 않으면서도 그 억압을 깨뜨리고 탈피하고 있는 데에서 그 시의 행위가 무겁게 느껴지는 까닭이다. 그의 언어와 사유, 감각, 그리고 상상력 등이 아직 건강하니 그의 그것들의 건강을 의심하는 것은 아니지만, 그의 시의 가볍고 무거운 행위가 계속되기를 바라는 마음에서 「달빛 사용 설명서」의, 그가 시인들에게 부친 마지막 구절을 그에게 도로 부친다.

> 조심하라
> 당신의 몸은 이미 많이 야위었다

마흔의 저녁들

–김병호의 『밤새 이상(李箱)을 읽다』

시집을 열면 가장 먼저 나타나는 선두 시는 시인의 거듭된 고심의 결정일 것이다. 선두 시라면 시인의 세계인식을 감당할 깜냥의 득의한 텍스트라는 판단에서이다. 시집의 선두 시와 비슷하게, 각종 행사 개막에서 그 행사를 여는 오프닝 멘트는 그 얼마나 중요하여 관객의 이목을 집중시키는가. 그것을 통해 누구는 알고 싶고, 누구는 알리고 싶은 모종의 것이 드러나거나 알려진다. 따라서 이 편집 체재는 다분히 의도적이다. 의도적인 까닭에 시인은 자신의 의중이 거기에 있다는 것을 은연중에 주지시키는 한편, 자신의 내밀한 그 의중과 진지하게 접선해 주기를 욕망하는 것이다. 김병호의 『밤새 이상(李箱)을 읽다』의 선두 시는 「시인은,」이다.

시인은, 가끔 환히 멎어 있는
강심의 물금처럼, 제 눈물의 갑절을

약속처럼 매달고 산다

—「시인은,」에서

시인은 제 눈물의 갑절을 약속처럼 매달고 산다고 한다. 산문적으로 이해하면, 자신을 위해 흘려야 하는 눈물의 두 배를 반드시 타자를 향해 돌리겠다는 뜻이다. 반드시 그렇게 해야 하는 것은 아닌데도 시인은 약속 때문에 그렇게 해야 한다고 생각한다. 그런데 이 약속은 타인과의 문서 계약에 따른 약속은 아닌 것 같다. 그렇게 해야 옳겠다는, 자신 내부의 소리를 들은 그가 자신과 한 내부의 약속인 것 같다. 그렇다면 시인의 갑절의 눈물을 받을 그 약속의 대상은 누구일까. 따옴시의 생략된 앞부분에 그가 친절하게 낱낱이 거명하고 있어 그것을 간추리면, 첫째, 벼랑에 뿌리를 내리는 것들, 이를 테면, 돌바닥에 살을 찢는 산란기의 연어나 한 끗발로 살아온 노름꾼의 늙은 아내나 한 가지 음만 연주하는 악기와 같은 것들이고, 둘째, 뒷모습으로 자라는 것들, 이를 테면, 잎 없이 꽃 피운 나무나 새끼를 잃고 누엿누엿 무리를 좇는 어미나 말라버린 연못의 숨자국 같은 것들이며, 셋째, 저녁에만 자라는 것들, 이를 테면, 시골 사진관 검은 커튼 앞에 놓인 의자나 항상 반음을 높게 잡아 부르던 깃발 잃은 노래나 막다른 골목 느리게 신발 끄는 소리와 같은 것들이다.

그러니까 벼랑에 뿌리를 내리거나 뒷모습으로 자라거나 저녁에만 자라는 것들을 위해 눈물의 갑절을 흘리겠다고 단단히 벼르는 것인데, 벼랑이나 뒷모습, 저녁 등은 그 단단한 벼림을 뒷받침할 정도의 참신한 이미지는 아니다. 되레 시인의, 시인으로서의 포즈가 지나치게 밖으로 드러나 있어 불편한 인상을 주는 게 아닌가 하는 우려가 앞선다. 그러나 그 우려는 기우일 뿐이다. 벼랑과 뒷모습, 저녁 등은 낯익은 이미지이지만, 구체적인 디테일을 통해 세계의 어둠을 더욱 짙고 강렬한 어둠의 풍경으로 심화시킴으로써 우려를 전면 무산시키고 있다. 벼랑과 뒷모습의, 저녁의, 적나라한 어둠의 그 세계는 민얼굴의, 실존적 현실의 세계이다. 그 세계의 어둠은 충분히 신뢰할 만하다. 그 세계의 어둠에 대한 신뢰는, 그리고 그 신뢰의 근거는 먼저 믿을 만한 화자에서 찾아야 한다.

『밤새 이상(李箱)을 읽다』의 시인 혹은 시 속의 화자는 마흔 남짓한 중년이다. 현대의 몰개성론의 관점은 시의 화자와 시인을 엄격하게 구분하는 까닭에 시 속의 마흔이 시인의 나이로 곧바로 직결되지는 않는다. 물론 이 관점이 배타적 구속력을 갖는 것은 아니다. 그 역의 관점도 무방하다. 딴은 시의 화자란 세계에 대한 시인의 태도와, 그 세계의 유력한 메시지 전달을 위한 시적 전략일진대, 마흔의 시선 또한 예외가 아닐 것이다.

마흔의 중년기는 청년기를 지나 노년으로 가는 길목에 위치한, 따라서 질풍노도로 바삐 걸어온 걸음을 잠시 풀고 한 파수 쉴 수 있는, 그래서 걸어온 세계와 걸어갈 세계를 중도의 맞춤한 거리에서 돌아보고 바라볼 수 있는 시의적절한 시기이다. 그러기에 돌아보는 마흔은 '그대의 소식을 기다리고 있'(「이름 없는 풍경」)는 헛된 그리움과 기다림의 나이이고, 바라보는 마흔은 '꿈속에서 우는 날이 많아'(「마흔」)지는 나이이다. '그대'에 대한 마흔의 그리움이 헛된 것은 그대가 '고드름처럼 차갑고 가벼운 이름'이어서 곧 사라질 운명이어서이고, 우는 날이 많은 것은 꿈속에서 꾸는 꿈을 마흔이 이미 꿈인 줄 알아버린 까닭이다. 꿈인 줄 알고 꾼다는 것은 꿈이 허망하다는 것을 알아차렸다는 것인데, 그것은 진짜 꾸어야 할 꿈은 사라지고 없다는 것이다. 꿈이 없는 마흔은 '텅 빈 독'(「당나귀를 위한 시간」)이다. 그리고 걸어갈 마흔의 눈앞에 '금 간 저녁'들이 지나간다. '금 간 저녁'을 보아내는 마흔의 화자는 역시 우리의 기대를 저버리지 않는 화자이다.

금 간 저녁의 밑바닥에는
뜨겁거나 차가운 별들이 있고
내가 지난 마흔이 있다

—「당신의 서쪽」에서

마흔의, 금 간 저녁의 밑바닥에는, —그래서 이 저녁은 평화로운 저녁이 아니라 균열과 위기의 저녁이다, 한때 내가 욕망했던 뜨거운 별들이 있고, 욕망이 시들어 차가운 별들도 있다. 그의 다른 시 「우리는 별이었다」의, '오직 늙고 단단해 지기 위해 달리고 있었다'는 구절이 그의 차가운 별의 배후를 제공하는 듯하다. 사람이 삶을 좇아가기도 하지만, 그 삶에 좇기기도 하는 것인데, 그 좇아감과 좇김 사이에서 사람은 늙고 단단해지는 것이리라. 그것은 물론 고통의 현상들이다. '내가 지난 마흔'이라고 하지만, '내'에게만 국한되는 마흔이 아니라 모든 '마흔'을 가리키는 포괄적 개념인 것인데, 그 마흔들이 지금 벼랑에 몰려 있다.

제 몸에 그믐을 새긴 잔이나
뒤늦게 이혼을 이야기하는 아버지나
무릎 오그리고 앉아 울고 있는 저 아이나

누구에게나 하나의 이름은
지우지 못한 금이다

—「저녁의 계보」에서

'이름은 금'이라는 진술은 비극적이다. 누구든 하나의 이름을 가졌으므로 모든 이름은 '금'이라는 비극에서 자유롭지 않다. 삶에 뿌리내린 비극의 근원이 깊다는 뜻이리라. 금이든 그믐이든 금의 이미지나 그믐의 이미지로 겹치게 될, 금 또는 그믐을 새긴 잔이나 뒤늦게 이혼을 이야기하는 아버지나, 그 옆에 오그리고 앉아 울고 있는 아이는 하나같이 금이 간 존재들이다. 위 따옴시의 결구는 비장하다.

금이 간 저녁이
당신을 지난다

이름을 가진 당신, 당신 곁으로 금이 간 저녁이 지나리라는, —당신의 저녁만은 무사했으면 하지만 당신 역시 위태롭다는 안타까움이 묻어나는, 불길한 신탁이다. 이 비극의 불길한 신탁은 그의 시에서 병렬적으로 무수히 열거되면서 하나의 풍경이 되고 있다. 그 풍경은 스산하고 쓸쓸한 풍경이다.

i) 물먹은 폭죽을 든 사내는
새벽빛으로 식어 있다

—「서리 내린 물가의 집」에서

ii) 걷어내지 못한 소문들이
울음 참는 얼굴로 눈을 맞는

—「첫눈」에서

iii) 쓸쓸한 이름 몇이 고인
저녁, 고요하고 단단한 꽃잎 몇 점이
비석처럼 내려옵니다

—「쿨럭쿨럭」에서

iv) 한자리에 고이는 일 없이 흐르는 울음처럼 눈이 내립니다

—「재개발지구」에서

그의 시집에서 위의 풍경들을 하나하나 있는 대로 예거하기가 어려울 정도로 그의 시집은 '금이 간 저녁'의 스산한 줄풍경 판이다. 비슷한 풍경의 열거는 그 정황의 점층적 심화에 기여한다. 시인은 비슷한 상황을 죽 늘어놓음으로 해서 그 아픔의 비극성은 스스로 고조되고, 이 세계는 그 비극성으로 만연해 있다는 것을 고통스럽게 환기한다. 「세상 끝의 봄」의, 수도원 뒤뜰에서 비질하는 견습 수녀에게서 '이편에서 살아보기도 전에/늙어버린, 꽃이 다 그늘'이었던 충격적이고 고통스러운 시절을 읽기도 한다. '늙어버린, 꽃이 다 그늘'이었다니, ―이 대목을 읽는 순간, 돌연 '나는 이미 늙은 것이다'(「정거장에서의 충고」)라며 음울하게 중얼거리던 젊은 기형도의 목소리가 들리는 듯―, 그녀가 젊어 잠시 살았던 '이편'의 고통은, 그 어둠은 얼마나 깊었던 것일까. 그의 마흔의 화자에 대해 여기서 또 확인한다. 마흔의 화자이기에 그들의 저녁, 저녁의 그들이 품고 온 세계의 고통에 대한 사유를 가능하게 하는 것이리라.

> 창박의 사내가 품고 온 어둠에
> 가만히 손을 대어본다
> 손끝에서 활활 타오르는 맹랑한 아픔
>
> ―「창박의 남자」에서

창안/창박의 공간 대립에서 창박의 사내가 품은 어둠의 맹랑한 아픔을 느낀다. 이 화자가 느낀 아픔에 신뢰가 가는 것은 그 느낌이 관념적인 피상의 느낌이 아니라, '가만히 손을 대어본' 데에서 직접 경험하여 느낀 아픔이기 때문이다. 그랬던 그였기에 그가 「첫눈」에서 고통스럽게 뱉은 한 마디에 고통스럽지만 나도 동감을 표한다.

불행은 언제쯤 서먹해질까

우리에게 불행이 서먹해지는 일은 아마 없을 것이다. "인생은 불행의 연속이다. 우리는 왜 존재하는 것일까"라고, 시인 랭보도 자탄하지 않았던가. 이어 창밖의 사내가 품고 온 어둠의 그 '맹랑한 아픔'이 과시果是 숱한 죽음들로 악화되고, 그 죽음들이 시인의 눈에 속속 들어온다. —그런데 이 흉하고 불행한 일들을 알려주기만 하는 시인은 도대체 무엇하는 것들이냐고 빈축하지는 말자. 시인의 눈은 문제 현안을 해결하는 눈이 아니라, 그 문제 현안이 여기에 있다는 것을 알려주는 눈이기 때문이다. 그 죽음들은 그런데 뜻밖에도, 그의 표현에 따르면, '난처한 죽음'(「낯선 항해」)들이다. 난처한 죽음이란 자연스러운 죽음이 아니라는 뜻, 곤혹스러운 죽음이거나 뜻밖의 슬픈 죽음이라는 뜻이다. 그가 문상한 죽음이 얼마나 난처한 죽음인지, 보라.

i) 서른 여덟이 한평생이 되어버린 친구

—「우리는 별이었다」

ii) 미처 거느리지 못한 전생을 남긴 또 다른 친구

—「여름밤을 해찰하다」

iii) 마흔 둘, 일남일녀, 간암이 깜깜한 이력의 전부인 친구의 작은형

—「공일」

iv) 만삭의 젊은 여인을 두고 떠난 어떤 사내

—「산수유 그늘」

v) 뒤안 감나무 가지에 매미 허물처럼 열린 형

—「낯선 항해」

vi) 해마다 봄이면 꽃구경 가자, 성화'를 부리는, —아들에 대한 그리움 때문일까. 치매기가 다분한, 늙은 어미를 두고 '꽃나무 속으로 들어가 버린 아들의 죽음

—「꽃무덤」

i)의 친구의 죽음에서 vi)의 아들의 죽음에까지 오면 그의 시집은 곡소리 낭자한 줄초상집이다. 이 죽음들의 공통점의 하나는 그 죽음의 장본인이 예외 없이 마흔 이쪽저쪽의 사내들이라는 것, 그러니 그 죽음은 실로 난처할 수밖에. 모든 죽음이 다 문상할 만하지만 그 중 하나의 죽음만 문상하기로 하자.

새들의 덧문 같은 울음이
온몸을 묶었다
녹슨 문장을 거느린 나무들과
먼 심장박동 소리 같은 저녁 구름들
남은 햇살을 한 땀 한 땀 기우며
사내가 몸과 기억의 사이를 건너자
강기슭의 한 끝과 꽃 진 나무
사이를 늘이며 비가 내렸다
빈 강의 빗소리는 배 속 하얀 짐승의 울음소리 같기도 하고
길 잃은 별자리들의 남루한 기척 같기도 했는데
기척보다 울음보다
먼저 생겨난 물밑의 잠이 사내를 받아주었다
사내의 미소가 물여울처럼 출렁이고
구두 한 짝이 천둥소리로 흘렀다

—「그물을 거둔 자리」 전문

그의 시 가운데 유일하게 연의 구분이 없이 숨 가쁘게 시상이 흘러가는 시. '녹슨', '먼 심장박동', '남은', '남루한' 등의 쇠잔한 기운을 환기하는 시어들로 미루어 사내는 이미 삶의 기력이 소진해 있었던 것인데, 그래서 그 사내의 죽음은 예비된 복선이었다. 죽음은 그럴만한 이유가 있기 마련이고, 충동적인 만큼 본능적이다. 그 본능은 편안한 잠, 곧 모성으로 돌아가려는 본능일 것인데, '물밑의 잠'이 그 본능의 근거이며 강가에 남은 구두 한 짝의 이미지는 자진의 명백한 물증이다. 자진은 불행하다고 느끼는 자가 그 불행을 벗어나면서 행복을 꿈꾸는 데에서 행해지는, 부정적으로는 자기 파괴 행위이고, 긍정적으로는 자기 회복 행위이다. 사내의 미소는 그런 복합적인 의미를 담고 있다. 다시 강가로 나가지 못한 채 그물을 거둔 사내의 자리는 '고단한 기록'(「어느 싸움의 기록」)의 자리로 기록될 듯. 그물의 거둠은 꿈의 좌절로 인한 삶의 포기일 것인데, 이 거둠과 좌절과 포기를 조종한 어둠의 존재는 무엇일까. 이 세계에 부조리하게 내던져졌다는 것, 그리고 세계가 돌보지 않는다는 것, 이른바 고아의식이 아닐까. 「우주사막」에서, 생이 생을 건너는 순간에 별을 잃고 비밀을 얻어 고아가 된다는 고아의식을 표명한 바가 있긴 한데, 고아는 홑, 곧 혼자라는 의식이 강하기 마련, 그 고아의식 때문에 진실로 바라는 대상을 향해 나아가려는 지향의식이 치열해질 수밖에 없다. 그러니까 「겹」의 겹, 혹은 둘을 배치하여 놓고 한쪽을 지향하는 의식이 강해진다는 것이다. —그의 시에 등장하는 두 명의 아이와, 혹은 쌍둥이에 주목한다. 「공일」의 일남일녀, 「저녁의 계보」의 두 계집아이, 「첫눈」의 여자아이 둘, 「어떤 궤도」의 쌍둥이 계집아이들이 그들인데, 두 가지 의도가 있지 않을까. 마흔 나이의 현실성을 강조하는 것이 그 하나이고, 고아의식의 극복이라는 심리적 층위가 그 다른 하나일 것이다.

(…)
닿을 수 없고
만질 수 없어
돌이킬 수 없는

오늘은, 아무래도 내 말이
꽃나무에 닿지 않겠다

닳아버린 기도처럼
꽃나무가 뜨겁다

—「겹」에서

대상과의 소통을 거쳐 하나되기를 바라는 뜨거운 목소리를 느끼는 순간, 이상한 느낌을 받았다. 그 느낌의 진원은 이상의 「꽃나무」(≪카톨릭靑年≫, 1933. 7)였다. 그 느낌은 교감되지 않는 세계의 부조리, 곧 고아의식에 대해 두 시인이 서로 교감하는 듯한 정황이 포착되는 데에서 느낀 것이다.

꽃나무는 제가 생각하는 꽃나무를 熱心으로 생각하는 것처럼 熱心으로 꽃을 피워가지고 섰소 꽃나무는 제가 생각하는 꽃나무에게 갈 수 없소

—「꽃나무」에서

「겹」/「꽃나무」의 대비를 살펴보면, 다음과 같은 줄기 화소가 추출된다. "나/꽃나무, 꽃나무/제가 생각하는 꽃나무, 기도/熱心, 닿지 않겠다/갈 수 없소" 등이 그것이다. 내가 닿고 싶은 꽃나무 혹은 꽃나무가 생각하는 꽃나무는 닳아버린 기도처럼, 혹은 熱心으로 자아가 바라는 세계, 그러

니까 제대로 꿈 같은 꿈이 이루어지는 세계이다. 그러나 늘 그렇듯 꿈은 간절한 바람을 배반하기 마련, 그래서 가 닿기 어렵다. 간절한 기도처럼 熱心으로 가 닿기를 바랐지만, 설혹 가 닿지 않는다 해도 그 꽃나무는 혹은 꽃나무가 생각하는 꽃나무는 기도처럼 熱心으로 얼마나 뜨거울 것인가. 뜨겁겠지만 그 뜨거운 만큼 가 닿을 가능성은 멀다. 그러니까 둘이 하나될 가능성은 멀다는 고아의식의 절망스러운 선언이다. 그의 마흔의 저녁이 직면한 실존이다. 그리고 시인은 「강변북로」에서 음산하게 말한다.

나는 길을 잃었다

이 음산한 단문을 이해하기에 앞서 이해되어야 할 것은 「강변북로」의 시적 정황이다. 그 정황은 첫눈이 폭설로 내리는, 빈 어물통 같은 새벽하늘의 웅찬 어둠의 정황인데, 그 정황은 마흔의 거칠고 험한 삶을 환기한다. 여기서 '나는 길을 잃었다.' 미궁에 빠진 것이다. 미궁에 빠진 그는 과연 지옥의 미궁을 슬기롭게 빠져나갈 시적 통찰력을 가진, 『신곡』의 베르길리우스가 될 수 있을까. '추위는 쉬이 닳지 않'(「눈 쌓인 둥지의 새들은」)을 것이다. 그래서 그는 '쿨럭쿨럭 겨울을 지나'는 '표정 없는 동백'(「쿨럭쿨럭」)에서 베르길리우스의 길을 찾기도 하고, 「겨울나무 아래에서」에서 그 길의 가능성을 타진하기도 한다. '보숭보숭 잎눈을 매단 겨울나무'가 '잎 진 가지마다 낱낱의 상처를 매단다'는 평범하고도 놀라운 현상을 알려주면서 그 '꽃나무들이 서로의 벗은 잔등에 어떻게 불꽃의 혀를 대는지/시드는 비애를 어떻게 다스리는지를' 눈여겨보라고 권유한다. 그에게 있어 꽃나무는, 가령, 「수상한 꽃나무」의, '깨어진 금 밖으로, 슬쩍, 꽃을 내어 놓는' 그 봄나무를 보면, '금 간 저녁'의 허허로움을 견디게 하는 삶의 힘이다. 나아가 그는,

모닥모닥 목련처럼 피어나는
흰 치마저고리의 여자들
피고난 그 틈새에서 만삭의 젊은 여인 하나
노인의 마른 울음을 연신 어루만진다

수천의 꽃잎을 떨구며 죽음보다 멀리 다녀온
저 나무는 하루하루 얼마나 더 울음을 삼켜야
붉은 열매를 맺을 수 있을까

—「산수유 그늘」에서

라는 나무의 우화를 통해, 나무의 울음 끝에 맺는 붉은 열매를 제시한다. 나무는 사람의 일생을 유추한다. 잎이 피고 지는가 하면, 어린 나무가 자라서 어른 나무, 곧 성목이 되는 과정은 사람의 일생의 의미를 부여하기에 꼭 알맞다. 나무는 그렇게 사람의 삶과 변신의 상징이다. 그래서 나무는 상징주의적 주제이기도 하고, 실존주의적 주제를 드러내는 표지이기도 하다. 그것이 삶의 아름다운 이상에 관련되어 있다는 점에서 상징주의적이며, 태어나 자라면서 부조리한 세계의 참혹함에 내팽개쳐져 죽음에 이르기도 한다는 점에서 실존주의적이다.

나무를 통한 우화적 전언, 곧 울음을 삼킨 끝에 붉은 열매를 맺는다는 역설은 김지하식 씻김이다. '울음 안쪽의 상처'(「산수유 그늘」)는 울음으로써만 해원된다는 것, 니체식의 비극적 아름다움과 동궤의 것인데, 치기어린 말장난이 아니라 심리적 타당성이 충분히 있다. 그때 죽음의 절망은 절망을 뚫고 올라와 '바람이 지나는 연못처럼 울음이 환하'게 되는 그런 씻김의 정화된 상태를 경험하게 되는 것이다. 「창가」의, 여자의 울음이 남긴 자리가 노독처럼 환해지는 이유도 같은 맥락이다. 그것의 연장선상에서 「산수유 그늘」의 '만삭'을 찬찬히 음미하듯 읽어야 한다. '만삭'은 죽음의 부재와 세계의 부조리를 완벽하게 채울 수 있을 것, 그러니까 씻김을 가능하게 할 것이다. 그런 면에서 「새」는 읽을 만한 재미를 주는, 씻김의 씨를 밴 텍스트이다. 놀이터에서 죽은, 꽁지깃털의 작은 새를 찾아 버드나무 아래에 묻어 주는 아이는 씻김굿을 주관하는, 빙의된 무당이나 아닌지 모르겠다. 빙의의, 엑스터시한 무당은 生과 幻까지 훔쳐 볼 것인데, 죽음을 다시 살아 있음으로 만듦, 그것이 幻이다. 그 환의 씻김의 세계는 가닿음과 머무름의 시가 되어 그의 시 가운데에서 가장 희고 부드럽고 가벼운 세계를 창조하고 있다.

그때 심었던 그 흰 깃털이 자라나
눈부신 은사시나무가 되었을지도
낮달이 자주 걸리던 미루나무가 되었을지도
어쩌면 그때, 이미
내 아이에게 가닿았을지도

새는
아이의 그네를 밀어주고
아이의 무르팍 흙먼지를 털어주고
한나절 내내
아이 곁에 머물러주었다

—「새」에서

그런데 그는 이 정도로는 영 심에 차지 않은 듯, 생과 환의, 그 씻김의 길에 더욱 적극적으로 관여하려 나서는 듯, 시 제명만으로도 예사롭지 않은 「달의 정원」이 그것.

바다가 왜 내게 건너왔는지 알 수 없다 다만, 반쯤 살을 발라낸 달에

올라 돛 지운 배처럼 아이를 낳고 싶었다

보나빠르트까지 갈 것 없이, 바다-달로 이어지는 신화적 이미지는 모성성과 여성성의 원리인 우주 창조 혹은 생명 탄생의 위대한 원리를 담지한다. 이 두 이미지는 자연스럽게 아이로 귀결되면서 신화적 이미저리는 생명 탄생을 완성한다. 이 이미저리의 속뜻은 다음 시구에서 뚜렷해진다.

마른 폭풍의 고요로 숨을 열면 목성과 토성 사이쯤에 있는 꽃나무
하나, 봄의 음정들을 베껴올 수 있을까

하는 바람일 것인데, 달의 정원에 이식할 꽃나무가 목성과 토성 사이쯤에 있다 하니, 그 꽃나무는 우주의 기운을 송두리째 받아온 큰 스케일의 생명나무가 아닐까. 그 꽃나무가 달의 정원을 가득 채울 것인데, 달빛이 부드럽게 내리는 그 정원에서 화음을 이루며 연주될 봄의 음정이라니, 오, 상상만으로도 씻김의 절정에 이르른 듯. 이쯤해서, 봄이 흐르는 달의 정원에서 문득 혼곤히 잠들고 싶은 곤한 느낌이 든다.

그의 시적 담론은 거대하지 않다. 그는 눈앞의 실존적 문제에 비교적 충실한 편이다. 사람의 수명이 늘어나면서 노인 문제가 시급한 현안으로 대두하고, 신자유주의의 경제적인 틈새로 인해 일어나는 실직, 가족 붕괴, 인간 소외 등 난처한 문제들이 속속 쏟아져 나오고 있다. 내밀한 그의 눈은 그것을 날카롭게 주시하고 있다. 그 주시의 눈길은, 그가 2003년 ≪문화일보≫ 신춘문예 당선 소감에 쓴 글에 이미 포석처럼 깔려 있다.

> 시란 삶 속에서 유효하게 가동되는 진실을, 별 것일 수 없는 일상의 단면을 온 것으로 담아내는 것이어서, 우리가 미처 돌보지 못한 것들이나 사소해서 지나쳐 버리는 것들을 온전하게 보듬어 간직하는 일이 결국 시의 노릇이 아닌가 싶다. 그리하여 나는 아침잠 많은 이들에게 마침맞게 식은 콩나물이나 청국장처럼 나의 시가 사람들에게 든든한 아침이 되었으면 좋겠다.

요란스럽지 않게, 그러니 범상하게, 그러나 범상치 않은 무게로 다가오는 그런 깊이의 소감이다. 스물네 살에 요절한 독일의 시인 게오르크 뷔히너를 기리기 위해 만든 뷔히너상을 수상한 마리 루이제 카슈니츠의 소박하지만 금언이 될 만한 수상 소감의 한 대목, "특히 자비, 바로 함께 사랑하고 연민과 아울러 고통을 나누는 것, 열림과 열려 있는 것이 중요합니다." 그의 등단 소감을 카슈니츠의 수상 소감 위에 겹쳐 놓아도 무방하다. 시인이기에 굳이 같이 발설하지 않아도 이미 같이 발설한 것이다.

지금까지 거칠게 써 온 이 글에서 이제 남은 것은 시의 한 구절인 '밤새 이상(李箱)을 읽다'를 시집명으로 떼어준 「시를 신고」를 살피는 일이다. 그와 카슈니츠의 이구동성이 행간에서 울리고 있다는 사료가 들기 때문이다.

> 밤새 이상(李箱)을 읽는다
> 시에 자꾸 빗소리가 고인다
>
> 숨죽인 금홍의 울음 사이
> 어지러운 발자국들
>
> —「시를 신고」 1, 2연

≪조선중앙일보≫(1934. 7. 24~8. 8)에 연재한 「烏瞰圖」를 두고 '미친

놈의 잠꼬대'라며 빗발친 독자들의 항의 소동에 시인 이상은 얼마나 외로웠을까. 그래서 밤새 이상의 시를 읽으면 그의 시에 고인 빗소리가 생生과 환幻으로 들린다. 그 외로움이 시인의 길일진대 이상은 그 외로움을 끝까지 밀고 가지 않았던가. 그 역시 당시의 저녁이 아니었을까. 시인은 이상의 시에 고이는 빗소리에만 그치지 않는다. 이상의 동거인이었던 금홍, 그 금홍의 숨죽인 울음, 그 울음 사이에서 흐트러지고 어지러운 발자국들까지 듣는다. 금홍 역시 이상과 같은 저녁이었을 것. 저녁은 저녁과 코드를 이루며, 설혹 저녁이 아니어도 저녁과 있으면 저녁이 된다. 금홍은 애초부터 저녁이었을까. 아니면 저녁인 이상을 만나 그의 저녁에 옮은 것일까. 금홍의 저녁에 대한 추리는 시인이 지금껏 '제 눈물의 갑절을/약속처럼 매달고'(「시인은,」) 걸어온 데에서 가능하지 않았을까. 「시를 신고」의 결구는 끝까지 비장하다.

시를 신고 맨발로
여기까지 왔다

시를 신고, ―시인이 시를 신는다는 것은 당연하다―, 맨발로 여기까지 왔기에 앞으로도 '제 눈물의 갑절을 약속처럼 매'단 시를 신고 이 세상의 저녁들을 향해 맨발로 걸어가겠지만, 그의 눈물의 약속을 확인하는 시 읽기 내내 송곳방석이다. 이 시대의 우울한 저녁들에게 내가 한 약속은 무엇일까? 아니, 그런 약속이나 있기나 한가. 김병호는 그의 두 번째 시집 『밤새 이상(李箱)을 읽다』를 통해 그 부끄러움에 대해 반성하게 한다.

잘생긴 눈썹

—맹문재의 『사과를 내밀다』

택배로 날아온 맹문재의 시집을 받았다. 포장지를 열어보니 붉은 몸의 시집이 나타난다. 색상은 집단이나 개인의 심리를 비추는 기호인데, 그의 붉은 마음을 그렇게 원색으로 앞세운 것일까. 게다가 시집 이름은 '사과를 내밀다'인데, 그 사과는 푸른 사과가 아니라 필시 볼이 붉그레한 사과일 것. 사람의 체온인 37.5도의 온기가 느껴지는, 그런 따뜻한 인상의 시집, 나아가 37.5도의 온기가 넘치는 따뜻한 세계를 향한 단심丹心의 부동不動의 마음까지 환기하는 시집이다. 붉은 표지, 붉은 사과, 37.5도의 온기와 부동의, 이 붉은 연상과 조합은 우연의 일치일까. 잘 계산된 의도일까. 의도라면 그의 의도일까. 편집 디자인 담당의 의도일까. 둘 다일 것이다. 둘 다의 마음이 줄탁동시의 교감으로 이루어졌을 것이다. 아니다. 삼정솥의 교감일 것이다. 이 시집을 읽는 내 마음이 보탠 한몫도 고려해야 하기 때문이다.

그 붉은 온기의 시집을 열면, 「잘생겼지요?」라는 다소 생뚱한 물음의 시가 나타난다. 잘생겼는지 여부에 대한 판단을 기다리는 물음이 아니라, 잘생겼다는 확신에 대해 동의해 줄 것을 요구하는 오만한(?) 물음이다. 이 시의 전문은 이렇다.

> 돛이네,
>
> 고개를 갸우뚱거리던 마음이 툭 던지는 것이었다
>
> 그제야 눈썹이 보였다
>
> 먼 길을 향해하는구나
>
> 꿈을 달고 가는구나

난해한 대목은 한 군데도 없는데, 막연한 느낌이다. 난데없이 '돛'이라니, '고개를 갸우뚱거리던 마음'이라니, 이 마음은 누구의 마음일까. 눈썹이라니, 누구의 눈썹일까. 돛이 눈썹으로 보였다는 것인가. 아니면 돛을 보니 눈썹이 보였다는 것인가. 또 눈썹이 돛으로 보였다는 것인가. 아니면 눈썹을 보니 돛이 보였다는 것인가. 게다가 제명은 생뚱맞게 '잘생겼지요?'이다. 이러한 의문들이 얽히고설켜 이 시는 난해해진다. 판단 중지 내지는 유보이다. 그러다가 시집의 중반쯤에 이르러 「눈썹이라니까요」라는 시를 만나면서 품었던 의문들이 비로소 풀린다. 「잘생겼지요?」는 「눈썹이라니까요」의 후속편이 되는 텍스트라는 것인데, 그 근거는 '어디가 잘 생겼나요/눈썹이지요//사내는 내 눈썹을 살펴보고는 고개를 갸우뚱거렸다'에서 발견된다. 그 사내는, 「눈썹이라니까요」의 문맥에 따르면, 사람들이 자신의 잘생긴 곳을 말하면 약초를 구할 수 있는 마을로의 진입을 허락하는 역할을 맡은 인물이다. 약초 마을에 들어가길 바라는 사람들은 그래서 제각기 잘생긴 곳으로 코, 입술, 눈 등을 말하면 사내는 인정하고 들여보낸다. 그런데 화자가 보기에는, 코도 낮고 입술도 두껍고 눈도 작고 피부도 거친데도 그 사내는 그것을 인정해 주는 것이다. 그래서 화자도 내켜 잘생긴 곳을 눈썹이라고 하는데, 웬일인지 사내는 고개를 갸우뚱거리면서 그것을 인정해 주지 않는 것이었다. 그런데 「잘생겼지요?」에 와서 비로소 마음이 열려서인지 눈, 코, 입술의 위에 높게 위치한 눈썹의 존재를 인정해 준 것, 그러니까 눈썹을 '돛'으로 보게 된 것이다. 돛은 먼 길의 항해를 구체적으로 환기하는 동시에 꿈의 물질적인 이미지로 기능한다. 그 길은 일상의 단맛에 매몰된 내 천박한 인식에 대한 반성을 거쳐 고통스러운 세계에 대한 경험의 폭을 깊이고 넓히려는 길이다. 이제 알겠다. 눈썹이 잘생겼다는 그 긍지에 대한 이유와, 「눈썹이라니까요」의 부제로 '아라비안나이트'가 붙은 그 이유를 알겠다. 나아가 눈썹(=돛)에 얼비치는 그 길이, 존재적인 방향에서, '나의 오기'로 '한 땀씩 이어가는'(「거미 앞에서」) '시인의 길'(「김규동 시인」)이고, 실체적인 방향에서, '아픈 마음에 쓸 약초'(「눈썹이라니까요」)를 찾으려는 고행의 길인 것도 덩달아 이해하겠다.

맹문재의 시의 방향은 크게 이 두 갈래 길이지만, 가다보면 결국 한 길로 만나는 길이다. '아픈 마음'으로 고통 받는 이들을 위한 '시인의 길'을 갈 것이며, 그 길이 거칠지만 '오기'로 걸어가겠다는 것이다. 오기로, 한 땀씩, 시인의 길을 이어가다 보면, 운 좋게, 가령, 「사과를 내밀다」의 다음 대목처럼, 아름다운 울림의 세계를 만나게 될 행운을 누릴 수도 있지 않을까.

> 감았던 눈을 떴을 때, 다시 놀랐다

젖을 빠는 새끼를 내려다보는 어미 소 같은 눈길로
할머니는 사과를 깎고 있었다

나는 감추었던 사과를 내밀었다, 선물처럼

인용하지 않은 앞부분의 기능 단위가 되는 화소만 간추리면, ⅰ) 골목길 담장 가에 달려 있는 사과나무를 보고 마음이 흔들려 그 사과를 몰래 따는데, ⅱ) 그때 주인집 방문이 열리면서 그 장면이 주인집 아가씨에게 등시포착된다, 이다. 그런데 아가씨는 다 보았다는 듯 여유 있는 표정이다. '나'는 사과를 통해 한 짝의 의미 있는 반응과 시선을 만난다. 주인집 아가씨의 여유 있는 표정과 할머니의 어미 소 같은 눈길이 그것. 아가씨의 여유 있는 표정은 딱 부러지게 설명할 수 없는 그런 미묘한 표정인데, 분명한 것은 그 표정이 그녀가 그것을 빌미로 그를 절도범으로 몰아 함부로 다루지 않았을 것이라는 직감을 주는 표정이라는 것이다. 환하고 밝은 빛의 인상과 그림을 보는 느낌. 그리고 할머니는, '젖을 빠는 새끼를 내려다보는 어미 소 같은 눈길'에서 넉넉하고 따뜻한 모성의 세계로 우리를 이끈다. 한국인의 무의식에서 소 이상으로 모성의 세계로 기능하는 원형이 또 있으랴. 이 할머니는 오래 전 백석의 「넘언집 범같은 노큰마니」에서 만났던 '노큰마니'와 비슷한 인상을 준다. 백석의 '노큰마니'는,

내가 엄매등에 업혀가서 상사말같이 항약에 야기를 쓰면 한창 피는 함박꽃을 밑가지채 꺾어주고 종대에 달린 제물배도 가지채 쪄주고 그리고 그 애끼는 게사니 알도 두 손에 쥐어 주곤 하는(데)

—백석의 「넘언집 범같은 노큰마니」에서

노할머니다. 이 할머니들은 공동체의 질서가 무너지거나 자아의 자유

를 억압하는 초자아—여기서 초자아는 억압하고 명령하는 권위적 존재인데, 「개에게 무릎 꿇다」의 '개'와, 「오십 세」의 '검은 개'가 내게는 초자아의 시적 변용으로 읽힌다—의 권력 자행으로 인해 불화와 대립이 격화되어 긴장감이 조성될 때 현신한다. 현신해서 37.5도의 온기를 지닌 따뜻하고 화해로운 세계의 원형을 보여준다. 문학, 특히 시 속에 모습을 드러내는 할머니는 항용 그렇듯이 모순과 위기의 시대에 나타난다. 나타나서 크게 소리 지르고 우악스런 힘을 행사하는 일 없이 가만히 안아주고 바라보는 외 별다른 행동을 하지 않는다. 「사과를 내밀다」에서처럼, 어미소 같은 눈길로 바라보며 사과만 깎는다거나, 「넘언집 범같은 노큰마니」에서처럼, 함박꽃을 밑가지채 꺾어주고 종대에 달린 제물배도 가지채 쪄주고 그 애끼는 게사니 알도 두 손에 쥐어 주기만 한다. 넘치는 수다나 과잉 몸짓이 아니라 몸으로, 김수영식으로 말하면, 그냥 온몸으로 말하는 것이다. 그러면 맹문재의 '나'는 제풀에 떨어져 감추었던 사과를 선물처럼 내놓고 말며, 상사말같이 향약에 야기를 쓰던 백석의 '나'도 시부저기 풀어지고 만다.

요는, 억압적 권위의 엄혹한 형식 체계를 부드럽게 파산시키면서, 흔들리고 비틀거리는 공동체의 불안한 주체들을, 괴테의 말과 비슷하게, 영원한 모성이 사랑으로 자궁의 그 붉은 세계로 이끄는 것이다. 위대한 사랑의 결정結晶. '열한 살 아이가 수술실에 들어가는 순간부터'로 열리는 「하느님의 등을 떠밀다」도 그렇다.

> 그리하여 아이의 엄마가 수술실에 들어가는 것을
> 이모가 뒤따르는 것을
> 할머니와 할아버지가 달려가는 것을
> 삼촌이 파고드는 것을
> 막지 않았다

오히려 나의 먼 길에 그림자가 되어달라고
실직자인 고모도
고모가 들고 다니던 도시락 가방도
가방에 붙은 가냘픈 벚꽃도
벚꽃 둘레에서 부산을 떨고 있는 벌들도
수술실에 밀어 넣었다
별들을 품은 하늘도
하늘의 옷을 입고 있는 하나님도
돌다리 앞에서 등을 보이고 있는 부처님도 떠밀었다

언어사용의 측면에서 산문에 가까운 이 시는 율격에 상당히 공을 들인 것으로 보인다. 그 율격은 율격 차원에 그치지 않고 의미론적 층위까지 고려한 율격인데, 자칫 범상으로 떨어질 뻔한 것을 범상치 않은 것으로 끌어올린 일등공신이다. 거칠게 보아도, '~것을'을 율격의 축으로 '들어가는', '뒤따르는', '달려가는', '파고드는' 등의 동위적 언어가 배치됨으로써 시의 사건은 점층적으로 긴장되며, 또한 '~도'를 축으로 인간과 자연과 초자연과 심지어는 사물까지, 존재하는 것이면 모두, 그 모두의 힘을 숨 가쁘게, 한꺼번에 모두 동원함으로써 힘의 확대와 집중력과 '이인삼각'(「갈림길을 지나가다」)의 연대감을 보이고 있다. 열한 살 난 아이의 수술이라는 비극적, 불행한 사건이 벌어지지만, 그 사건으로 인해 가족과 친족들이 한 자리에 모여듦으로써 비극적, 불행한 사건은 홀연 사라지고 있다.

이 시는 표면적으로는 대가족이라는 제도를 거론한 듯하지만, 이면적으로는 그 제도가 갖는 사랑의 형식과 공동체성의 연대감에 무게를 실었다. 이 시의 클라이맥스는 모여드는 장면이다. 뿔뿔이 흩어지고 깨어졌던 가족과 친족들이 한 아이의 삶과 생명을 지키기 위해 속속 한 자리로 모여드는 놀랍고도 위대한 연대의 광경이다. 더욱이 벚꽃에 벌에, 하늘과 하나님과 부처님까지 동원한 이 연대는 아이의 쾌유를 바라는 믿음의 간절함을 고조시키는 초월적 연대이다. 이렇게 모여듦과 모여든 사람들의 사이에서, 곧 그들의 연대에서 맹문재의 숨겨진 물계가 얼비친다. 그 물계는,「비단개구리를 업다」에서 배타적인 연대의 표징으로 포착된다.

「비단개구리를 업다」에서, 아래위로 얼려 흘레붙은 한 쌍의 비단개구리를 보고 '나'는 오줌 줄기로 공격을 해보지만, 천둥이 쳐도 떨어질 수 없다는 듯이 피하지 않아 그 오줌 줄기에 되레 '내'가 맞는다. 그래서 나는,

> (나는) 방향을 트고
> 논물처럼 차가운 비단개구리를 업었다

비단개구리는－초록색 몸바탕에 검은 점박이무늬가 특징인 무당개구리로도 불리는 이 개구리는, 꼭 '배가 들어올 때마다 짐 내리는 일을 차지하기 위해/개떼처럼 몰려드는 카키색 작업복들'(「카키색에 대한 편견」)을 연상시킨다. 그 연상은 비단개구리의 무늬와 카키색의 무늬가 서로 닮은 데에서, 그리고 비단개구리의 견고한 결속에서 카키색 복장들의 연대를 생각한 데에서 나온 것이다. 물론 이들은,「눈썹이라니까요」에서의, '아픈 마음'의 소유자들일 것인데, 그들의 열악한 조건들을 감안하면 이들은 우리 사회의 경제적 타자들이다. 구석으로 내몰린 무력한 타자들은, 구석의 먼지가 뭉치듯, 그들의 작은 힘이나마 뭉쳐야 살 수 있다. 화자가 비단개구리의 흘레에서 배운 것은 그것이다. 개구리의 흘레에서 보듯, 연대는 사랑의 뒷심에서 더욱 강력해진다. 그가 몸소 '비단개구리를 업'는 시범을 보인 이유이다. 그러니까 자신의 몸으로 밀고 그들 속으로

들어가야 하는 것이다. 몸이 아니라 머리로 논리를 앞세워 밀고 들어간 행위는 위선이고 사기이다. 노동이론가 중에 사기꾼이 드문드문 섞여있는 이유이다.

몸으로 밀고 들어갈 때 들려오는 것은, 정확히 말하면, 그 몸이 듣는 것은 그 '작업복'들의 울음이다.

> 작업복 차림의 사내가 통화를 하다가 갑자기 울음을 터뜨리며 주저앉았다 전화기를 귀에 댄 채 아무 말도 않고 새끼를 잃은 짐승처럼 흐느꼈다 사람들이 오고 가는 큰길가인데도 개의치 않고 구덩이를 팠다
>
> —「그에게 전화를 걸어주고 싶었다」에서

「시인과 이자」에서, 오지랖이 넓은 그는 '노동자의 눈물' 외 '새의 눈물이며 소의 눈물이며 웅달의 눈물이며 뒤란의 눈물이며 가랑비의 눈물이며 샛길의 눈물'까지 하나하나 챙긴다. 울음은 그의 주된 관심사이다. 울음을 보면 지나치지 못하는 그는 아직 젊다. 「시인의 말」에서, 한 버스 승객이 운전사에게 시비를 걸어 폭행이 일어날 것 같은데도 사람들이 못 본 체하자 시인이 나서 한마디 했다는 경험담은 그것의 한 반증 사례이다. 타자의 울음에 대한 사유는 울음을 유발한 사회적 조건이나 구조에 대한 사유에 다름 아니다. 그 사유는 일종의 업이다. 그 업은 그가 자발적으로 불러들인 업이 아니라, 그에게 부과되어 그가 피할 수 없는 신탁으로서의 업이다. 오죽하면 그는 '나는 핸드크림을 바르지 않는다'(「나는 핸드크림을 바르지 않는다」)라고까지 했겠는가. 업으로서의 시인의 길은 고난의 길이다. 시인의 길은 왕왕, 「주식을 해봐」에서 보듯, 엉뚱한 존재로 조롱당하기도 하는, 비웃음의 길이기도 하다. 그래서 시인의 길은 더욱 고난의 길이다.

이 '아픈 마음'의 그들을 지키기 위해 그 길에 대한 맹문재의 결의는 비장하다. 가령, 「모기 앞에서」에서, '습관에 대한 나의 고집을/버릴 수 없'다는 것이거나, 「이발소에 가는 이유」에서, '땅에 뿌리박는 바위처럼/습관을 공고히 하려는 것'이라는 진술은 그것 때문이다. 습관은 시간이 만드는 것이며 '꿈속에서까지 두려워하며 쌓은 것'인데, 습관을 지키겠다는 것은 따라서 시간에 굴복하지 않겠다는 것이며, 불의의, 부조리한 세계에 순순히 '물러설 수 없다는 자세'(「모기 앞에서」)의 단호한 표명이다. 「못 꿈」과 「탱자나무」는 그 자세의 단호한 표명이기도 한데, 그는, 앞의 시에서, 못투성이의 발바닥의 못을 하나씩 뽑아 맨발이 된 발로 다시 걷기 시작하는 무서운 자기그림을 그리는가 하면, 뒤의 시에서, '탱자나무'가 되기를 자처한다.

해일처럼 밤이 몰려와도 탱자나무는 어깨를 풀지 않는다

무서운 기색도 없이 전선을 응시하고 부력과 풍자를 모르는 자세로
진지를 구축한다

황사도 태풍도 경적도 저 견고한 진지를 뚫지 못하리라

유언비어도 규정도 외로움도 쓸쓸함도 저 거대한 발밑에 깔리리라

탱자나무는 패배를 두려워하지 않고 전진한다

불패의 칼도 뽑았다

퇴각하지 않겠다는 증표로 온몸을 가시로 무장했다

살벌한 전의가 느껴지는 차갑게 굳은 전사의 얼굴을 한 그가 나타난다. 보기에 섬뜩하다. 그 섬뜩함은 이 세계가 그가 바라는 세계가 아닌 방향으로 흘러가고 있다는 뜻일 듯, 그 세계는, 그의 표현대로라면, '해일처럼 (몰려온) 밤'의 세계일 것인데, 그래서 그가 매우 화가 난 것일 듯, '어깨를 풀지 않'고 '진지를 구축'하고 '불패의 칼도 뽑'고 '온몸을 가시로 무장'하는 것으로 보아 무서운 싸움이 벌어질 긴장된 움직임이 보이는데, 이 시는 싸우기 전의 팽팽한 긴장감이 감도는 시이다. 어깨를 풀지 않고 있는 시, 진지, 구축, 전진, 칼, 퇴각, 가시, 무장 등의 전투적인, 그래서 섬뜩한 긴장감이 감도는 시는 읽기에 불편하고 부담스럽다. 「못 꿈」도 무서운 시이지만, 무서운 정도로 치면 「탱자나무」는 더 무서운 시이다. 사진으로 본 맹문재의 얼굴은, 사람 참 좋다, 할 때의 그 선한 얼굴이다. 선한 얼굴의 그가 화가 났을 때의 그 얼굴을 상상하기란 쉽지 않다. 그가 화가 나지 않았으면 좋겠지만, 바라건대, 화가 나더라도 무섭고 섬뜩한 얼굴이 아니었으면 좋겠다.

그러면 평상심의 선한 얼굴의 그가 바라는 세계는 어떤 세계일까. 「벚꽃에 앉다」에서 그가 바라는 눈높이의 세계를 읽을 수가 있다.

> 강아지 같은 나를 키워준 손들이 모였구나
> 감자를 캐고 마늘을 엮고 상여를 맨 차돌 같은 얼굴들
> 막걸리 잔을 즐겁게 돌리는구나
> 머리는 헝클어지고 말은 어눌하지만
> 집안의 제삿날을 차지게 알리는구나
> 안주로 차린 마늘장아찌와 고추장과 묵은 김치에서는
> 참나무 냄새가 나는구나
> 보리를 베거나 누에를 치거나 지게를 깎은 얘기를

장터의 소문보다 재미있게 하는구나
수건을 목에 걸친 형삼이 아버지
헝겊으로 기운 검정 고무신을 신은 동석이 어머니
거름을 지고 가던 곰보 아재
소매를 걷은 팔에 논흙이 잔뜩 묻은 대흠이 아버지
구렛나룻이 턱을 덮은 순교 할아버지
(…)
시래깃국을 끓이는 잔치가 벌어지는구나

범박하게 읽어도 공동체 담론이 이 시의 핵심이다. 백석의 공동체 담론이 일가 친족의 성받이에 국한된 것이라면, 맹문재의 공동체 담론은 다른 성받이들이 어울려 이룬 한 마을 전체로 넓혀져 있다. 이 시를 읽으려면, 어떤 전제, 그러니까 '강아지 같은 나를 키워준 손들'이라고 했을 때, 그 '손들'의 연대로 인해 '나'의 인격과 정서가 윤슬 같이 맑고 둥글고 차지게 형성되었다는 전제가 있어야 한다. 그 '손들'은 일가친족이 아니다. 다른 성받이들이다. 우리는 일가친족만이 모인 곳에서 사는 삶의 공동체에서 너무 멀리 와 버렸다. 그 삶의 공동체는 비현실적이다. 다른 성받이들과 이룬 공동체의 현실만이 우리의 현실이다. 맹문재의 물계가 또 한 번 얼비치는 대목이다. 그래서 다른 성받이들의, 순수해서 아름다운 인간들과 소박해서 바람직한 삶의 원형이 그를 키워 낸 8할의 힘이라는 것. 의당 '시래깃국을 끓이는 잔치' 마당에 하나하나 호명하고 불러내어 존재를 확인해야 한다. 이 세계는 과거일까, 미래일까. 과거이면서 미래일 것이다. 그래서 오래된 미래이다. 시간의식의 현상학적 탐구에 몰입했던 후설의, '기대직관은 거꾸로 된 기억직관'이라는 발화는 미래는 곧 과거로부터 규정된 것이라는 맥락이 담겨 있다.

그러나 이 시에서의 과거와 미래는 무시간적 의존 관계이다. 말하자면, 과거가 있으므로 미래가 있다는 식의 인과적 관계가 아니라, 과거도 미래도 동시에 존재한다는 동시성의 관계이다. 따라서 이 시에서 시간의 의미를 따지고 드는 것은 공허한 일이다. 「시간을 읽으면」에서처럼, '시간은(을) 읽으면' 되는 것, 과거가 미래이고 미래가 과거이다. 그리고 그 과거와 미래가 현재로 현전화된다. 그러니 삶은 무시간적이다. 어느 시간에서건, 그러니까 무시간 속에서의 삶은, 이 시에서처럼, '강아지 같은 나'의 생명과 영혼을 '키우는(키워준)' 방식의 일이라는 사실, 그리고 그것을 '키우는' 일에는 반드시 사랑이 삼투되어야 한다는 사실을 일깨운다. 그 '손들'은 '나를 키워준 손들'이기에 누가 높고 누가 낮음의 시시한 위계가 있을 리 없다. 형삼이 아버지부터 순교 할아버지까지 누구 하나 꿀리는 일 없이 똑같이 한 행씩 제 자리를 잡고 득의하게 앉은 모습을 보라.

이제 거칠고 조악한 이 글을 끝내야 할 즈음에 왔다. 그래서 다시, 그가 시집을 여는 시로 앞자리에 배치한 「잘생겼지요?」의 '눈썹'에 대해 내 생각을 정리할 필요를 느낀다. 그 정리 작업에 「나무에게 절하다」가 도움을 주는 텍스트가 될 것이다.

> 나무는 나에게 배수진을 친 하늘이며 탑을 쌓아온 바람들이며 서리 내린 밤길이라도 밟고 나아가려는 바위들이며 새벽안개를 열어젖히는 섬들을 가르쳐주었다
>
> 파릇파릇 살아 있는 공사장의 운(運)이며 바늘구멍을 통과한 작은아버지의 해진 수첩이며 숨 가쁘게 날아오르는 새들의 날갯짓이며 하루를 지탱하려고 한낮을 적시는 강물도 가르쳐주었다
>
> 겨울 들판 같은 자정의 적막이며 인력시장에서 말을 더듬는 연장들

의 주인이며 장맛비 속에서도 터를 다지는 집들이며 소금이 되려고 소금을 먹는 사람들도 가르쳐주었다

나무는 그 많은 것들을 나에게 가르쳐주려고 먼 길을 걸어왔다 걸어온 발자국마다 기적의 가닥들이 너덜거렸다 나무는 힘이 부쳐서인지 발등이 퉁퉁 부어올랐다

나는 절하지 않을 수 없었다

담화론적으로 보면 이 시는 '나무가 나에게 무엇무엇을 가르쳐주었다'의 구조이다. 나무의 현상학적인 의미는 높이에 있다. 낮은 곳에 엎드린 존재에게 그 높이는 세계의 개안이다. 높이는 여기의 세계와는 다른 저기의 세계가 있다는 것을 가르쳐 준다. 달리 말하면, 우리는 수평적인 삶에 엎드린 채 그것에 갇혀 있다 보니 여기와 다른 저기의 세계가 있다는 것을 알지 못하는 것이다. 따라서 나무의 높이는 수평적 삶의 한계를 걷어내고 저기의 다른 세계가 있다는 것을 알려줌으로써 자유롭고 해방된 삶을 가르친다. 또한 나무의 높이는, −가스통 바슐라르의 표현대로라면 수직적 몽상인데−, 이 수직적 몽상은 수평적 삶의 세계에서 그 세계를 놀랍도록 고통스럽게 살아내는 실존적 주체들이 있다는 것을 알려 주기도 한다. 가령, 2, 3연의 진술이 그것인데, 그러니 나는 절하지 않을 수 없다는 것이다. 이 나무는 범신론적 인상이 강한데, 이 나무의 비유는 삶의 진실일 것이다. 작정하고 훼손하고 은폐하려 들어도 훼손되지 않고 은폐되지 않는 진실 그것일 것이다. 그러나 '나무는 힘이 부쳐서인지 발등이 퉁퉁 부어올랐다'는 재미있는 표현대로 진실은 용이하게 밝혀지거나 전해지지 않는 본디성질이 있다. 진실은 그 본디성질로 인해 언제든 왜곡의 우려가 있다. 눈썹의 높이는 그 진실을 보아낼 수 있다. 산신령의 눈처

럼 하얀 눈썹이라면 더욱 믿음직한 예지의 눈썹일 터인데.

시는 차이를 경험하거나 차이가 드러내는 의미를 인식하게 하는 방식이기도 하다. 흔히 낯설게 하기는 차이의 경험 방식의 하나이다. 너무나 익숙해서 은폐되었던 삶의 진실들은 낯설게 경험하여 인식함으로써 그것을 제대로 알게 된다는 역설이다. 이 차이의 경험을 통해 우리는 우리의 익숙한 삶에 대해 반성하고 성찰하게 된다. 이 모든 것을 종합적으로 아우르는 것은 역시 높이의 눈썹이 아니었을까. 그럴 것이다. 그랬기에 그 눈썹은 그의 잘생긴 곳이라는 긍지가 되었을 것이다. 그 잘생긴 긍지의 눈썹이 바로 시인의 길이다. 그리고 눈썹이 시 쓰기의 준거로 기능하면, 대상과 가까운 적절한 거리를 유지하는 동시에 일정한 높이에서 언어를 섬뜩한 구호의 차원으로 떨어지는 것을 차단하는 시적 체계가 된다. 그 눈썹은 그래서 잘생긴 눈썹이다. 누가 잘생긴 곳을 대라고 하면 나는 어디를 지목해야 할까. 내 잘생긴 곳은 어디인가. 나는 답하지 못하겠다. 슬픈 일이다.

아웃사이더의 세계 읽기

–김남호의 『고래의 편두통』에서

> 그러므로 모든 시인은 외다리다. 시가 나머지 한쪽을 받쳐 주지 않으면 시가 있었던 쪽으로 폭삭 고꾸라지고 마는, 대책 없는 불구이다. 늠름하고 보무당당하게 성큼성큼 걷는 자는 시인이 아니다. 불안하고 불편하고 불쾌하게 걷는 자가 시인이다. 그러므로 헝클어진 그의 발자국을 좇는 자들은 길을 잃거나, 새로운 보법을 터득하게 될 것이다.

그의 시집 뒷꼭지에 기술된, 그의 짧은 시론에 상당하는 위 따옴글에 기대면, 그는 거의 콜린 윌슨이 명명한 아웃사이더에 가깝다. 그는 자신의 다리가 외다리의 불구임을 아는 순간 아웃사이더가 되었다. 그래서 보무당당하게 성큼성큼 걷는 인사이더에게 그의 걸음은 불안하고 불편하고 불쾌하게 보일 터. 그러니까 그 걸음은 누군가에게는 길을 잃게 하겠지만, 그러나 그 어떤 누군가에게는 새로운 보법을 일깨워 줄 터이다. 그러나 설혹 그 누군가 새로운 보법을 터득하게 된다고 하더라도 그 보법은 아웃사이더의 불안한, 불편한, 불쾌한 외다리 보법일진대.

아무튼 아웃사이더에게 이 세계의 삶은 무의미하다. 삶이 무의미하다는 인식은 세계가 무의미하다는 인식에서 나온다. 그 인식은 왕왕 질병－가령, 「데카메론」의 흑사병이나 「페스트」의 페스트 따위－내지는 육체적인 고통으로 발현되기도 하고, 자신을 송두리째 소멸시키고자 하는, 탕진 의식으로 나타나기도 한다. 삶을 의미 있는 것으로 만들고자 할 때 삶의 무의미가 문제가 된다. 문학이 세계의 무의미성을 건드릴 때 그것의 목적은 세계의 무의미성일 수도 있고, 의미일 수도 있고, 그 둘 모두일 수도 있다. 따라서 문학은 세계의 무의미성을 위해, 혹은 의미를 위해, 혹은 그 둘 모두를 위해서 무의미한 실체를 건드려 폭로하는 것이다. 무의미한 것을 따지고 들어서 왜 우리는 우리의 삶과 세계가 존재하는지, 존재하는 의미가 무엇인지를 이해할 수 없다는 벽에 부딪침으로써 세계의 무의미성은 나타난다. 가령, 끓는 물속에서 술래잡기를 벌이는 그의 「술래잡기」에서, 미꾸라지는 끓는 물속에서 살기 위해 뜨거운 두부 속으로 달아나고 있는 해괴한 광경에서 이 세계의 삶에 대한 이해는 도대체 이해하기 불가한 지경에 빠지게 된다.

세계의 무의미성은 그 세계가 오로지 검은 것과 흰 것으로만 이루어진 세계인 것처럼 몰아갈 때 그 다른 색의 삶이 존재한다는 사실에 대한 최소한의 배려조차 용허하지 않으려는 세계의 옹졸함으로 인해 생겨나기도 한다. 처음 이 시집이 내게 왔을 때 받았던 인상 하나가 있다. 회색빛의 시집이라는 것인데, 내게는 그것이 검은색과 흰색이 섞여서 이루어진 것, 그래서 검은색의 삶과 흰색의 삶이 한 자리에 있게 되는 것인데, 그래서 그의 「클라인씨의 놀이방」 같은 시가 자꾸 떠오르는 것이다. 안과 밖의 구별이 따로 없는 방, 그 방이 던지는 중요한 메시지의 하나는

같은 무늬가 모이면
벽이 되고 천장이 되고
오를수록 우리는 원수가 되지요

이다. 같은 무늬는 코드화로 인해 처음에는 교감이 좋을 듯하지만, 나중에는 같은 무늬로 해서 그 같음 때문에 그 같음에 꽉 갇혀버린다. 그것은 결국 상대도 해치고 나도 다치는 형국이다. 서로 죽이고 서로 죽는다. 그래서 서로는 서로의 원수이다. 그리고 같은 무늬의 친절한 모서리는 위험하다. 그것은 벽이 되고 천장이 되어서 모든 것을 감금해 버린다. 그리고는 기계적 획일성−'황금 비율로 잘라 주는/저 단두대'(「「클라인씨의 놀이방」)−의 처단을 받게 된다. 같은 것은 하나하나의 것을 인정하기보다는 통째로의 것을 인정한다. 그러니까 그것은 무의미한, 무가치한 세계의 인증이 아니고 무엇인가.

그의 시집은 '식은땀은 무섭다'며 '식은땀'에 대한 두려움을 표명한 「소금기도 없이」로부터 열리고 있다. 얼마만큼 무서운가. 그의 표현을 빌면, '영혼이 빠져나간 몸뚱이처럼 무섭다'고 하면서 '영혼이 빠져나갈 수 없는 몸뚱이처럼 무섭다'고도 한다. 엇갈린 진술(역설)이다. 이 엇갈린 진술은 '식은땀'으로 표상되는 무의미성을 강조하는 미학적 장치일 듯. −이 진술은 엇갈린 세계상을 사유하는 그의 뛰어난 방식의 하나인데, 공안公案처럼 늘 새롭고 놀라운 진실을 던진다. 이 시집에서 가장 인상적이고 놀라운 역설은 「그림자극」의, '들고 있는 이 꽃도 검이 되고/잡고 있는 네 손도 검이 된다'인데, 꽃이 검이 되고, (화해의) 손이 (내 등짝에 꽂히는) 검이 되는 엇갈림의 이 무서운 진실이 이 세계의 진실이라니−. '소금기'가 빠져나간 뒤의 허망한 무의미함이 바로 '식은땀'의 세계이다.

> 눈을 찔러야 눈이 찔려야 겨우 눈물을 보이는 사람이 있었다 한번 울려면 석 달 열흘 눈가에 불을 지펴야 하는 사람이 있었다 저 사람이 마지막으로 보는 건 자신의 노을이겠구나 불티 같은 노을이겠구나 그래서 바싹 마른 눈으로 멀뚱멀뚱 그 뜨거운 풍경을 바라보겠구나 바라만 보겠구나 싶은 사람이 있었다
>
> ―「달마야 놀자」에서

식은땀의 세계에 가장 깊이 들어가 있는 것은 물론 늙음이겠지만, 따옴시의 그 '사람'도 그 세계에 이미 들어서고 있다. 그는 제 스스로 마음이 울려서 울지 못하는 감성적 불구자이다. 그러나 그 사람이 세계를 살아가는 데에는 아무 지장이 없다. 그것이 불구라는 자의식이 없기 때문이다. 그러나 아웃사이더의 눈을 피해 갈 수는 없다. 아웃사이더의 눈에 비친 그 사람은 무의미한 세계를 무의미하게 살아가는 무의미한 사람이다. 언젠가 그 사람은 자신의 노을―이 노을(죽음)은 얼마나 뜨거운 풍경인가. 뜨거운, 장엄한 풍경이지만 마른 눈의 그에겐 무의미한 풍경일 뿐일 것―을 보겠지만, 그러나 그 사람은 거저 마른 눈으로 둔중하게 멀뚱멀뚱 바라만 보겠구나 싶은 사람이다. 그의 멀뚱멀뚱한 눈은 뜨거운 풍경의 세계를 의미 있게 보지 못하는 맹안인데, 그 맹안의 그는 '소금기'가 빠져나간 '식은땀'의 존재일 뿐이다.

이 식은땀의 세계의 앞과 뒤를 서로 다투는 세계가 '울퉁불퉁한 편두통은 기압골을 타고 오지'로 시작되는 「고래의 편두통」에서의 '편두통'의 세계이다. 이 편두통은 꼭 까뮈의 「페스트」의 '페스트'에 대응하는 오브제로 내게는 읽힌다. 까뮈의 페스트가 인간의 삶을 억압하는 모든 종류의 강압적 의미이거나 혹은 인간의 삶에 뿌리를 박은 절망이거나 환멸의 부조리와 같은 것이라면, 김남호의 편두통 또한 그러한 맥락을 거느

리고 있는 것처럼 보인다. 지근지근 골머리를 쑤셔대는 편두통이 억압이거나 절망이거나 환멸이거나 간에 편두통의 이 세계는 도대체 아무런 '의미없음', 그것이다. '의미없음'에 대한 그의 자의식은 동음어를 통한 말의 유희와 같은 의미 없는 행위에서도 나타난다. 이를 테면,

고래가 막힌 바다는 냉골이다

와 같은—이때의 고래는 온돌방 구조에서 방의 구들장 밑으로 낸 고랑인 그 고래—, 혹은 동물로서의 고래의 종—범고래, 쇠고래 (…) 병코돌고래 따위—으로 열거해 나가다가 느닷없이 동물로서의 고래와는 엉뚱한,

술고래, 방고래, 줄고래, 흩은고래, 일자고래, 개량고래, 동오하일고래

로 확산되어 간다. 그러니까 이 고래들은 동물로서의 고래와는 무관하고, 무관하니 무의미한 것들이다. 이러한 행위는 무의미한 세계 속에서 무의미하게—놀기 혹은 권태롭게—놀기에 불과하다. 무의미한 세계에 대한 인식의 절정은 다음에서 드러난다.

고래를 따라가다가 선장은 탕진되고
고래는 탕진되려고 선장을 따라가지
작살을 삼키거나 작살을 토하면서
어금니를 깨물고 펜잘을 먹으면서

선장의 삶의 목표는 고래이다. 무의미한 세계의 존재인 편두통의 고래가 그의 목표인데, 그 고래는 '탕진'의 비유 체계이다. 그가 고래를 따라가다가 탕진될 때 비로소 그는 의미 있는 무의미 체계가 된다. 그 역도 그

렇게 성립된다. 고래 또한 탕진이 그의 본질이고 실존인 만큼 탕진되기 위해서 선장을 따라갈 수밖에 없다. 탕진될 때 고래는 의미 있는 무의미가 되는 것이다. 완전히 탕진되기 위해 작살을 삼키기도 토하기도 하고, 시시하게 탕진되어서는 안 되기에 어금니를 깨물고 펜잘을 먹어가면서 탕진을 더욱 강하게 풀무질해야 한다. 탕진의 허무한 끝은 역시 허무하고 심드렁한데, 그 끝은 이렇다.

> 저리 끌려가거나 저기 끌려오는 것이
> 고래거나 선장이거나
> 이빨 빠진 백상아리거나

끌려가거나 끌려오거나, 또 끌려가거나 끌려온 것이 고래거나 선장이거나 난데없는 이빨 빠진 백상아리거나－이 '거나'의 말투는 무책임한 말투의 전형이고, 김빠지게 하는 데는 선두가 될 만한 말투이다. 게다가 '거나'로 끝났으니 어떤 말이 무책임하게 계속 이어질 가능성이 크다－, 도대체 매가리가 없다. 그러니까 무의미하기 짝이 없는 것이다. 세계의 무의미성을 이미 간파하고 그가 문학적으로 무의미하게 맞선 까닭이다.

아웃사이더가 읽어낸 세계 혹은 삶의 무의미성은 처음과 끝이 없는, 처음은 있으나 다시, 처음으로, 무의미하게, 되돌아가는, 그러니까 결말이 따로 만들어지는 것이 아니라 처음으로 다시 돌아가는 반복적 회귀의 과정에서 노출되기도 한다. 가령, 「걷는 사람」에서, 배식구로 유치장을 빠져나온 흉악범 하나가 사람과 개를 피해 쫓기다가 급기야

> 식은땀을 흘리면서 헛소리를 하면서

인가(人家)를 만날 때까지
개가 짖을 때까지
제 그림자에게 쫓기고 있다

오직 밥그릇 하나만 보고 좇아온 흉악범 하나가
밥그릇 드나드는 구멍으로 돌아가고 있(다)

는 이 이상한 풍경은 결말이 없는 결말의 구조를 취하고 있다. 제 발로 유치장을 빠져나간 자가 '식은땀을 흘리면서 헛소리를 하면서' 제 발로 유치장을 찾아드는 이 아이러니는 삶의 아이러니이면서 삶의 무의미성을 동시에 환기한다. 결국 그로 하여금 유치장을 빠져나가게 한 창대한 처음과는 달리 결말이 없는 무의미한 처음으로 이끈 것은 기껏 '밥그릇'—이 밥그릇은 그를 다시 돌아오게 했으니, 그를 우롱한 실체이다—이었다는 사실인데, 이 사실은 사람의 자유 의지란 이렇게 초라하고 보잘것없으며 무가치한 것인지를 제대로 알려주는 표지이다.

이번 시집에서 눈에 띄는 현상의 하나는 그의 유년으로 보이는 유년과 그의 실모實母의 늙음으로 보이는 늙음에 대한 시적 형상화이다. 그런데 이 형상화의 무리를 접하기 전에 「스포일러」에서 이런 형상화의 조짐을 가늠하게 한 어떤 낌새를 느꼈다. 여기서 그는, '발을 보여주마'고 한다. 그 발은 '몸을 헐어서 보여 주'기도 하는데, 시 문맥을 따르면 그 발은 남이 볼세라 '가리고 숨기며/나의 맨 아래 묻어 두었던' 나의 '자랑이면서 급소인 내 끝'이다. 따라서 발은 비밀이고, 비밀을 담고 있는 일종의 블랙박스이고 은밀한 내 사생활이다. 이러한 발을 공개하겠다는 선언은 매우 과감한 선언이다. 감추어진 발의 어떤 모습을 공개할까, 궁금했는데, 그의 유년과 실모의 사적 공간이 슬며시 공개되고 있는 것이다. 딴은 그 공간은 분명히 그의 자랑이기도 하지만 그의 급소이기도 한데, 그에게만 그런 것은 아니다. 사적 공간을 공유한 이라면 대개 그렇다.

유년은 대체로 정신분석의 대상인데, 특히 유년의 고통이 육화되어 있다는 점에서 「학적부」, 「가을비」 등은 정신분석의 대상이지만, 삶의 무의미성과 연결되어 있는 것은 아니다. 유년은 늙음과는 대척점에 자리하고 있다는 거리의식에서 그것은 대체로 의미 있는 지표로 기능한다. 늙음은 삶의 무의미성의 뚜렷한 인간적 현상이다. 따라서 유년이거나 혹은 늙음에서 멀어지면 멀어질수록 그의 무의미는 엷어지거나 묽어지고 있다. 달리 말하면 '의미있음'의 자리로 이동하고 있다는 것이다. 가령, '흙 묻은/내 심장'이 있을 듯한 「첫사랑」 —'흙 묻은/내 심장'의 주체는 늙음과 사뭇 먼 거리에 있는 젊은 '나'이다—이거나 운동회날 '코흘리개 백성들'의 발가락들, '냄새나는 잔소리들'이 역겹도록 그리운 「운동회」이거나 심지어 유년의 시선이 분명한 「땡볕」이 그 뚜렷한 물증이다.

> 그늘이라곤 자기 그림자밖에 없는 유월 콩밭을
>
> 울 어매,
> 점심도 거르고
> 기어간다
>
> —「땡볕」에서

그늘이라곤 자기 그림자밖에 없다고 했지만, 이 그늘은 없는 그늘이고 땡볕인 이 가혹한 실존 상황에 있는 울 어매는 삶의 무의미성을 일거에 몰아내는 가치와 의미의 체계가 아닐 수 없다. '울 어매'를 부르는 목소리는 목매어 잦아들지만 무가치한, 무의미한 목소리는 아니다. 땡볕 속 콩밭을 기어가는 울 어매는 생각하면 고통스럽지만, 고통 속의 환함이다.

'울 어매'에 대한 의미화와 가치화가 대중으로 끝난 지금에서 '울 어매'는 불리어지고 있는 까닭에서이다. 그러나 그 '울 어매'도 유년의 기억과는 달리 현재화될 때 그 '어매'의 삶은 극심하게 무의미화된다.

해진 자루 하나 쓰러져 있다
그래도 용케 기척은 느끼시고
괴춤에서 과자 부스러기 꺼내시듯
낡은 자루 속에서 거뭇거뭇 곰팡이 핀
나무껍질 같은 손 끄집어내신다
그 손으로 내 얼굴을 두루 만지신다
코끝 스쳐가는 손끝에서 달착지근한 구린내 난다
꺼끌꺼끌하고 달착지근한 혓바닥,
핥고 지나가는 순서대로 나는
엉성하게 분해되었다가 느리게 조립된다
방금 당신이 새로 빚은 자식
알아보지 못하신다

—「달착지근한 손」 전문

치매를 앓고 있어 자식조차 알아보지 못하는 실모實母는 이 시 외에 여러 편에 등장하고 있다. 해진(낡은) 자루로, 거뭇거뭇 핀 곰팡이로, 나무껍질로 물화되어 있는 실모에 대한 그의 안타까움이겠지만, 그래서 비극이지만, 이 비극을 통해 그는 삶의 무의미성에 대해 그 절박한 사유를 획득하고 있다. 그가 직접 겪는 경험이기 때문인데, 이 경험의 세계는 무섭다. 이 세계가 무서운 것은 「소금기도 없이」에서 보듯, '소금기'가 빠져나간 '식은땀'의 세계, 곧 '영혼이 빠져나간 몸뚱이'만 남은, 미완의 죽음의 세계이기 때문이다. 완성되지 못한, 종결되지 못한 죽음은 늘 그렇듯이 세계를 황폐하게, 무의미하게 만든다. 그리고 미완의 그 세계는 부조리한 세계이다. 늙음은 완전한 죽음의 자리로 무탈하게 이동되어야 하지만, 인간의 늙음은 곧잘 이러한 원칙에서 이탈한다. 그래서 심지어 그는 종교적인 자리에서까지 무의미한 세계를 읽어내는 것일까. 가령, 「금동미륵보살반가사유상」에서, 무거운 종교적 사유의 무게를 가볍게 흔들어 걷어내는 해체의 방법으로 탈의미화를 닥달하고, 「천수관음의 가을」에서,

> 가로등 밑에서 천년을 기다린 늙은 애인이
> 천 개의 손가락으로 천 개의 콧구멍을 후비며
> 아흔아홉 번째 개를 아흔아홉 번째 헤고 있다네

천수관음은 천 개의 손바닥 하나하나에 눈이 있어, 모든 사람의 괴로움을 그 눈으로 보고, 그 손으로 구제하고자 하는 염원을 상징한다. 그런데 이 큰 의미는 위 따옴시와 비교했을 때 그 의미가 오롯이 살아 있기는 커녕 아주 우스꽝스럽게 끌어내려지고 있다. 애인도 늙은 애인이 기껏 한다는 것이 손가락으로 콧구멍을 후비고 있는 모습이다. 게다가 아흔아홉 번째 개를 아흔아홉 번째 헤고 있다니. 종교적 의미의 그 무거움을 한낱 할 일 없는 가벼움으로 처리하고 있는 것이다. 이렇게 종교성까지도 무의미하게 처리하는 데에서 그도 니체와 같이 신을 부정한 끝에 초인—니체의 초인에 대응하는 그의 초인은 아웃사이더일 것—을 내세우려는 의도일까.

아웃사이더의 눈에 밟힌 무의미성은 삶의 도처에 편재되고 있다. 가령, 「파리, 텍사스」에서, 노래가 울음이고 울음이 곧 노래가 되는 삶의 뿌리 깊은 상처 의식이 그렇고, 「얼굴을 참다」에서, 일상에 길들여져 '날로 고분고분해져 가는 저 얼굴'이 그렇고, 「월요일」에서, 어디론가 가 버

리고 없는 그 많던 꽃들과 붉은 개들과 '나'가 그렇고, 부르고 불러서 더 이상 아는 노래가 없는데도 아직도 이승이기에 계속 노래를 불러야 되는 「매미2」의 권태의식이 그렇고, 내 모든 존재의 현상 또는 형상-기침, 신열, 두통, 목구멍, 취기, 대화, 오줌, 토사물, 혀, 입술, 정액, 나의 어젯밤 따위의, 나의 모든 것-까지 송두리째 부정하고 있는 「모닝케어」가 그렇다. 그래서 세계의 무의미성은 존재의 부정이고 부재이고, 있다가 없어짐이고, 권태이고, 그래서 무無의 모든 것이다. 이 즈음해서 그는 「늙은 고래의 노래」를 부르겠단다.

(…)
죽을힘을 다해 죽을 듯이
그때처럼 내 심장에 꽂아 다오
그러면 나는 마지막으로 솟구쳐 올라
지금껏 헤엄쳐 온 내 모든 골목들 뒤져
스무 살 적 그 이빨을 보여 주마
핏빛 물보라 사이로 노을처럼 무너지며
살짝, 네게만 보여 주마!

늙은 고래는 자기 심장에 작살을 꽂아 달라고 한다. 작살은 죽임이고 죽음인데, 그 작살을 늙은 고래는 간절히 바라고 있다. 그 작살이 심장에 꽂히면 '스무 살 적 (그) 이빨을 보여' 줄 수 있기 때문인데, 이 스무 살 적 이빨의 이미지는 무엇인가. 순수이고, 생명이고, 싱그러움이고, 앳됨이고, 그 앳됨은 '나'의 가치이고 의미이고, 그러니까 늙은 고래의 존재의 본질이 아니겠는가. 그 죽었던 것-늙은 고래의 가치와 의미와 본질-이 죽임과 죽음으로 인해 서서히 살아나고 있는 놀라운 광경이 일어나고 있다.

결국 그의 일은 시 쓰는 일이고 시 쓰는 일은 그의 업이기에 세계의 무의미는 시로써 부정하고 거부할 수밖에 없다. 그 부정과 거부를 통해 무의미를 걷어내는 작업이 「저건 투우가 아니라 소싸움이라니까」 이다. 서두에서 그는 '두고 봐, 내 언젠가 한번은 꼭/저렇게 들이받을 테니까'라고 벼르면서,

> 두 개의 뿔만 이글거리는
> 저 시의 대가리에

두개골이 박살나도록 받아 버리겠다고 한다. 저 시의 대가리는 왜 두 개의 뿔만 이글거릴까. 누구의 대가리가 세고 허약한지 들이받아 봐야 알겠지만, 중요한 것은 세고 허약한 것의 판가름이 아니라, 두 개의 뿔에 집약되어 있는 가치 체계만 가치 체계가 되고 있는 무가치한 세계를 부정하고 거부하는 정신이다. 그래서 일거에 그 시의 무의미성을 날려버렸으면 하는 바람이지만, 그의 근황이 썩 좋지 않다. 「근황」에 따른 그의 근황은 '요즘은 자꾸 웃음이 나'는 정상에서 약간 틀어진 상황이다. 웃지 말아야 할 상황에도 실실 웃음을 날리고 있다는 것이다. 이를 테면, 달리던 타이어에 펑크가 났는데도 웃음이 나고, 엄마가 치매라는데도 웃음이 나는 따위의, 이러다 미치는 거 아닌가 의심해야 하는 비정상적 웃음 상황이다. 그리고 '이 옷만 입으면/비가 오네'라고 하는 것을 보아서 우울증에 시달리고 있는 듯해 보이는데, 그러나 우울증의 '이 먹구름 외투를/벗을 수가 없네'(「우울증」)라고 하는 것을 보아서 여전히 자신의 삶의 세계가 무의미하고 무가치하다는 생각에서 벗어나지 못하고 있는 것처럼 보인다.

그러니까, 요는, 그가 세계를 불편하게 읽어나가는 일을 끝내지 않았

다는 것인데, 그 일을 끝냈으면 그로서는 마음 편하게 장년기의 소탈한 일상에 안주할 수 있을 터인데, 그러나 어쩌랴. '안 하면 꺼림칙하고/하면 더욱 꺼림칙한 털이 부숭부숭한/말들'(「털이 부숭부숭한 말」)이지만, 그가 아니면 누가 그 말을 하랴. 부득이 莊子의 시각주의에 입각해서 그의 역할은 외다리로 세상을 걸어가는 것임을 그에게 말하지 않을 수 없다. 구부러진 나무는 집 재목은 아니지만, 늙은이의 지팡이로 써야 하는 쓰임새가 있지 않은가. 그 역의 논리도 그렇다. 집 재목은 아무리 해도 지팡이의 쓰임새가 생기지 않는다는 것. 그러니 당분간, 그러니까 그 자신이 허용하는 오랜 당분간 아웃사이더의 보법으로 세상을 불안하고 불편하고 불쾌하게 걸어가야 할 듯. 이 명령은 내가 내리는 명령이 아니라, 이미 그의 내부에서 정해서 내린 명령이 아니던가. 그래서 나는 아직도 그의 아웃사이더–되기는 그가 자초한 것이라는 굳은 믿음을 바꾸지 않고 있다.

중보의 소리

—공광규의 시

우연의 일치일까. 내 손에 건네진 공광규의 시 5편 모두가 식물적 상상력 또는 식물적 소재로 꿰여 있다는 것인데, 「제비꽃 머리핀」, 「이팝나무꽃밥」, 「쪽동백나무 피는 날」, 그리고 「달맞이고개」의 '완두콩꽃', 「동남해」의 '풀잎'이 그 물증이다. 이 글을 쓰지만, 이참에 솔직하게 털어놓자면 나는 공광규를 잘 알지 못한다. 그 말은 공광규 시에 대해 거의 문외한이거나 과문하다는 뜻이다. 그에 대해 인터넷 풍문으로 접한 시 가운데 가장 기억할 만한 시는 「소주병」이었다. '소주병'은 쓰레기장에 빈 병으로 버려져 쓰러져 있거나 뒹굴고 있었다. 그 소주병의 흐느낌에서 나는 한기와 연민의 감정을 넘어 그 흐느낌이 돌개바람이 되어, 울음이 되어 파고드는 동질의 경험을 느꼈다. 소주병을 즐겨 애호하는 실제 생활에서 그렇기도 하겠지만, 그보다는 소주병의 처지가 되었다는 그런 실존적 맥락에서 더욱 그런지도 모르겠다. 그의 시가 시에 걸맞은 성취를 얻었다면 소주병으로 환기되는 위축된 인간의 실상을 절실하게 부조한 데에 있지 않을까, 생각된다.

그런 그가 이번에는 완전 자연으로 올인하고 있다. 이 올인이 이상하게 혹은 생경하게 생각되지는 않는다. 그런데도 자연보다는 인간의 삶의 생생한 현장에서 시적 성취를 확보한 그가 굳이 자연에 올인한 것일까, 라는 의문이 가시지 않는다. 시에서 자연은 결코 녹록한 상대가 아니다. 문학에 있어 자연의 문제는 결코 새삼스러운 것도 아니고 지극히 당연한 문제이다. 그렇기 때문에 오히려 건드리기 곤란한 문제가 되는 것이다. 까놓고 말하면 자연이 시 속에서 성공적으로 살아남을지, 그 생존 여부를 장담할 수 없다는 것이다. 잘못 건드렸을 경우, 오히려 독이 되리라는 것이다. 이른바 파르마콘Pharmakon으로서의 자연인 셈이다. 공광규의 의도는 무엇일까. 원론의 측면에서 문명의 과도한 진취로 인한 순연한 삶의 상실에 대한 욕망의 충족이라는 모델로 인식된 것일까. 아니면 자연에 거슬리지 않는 삶의 방식인 노장적 '무위'의 실천을 위해서일까. 아니, '중보仲保'의 소리일 것이다. 이 세상에 삭막하지 않은 곳이 있다는 그런 전제. 그런 전제라면 문명에 대한 자연의 우의를 지향하는 루소주의에 가까운 전제일 것인데, 이를 테면, 문명에 대한 반대급부 같은 것이다.

머리가 헌 산소에 제비꽃 한 송이 피었는데
누군가 꽂아준 머리꽃핀이어요

죽어서도 머리에 꽃핀을 꽂고 있다니
살아서도 어지간이나 머리핀을 좋아했나 봐요

제비꽃 머리핀이 어울릴만한
이생의 사람 하나를 생각하고 있는데

진달래가 신갈나무 잎 사이로 얼굴을 내밀고
산벚꽃나무도 환하게 꽃등을 켜고 있어요

―「제비꽃 머리핀」 전문

화엄적 용어로 자연이 총總이라면 제비꽃은 총을 이루는 별別이다. 무수한 별別이 연緣이 되고 이 연이 모여 성립된 것이 총이다. 이 시에서 제비꽃은 자연을 대표하여 자연의 소리를 전하는 중보의 소임이다. 시에서 제비꽃은 산소에 핀 꽃이다. 그리고 그 꽃은 꼭 사람의 머리꽃핀으로 보이는 꽃이다. 산소라면 소멸의 공간인데, 산소 속의 '저생'의 사람은 제비꽃으로 인해 '이생'으로 귀환한다. 적어도 '이생의 사람'은 '제비꽃'의 감수성을 갊거나 닮았음은 자명하다. 주목해야 할 것은 '이생의 사람'이 앞의 산소와 뒤의 자연 대상의 사이에 있다는 사실이다. 무슨 말인가 하면, 자연의 원리인 소멸과 생성 사이에 있다는 것인데, 소멸 중인 '저생의 사람'이 제비꽃을 통해 '이생의 사람'으로 생성되고 있다는 기의의 전달을 위해 진달래, 신갈나무, 산벚꽃나무 등의 기표가 선택된 것이라는 것이다. 따라서 '제비꽃 머리핀'의 세계와 '이생의 사람'의 가능성은 현존하고 있다는 것이다. 그 '이생의 사람'이 세련되고 화려한, 그러나 공허하기 짝이 없는 이 허위의 현대에 과연 어울릴 만한 얼굴일까, 라는 회의는 품어볼 만한 가치가 있는 회의이다. 제비꽃의 이미지―수수함이나 소박함, 수줍음의 이미지를 가지고 있는 '이생의 사람'이야말로 공허한 이 세계의 구원이 되리라는 믿음이 부여되기 때문이다. 이 믿음이 제비꽃이 자연과 인간 간의 중보가 되는 이유이며, 그 믿음은 계속 팽창되고 있다. 다음 시의 중보인 유채꽃, 완두콩꽃은 그 세계에 대한 믿음이 팽창되고 있는 근거이다.

해운대역을 뛰쳐나온 기관차가

유채꽃과 완두콩꽃 덩굴에 파문을 일으키며 달려가는 사이

흰 나비 두어 마리가 놀라서 날아올랐다가는
다시 제 자리에 고쳐 앉는 사이

이슬 젖은 완두콩꽃 얼굴을 한참 생각하는데
완두콩꽃 닮은 얼굴도 나를 한참 생각하고 있을 것만 같은데

두근두근 꽃밭으로 일렁이는 가까운 바다에는
날개를 접었다 펴는 요트 한 마리

—「달맞이고개」 전문

제비꽃은 유채꽃, 완두콩꽃으로, '이생의 사람'은 앞의 방식과 같이 '이슬 젖은 완두콩꽃 얼굴'로 변주되고 있다. 이 변주가 곧 팽창이다. 해운대역, 기관차. 학창시절의 기억일까(기차를 타고 통학했던 기억?, 아니면 역사 주변에서 생활했던 기억?). 기억은 순수하고 대체로 고집이 세다. 좋은 기억은 어떤 충격을 가해도 그것이 나쁜 기억으로 변형되는 일은 없다. 불순하고 험악한 기억조차 걸러서 대개 좋은 기억으로 만든다. 비록 실제의 그 '얼굴'이 '완두콩꽃 얼굴'이 아니었을지 모르지만, 그 '얼굴'이 기억 속으로 들어와 자리를 트는 순간 '완두콩꽃 얼굴'로 변형되고 만다. 그런데 하필 '완두콩꽃'이라고 명명했을까. 우선 그 '얼굴'이 흰 얼굴의 소유자였을 터이고(아니, 얼굴색과는 아무런 관련이 없을 수도 있다. 설혹 검은 얼굴이었다 해도 마음 여하에 따라 색의 변형은 가능한 일이다.), 순수와 소박의 깨끗한 이미지가 부여되었을 터이고, 시골 태생의 '얼굴'이었을 개연성이 있다. 그리고 추정할 수 있는 것은 그 얼굴과의 풋풋한 관계이다. 이 관계를 사랑이라고 해도 무방할 것이다. 그런데 그것은 추억할 만한 가치가 있는가. 이것이 말해지고 있는 현재 상황을 고려했을

때, 현재 상황은 이런 풋풋한 관계가 한층 허약해지고 있다는 것을 반증하는 것이므로 말해질 충분한 가치가 있는 것이다. 시는 부재와 결핍에 대한 욕망의 뿌리이기 때문이다. 유채꽃, 완두콩꽃이 그 뿌리의 실체이다. 그 뿌리에서 나는 그들—유채꽃, 완두콩꽃이 거느리는 삶의 내밀한 깊이와 가치를 읽는다. 제비꽃을 거쳐 유채꽃, 완두콩꽃이 치고 있는 어떤 꿈의 세계의 모습일 것이라는 것. 달맞이고개에서 '완두콩꽃 얼굴'과 '두근두근' 나란히 앉아 바라보았던 풍경이 「동남해」의 풍경이 아니었을까. 그 세계는 식물의 세계이다. 식물의 세계는 아니마의 세계이며, 아니마의 세계는 유토피아를 지향한다.

> 수평선은 구름에 감겨 기우뚱 휘어진 풀잎
>
> 먼 나라에서 햇빛과 섞어 짠 섬유를 싣고 온다는 화물선은
>
> 해안에 닿기도 전에 지쳐 파란 헝겊 조각을 먼저 보내놓고
>
> 하루 종일 풀잎 위에서 졸고 있는 메뚜기 떼
>
> —「동남해」 전문

두 개의 시선이 한 방향으로 흐르고 있다. 화자의 시선과 '완두콩꽃 얼굴'의 시선이 그것인데, 완강할 정도로 시인의 의식은, (무의식일까), 모든 대상을 식물화하고 있다. 식물적 세계는 아니마의 세계. 섬유와 헝겊의 여성적 풍물과 '졸고 있음'의 정적 분위기에서 뚜렷해진다. 그런데 이 세계는 우리가 알고 있는 공광규 시의 풍경이 아니다. 그가 이룬 시적 성취와는 뚜렷이 다른데, 이 다름을 어떻게 해명할까. 균형 유지의 한 방법일 것이다. 인간은 무의식 중에 마음의 균형을 유지하려는 성향이 있다

고 한다. 가령, 합리주의에 완강하게 매달리는 사람이 생활에서는 비합리주의적일 때가 있는데, 공광규 역시 그런 경우일 것이다. 메뚜기처럼 졸고 있는 모습은 '소주병'이나 '간이의자'(「포장마차」)의 위축된 현대인의 모습이라곤 찾을 수 없는 평화로운 적경寂境의 삶일 것인데, —이 삶이 유토피아적 삶이 아닐까.— 이런 적경의 삶을 바라는 그의 마음이 투영되었을 것이다. 그런 까닭에 이 시는 긴장감이 풀어져 이완된 느낌을 준다. 차제에 믿음의 세계에 대한 바톤은 '완두콩꽃 얼굴'에서 '이팝나무꽃밥'으로 천천히 넘어가고 있다.

> 청계천이 밤새 별 이는 소리를 내더니
> 이팝나무 가지에 흰 쌀 한 가마쯤 안쳐놓았어요
>
> 아침 햇살부터 저녁 햇살까지 며칠을 맛있게 끓여 놓았으니
> 저 수북한 꽃밥을 혼자 먹을 수는 없지요
>
> 새, 벌, 구름과 오월 밥상에 둘러앉아
> 이팝나무꽃밥을 나누어 먹으며 밥 정이 들고 싶은 분
>
> 전화주세요
> 전화번호는 꽃그늘 지역번호와 이파리에 이팔이팔
>
> —「이팝나무꽃밥」 전문

뜬금없이 나타난 동시. 개그적 말장난까지 곁들여서. '이팝나무꽃밥'에다가 '꽃그늘 지역번호와 이파리에 이팔이팔 전화번호'(이 부분은 얕은 맛의 말장난기가 밭치는데, 솔직히 말해서, 사족으로 읽힌다. '전화주세요'의 여운을 남기는 데에서 끝났더라면 마무리가 개운했을 터). 공광규에게 동시는 어떤 의미일까. 평소 동시를 쓰는 시인이 아닌 공광규는

어떤 마음으로 이런 동시를 쓴 것일까. 동시는 동시의 세계를 담는 것이니 자연 동시적 세계에 대한 바람 때문이 아니었을까. 텍스트에서 시인이 그리는 풍경은 '새, 벌, 구름과 둘러앉아/이팝나무꽃밥을 나누어 먹으며 밥 정이 들고 싶은' 동시적 세계의 풍경이다. 그 풍경의 뒷면, 그러니까 시 밖의 세계는 건조하고 밋밋한 세계일 것이다. '전화주세요'에서 소통과 교류를 바라는 그의 간절한 마음이 묻어난다. 제비꽃을 거쳐 유채꽃, 완두콩꽃에 이르기까지의 관계가 '나'와 '너'의 관계에 초점을 둔 것이라면, 「이팝나무꽃밥」에 와서 그 관계는 '나'와 '너'를 포함한 무수한 그(그녀)의 복수 관계로 확대되고 있다. 어른의 눈높이에 맞춘 세계의 아름다움보다는 어린이의 시선이 만드는 세계의 아름다움이 더욱 깊이가 있을 것이라는 믿음이 그로 하여금 동시를 쓰게 하지 않았을까. 그리고 그가 동시를 쓰게 된 또 하나의 이유는 이 시의 주제, 그러니까 시에 표명된 그의 속내가 빤하다는 것과도 관련이 있지 않을까. 물질적 풍요의 시대에 이웃, 혹은 타인과의 관계가 너무 헐겁고 또 서로 소통이 안 되는 문제가 있다는 인식 아래, 관계와 소통의 문제를 다루고 싶었던 것이었는데, 이 문제는 너나 할 것 없이 덤벼드는 바람에 새로운 맛이 죽어버린, 그래서 빤하게 된 주제가 아닌가. 이 빤함을 감추거나 최소한 누그러뜨리기 위해, 그러니까 그것을 보정하기 위해 일종의 눈속임으로 동시의 형태를 빌린 것이 아니냐는 것이다. 동시라면 그런 문제는 간단히 용인되거나 수락될 수 있기 때문이다. 아무튼 어린이의 시선은 유토피아에 깊숙이 들어가 있다. 어린이가 가 닿은 세계가 바로 아니마의 세계이기 때문이다. 그런데 그가 동시를 쓴 진짜 이유는 무엇일까.

자연은 때로 타자로 존재한다. 참을 수 없는 가벼움 앞에서 적당한 무거움으로, 지나친 억압의 무거움 앞에서는 자유의 홀가분한 가벼움으로 존재하는 그런 타자이다. 이 타자는 중보의 변신이다.

청평사 스님과 춘천중앙시장 포목상 보살이
염문 나서 도망친 옛날에도
오늘처럼 쪽동백나무꽃 피었을 거여요

그날도 초여름 신록이 산자락에 폭포로 쏟아져
소양호 물별로 고이는
오월에서 막 건너온 유월이었을 거여요

여객선 꼬리에서 일었다가 사라지는
물거품에서 인생을 눈치 채고는
호수에 매어둔 구름마차 타고 건넜을 거여요

지금 소양강변 산책로 꽃그늘 아래에서
황혼을 바라보고 있는 남녀가
잠시 꽃구름에서 내려온 그분들이 아닐까요

―「쪽동백나무꽃 피는 날」 전문

'쪽동백나무꽃'은 입에 올리기 좀 무엇한, 스님과 보살의 '염문'이라는 별난 사건과 결부되어 있다. 스님과 보살의 '염문'은 종교적 계율이 지나치게 편협되고 폐쇄적인 이 나라에서 취급하기가 여간 곤란한 사건이 아닐 수 없는데, 그들의 '염문'을 통해 시인이 밝히고자 하는 게 무엇일까. 억압일까. 억압이라면 시는 생래적으로 억압을 못 견뎌하는 존재이고, 그래서 억압이란 억압은 모두 완강히 거부한다. 그런데 '염문'이라는 초미의 엄청난 일탈의 사건에 비해 뒤에 이어지는 내용은 싱겁고 밋밋하다.

여객선 꼬리에서 일었다가 사라지는
물거품에서 인생을 눈치 채고는
호수에 매어둔 구름마차 타고 건넜을 거여요

'물거품에서 인생을 눈치 채다'는 진술이 이 시의 주제로 보이는데, 주제치고는 얄팍하고 진부하다. 게다가 '구름마차'는 생뚱맞을 정도로 돌연한 초월인데, 순식간에, 그러니까 초월에 대한 복선을 전혀 예비하지도 않은 채 감행된 비약이다. 이 비약은 그 비약의 길이 빤히 드러나는 순진한 비약이다. 시는 빤히 드러나는 비약의 길을 가지 않는다. 그 뒤에 이어지는 내용은 당연한 진술이다. '황혼', '꽃구름'에서, 몸과 마음을 휘두르며 괴롭히던 욕망의 요괴들을 다 정리되었음을 시사한다. 이 지경을 달관과 초탈의 포즈라고 한다면, 달관과 초탈의 포즈만큼 싱거운 일도 없을 것이라는 생각이, 문득 든다.

자연은 인간의 로고스가 감당하기 어려운 국면에 처했을 때, 심심찮게 불려나오는 마이더스적 기제이다. 간혹 시각적 풍물과 볼거리를 위해 불려나오는 자연이 목격되기도 한다. 그때 자연은 한물간 광대의 공연처럼 처량해 보인다. 그 감정은, 자연이 시각적 볼거리를 위한 것에 그치는 것이라면 그 자연은 이미 시적 생명의 시효가 끝났다는 부정적 인식에서 나온다. 공광규의 자연은 '무위'의 자연이기보다는 '중보'의 자연에 가깝다. 이미 자연은 노장의 자연으로 돌아가기는 어렵게 되어 있다. 인간이 없는 자연은 위험하고 자연이 없는 인간은 무의미하기 때문이다. 그래서 중보의 자연으로 치중되는 것인데, 자연의 역설을 통해 삶의 길에 대한 어떤 진실이 전달되기 때문이다. 자연 혹은 식물성의 세계는 때 묻지 않은 순진한 세계이며, 아직 이 세계는 구원의 여지가 남아 있다는 잠재가능성의 세계이다. 이때의 자연은 일그러진 세계의 반대급부이며, 아니마적이다. 세계는 자기 속에 그림자를 키우고 그 그림자를 자가 증식하는 사악한 요괴 같은 것. 자연이 중보가 되어 검은 그림자의 영역을 넓혀나가는 세계의 검은 음모를 경고하는 사이렌이 될 수 있을까.

입체적 모자이크

―오덕순의 시

창세기편의 세계를 제외하고는 세계가 혼자 창조되는 법은 없다. 새로운 세계는 다른 세계에 촉발되어 창조된다. 글의 경우, 남의 글을 읽고 사유를 일으키는 평론글은 그 대표적인 것이다. 그래서 평론가의 사유는 늘 새롭고 다르다. 어떤 글을 만나느냐에 따라 사유는 다르고 새로워지기 때문이다. 때로는 오래되어 묵은 사유가 생겨나기도 하고, 때로는 앳되게 푸른 새싹의 사유를 만나기도 한다. 시인이 릴케식의 '최초의 언어'에 빠져 그것을 꿈꾸는 고통에 빠져 있다면, 그 고통이 바로 평론가의 행복이다. 평론가는 시인의 고통이 심할수록 더욱 행복해진다. 미당을 만나면 미당의 사유를 하고 황동규를 만나면 황동규의 사유를 하고, 신경림을 만나면 신경림의 사유를 하고 김언희를 만나면 김언희의 사유를 한다. 평론가의 문학동네에는 '최초의 언어'를 토하는 사유의 세계와 시인들이 모여 있다. 이른바 현대시판 '모자이크'이다.

오덕순도 모자이크의 한 자리를 차지하여 제 무늬를 수놓고 있다. 그런데 시인 오덕순은 내게 생소한 이름이고 그래서 그에 대해서는 과문하다. 내가 들어갈 수 있는 그의 시세계의 관문은 「빌딩숲을 모자이크 한다」 외 네 편인데, 이 다섯 편에 대한 미시적 들여다보기가 그의 시세계의 전체를 가늠하는 일이 될 수 있을까. 텍스트로 제공된 5편 중 「빌딩숲을 모자이크 한다」와 「MRI」은 『현대시』(2013. 2) 발표작이다. 「아이디 카드」, 「간판의 힘」, 「트래펑」은 미발표 근작으로 보인다. 인터넷 탐색에서 그가 쓴 다른 시편 「쿠쿠밥통은 다 알아요」(『시평』, 2010년 봄호)와 「플라스틱 머니」(『시평』, 2010년 겨울호)는 내용은 없이 제목만 발견되었다. 빌딩, 아이디 카드, 간판, 트래펑－트래펑도 막힌 배수관을 뚫는 도시 아파트용 세제이므로 도시생활과 밀접하게 연관됨, 플라스틱 머니, 심지어 MRI 따위의 제목만 가지고 본다면, 그는 현재 대도시에서 현대문명생활을 누리면서 살아가고 있는 도시인이다. 대체로 문명이라는 것에 호의적이지 않은 삐딱한 시인들에게 도시는 온갖 유혹의 뿌리이고 악의 소굴이다. 그들이 시인이기에 시인은 의식이 있어야 하며, 의식이 있는 그들의 시인의식은 이 도시에 대해 너그러울 수가 없다. 핏발선 눈에다가 핏발선 구호성 소리까지 동원하여 도시를 흠집내고 또 도시의 모든 것에 대해 총체적 비판의 공격을 감행해야 한다. 그렇게 해 왔고, 그렇게 하고 있고 그렇게 해 나갈 것이다. 문제는 '거의 다 그렇다'는 진술인데, 이것은 일종의 매너리즘이고, 의식의 뒤에서 그 의식을 움직이는 기계적인 힘, 곧 메커니즘 현상이다. 그렇다. 현상이다. 썰물처럼 왔다가 언젠가는 밀물처럼 밀려갈 현상이다. 이 현상은 매너리즘이기에 추수적이고 메커니즘이기에 모방적이다.

그런데 뜻밖에도 오덕순의 시인의식은 반동적이다. 반동적이라는 것은 시인의 진보적인 행보에 호응하지 않고 있다는 것인데, 그가 그 도시의 현존, 정확하게 말하면 현대도시문명과 불화를 일으키지 않고 있으며, 도시의 있는 그대로를 있는 그대로 인정하고 있다는 것이다. 그의 반동—그런데 이 반동과 인정은 적확하게 포착된 관점일까. 혹 그의 시에 대한 내 순수한 무지, 무지한 순수이거나 그로 인한 내 표피적 인식이 빚은 오류는 아닐까—은 「빌딩숲을 모자이크 한다」에서 입증된다.

고층빌딩 사이로 바람이 분다
구름조각을 걸친 새들이 엘리베이터 버튼을 누르자
공중으로 날아오른다
홀수 층과 짝수 층을 번갈아 지나가는 공기의 깃털
지문인식센서에 바람과 구름의 지문을 찍어놓는다
ADT캡스 보안키로 잠긴 세트를 풀고
종달새가 되어 사무실 안으로 날아든다
날개를 퍼덕이며 숲 속의 먹이를 찾는다
손가락이 은사시나무의 잎사귀에 닿을 때마다
WWW.로 통하는 길이 빛의 알을 낳는다
키보드자판을 두드리는 손가락의 파동
마우스로 정보의 알맹이를 건져 올린다
아이디와 비밀번호를 입력하고 포털사이트를 방문하고
문서에 저장된 오늘의 일정을 열어본다
CCTV의 렌즈 속에서 황금물고기들이 걸려든다
지상의 빛은 먹구름이 비를 몰아오고
자동차의 전조등이 빨갛게 부풀어 오른다
불꽃파도가 울음바다를 삼킨다
그때 환하게 타오르는 풍경을 찰칵 터트린다

2007년 대전 FAST <모자이크 시티>라는 기획전을 마치 시로 읽는 듯한 기시감이 드는 시이다. 우리 삶은 자연과 문명과 인간이 섞여서, 딴은 혼재되어 이루어지는 방식이라는 것, 이 모든 혼재의 공간인 도시는 메두사의 얼굴인 문명을 애써 타기해서 떼어내 버릴 수 없다는 것, 그래서 도시는 더 이상 긍정도 부정도 아닌 실재라는 것, 그러니까 실재이니까 실재를 인정하고 그 실재와 적극적으로 소통해야 한다는 것이다. 우리 삶의 일부 내지는 전부가 되어 있는 마당에 그것에 대한 선병질적인 거부나 부정은 일종의 포즈, 혹은 과잉 제스처로 보이는 것이다. 도시의 속성은, 특히 현대도시는 '모자이크'이다. 현대도시를 이루고 있는 여러 조각들, 가령, 자연, 문명, 인간 등이 각기 고유한 빛깔을 드러내면서 '모자이크'된 도시의 큰 그림을 그리고 있는 것이다. 현대도시를 이루고 있는 각각의 부분 및 요소에 과학기술 및 첨단 매체가 관여하고 있는데, 엘리베이터, 지문인식센서, ADT캡스, WWW., CCTV 등이 그것이다. 여기에 구름조각을 걸친 새, 공기의 깃털, 바람과 구름, 종달새, 은사시나무 따위의 자연이 동원되어, 자연의 힘을 업은 문명적 도시의 그림이 그려진다. 이른바 자연을 동원한 모자이크이다. 그 자연의 동원은 자연을 동원함으로써 디지털 세계를 살아가는 현대인들의 디지털 일상-사무실에 출근하면서 지문인식센서와 ADT캡스 보안키를 사용하는 방법, 또는 출근해서 컴퓨터를 작동시키는 행위 따위의 디지털 행위가 이미 일상이 되었음을 시사한다-이 자연스럽게 삶의 일상으로 틈입해서 즉물적 일상이 되었다는 의도를 드러내기 위한 동원으로 보인다. 그 디지털 세계로 진입하는 길을-생명과 새로운 세계의 생성으로 연역되는, '빛의 알을 낳는다'라는 눈부신 이미지로 표현한 것을 보라. 자칫 건조하고 딱딱한 테크놀로지의 세계를 비의 풍경으로 부드럽게 누그러뜨리는 장면은 의도로 보이면서 자연스럽게 다가온다. 그것의 환상적 일체는 밤 도시의 화려한 야경으로 보이는, 불꽃파도 너머 '환하게 타오르는 풍경'으로 그려지고, 반어일지 모르지만, 바야흐로 그는 빌딩숲을 모자이크하고 있다.

도시의 모자이크는 이렇게 문명과 자연과 인간의 환상적 조합에서 이루어지는 것에만 국한되지는 않는다. 도시의 음험한 이중성도 모자이크된다. 그의 모자이크는 따라서 입체적이라는 것. 테크놀로지와 디지털의 문명 세계와 자연과 인간의 모자이크만 모자이크가 아니라, 가리거나 숨기고 싶은 치부를 모자이크 처리하는 모자이크도 있다. 그런 뜻에서 '셔터를 올리며/가면을 쓴다'는 「간판의 힘」의 그 도시는 음험하고 이중적이어서 모자이크 처리되는 환멸의 공간이다. 가면을 쓴 도시는 '가로로 누운 앞면의 웃음/세로로 기댄 뒷면의 눈물' '분심으로 채워진 뱃속/(경(經)을 읊조리는) 탁발하는 와불' 따위의, 점입가경의 이중성인 '색다른 빛깔의 배후/양가감정의 질량'의 절정으로 치닫다가 끝내는,

> 가면을 벗으며
> 셔터를 내린다

셔터를 올려서 내리기까지 줄곧 가면 상태이다. 욕망도 물질 욕망인 물질 낙원의 세계에서 가면은 필수 장비이다. 야누스의 얼굴과 같은 두 개의 얼굴을, 욕망 충전의 현대사회는 요구하기 때문이다. 진정성, 정체성은 익명성의 가면 속으로 감추어지고, 가면 밖은 허위, 거짓으로 위장된다. 셔터를 내려야 비로소 가면을 벗고 제 본얼굴을 회복하는 익명성의 얼굴은, '복면의 상호'의 감추어진 실체이다. 이 가면은–혹은 복면은 도시의 익명의 얼굴들에게 덧씌워진 가면인데, 그 익명의 얼굴들에서 오덕순은 예외가 될 수 있을까. 또한 물을 가치조차 없는 물음이지만, 셔터를 내린다고 가면을 쓴 흔적이 씻은 듯이 벗겨질 수 있을까. 또 가면을 쓰고 가면적 행위를 한 것으로 인해 억압되어 쌓인 불쾌한 욕망의 찌꺼기는 깨끗이 말소되었을까.

그런 까닭에서인지 환멸의 도시 속의 삶은 「트래펑」의 다음 구절에서 보듯 그 내부가 꽉, 막혀 있다.

> 꽉, 막혀버린 내부의 통로
> 새파랗게 질린 시간들이 길을 찾고 있다
> 눈감아도 될 일에도 손톱을 세우던 시절이
> 허공을 부여잡고 파르르 떨고 있다
> 울컥 치밀어 오르는 생의 가시
> 목에 탁 걸려 가슴을 저미며 꼬여온다
> 거품이 부글부글 끓어오르는
> 세상 속으로 걸어 들어갈수록
> 길은 막혀 있다

'새파랗게 질린 시간' 같은 놀랍고 두려웠던 일들이거나, '눈감아도 될 일에도 손톱을 세우던' 화자의 결곡한 기질의 검열을 통과하지 못했던 일들이거나 '울컥 치밀어 오르는 생의 가시' 같은 분노와 격정의 일들이 산적되어 내부의 통로가 막혀버리고 말았던 탓이리라. 이 몇몇 '일들'이란 도시의 삶이 떠넘긴 일종의 콤플렉스일 것이다. 그러니 '세상 속으로 걸어 들어갈수록/길은 막혀 있'다는 인식은 참이다. 그 세상은 거품으로 들끓는 세상, 세상의 그 거품은 부패한 욕망과 허위의 흔적일 것. 「아이디 카드」에는 현대인의 하루나 다름없는 '나의 하루'의 욕망이 정직하고 절실한 언어로 기술되어 있다.

> 매일 별을 세며 아슬아슬 줄을 탄다
> 나의 하루는 내 사진을 목에 걸고 시작한다
> 가슴에 등뼈를 세우고
> 더 높이 더 멀리 블루오션을 꿈꾼다

한 곳을 향하여 귀를 열고
눈으로 말하고 어깨로 날아다닌다
세상에 가장 빛나는 별을 따기 위해
관절과 근육을 당기고 조인다
보름달마냥 부풀어 오르는 약속
퇴근시간을 넘긴 채 아이디어를 쥐어짠다
일당을 적립하며 나는 나를 세일한다
빌딩숲에 걸려 있는 눈, 코, 입, 귀, 턱
바람이 불 때마다 표정을 바꾼다
유리천장 속의 새들은 제 이름을 지우며
도시의 바다를 횡단한다
구름병동의 흰 치약을 잔뜩 물고
세면대 거울을 바라보며 양치질을 한다
고개를 숙이면 흔들리는 목걸이
슬쩍 등 쪽으로 돌려놓는다

누구나 '블루오션'을 꿈꾼다. 세상에 가장 빛나는 별을 따기 위한 노력은 눈물겹다. 한 곳을 향하여 귀를 열 정도로 집중력을 발해야 하고, 눈으로 말하고 어깨로 날아다닐 정도로 눈치 빠르게 요령껏 재빠르게 처신해야 한다. 그에 따르는 육체적 노력은 관절과 근육을 당기고 조여야 하는 고통까지 수반된다. 그러나 그들 모두 '유리천장 속의 새들'—새들이 박차고 날아오를 천장의 실체는 투명한 유리로 막혀있다는 것인데, 불행한 일은 정작 새들은 그 유리천장의 실재를 모르고 있다는 점이다—이라는 것이다.

보름달마냥 부풀어 오르는 약속
퇴근시간을 넘긴 채 아이디어를 쥐어짠다
일당을 적립하며 나는 나를 세일한다

그것을 인식하지 못한 '나'는 보름달마냥 부풀어 오르는 약속을 위해 퇴근시간을 넘긴 채 아이디어를 쥐어짜기도 하고 나를 세일하기도 한다. 다시 읽어보아도 '블루오션'의 꿈을 향한 화자의 노력은 안타깝다. 이 안타까움 뒤에 반전이 기다리고 있다. 그 반전은 물론 예견된 반전이다. 그 반전을 위해 구름병동과 흔들리는 목걸이가 제시된다. 이들 현상들은 화자가 목표로 하는 욕망이 헛되다는 것을 알리는 불길한 신호이다. 화자도 그 불길함을 알아챈 듯, '고개를 숙이면 흔들리는 목걸이/슬쩍 등 쪽으로 돌려놓는다.' 매일 별을 세며 아슬아슬 줄을 타는 것으로 불안한 하루를 시작하던 데에서 예상되었던 불안한 결과이다. 삶은 불안하기에 치열하고, 치열해서 더욱 불안하다.

불안한 삶의 모자이크에서 빠뜨릴 수 없는 풍경의 하나는 「MRI」의 '검은 통증'이 환기하는 삶의 질병이다. 삶은 크게는 질병이다. 삶이 질병이라는 인식은 선험적인데, 그는 경험적 인식을 통해 자신과 대면하고 있다. 이상한 일이지만, 인간은 특히 질병과 같은 특별한 경험의 경우가 아니고서는 자신과 대면하는 일이 별로 없다. 과시果是 「MRI」의 '나' 역시 질병을 앓음으로써 비로소 타자로 인식되고 있다.

> 붉은 표지판이 문 밖에 빗금을 친다
> 검은 통증의, 안쪽은 새하얗다
> 말을 가두고 시간은 건너뛴다
> 소리가 사라진 원통 속에 누워, 혼자
> 사막을 찾아 나선다
> 가로 세로 사선으로 축의 방향을 바꾸며
> 무한 공간 속으로 퍼붓는 빛
> 어둠, 뼛속에 숨은 나의 생은 뒤척인다

수평선이 검은 모래를 뱉어낸다
푸른 뿌리가 갈라지고 찢어진다

검은 통증의, 안쪽은 새하얗다는 진술은 놀람의 표정을 그린 것인데, 미시적으로는 심리적으로 놀란 얼굴의 표정이고, 거시적으로는 죽음의 세계에 대한 인식의 표징이다. 그러니까 통증은 곧 질병은 통상 죽음의 세계를 껴안고 있어서 검기도 하고 희기도 하다는 인식이다. 통증이 환기하는 죽음의 세계 앞에서 삶은 늘 성찰의 대상이다. 그래서 '나'의 삶은 말을 가두고 소리가 사라진 원통 속의 '사막'에 내던져진다. 존재는 말로 드러나고, 말은 존재를 드러낸다. 게다가 이 존재는 욕망의 존재이어서 그 존재를 드러내는 말은 욕망까지 드러내기 마련이다. 따라서 말의 가둠은 욕망의 주체에 대한 가둠이면서 욕망의 가둠이기도 하다. 이렇게 '나'는, '나'의 욕망의 삶은 대상화되어 타자화되고, '뼛속에 숨은 나의 생'으로서의 '어둠' 곧 검은 모래, 푸른 뿌리의 갈라짐과 찢어짐을 경험한다. 이 검은 균열의 경험은 디스토피아적 세계와 접하는 끔찍한 경험이다. 이 경험은 끔찍해서 고통스러운 경험이지만, '나'를 타자로 자초한 고통인 까닭에, 미셸 푸코의 헤테로토피아heterotopia－디스토피아에서 유토피아를 꿈꾸는, 이곳에는 없는 다른 곳－의 경험은 아니더라도, 탈고통의 경험에 가까운 경험은 될 것이다. 어둠은 언제나 어둠으로만 있지 않고 빛을 생기게 하는 구멍이 되지 않던가.

그의 모자이크에 비어있는 구멍 하나에 꼭 넣고 싶은 생의 풍경이 있다면, 그것은, 「사월의 새순」(≪시인의 눈≫, 2012)에 형상화된 '긴 진통 끝에/한 덩이 꽃을 밀어내는 산모의 자궁/첫울음 터트리는 갓난아기'의 이미지가 아닐까. 자궁의 둥근 세계는 모난 세계에 맞선다. 그 둥근 세계는 모난 세계의 불모성에 대해 삶과 생명의 씨를 지키고 키우고 살려서 태어나게 하는 것으로 맞선다. 언제나 자궁과 아기의 이미지는 범상하지만 언제나 범상함을 뛰어넘는 감동적인 이미지이다.

> 심장이 쿵쿵 뛰는 갓난아기
> 숨구멍에 연둣빛이 흘러나와요

범연하지만 가슴 뛰는 광경. 갓난아기의 심장이 쿵쿵 뛰는, 그래서 뜨겁고 역동적인 새로운 세계가 열리고 있는 순간에 아기의 숨구멍에선 연둣빛 숨소리가 흘러나오는 놀라운 세계의 진경이 펼쳐지고 있다. 여기까지가 오덕순의 몫이다. 더 이상 생명의 세계에 파고들어 그 신비를 미주알고주알 캘 권리가 오덕순을 포함해서 우리에겐 없다. 이시영의 어느 시에서, 김종철이 말했다던가, 생명의 신비에 대해서 '모를 권리'가 있다는 것이다. 이 '모를 권리'까지 포함한 생의 여러 풍경을 자신의 언어 프레임에 따라 그려내는 느린 작업에 열중하다보면 어느새 그의 시의 모자이크가 그 본래의 빛을 드러내리라.

그는 크게 범주를 이탈하지도 포즈를 취하지도 않는다. 대개 시인의 시는 불온하지만, 그의 시는 단정하게 보인다. 그것이 혹 그의 시의 약점이 될 수도 있으리라. 그러나 단정함을 내면화시킨 쪽에게 횡설수설의 수다와 천방지축의 말춤 같은 난행을 요구하는 것은 폭력이다. 남은 것은 탈단정함의 시대에 단정함은 잉여적 구태가 아니라, 그 자체의 가치로서 탈단정함과 이인삼각으로 연대하여 건강한 시의 모자이크에 기여하는 목록의 하나가 되었으면 하는 바람인데, 요는, 그의 시의 단정함이 서울 북촌의 한옥에서 묻어나는 그런 무시간적 가치 같은 것이었으면 하는 바람이라는 것이다.

구전에 점을 찍다

—정원숙의 시

구전은 구전의 상태를 지향하지만, 문자화의 공세를 견디지 못하고 결국 그것에 복속되는 운명체이다. 구전은 전자의 상태에 있을 때 비로소 구전으로 살아 있지만, 후자의 경우가 될 때 구전은 변종되어 규범화, 형식화되어 버린다. 이때 구전의 세계는 이미 구축되어 견고한 세계이며, 묵시적으로 받아들여지는 불문율의 세계이다. 그 세계는 박물관의 유물처럼 화석화되어 따분하고 권태롭다. 그 세계로부터의 탈주를 꿈꾸지만, 그것이 용이한가. 대신 어떤 주체는 문자화된 구전을 넘어 새로운 구전을 창안함으로써 간접적 탈주에 성공한다. 구전은 그래서 두 개의 얼굴, 곧 넘어서야 할 구전과 도래하는 구전의 얼굴을 가졌다.

조심스럽게 입을 떼면 정원숙은 낡은 구전의 세계에 대한 흔듦과 두드림을 통해 새로운 구전 세계의 가능성을 타진하고 있다는 인상으로 내게 다가선다. 가설이지만, 신물이 나도록 오래된 구전의 세계에 마침표를 찍고, 새로운 구전의 세계에 윗점을 찍는 그런. 그러니까 그는 앞의 구전의 세계와 충돌하면서 그 세계를 탈주하고 다른 구전의 세계를 암중모색하고 있다는 것인데, 그 모색은 시인의 기질이다. 구전도 그렇다. 물론 구전은 사전적인 층위에서 필록筆錄으로 전하기 어려운 것을 전하는 방식이지만, 필록이 가능한 경우에도 전해진다. 그것은 기존의 해석이나 선례, 기법 등이 수정되어야 할 경우에 수정 부분을 구전으로 처리하는 것이다. 어설픈 문자화가 초래할 부작용을 감안한 때문이다. 구전의 관성은 생각보다 훨씬 뿌리가 깊다.

「구전(口傳)」은 그 두 구전의 세계를 대표하는 '우리'의 양립이 뚜렷한 텍스트이다.

> 우리는 욕설을 내뱉지 않고 지겨운 더위에 냉장고 문을 부여잡고 울지 않는다. 우리는 질병을 껴입고 병원을 종일 배회하고 우리 속을 횡단하는 겨울바람에 궁색한 변명을 하지 않는다. 그러므로 ***우리는 외계의 온도에 따라 체온이 변하는 동물이라고 얇은 혀에 서표를 꽂는다.***
>
> 우리는 기필코 도달하지 못할 광장을 야습하고 순수를 어리석음과 교환하지 않는다. 우리는 어스름의 집을 찾지 않고 우리의 눈이 닿지 못하는 곳에 죽음이 있다는 것을 외경하지 않는다. 가끔 가깝고 먼 거리의 짐승들의 울음이 우리 것이라고 여기기도 한다. 그러므로 ***우리는 외계의 흐름에 따라 팔색조가 되는 변온인간이라고 가벼운 침묵의 혀로 허공에 외친다.***
>
> –「구전(口傳)」 1, 2연

텍스트의 두 개의 '우리'는 비스듬하게 옆으로 누운 고딕체를 중심으로 각기 분화된 담론을 수행하고 있다. 그러니까 그 앞과 뒤의 '우리'는 몸과 마음이 따로인 동상이몽의 '우리' 같은 것인데, 적대적인 관계에 있는 '우리'도 아니지만, 화해로운 관계에 있는 '우리'도 아니다. 앞의 '우리'

가 형식적 궤범을 준수하는 듯한 포즈라면, 뒤의 '우리'는 그것에 대해 반전의 태도를 보이는 포즈이다. 그의 다른 시 「인터뷰」의 표현을 빌면, '육체/이드'의 관계로도 보이는데, 그래서 뒤의 '우리'는 앞의 '우리'에 비해, 아니, 앞의 '우리'에 '대해' 삐딱하다는 인상을 주는 것이다. 이 삐딱한 인상의 포멀리즘을 통해 앞의 '우리'는 단정하고 반듯하며 엄숙한 인상의 캐릭터로, 뒤의 '우리'는 그 말을 하고 난 뒷자리에서 혀를 날름 내밀면서 복화술로 앞말을 희화화하는 인상의 캐릭터로 변주되고 있다. 앞의 자리가 욕망이 억압되는 점잖음의 자리라면, 뒤의 자리는 욕망이 분출하는 본능의 자리이다. 이 두 자리 모두 구전의 자리이다. 구전은 문자화의 세계와는 다른 세계이지만, 그 둘의 공통점은 쓰는 행위라는 것인데, 더 구체적으로는 문자화가 글로 쓰는 행위라면, 구전은 말로 쓰는 행위라는 것이다. 쓴다는 것은 공간화하는 것, 그러니까 말을 공간에 멈추는 일이라는 것인데, 공간화가 이루어져 그것이 지속되면 그것 역시 사유를 독점하는 제국적 형태가 되어 버린다. 강력한 주도권을 쥐게 됨으로써 사유의 독재가 이루어진다. 그래서 구전은 끊임없이 도전을 받는다. 구전의 전수자는 그 구전을 원형 그대로 전수하지 않는다. 구전은 새롭게 태어나고, 그래서 구전의 잠재성은 전복이다. 현대의 구전 전수자, 곧 시인은 그 구전의 원형을 살짝 비틀어 바꾸는 것에 그치지 않고, 그 구전의 세계 이면을 의심하고 뒤집기까지 한다. 때로 구전은 형식적 허위의 자리이기도 한 때문이다.

그런 구전의 세계는 어떤 자유로운 시적 주체에게 있어 가둠과 갇힘의 세계로 인식되기도 한다. 그때 그 시적 주체의 의식은 그 폐쇄적인 세계에서 탈주하려는 운동으로 활발해진다. 여행은 그런 모색과 탈주의 일환이다. 「이바라기엔 잉어가 없다」에는 그런 여행의 풍경이 전경화되어 있다. 그 여행은 세 개의 기능 단위를 거느리는 데, 그 각각의 단위는 i) 내 여행은 늘 전복을 전복한다, ii) 내 여행은 늘 순수를 역진화한다, iii) 내 여행은 늘 지금을 지각한다, 이다. 이 여행은 전복과 역진화와 지각이 주도하므로 규격과 규범의 삶에서 거칠게 일탈하는 것이다. 그 여행은 i) 에서 잉여의 삶을, ii)에서 즐거움을, iii)에서 잉부의 삶에 대한 욕망을 각각 드러낸다.

i)에 부연된 잉여의 삶에 대한 욕망은

> 가둔 물고기가 싫어
> 싱싱한 날것을 먹으러 이바라기에 간다
> 상큼한 바다를 보러 이바라기에 간다.

의 유추를 지향하고 있다. '가둔 물고기'에 대한 염오가 그를 '이바라기'의 낯선 세계로 이끌어간 것으로 보이는데, 낯선 세계의 전제는 낯익은 세계이다. 낯익은 세계는 때로 권태와 억압으로 변종되기도 하는데, 그 권태와 억압에 대한 본능적 거부감이 낯선 세계를 지향하게 한 동인이 아니었을까, 고 그 개연성을 타진해 본다. '이바라기'가 어딘가, 하고 세계지명사전을 찾아서 미주알고주알 캐어봤댔자 헛일이다. 그의 독특한 시편의 하나인 「새들은 페루에 가서 죽다」의 '페루'가 그렇듯, '이바라기'는 실제 이바라기와는 무관하다. 그가 향하는 '이바라기'는 '싱싱한 날것'과 '상큼한 바다'와 결부된 공간인데, 그것에 대한 욕망이 그를 이바라기로 이끈 단초가 되었을 것. 요는, '이바라기'는 시적 주체의 욕망과 본능을 자극하는 시적 충동의 세계라는 것이다.

그리고 ii)의 역진화에 부연된 즐거움의 욕망은

잉어는 꿈도 꾸지 못하므로
가끔 즐거움이 필요하므로, 이바라기에 간다.
아픈 사랑니와 삔 손가락과 이불장 속
구름의 환상을 버리러 이바라기에 간다.

의 뒷받침을 받고 있다. '이바라기'는 상처('아픈 사랑니과 삔 손가락')의 치유와 헛된, 갇힌 환상('이불장 속/구름의 환상')의 거세를 가능하게 한다. '이불장 속 구름'이라면 기껏 이부자리 위에서 뒹구는 정도의 일상에 갇힌 구름일 것이고, 그 구름이 꿈꾸는 환상은 갇힌 환상일 것인데, 따라서 그 환상은 겉도는 환상일 뿐이다. 진화가 부추기는 환상이 그럴 것이다. 하긴 이 세계의 논리가 역성을 드는 쪽은 진화이지 역진화는 아니다. 진화가 대세이다. 역진화는 '몸이 시간을 엎지르는 게으름을/사랑하기로 자주 마음 먹는다'는 시적 전언이 말하듯이, 대세인 진화의 흐름을 전복하듯 역진한다. 역진화는 그렇게 주도적 세계를 전복함으로써 미적 쾌감과 즐거움을 안기고 있다. 그의 이바라기행의 이유가 일부분 여기에 있는 것은 아닌지 모르겠다.

iii)의 지금 지각에 부연된 잉부의 삶에 대한 욕망은,

갇힌 언어가 싫어
팔팔 뛰는 시어를 잡으러 이바라기에 간다.
붉은 핏물 뚝뚝 흘리는 시집을 낚으러 이바라기에 간다.

의 유추를 지향하고 있다. 시적 주체의 시적 욕망이 노출된, 그의 여행의 가장 극적인 부분이다. '갇힌 언어'에 대한 염오가 그 물증인데, 낡은 구전에 바쳐진 언어라면 그 언어는 '갇힌 언어'가 아니었을까. 꼭 '이불장 속/구름의 환상' 같은 언어였을 것. 그 언어에 대한 지각이 그로 하여금

잉부의 삶에 대한 욕망으로 이끌었을 것. '잉부'는 잉부孕婦일 것인데, 시인인 그가 밸 아기라면 그의 출산은 자명해진다. '팔팔 뛰는 시어'를 잉태하여 '붉은 핏물 뚝뚝 흘리는 시집'을 낳고 싶다는 것, 그런 붉은 시집을 통해 구전에 점을 찍고 싶었던 것인데, 그러나 웬 걸, 그는

> 나는 이바라기에 도착하지 못한다.
> 이바라기행 비행기는 연착 중이다.

라고 한다. 왜 그럴까. 이바라기는 망명지일 것. 전복과 역진화와 지각이 있는 곳이라면 그곳은 망명지임에 틀림없다. 그러나 망명이 그리 녹록한 일인가. 망명 실현에 있어 그것을 방해하는 구조적 장애가 작동되고 있다는 사실을 감지한 것일 것. 그 장애의 배후는 떠남과 이륙, 그리고 연착륙을 허용하지 않는 구전의 광범위한 시스템일 개연성이 높다. 특히 그의 떠남의 이유가 전복과 역진화와 (지금) 지각으로 되어 있는데, 그것들이 구전의 시스템에 에러가 걸려 발목이 잡힌 것이나 아닌지 모르겠다. 이런저런 이유로 그의 망명은 지연되고 있다.

'붉은 핏물 뚝뚝 흘리는 시집'에 대한 '잉부'의 욕망에서 그 '잉부'에 상당하는 '언니들'(「언니들」)의 등장은 필연이다.

> 걸음마를 익히자 낯선 햇빛이 엄마들의 뱃속에서 기어나왔죠. 뒤통수도 앞통수도 영 닮지 않은 언니가, 맨 먼저 배운 말로 방긋 웃으며 백 년 전의 나무와 꽃과 새들에게 봄물을 내뱉을 때 우리는 갈지자로 더듬더듬 눈을 훔쳤죠.
>
> —「언니들」에서

'낯선'과 '닮지 않은'을 앞세우고 싱그러운 '봄물'을 내뱉으며 언니는 등장하고 있다. 언니의 출현은 갑작스러운 출현이 아니다. 그의 각본에 미리 짜여 있는 대로 언니는 움직이는 것일 뿐이다. 언니는 '낯선'과 '닮지 않은' 것을 동력으로 해서, '맨 먼저 배운 말'로 '봄물'을 내뱉는다고 한다. 그것도 '백 년 전의 나무와 꽃과 새들에게' 내뱉는다는 것인데, '백 년 전'이라면 사뭇 오래 전이다. 낡은 세계쯤으로 내몰릴 구전, 그런 구전에 내뱉이는 '봄물'은 일종의 신화소가 아닐까. 예술의 전범이자 요체로 기능하는, 이른바 낡은 세계에 젊음을 주입하여 젊고 신선한 세계로 변모시키는 그런 신화소 같은 것. '봄물'의 신화적 기능이 제대로 작용한 것일까. '새로워지는 얼굴과 핏줄과 이름들'이 나타나면서,

> 키가 커갈수록 팔이 길어질수록 안녕! 우리는 서로에게 함축되지요. 엄마가 언니로, 동생이 언니로 그림자 없이 발명되지요. 새로운 발명은 혈통을 무너뜨리고 다른 핏줄을 산란하지요. 늘 졸거나 잠이 들면서, 우리들이 안녕하면 언니들은 변종되고 언니들이 안녕하면 세상의 아기들이 아장아장 걸음마를 하지요.
>
> —「언니들」에서

수상한 일이 일어나고 있다. '우리는 서로에게 함축되지요'의 '함축'이 그 하나인데, '함축'은 적어도 둘 정도의 존재가 서로 교섭할 때 쓰일 수 있는 말이다. 모래알갱이 같이 낱낱인 이 세계에서 '함축'은 매혹적이지만 눈물겨운 메시지이기도 하다. 과연 이 세계는, 그의 말대로 서로는 서로에게 의미 있는 존재로 함축되는 그런 아름다운 세계가 될 수 있을까. 그리고 '엄마가 언니로, 동생이 언니로 그림자 없이 발명되지요'의 '발명'이 또 하나인데, 시적 진술대로의 발명이면 그 발명은 의당 혈통을 무너뜨리고 새로운 핏줄을 산란하는 것이다. 혈통은 그들만의 혈통으로 좁혀

지는 만큼 사유와 관계의 한계를 내포한다. '무너뜨린다'는 다소 과격한 표현은 그 한계에 대한 인식을 바탕으로 사유와 관계의 확대를 도모한다는 뜻으로 읽힌다. 함축과 발명을 주도하는 그 언니들이 안녕하기를 바란다. 그들이 안녕하면 세상의 아기들이 아장아장 걸음마를 하는 세계가 함축, 발명되기 때문이다. 그 아기들도 언니들의 안녕에 충격되어 낡은 구전의 세계에 머뭇거리지 않고 그것을 허물어 그들의 세계를 함축하고 발명해 갈 것이다. 그리고 그 언니는,

> 언저리를 지나 언청이를 지나 얼간이 사이를 빠져나오지요. 질량도 없이 여백이 되지요. 우리는 논리적으로 윤리적으로 하나로 엮일 수 없지만 달빛의 공백을 달리며 서로의 어둠을 나누어 까먹지요. 낯선 사람과의 통성명은 새로운 언니를 탄생시키지만 우리는 늘 졸거나 잠이 들면서

에서, '질량도 없이 여백이 되'고 있다. 비어 있다는 정도의 이해만으로도 범상치 않은 포스의 '여백'이지만, 텍스트의 '여백' 역시 범상치 않다. 어떤 포스의 의미를 수행하는 것일까. 그의 다른 시 「동전 백 개와 데이지꽃의 세레나데」의 다음 대목을 주목한다.

> 소녀 혹은 소년들은 생의 여백을 열정으로 채우고 있을 것이네. 열정은 아직 오지 않은 생에 대한 두려움이 끓는 비등점의 순간

여백은 열정에, 열정은 비등점의 순간과 조합되어 있다. 비어 있지만, 열정으로 가득 채움을 예비한 여백이다. 죽어있는 공간이 아니라, 새로운 세계를 낳는 무한대의 공간이 아닐까, 싶은, 그 여백은 달빛의 공백으로, 나아가 '서로의 어둠을 나누어 까먹'는 어둠의 섭생에 연결된다. 어둠

은 빛의 모천이다. 여백의 논리를 따르면, 어둠을 까먹고 '낯선 사람'의 세계를 만나면서 '새로운 언니'의 세계도 그렇게 태어날 것이다. 졸음과 잠이 그리 나쁘지 않은 이유이다.

한편, '언니들'의 세계에 충동된 그는 '찬란'한 소금의 세계로 들어서고 있다.

> 온몸이 정신이 되어 고립이 고독을 밀고 고독이 침묵을 뱉어냈다. 어느 날 고단한 누군가의 삶에 짠 맛을 보탤 수 있다면, 내 언어가 완전한 결핍을 이룰 수 있다면, 흔적도 없이 증발할 때까지 찬란으로 살고 싶었다. 그러나 나는 어디 있는가 소금쟁이는 느리게 걸어가고 반짝이는 것들 모두 별인 줄 알았다. 별은 찬란이 아니었다. 찬란은 내 손 끝 저 멀리에 있었다.
>
> —「소금의 텍스트」에서

찬란의 형상인 '소금'은 성서적 이미지보다 정신의 이미지로서 정신에 바짝 밀착되어 있다. 그 정신은 거의 화학적 반응의 그것이다. 일상의 권태와 그것을 밀어내려는 의지와의 마찰로 인해 불꽃 튀는 그런 정신이기 때문이다. 그 정신의 치열성은—이 치열성은 시인의식의 치열성이기도 한데, '내 언어가 완전한 결핍을 이룰 수 있다면'에서 가장 절정에 이른다. 결핍은 「언니들」에서의 '여백'—열정으로 채워지는, 혹은 비등점의 뜨거운 순간인 그 여백에 가깝다. 언어가 완전한 결핍에 이른다는 것은, 세계 수행의 전위에 있는 언어의 결핍을 말하는 것인데, 딴은, 결핍은 뜨겁고 치열한 뒤끝에서 비로소 연역된다. 그 치열한 뒤끝이 시적 주체의 자리이다. 그리고 그는 지혜롭다. 그의 지혜는 '별은 찬란이 아니'라는 것과, '찬란은 내 손 끝 저 멀리에 있'다는 깨달음에서 얻어지고 있다. 그러므로 현상학적으로 찬란은 없다. 다만 내게서 태어나는 세계로서의 찬란만이 있을 뿐이다. 따라서 그 찬란은 순전히 내 정신이 감당해야 할 몫이다. 고립과 고독과 침묵이 필요하다는 것, 그 진실을 알기에 '나는 어디에 있는가', 라며 거듭 자신의 존재에 대한 물음을 던지고 있는 것이리라.

꼭 그 물음이 계기가 되어 나타난 것처럼 태양 세계의 뒤편에 은폐된 '태양의 뒤편'이 언뜻 발견되고 있다. 짐승처럼 숨을 몰아쉬며 태양의 뒤편에 웅크리고 있을 그것들의 실체는 무엇일까. 그의 다른 시 「하바네라」의 다음 대목에서,

> 응달과 양지에 대하여, 중심과 바깥에 대하여, 삶과 죽음에 대하여
> 그대가 한 권의 시집이 되어 돌아온다.

의, 응달, 바깥, 죽음 따위가 그것인데, 양지, 중심, 삶 중심의 근시적 구전이 태양의 뒤편에 유기한 세계일 것이다. 근시近視는 중심 질서에만 편중하는 배타성이 있다. 그 배타성을 떨치고, 그의 표현대로, '한 권의 시집'이 되어 돌아오기 위해서는, 중심과 '태양의 뒤편'에 대한 통일적 관점이 열리는 원시遠視의 단계까지 가야 할 것 같다. 그래서 다음 대목에서처럼 태양의 뒤편 세계에 대한 껴안음이 표명되는 것이리라.

> 소년의 바짓가랑이에 달라붙어
> 떨어지지 않는 흙탕물
> (…)
> 놀이터로 달려가는 슬립퍼의 가벼움과
> 뜀을 뛰는 운동화의 무거움 사이
> 태양이 추리하는 오늘과 내일의 거리 사이

달빛과 구름이 숨죽인 나날들을 힘겹게 껴안고

―「태양의 뒤편」에서

그 세계는 엄숙성에서 탈피한 놀이의 세계이기도 하고, 가벼움과 무거움, 또는 그 사이를 사유하는 세계이기도 하고, '달빛과 구름이 숨죽인 나날들을 힘겹게 껴안'는 세계이기도 하다. 그가 그 세계와 '여러 체위를 가졌다'는 '잉부'적 고백은 '여러 체위'가 환기하는 대로 세계의 여러 이면들에 대해 자유로운 눈으로 다층적인 점고를 시도한 끝에 새로운 구전의 세계가 잉태될 것임을 예고한다. 그리고 태양의 뒤편에서 울리는 신음소리, 구전에 점이 찍히는 순간을 알리는 '붉고 빛나는' 찬란한 진통이 시작되고 있다.

날마다 홍건히 젖는 것은
붉고 빛나는 것들의 신음소리

◆ II부

둘레길을 걷다

유홍준의 「북천」 연작

-둘레길을 걷다

둘레길은 시대적으로는 현대를 거스르는 길이며, 문명적으로는 디지털 문명에 반하는 아날로그를 넘어 문명의 원시로 향하는 길이다. 현대는 아우트반을 쾌속, 아니 광속으로 달리는 속도임에 반해, 둘레길의 속도는 느려터진 속도이다. 그 속도는 엄밀하게는 속도가 아니다. 속도를 위반하는 속도이다.

문학은 둘레길을 걷는 것이라고 해야 할 것 같다. 문학 둘레꾼은 세상과의 교감과 소통을 위해서도 둘레길을 가듯이 문학 속을 천천히, 찬찬히 거닐면서, 문학이 전하는 세상의 소리를 들여다보고 경청해야 한다. 그러니 문학 둘레길은 우선 읽는 것에 시간이 많이 들어간다. 시간이 많이 들어가니 속도는 저속이다. 스마트폰의 카톡은 둘 또는 그 이상의 대화가 실시간으로 오고 가지만, 문학은 실시간으로 오가는 소통 방식이 아니다. 문학은 1대1 심층 면접을 통해 제 눈에 깊숙이 꽂히는 것들에 대해 소통하고 사유한다. 그 눈길은 한없이 따뜻하지만, 또 한없이 날카롭기도 하다. 이리저리 눈길을 돌리다보면 나무, 풀, 꽃도 보이고, 까마귀나 고라니도 보이고, 암자도 나타난다. 그리고 고사리, 취나물을 캐는 할머니와 아주머니들이 엎드려 있는 모습도, 외팔이도, 산기슭의 무덤도, 무덤 속 유골을 옮기는 풍경도 나타난다. 삶과 죽음의 심연이 거기에 다 있다. 둘레길을 가는 사람의 눈에 세상의 속살이 얼비치고, 얼비치면서 세상은 조금씩 자신을 열기 시작한다.

문학의 둘레길에는 시도 있고, 소설도 있고, 수필도 있고, 희곡도 있다. 둘레길을 가면서 본 것을 시의 형태로 가는 사람도 있고, 소설의 형태로 가는 사람도 있고, 수필의 형태로 가는 사람도 있고, 희곡의 형태로 가는 사람도 있다. 각기 다 제각각이다. 자기들이 본 것을 가장 힘 있게, 자신 있게, 효과적으로 나타내고 싶은 방식을 선택하는 것이다. 그 선택은 자유다. 반드시 어떤 형태가 좋다는 절대적인 관점은 없다. 본질적으로 문학은 다른 것에 대해 우월한 위치에도, 열등한 위치에도 있지 않다. 문학 각각은 각기 하나의 둘레길이기 때문이다. 그리고 그 둘레길은 서로 호환될 수 없는 하나의 세력이다. 그러니까 서로는 서로와 권력적인 관계가 아니다. 문학은 서로를 억압하는 일이 없다.

이 중에서도 내게 가장 둘레길에 가까운 글을 굳이 고르라고 한다면, 나는 시를 꼽지 않을 수 없다. 최대한 느릿느릿 걸으면서 생각에 잠기고 사유할 수 있게 하는 글은 아무래도 시가 아닐까 하는 것이다. 사무사思無邪의 오랜 전통이 있기도 하지만, 다양한 삶의 무늬와 문양 또는 철학이 꿈틀거리며 깊이 있게 부조되어 있다는 판단 때문이다.

문학의 둘레길은 시 한 편 한 편에 대한 따뜻하고 서늘한 읽기로부터 시작된다. 이 글은 '북천'에 천착하여 그것에서 발굴할 수 있는 의미에 집중하고 있는 유홍준의 「북천」 연작 읽기를 통해 붉기도 희기도 검기도 푸르기도 한 삶의 문양과 겹겹의 지층을 한 꺼풀씩 열어 보기로 한다. 그리고 최대한 가벼운 발걸음으로 그가 걸어간 둘레길을 걸어가기로 한다.

북천은 진주에서 하동으로 가는 국도변에 위치해 있다. 말이 면소재지지 건물이라곤 농협 건물과 면사무소, 파출소 외 나지막한 집 몇 채만 길가에 올망졸망 나란히 붙어 서 있다. 면내 관통이랄 것도 없다. 잠시 한눈 팔다보면 면소재인지 그냥 시골 어느 마을인지 휙 지나가 버린다. 그 길로 북천면소재지 길은 끝이다. 이런 북천은 역사, 경제, 문화, 사회 등등에서 한쪽 구석으로 내몰린 주변부이다. 주변부이기에 지나간 역사와 문화와 경제의 흔적이 짙게 배여 있기도 하다. 북천에서 오랜 삶을 거쳐 온 사람들이 자방인自方人이라면, 그를 포함한 '우리는, (북천에서는) 모두 다 이방인'(「북천－피순대」)이다. 낯선 존재라는 뜻 말고, 자방인의 눈에는 익숙해서 아무렇지도 않게 묻혀버린 것들의 알몸을 훔쳐보게 될 그런 낯선 눈이라는 뜻도 있을 것이다. 그래서 북천은 단순히 '國道가 아니라 天道'(「북천－피순대」)이다. 북천에서 그는 '天道'를 보고 있다. 천도는 물리적인 길이기도 하지만, 삶의 깊이로서의 길이기도 하다. 북천에서 그는 천도를 보면서 삶의 울리는 소리들을 듣고 있다.

북천은 여느 공간과 한가지로 점착성粘着性－장소성이라고 해야 하나－이 강한 근원적 공간이다. 「북천－달」에서 그 점착성은 뚜렷하게 나타난다.

> (…) 달빛을 타고 고라니들은 저 언덕을 넘어갔다 되돌아온다 떠날 수도 있는데 왜 떠나지 않을까 짐승들은, 짐승의 살과 피를 먹은 사람들은, 북천의 달은, 떠날 수도 있는데 왜 떠나지 않을까

짐승들과 그 짐승의 살과 피를 먹은 사람들과, 달은 북천을 떠나지 않는다고 한다. 떠날 수도 있는데, 왜 떠나지 않을까. 북천이 환기하는 장소성 때문일 것인데, 특정 장소는 삶의 뿌리가 박혀 있는, 삶이 존재하는 방식으로서의 의미 있는 장소이다. 그러기에 그 장소는 떠나는 곳이 아니다. 빼앗기는 곳은 더더욱 아니다. 뿌리가 그곳에 있기 때문이다. 그래서 짐승인 고라니도, 사람들도, 달도 떠나지 않고 터 박고 사는 것이다. 그들이 북천을 떠나지 않음으로써 북천은 낡고 오랜 장소성을 지니게 되는 것이다. 그는 그런 북천을 다니면서 북천 역사와 문화와 경제의 소리를 받아 적고 있는 것이다.

유홍준의 둘레길은 '어제 앉은 데 오늘도 앉아 있'는 북천 까마귀(「북천-까마귀」)로부터 길을 연다(그러나 이것은 어디까지나 북천 연작에서 가장 먼저 나오기 때문에 그렇게 생각한 것이지, 작품 발표 차례와는 무관하다). 사람들의 하루하루는 새로울 게 전혀 없다. 그러니까 그 하루하루는 일상이다. 어제도 오늘도 내일도 별반 다를 게 없다. 그런데 까마귀는 새 중에서 그다지 눈에 띄는 예쁘거나 희귀한 새는 아니다. 대체로 지천으로 만나는 새이다. 사람인 화자도 새로 치면 까마귀 이상은 아닌 것 같다. 그러니 화자인 그와 까마귀는 동일시된다. 그 역시 까마귀처럼 '까만 외투를 입은' '새까만 놈'이다. 상위 1%가 아니라 하위 몇 %에 들 하류이다. 별반 특별한 삶의 자극도 없다. '사랑도 없이 싸움도 없이' 하루를 보내기만 한단다. 숨 막히는 일이다. 삶이 이리 따분하다니. 게다가

'원인도 없이 내용도 없이 저 들길 끝까지 갔다고 온'단다. 원인도 내용도 없는 삶이란 얼마나 맥 빠지고 권태로운 삶인가. 그러니 한심한 삶이라고 몰아붙여도 좋을까. 글쎄. 하지만 그런 한심한(?) 걸음이 둘레길을 걷는 기본 자세가 아닌가, 라고 돌려 생각해 볼 수는 없는가. 사랑과 싸움과 원인과 내용이 있는 삶은 어떤 삶일까. 목표가 있고 자극이 있는, 그러니까 할 일이 있는, 근사하고 바쁜 삶이 아닐 것인가. 그러나 둘레길은 저기 눈앞에 보이는 목표가 없다. 목표를 두고 하면 대상은 캄캄히 닫혀 버린다. 시골(북천) 사정을 알면 그런 행동은 안 하고, 못 한다. 목적을 가지고 접근하는 외지인에게 본능적인 거부감이 있다는 것을 먼저 깨달아야 한다. 사랑도 싸움도 원인도 내용도 없이 다닐 때 슬그머니 북천은 말을 건넬 것이고, 그때 그는 그 말을 옮겨 적거나 경청하는 것이다. 딴은 이런 북천길을 다니는 것은 무의미, 아니 무기력 그 자체이기도 하다. 「북천-장마」에서 그는 이렇게 말하지 않았던가.

> 북천에서의 생존 전략은
> 무기력,
> 빗방울이 수만 번 두들겨 패도
> 구멍 하나 뚫리지 않는 오동잎처럼 무기력,

이라고 했는데, 이상하게, 무기력이 무기력으로 읽히지 않는다. '수만 번 두들겨 패도/구멍 하나 뚫리지 않는 오동잎처럼 무기력'이라고 하지 않았는가. 이 무기력이 무기력인가. 이 무기력은 힘없는 무기력이 결코 아니다. 비록 현상적인 힘은 없지만 무서운 무기력이다. 위 시에서 오동잎은 무기력의 비유인데, 그 무기력을 무서운 무기력으로 만드는 것은 어이없게 기력이 넘치는 빗방울이다. 빗방울은 주먹이 센 놈이 흐느적거리는 놈을 샌드백 두들겨 패듯이 하지만, 그놈이 쓰러질 듯 쓰러지지 않고 일어서고 또 일어서고 하니까 나중엔 때리는 그놈이 제풀에 나가떨어지는 경우에 해당하는 빗방울이다. 오동잎은 흐느적거리며 맞는 놈 격인데, 무기력의 역할 배역으로는 아주 적격이다. 무기력이 생존 전략인 북천의 삶이다. 주변부의 삶이 살아남게 된 힘은 순전히 이 무기력에서 나온다. 김수영이 들판의 '풀'에서 본 것은 그 무서운 무기력, 아니, 무기력의 무한이 아닌지 모르겠다.

둘레길을 걷다 보면 옛일이 눈앞에서 얼른거리는 환각을 보는 수가 있다. 서리가 온 세상을 하얗게 뒤덮는 상강霜降 무렵, '신발도 없이, 대책도 없이/맨발로 쫓겨나던 그 자식의 맨발'(「북천-상강(霜降)」)이 눈에 보이기도 하는 것이다. 잠시만 눈을 감으면 금세 익숙한 풍경이다. 우여곡절이 있다는 뜻, 특히 궁핍한 가정일수록 더욱 그랬다. 이 집의 자식은 어떤 사정으로 쫓겨났던 것일까. '자식을 향해 던지려던 외짝 신발을 거머쥐고 되돌아서던 그 사람을 알고 있다'고 하고, 또 '쫓겨나던 그 자식의 맨발을 알고 있다'고 한다. 그가 알고 있단다. 그 아버지와 자식을 잘 알고 있다는 투인데, 혹 신발을 집어 던져 자식을 쫓아내던 그 사람이 유홍준의 아버지가 아니었을까. 또 쫓겨나던 그 자식의 맨발은 유홍준 그의 맨발이 아니었을까. 학창 시절에 네 번이나 가출한 이력이 있다고 한 그였기에 혹시나 하는 그런 마음이 들기도 한다. 아버지도, 그 자식도 다 불우한 시대의 피해자이다. 그들의 사이에 사단이 난 것은 그들의 힘만으로 풀기 어려운 문제였을 터이니 말이다.

둘레길에서 보면 서리 맞은 밭둑에서 고들빼기 캐는 할머니가 보인다. 젊어 쓴 것을 좋아하던, 그래서 늙어 홀로 된 할머니다. 고단하고 힘든 삶을 살았던 모양, 노동으로 굵어진 손가락에 끼어있는 반 돈짜리 반지는 빠지지 않는다. 끝내는 생활보호대상자가 되었다. 필시 할머니의 삶은 '검은 물'(「북천-고들빼기」)이 우러난 쓴맛일 것. 그렇다. '오래 쓴맛을 본 사람의 눈빛은 깊고 무섭다'(「북천-속설」) 그 컴컴하게 깊은 삶을 들여다보기가 무섭지 않겠는가. 어렸을 적 들여다본 검고 깊은 우물이 준 공포처럼 말이다. 마을에는 한 쪽 팔이 없는 '외팔이'(「북천-외팔이」)도 산다. 노름에 팔려 살다가 손을 씻고 그것도 부족해서 손을 털다가 한 쪽 팔이 사라졌는지는 모르지만, -옛날에 이런 사람이 마을에 꼭 한 명씩은 있었다-남은 한 쪽 손만으로 밥도 짓고, 경운기도 몰고, 등도 긁고, 배를 깔고 누군가에게 편지도 쓴다. 젊어 가족도 돌보지 않고 술과 노름에 빠져 사는 바람에 가족들은 뿔뿔이 흩어진 것일까. 그래서 떠난 가족들에 대한 그리움으로 삐뚤빼뚤 편지를 쓰는 것일까. '가시가 돋고 가지가 뻗' 친 그의 편지 수신인은 누구일까. 그 수신자는 그의 운명을 엉뚱하게, 고약하게, 얄궂게 끌고 간 신명神明일지 모르겠다. 그의 삶은 무겁고 외롭고 슬프다. 생뚱한 의문이지만, 도대체 그는 손톱을 어떻게 깎는 것일까.

북천도 다른 시골과 마찬가지로 노인들이 많다. 저녁 땅거미가 내리면 '말을 잊고 생각을 잊고/허리 구부러진/노인 어둠 속으로 들어가고 있다' (「북천-땅거미」) 그 노인들을 보면 '알맹이가 다 뽑히고 껍질만 남'(「북천-다슬기」)은 다슬기가 연상된다. 껍질만 남은 다슬기는 버려진다. 버려야 마땅하다. 그것들은 역시 말라비틀어진 국화 줄기 사이에, 베어낸 목단 그루터기 위에 버려진다. 효용 가치가 다 끝난 것들의 운명이다. 그들은 가물거리며 지고 있다. 하강의 운명이다. 그들의 거처는 그래서 양달집보다는 '응달집'이, 햇빛 잘 드는 남향 큰방이기보다는 어두컴컴한 '골방'이 딱 제격이다. 그곳에서 그들은 웅크리고 죽음이 오기만을 기다리고 있다. 「북천－땅거미」에서 그가 들었다지 않은가.

> 북천에서 팔십이 넘으면
> 산에 가 누웠으나 집에 가 누웠으나 그게 그거라고(한다)

그렇게 그들은 삶과 죽음의 경계에 걸쳐 있다. 더 정확히 말하면, 죽음에 가깝게 쏠려 있다. 어디서나 죽음을 만나는 일은 어렵지 않다. 북천 역시 그렇다. 사람뿐만 아니라 동물의 죽음도 곧잘 만난다. 그런데 그가 북천 둘레길에서 목격한 동물의 죽음은 거의 사람에게 먹히는 섭생으로서의 죽음이다. 토막토막 나뉘어져 사람의 입에 먹히는 북천의 소(「북천－소」)가 그렇고, '울긋불긋해/꽃다발 같았'(「북천－꿩을 받다」)던 꿩이 그렇고, 그가 사는 집 유리창에 날아와 부리를 박고 죽었기에 내장을 끄집어내고 끓여 먹었던 새(「북천－새의 주검」)가 그렇고, 차에 부딪혀 죽어 뼛국물로 내 뱃속에 흘러 들어온 고라니(「북천－고라니」)가 그렇다. 하긴 사는 것은 의당 天道이지만, 죽는 것도 의당 天道이다. 사람의 입에 먹히는 동물의 죽음도 의당 天道이다.

북천 둘레길에서 만난 북천 남자는 '오늘도 무덤가에 앉아/(그는)채경을 불고 또 분다'(「북천－채경」) 무덤 속의 여인과 무덤 밖에 남은 자신을 위해 부는 채경이기에 그 소리는 봄에는 애달픈 소리가, 가을에는 처량한 소리가 난다고 한다. 아무러나 그 소리는 무덤 안과 밖의 거리만큼 슬픈 소리이다. '채경'을 필두로 그는 사람의 죽음을, 그 죽음의 현장을 만난다. 「북천－공동묘지」에서 가지런하게 누운 죽음－살아서 삶은 가지런하지 않지만, 죽음은 놀랍게 가지런하다. 죽음만큼 낙차가 없는 것이 있을까－을 만나기도 하고, '흩어져 있는 무덤들을 한곳에 모'(「북천－이장」)으기 위해 이장을 하는 이장의 풍경도 목도한다. 우리는 죽음을 피할 수 있을까. 죽음은 혹 우리를 피해 가지 않을까. 두 물음 모두 헛바람 담긴 우문이다. 「북천—계명지」에서, 그것이 헛바람 담긴 우문임을 일깨워 준다. 계명지는 한 여자가 어린 딸의 손을 움켜쥐고 걸어들어간 저수지로, 늘 닭 울음이 울리는 저수지이다.

> 죽어도 죽지 않고 저 저수지 바닥에 살고 있는
> 북천의 닭

새벽마다 닭 울음을 울어낼 것이 분명한 저수지, 내가 아무리 돌을 던져도 꿈쩍도 하지 않는 저수지이기도 한, 그래서 그 죽음은 天道이다. 그 죽음에서 자신도 예외가 아님을 뒷날 죽음이 찾아온 뒤의 어느 날을 미리보기로 해서 자신의 죽음을 담담히 대상화한다. 「북천—목기(木器)에 담긴 밥」에서, '목기에 담긴 밥을 먹을 때가 올 것이다'고 하면서 자신의 젯날을 지내는 풍경을 그려내고 있지만, 무겁거나 슬픈 풍경은 아니다. 죽기 위해서 죽음만을 기다리는 삶은 없다. 죽음은 역설적으로 삶을 위해서 있다.

둘레길을 걷다 보면 과학적 진보 세계의 극단에 있는 기층 세계를 만나기도 한다. 그 세계는 진보의 물결에 밀려 크게 세를 잃었지만 끈끈한 저력의 '무巫의 세계'이다. 그러나 북천에서 그 세계는 몰락과 쇠락의 형상이다.

> 작두는 녹이 슬고
> 이파리 없는 대나무 가지는 흔들리지 않고
> 복사꽃 피는 북천 개울가에
> 폐허가 된 집이 있다

무당이 살던 집이다
쪽 찐 여자가 살던 집이다
일 년에 딱 한 번
그 외딴집을 세상에서 가장 화려한 복사꽃이 물들이는데
누군가 하나는 꼭 홀려 그 외딴집으로 간다

—「북천—무당」에서

영험이 다한 것일까. 작두는 녹슬고, 대나무 가지는 흔들리지 않는다. 한때 공동체의 중요한 기층이었던 '무'는 미신의 대상으로 낙인 찍혀 음지로, 변방으로, 구석으로, '북천 개울가'로 내몰리다가 '폐허'가 되고 있다. 폐허가 된 그 집에 살았던, 쪽 찐 머리의 그녀는 죽은 사람의 목소리를 똑같이 흉내 내기도, 반말을 쓰기도, 사람을 데려가기도 하던, 그러다가 마침내 그녀 자신도 복숭아나무 속으로 들어가 복숭아나무가 된 사람이었다.

그녀는 산 자와 죽은 자의 아픔을 어루만진다. 신의 세계와 인간의 세계를 넘나들면서 신의 소리를 인간에게, 인간의 소리를 신에게 전한다. 그녀는 중보中保이다. 세계와의 거리감과 단절을 드러내는 '외딴집'이 그녀의, 그 세계의 운명이지만, 그 세계는 그렇게 외따로 지속되리라. 일 년에 딱 한 번 세상에서 가장 화려한 복사꽃으로 물든다고 하지 않은가. 그리고 누군가 하나는 꼭 홀려 외딴집을 찾아든다고 하지 않은가. 찾아든 누군가는 하나이겠지만, 이미 그 신앙체계는 생활 속으로 들어가 그 생활의 깊은 기층이 되어 있기도 하다. 그것은, "하얀 매화가 핀 것 같다 간밤에 어머니 또 한 사발 물밥을 대문간에 엎질러놓으셨다 물에 만 밥알들 파란 나물 반찬들…… 희고 푸르다 선명하다"(「북천—물밥」)에서 뚜렷해진다. 밥과 나물 반찬 이상의 기층이 어디 있는가.

그의 둘레길의 여정에도 한 파수가 있는 듯. '쉰두 살'에 대한 자의식이 그것. 자의식은 대개 성찰에서 비롯되어 부정으로, 끝내는 갱신의 욕망으로 이어진다.

> 쉰두 살, 나는 내 몸 밖의 내 뼈를 난생처음 보았다 그 몹쓸 몸을 버리고 어서 여기 이 뼈 위에 새 살점으로 와서 붙으라고, 차가운 하늘 위에서, 나의 두개골이, 내 몸 밖의 내 뼈가, 밤새, 나만 알아듣는 말을 말 걸어왔다
>
> ―「북천―초승달」 전문

쉰두 살이 바라본 하늘의 달은 초승달이다. 쉰두 살과 초승달은 썩 적절한 조합이라고 보기 어렵다. 쉰두 살은 차라리 그믐달과 어울리는 조합이다. 지는 달과 지는 나이, 곧 소멸을 향하는 나이이고 달이기 때문이다. 초승달은 미월眉月이라고 하는 달로서 자라는 달이다. 둥근 생명의 보름달로 자라는 달이다. 그런데 쉰두 살의 그는 난데없이 초승달의 형상이 '내 몸 밖의 내 뼈'라고 간주한다. 무슨 근거일까. 내 몸 안의 뼈와 살에 대한 자의식 때문일까. 그 자의식은 '몸 밖의 뼈'에 대한 인식을 거쳐 내 몸에 대한 부정적 인식에 닿는다. '몹씁 몸'이 그것인데, 하긴 부정될 몸이기도 하다. 물기가 없어 푸석푸석한 몸이거나 윤기가 없어 탄력을 잃은 몸이거나 피로에 찌든 노쇠한 몸이거나 하니 '몹쓸 몸'인 것은 틀림없다. 그 몸은 갱년기의 몸이다. 갱년기는 몸의 쇠퇴기인데, 갱년기의 여러 변화는 지금까지의 몸 상태가 허물어지고 신체 기능이 깨어지고 있으니 새로 바꾸라는 신호일 듯. 이때 갱신의 욕망이 생겨날 터인데, 일종의 리모델링 욕망이다. '몹쓸 몸'은 리모델링의 대상이다. 그것을 리모델링해서 초승달로 교환하고, 거기에 새 살점을 붙여 새 삶을 건축하려는 욕망이 깔려 있는 것인데, 요는 객토客土의식에 비견되는 욕망이다. 과분한 욕

망으로 보이는 욕망이지만 내겐 부러운 욕망이다.

북천 둘레길 만행이 여기서 끝난 것은 물론 아니다. 둘레길의 여정은 끝이 없다. 돌아보고 다녀야 할 코스는 물론이고, 그곳에서 만나게 될 세상의 소리 또한 다하지 않았다. 삶과 죽음, 그리고 그 사이에 있는 모든 것이 다 天道인 까닭이다. 다시 확인하지만, 북천 둘레길은 '國道가 아니라 天道'이다. 처음 내가 가벼운 발걸음으로 둘레길을 가겠다고 했지만, 마음뿐이다. 그라고 해서 가뿐하게 갔으랴만, 그를 따라가기가 힘에 부친다. 그 길이 天道이기 때문일까. 그가 언제까지 북천 둘레길을 갈지 모르지만, 당분간은 계속 갈 것으로 보인다. 그의 天道를 쉬지 않고 가기 위해서도, 혹여 낙오하지 않기 위해서도 나도 여기서 한 파수 쉬어야겠다.

고영민의 「학수」

학수

나무 위에 집이 한 채 있다

대문이 열려 있고
절름발이 아이가 걸어 나오고 있다
절름발이 아이의 손에 학이 들려져 있다
학을 풀어주고 있다

학은 꾸르르르 멀리서 운다

절름발이 아이가 추녀 밑에 앉아
언청이 토끼에게

민들레 잎사귀를 먹이고 있다
민들레 잎사귀가 토끼 입속으로 천천히 사라지고 있다
민들레 잎사귀를 배불리 먹은 언청이들이
깡충깡충 구름이 되고 있다

우듬지의 긴 굴뚝에서 푸른 연기가 오르고 있다

돌아오나 보다

하루 종일 땅 한번 디딘 적 없는 고공의 식구들이
먼 능선을 이고
꾸르르르, 휘파람을 불며
하나 둘,
빛의 속도로 돌아오고 있다

—『현대시』, 2013년 6월호

낯선 그리움

「학수」의 '학수'를 덜컥 '악수'로 읽을 뻔했다. 난독증이다. 한 개의 음소 차이 말고는 그렇게 읽도록 홀릴 만한 구석이 없다. 그런데 왜 악수로 읽혔던 것일까. 서로 불화하고 반목하는 이 세계가 화해롭기를 바라는 마음이 크게 움직여서 그렇게 읽도록 작용했을까. 소설은 소설의 본령이 찢어진 세계의 불화와 반목과 갈등을 주되게 취급하는 것인 만큼 의당 그쪽이지만, 그런데 소설과는 본령이 다른 시까지도 소설의 불길한 그 길을 따르고 있는 추세이다. 이 세계의 그런 결핍—이 결핍은 무의식일까. 먼저 손을 내밀어 화해롭게 살아가는 세상을 꿈꾸는 그 무의식이 '악수'로 읽게 했던 것일까. 글쎄. 그런데 '학수'라고 하면 '학수고대'의 그것일 것인데, '고대'는 홀랑 빠지고 '학수'만 썰렁하게 남은 것일까. '고대'가 빠진 이상 '학수'는 '학수고대'의 뜻만 수행한다고 보기는 어렵다. 그것도 한글로 씀으로 해서 그 뜻 외 다른 뜻까지 염두에 둔 복합적인 저의가 숨어 있을 것이다. 나무 위의 학의 집이라는 뜻의 '학수鶴樹'와 이 '학수鶴樹'의 온전한 지킴이라는 뜻의 '학수鶴守', 그리고 학이 그려내는 화해로운 세계의 원형에 대한 바람이라는 뜻의 '학수鶴首'가 복합적으로 삼투해 있는 삼중적 저의가 학수가 아니냐는 것이다.

그런데 고영민의 시는 고층 빌딩이 숲을 이룬 도시 한복판에 있는 한옥을 보는 듯하다고 해야 하나. 그런 신기함이 있다. 아니면 도심 속의 한 그루 소나무에 눈부신 학의 무리가 웅성웅성 운집한 풍경이랄까, 그런 낯선, 그러면서 그런 오래 전의 풍경에 대한 그리움을 불러내는 그림이다. 그렇다면 이 시는 전통적인 세계를 그리는 데 진력하고 있는 시인가.

그렇지 않다. 이 시가 전통적인 세계를 그리는 데 그친 시가 아니라는, 오히려 그런 인식에 충격을 가하는 이 시의 요소는 '불구'들의 등장이다. 그 불구의 존재는 절름발이 아이, 언청이 토끼, 그리고, 불구의 존재인지 확실치는 않지만, 아이의 손에서 풀려나는 학이다. 그런데 알 수 없는 것은 이 학이 어찌하여 절름발이 아이의 손에 들려져 있다가 풀려나고 있을까. 분명한 것은 절름발이 아이가 학을 포획한 것은 아닐 터, 그렇다면 어떤 상상이 가능할까. 나무 위에서 추락하여 다친 것은 아닐까. 이 학은 어린 학일 개연성이 높고, 아직 어린 학인 까닭에 나는 능력이 발달되지 않아 추락하지 않았을까. 어린 학이 제 발로 걸어 들어갔을 수도 있지만, 다소 억지 상상일 것 같다. 불구는 상처이다. 상처는 치유를 기다린다. 절름발이 아이가 학을 돌보고, 언청이 토끼에게 민들레 잎사귀를 먹이는 낯선 풍경의-불구가 불구를 돌보고, 상처가 상처를 치유하는 이 세계는 아래에서 위로 올라가는 상승의 방식이다. 처음부터 비루함을 배제한 채 높이 올라있는 전통세계와는 달리 고영민의 시는 처음에는 낮고 비루하지만 어떤 행위의 작용으로 나중에는 그 낮고 비루함이 높게 올라가는 형식을 취한다. 텍스트에서 대문이 열려 있는 장면은 범상하지만 인상적이다. 현대인들의 집에서 활짝 열려 있는 대문을 본 적이 별로 없기 때문인데, 더욱이 현대인의 대표적인 주거 형태인 아파트 현관문은 육중한 쇠문으로 무겁게 닫혀만 있지 않던가. 그 대문이 활짝 열려 있는 것이다. 그래서 이 대문은 차가운 쇠문으로 상상되지 않고 따뜻한 사립문 또는 나무대문으로 상상된다. 하나의 고립된 세계에 갇혀 있는-닫혀 있는 대문에 반해, 열려 있는 대문은 모든 세계에 대해 개방적이고 자유롭다. 그러니까 고집스러운 불통의 패러다임이 없다. 아니, 없는 것이 아니라, 모든 패러다임에 개방되어 있거나 그것 자체가 아예 무의미한 것으로 처리되어 있다는 표지이다. 또한 열려 있는 대문은 안과 밖이 단절되어 있거나 폐색되어 있지 않다. 하나로 이어져 안의 세계와 밖의 세계가 교감하는, 그러니까 높낮이의 차별이 있을 리 없으며, 모든 존재가 그 존재성만으로 존중되는 그런 세계일 것 같다.

이 열려진 대문 안에는 불구의 절름발이 아이가 살고 있다. 불구가 패악한 불구짓을 하면 그는 영락없는 불구이지만, 그가 하는 행위는 어떠한가. 학을 풀어주는 행위, 언청이 토끼—토끼는 그 외형상 언청이인데, 언청이라고 굳이 호칭하는 것은 토끼의 불구성을 각인시켜 절름발이 아이의 토끼에 대한 행위를 의미화하려는 의도일 것—에게 민들레를 먹여주는 행위를 한다. 서로 간의 의미 있는 관계는 언제나 상대에 대한 충분하고 깊은 이해에서 출발한다. 아이의 토끼에 대한 이해는 토끼가 먹이가 필요하다는 기본 인식의 그것이다. 따라서 먹이를 주는 아이의 행위는 불구짓이 아니라, 토끼에 대한 호의이고 사랑의 행위이기에 그 행위는 감동적이고 아름다운 행위이다. 이 절름발이를 세상을 절뚝거리며 걸어가는 시인이라 할 수 없을까. 그 행위는 절름발이의 그 기울어진 쪽으로 기울어진 만큼 떠받치듯이 행해진다. 그 행위는 그래서 내 눈에는 존재론적으로 시인이 불구의 세계에 보내는 시적 행위로 비친다.

시적 울림의 절정은 민들레를 먹은 언청이들이 "깡충깡충 구름이 되"는 장면인데, 이 장면은 두 겹의 의미 층으로 겹쳐 있다. 절름발이 아이의 호의에 대한 토끼의 흥분된 반응이 그 하나이고, 다른 하나는 도약의 몸짓인 '깡충깡충'을 통해 구름과 푸른 연기의 이미지로 자연스럽게 상승하는 미학의 연출이다. 그리고 나는 이 깡충깡충 뛰는 모습에서 문득 춤사위를 떠올린다. 춤은 도취이고 몰입이고 초월의 몸짓인 까닭에 춤은 무겁고 비루한 삶을 살아내는 가장 좋은 방법의 하나이다. 춤은 절름발이 아이를 만난 토끼의 마음을 표현하지 않았을까. 그리고 이어지는, 예고된 것이지만, 푸른 연기와 휘파람을 불며 빛의 속도로 빠르게 돌아오는 휜무리 떼의 극적인 장면.

> 꾸르르르, 휘파람을 불며
> 하나 둘,
> 빛의 속도로 돌아오고 있다.

집은 떠나기보다는 돌아오는 곳일 때 비로소 집이다. 그것도 '빛의 속도로 돌아오'는 곳이다. 그러나 그 '빛의 속도'는 우사인 볼트의 신기록 수립용 속도가 아니다. 그 속도는 서둘러 귀갓길을 재촉하며 돌아오는 설레는 마음의 빛의 속도이다. 이러한 삶은 지극히 평범하다. 평범하지만 아름다운 이 세계를 그는 학수하는 듯 보인다. 그 세계 속에, 그가, 아니 그가 속한 공동체가 바라는 세계(삶)의 원형이 오롯이 살아 있기 때문이다.

그런데 「학수」의 세계는-내게는 황순원의 「학」과 이범선의 「학마을 사람들」의 세계가 합쳐진 세계로 읽힌다. 인간의 본능적 순수와 신화적 질서의 세계를 욕망하는 두 소설가의 '학'의 세계가 고영민의 「학수」에서 합류된 것으로 읽혀지기 때문이다. 「학마을 사람들」에서 이장의 유언 속에 있는 '애송나무'는 파괴된 그 세계의 질서를 복원하려는 물질적 이미지인 '신수神樹'일 것인데, 고영민의 '학수'는 이장의 유언을 실현시키는 애송나무의 그 변주가 아닐까.

「학수」는 그림 속의 세계이다. 디지털로 그려내는 기계적 조합의 세계가 아니라 손으로 직접 먹을 치고 그려야 하는 인간적 감성의 세계이다. 그래서 그 두 세계는 아득히 멀다. 멀고도 먼 거리만큼 「학수」의 세계는 당위의 세계이다. 불구가 불구에게 손을 내미는 그 행위들이 이 세계의 뿌리가 되는 세계이기 때문이다. 「학수」의 세계는 디지털 세계를 살아가는 현대인에게는 낯선 세계이지만, 그 이전의 근대를 살았던 내게는 영판 그리움의 세계이다. 그리고 조심스럽게 떠본다. 「학수」를 악수로 읽었던 무례를 용서하게 될까.

고은의 「내려갈 때 보았네」

내려갈 때 보았네

내려갈 때 보았네

올라갈 때 보지 못한

그 꽃

—『순간의 꽃』(≪문학동네≫, 2013)

(※ 위 시는 제목이 없기에 필자가 임의로
첫 구절을 제목으로 잡았음)

꽃을 만나다

시행의 차례를 바꾸면 원시와 뚜렷한 차이가 있을까. 바꿔본다. '올라갈 때 보지 못한/그 꽃/내려갈 때 보았네' 원시와 비교해 보니 밋밋하다. 고전소설 읽는 기분이 이럴까. 시간을 거꾸로 돌린 데에서 어떤 자극이 감지되는 원시는, 그러니까 극적이다. 긴장감이 있는, 그래서 탄력적인 배치이다. 높은 산에서 내려오고 있다는 인상을 적극 고려한 시각적 배치가 효과적이다.

단 석 줄의 짧은 시지만, 행간에 감추어진 이야기를 훑어내면 가히 대하소설급이다. 그래서 이 시는 서사적 재구성과 재현이 가능해진다. 그는 산에서 내려오고 있다. 혈기왕성한 젊은이는 물론 아니다. 은퇴기에 접어든 희끗희끗한 중년 아니면 삶의 황혼녘에 접어든 은발의 노인이리라. 그 길은 그러나 험준한 산악에 난 길이기보다는 상징적 삶의 경사가 있는 길이겠다. 내리막길인데도 그는 서두르지 않고 느릿느릿 천천히 발걸음을 떼고 있는 모습이다. 그 길을 내려오면서도 그는 앞만 보는 게 아니라, 주위를 찬찬히 둘러보기도 하고 한곳을 유심히 살펴보기도 한다. 눈에 들어오는 사물들 하나하나가 예사롭지 않은데, 그때 그의 눈에 꽃 하나가 유난히 크게 꽂혀 들어온다. 그의 동공이 커지면서 그 꽃을 자세히 바라본다. 그리곤 고개를 갸우뚱거리며 생각에 잠긴다. '이상하네. 내가 이 산을 올라갈 때에도 이 꽃은 분명히 이 자리에 있었을 것인데, 그땐 왜 보이지 않았을까.' 물론 그가 올라갈 그때에는 그 꽃이 그 자리에 없었을 수도 있었을 것이다. 그러나 시의 문맥으로 보아서는 그 자리에 그 꽃이 있었고, 다만, 그의 관심 부재로 인해 '보지 못한' 것이었다. 그 자리에 없어서 보이지 않았던 것이 아니라, 허겁지겁 오르다 보니 그 자리에 있었지만 안 보았던 것 혹은 못 보았던 것, 그래서 그의 눈에 그 꽃이 안 보였던 것이다. 그것은 분명히 현존의 자리를 지켰지만, 마음이 그것에 없었던 탓에 그것은 부재의 존재였던 것이다. 마음이 없으면 보아도 보이지 않고, 들어도 들리지 않는 법. 그 꽃이 눈에 보였을 턱이 없다.

그러고 보니 저 오르막을 허겁지겁 올라갔던 그때가 불현듯 생각난다. 대략 20대 후반이거나 30대 초반 그 무렵쯤 되었을 것. 대학을 졸업하고 사회에 갓 발을 내디뎠을 때니까. 범연하게 인생을 살고 싶지 않았던 것인데, 비단 왕후장상이 아니라도 남보다 표나게 비상하여 이 세상을 내 세상으로 만들어 보리라며 다부진 결의를 벼렸던 것이다. 그때부터 가파른 비탈을 타고 오를 계획을 세우고, 하나하나 단계를 거쳐 목표를 이룰 추진에 나섰던 기억이 솟아난다.

그의 목표 체계 안에서 꽃은 다 똑같은 꽃이 아니었다. 색깔과 모양에서 향내까지의 목록으로 준거를 따진 등급이 있었다. 이를 테면, 꽃 중의 꽃인 장미를 피우는 꽃과 한낱 질갱이를 피우는 꽃이 같은 반열에 들 수는 없는 일이다. 마찬가지로 사람의 삶이라고 해서 다 같은 등급의 삶이 되는 것을 받아들일 수 없었던 것이었는데. 삶은 차별이 있고 차이 또한 있기 마련 아닌가. 회사 사장과 일개 사원이, 시장 · 군수와 9급 공무원이, 교장과 평교사가 같을 수가 없는 것. 능력 위주의 경쟁 사회에서 이건 불공평이고 불평등이야, 라고 생각했던 것이다. 그의 가치관은 사회는 역량과 재능에 따라 역할이 부여되는 것이고, 그래서 자리도 그 역할에 따라 차별화되는 게 마땅하다는 논리에 치중되어 있었던 것인데.

성공 담론에 매몰되어 절정으로 가는 도중에 그 꽃이 보였을 리 만무

하다. 절정에 이르러 성취를 만끽한 뒤 내려오는 길에 그 꽃이 어떤 포즈로 해서 그의 눈에 들어왔던 것일까. 꽃을 통해 그가 발견한 것은 무엇일까. 꽃이 거느리는 상징성이 매우 넓은 까닭에 딱 부러진 의미화는 어렵지만, 그것이 삶의 국면에 닿아 있는 것임은 짐작할 수 있다. 절정은 곧 하강이다. 내려올 때의 마음은 어떤 마음이었을까. 절정의 시간을 더 연장하지 못해 아쉬운 마음일까. 아니면 절정의 자리도 헛되다는 깨달음일까. 어쨌거나 내려오는 그의 눈에 포착된 꽃은 향기롭고 화려한 꽃이 아닐 수도 있을 것. 애당초 꽃의 가치와는 거리가 먼 꽃이었던 때문에 보고도 못 본 체한 꽃일 수도 있었을 것. 그래서 내려오는 길에 발견된 것이고, 뒤늦게 그 꽃이 가진 그 꽃만의 가치가 발굴되었을 것. 딴은, 화려한 성공 담론에 묻혀 있던, 비루하지만 나름대로의 소중한 삶의 가치를 꽃이라는 몸을 통해 드러내고 있는 것일 수도 있겠다.

그 꽃은 장관, 검사, 판사, 의사, 교수와 같은 화려하면서 인지도가 높은 꽃이 아니라, 요리사이거나 제빵사이거나 사회복지사이거나 미화원이거나 공장 노동자이거나 더 바닥으로 내려가 바닥이 된 그런 낮은 삶에 가까운 꽃인지 모르겠다. 허수로이 대수롭지 않게 여긴 그 삶들은 또 그 삶들대로 아름답고 가치 있고 소중한 삶의 하나가 아니었을까. 누가 더 삶을 뜨겁게 달구고 열정적으로 살아가느냐가 그 삶의 아름다운 가치를 갈래짓는 갈림길이 되지 않을까. 이 세상의 모든 꽃은 그 자리에서 피워낸 만큼 아름다울 가치가 있다. 그것을 인정해야 한다. 그리고 아름다움의 차이도 인정해야 한다. 그러나 이 인정은 쉽게 내려지는 그런 인정은 아니다. 절정에서 내려가면서 보라. 내려가는 길에 핀 초라한 꽃이 눈에 밟힌다면 그 인정이 가능하리라. 이런 말들을 발설하고 보니 소박하고 진부한 말들이다. 그러나 내 마음이 참으로 그런 마음일진대, 소박과 진부라며 비웃는 소리도 달게 받을 수밖에.

그는 그 꽃을 생각하며 천천히 내려가고 있다. 해가 저물고 있다. 해가 저무는 서쪽 하늘은 온통 붉은 빛이다. 그의 마음일까.

김상미의 「제비꽃」

제비꽃

너는 女子, 이미 익사한 땅속에서도 깨어나 죽음 앞에 사다리를 던져 한 발 한 발 기어오르는 女子, 허황된 남자의 부푼 가슴에 완곡한 경멸의 손톱자국 지그재그로 남기고 가장 긴 밤을 나비처럼 날아다니는 女子, 날아다니면서 조금씩 망가지고 잊히는 이름들 눈물에 씻어내어 꽃가루 묻은 나비 입술에 깊게 입맞춤하는 女子, 세월 때문에 사람들 찢겨진 미니스커트를 아직도 좋아하고 라퐁텐 우화집에서 우글거리는 검은 쥐 흰 쥐들을 세상 속으로 모두 풀어내 주는 女子, 어제 쓴 거짓말투성이 시집을 내 몸같이 사랑하고 하정우가 나오는 영화는 무조건 보는 女子, 소백한 채소가게 앞에서는 두 발을 멈추고 상큼한 방울토마토 같은 웃음은 두말 않고 주워 먹는

女子, 햇볕 창창한 날이면 우산을 접고 그동안 일용했던 고독을 모두 모아 하나님 주식 펀드에 몽땅 투자하는 女子, 호랑이 새끼든 뱀 새끼든 여우 새끼든 사랑으로 모두 거두어 깊은 땅속에서 살아나오는 법을 전수해 주는 女子, 어떻게 해야 끝이고 시작인지를 너무 잘 알아 언제나 일기 끝에 최후의 웃음을 찍어놓는 女子, 황홀한 봄날, 갓 핀 꽃들을 모두 빼앗기고도 치마 속에 남은 아주 작은 봄볕으로도 새봄을 만들어내는 女子, 언제나 사람들이 가득 찬 트렁크를 들고 고추를 널어 말리는 계절처럼 붉게 물든 저녁 속으로 사라지는 女子, 더 멀리, 아주 멀리, 더 먼 곳으로 매일매일 떠나는 女子, 떠나서는 다시 환한 봄날처럼 돌아오는 女子, 우리 집 꽃밭에서 가장 작고 가장 예쁜 女子

—『현대시』, 2003년 8월호

제비꽃말의 목록

"너는 女子"라는 명명과 함께 김상미가 보낸 '제비꽃.' 으레 그렇듯 꽃은 여자의 기호인데, 꽃=여자라는 등식은, 대체로 남자의 시각에서, 성적인 이미지를 거느린 진부한 등식이다. 김상미의 제비꽃도 여자이긴 하지만, 시작부터 그 진부한 공리를 무색하게 하고 있다. 김상미의 제비꽃은 부활의 묵시적 이미지이다.

> 이미 익사한 땅속에서도 깨어나 죽음 앞에 사다리를 던져 한 발 한 발 기어오르는 女子

에서의 여자는 여인과는 그 언어의 인상과 뒷맛이 다르다. 여인이 요염한 장희빈의 명명이라면 여자는 현숙한 모성의 신사임당의 명명이다. 아니다. 그렇게 차갑게 갈라놓을 것은 아니다. 여자는 최소한 여인을 포괄해서 그 여인을 훨씬 넘어서 있다고 해야 할 듯. 하여튼 "너는 女子"라는 명명은 김춘수의 명명만큼 제비꽃에 기댄 여자의 존재에 대해 주목하게 한다.

"~(하)는 女子"의 진술 형태로 무려 15회까지 벌여나가는 여자에 대한 목록은 육십여 종에 달하는 제비꽃만큼 다종多種이다. 그런데 이 목록은 처음 "너는 女子"와 마지막 "우리 집 꽃밭에서 가장 작고 가장 예쁜 女子"를 제외하고는 여자의 덕목들-그런데 이 덕목들의 목록은 어째 내게는 제비꽃에 얽힌 꽃말의 목록으로 읽힌다-을 상세하게 진술하고 있는, 이른바 여자의 극대화를 겨냥한 확대 진술 방식이다. 이 구도는 직선적으로 무한히 벌여나가는 밋밋한 구도가 아니라, 넓게 벌여가다가 부메랑처럼 다시 원점으로 돌아오는 둥근 원의 구도이다. 가령, 1, 2, 3으로 번져 나가다가 소실되고 마는 형태가 아니라, '여자'를 가운데로 해서 그 둘레로 1, 2, 3으로 둥글게 빙 둘러져 있는 원의 형태이다. 만다라의 문양 같은 것. 이것은 꼭 문명과 자연 또는 우주의 대립 형상을 떠올린다. 시작과 끝이 따로 떨어져 영영 돌아오는 법이 없는 소멸적 타자로서의 문명에 반해, 자연 또는 우주는 언제나 끝의 끝이 아니라 그 끝의 시작으로 돌아온다. 그래서 처음과 끝이 하나로 이어지는, 입에 꼬리를 문 영원한 순환의 우로보로스의 형상 같은 것. 그런데 이 여자의 자리에 '남자'를 대입했을 경우, 여자가 그린 그 순환의 아름다운 문양은 그려지지 않는다. 그것은 그 남자가 "허황된 남자"의－허황된 문명의 이미지이기도 한－이미지에 결부되어 있기 때문이다. 김상미의 제비꽃말의 영향 탓인지 아무래도 내게 여자는 문명보다는 자연에 훨씬 가까워 보인다.

꽃말은 그 '꽃의 삶'의 알레고리일진대, 김상미의 '꽃의 삶'에서 분명한 것은 그것이 식물적인 삶이라는 것이다. 그의 식물적인 삶은 "방울토마토 같은 웃음"의 순결과 화해로운 삶을 지향하지만 난폭한 세계의 낙인인 동물성마저도 포용한다. 호랑이, 뱀, 여우 새끼들을 사랑으로 거두어 험지에서 살아나는 법을 전수하기도 하는 데에서 그렇다. 그리고 그의 '꽃의 삶'을 두르는 배경이 봄이라는 사실인데, 이 봄은 치유의 기능을 하기도 하고－가령, "날아다니면서 조금씩 망가지고 잊히는 이름들 눈물에 씻어내어 꽃가루 묻은 나비 입술에 깊게 입맞춤하는 女子"에서 그렇다－세계의 아이러니 극복이라는 신화적 질서 내지 통과제의의 질서를 드러내기도 한다.

> 황홀한 봄날, 갓 핀 꽃들을 모두 빼앗기고도 치마 속에 남은 아주 작은 봄볕으로도 새봄을 만들어 내는 女子

이 대목은 세계의 아이러니를 통과한 희극적 분위기이다. '꽃들'을 '빼앗기고도' '새봄'을 다시 만들어내는 희극적 분위기를 주도하는 이 女子는 소멸해가는 생명을 지켜서 키워내는, 그래서 여신 가이아가 생각나는 모성적 이미지의 여자이다. 그런데 '빼앗김'과 '새봄'의 대립 구도는 이미 공식화된 구도라는 점에서 읽기가 슴슴하고 불편하다.

여자의 덕목이 만다라 문양으로 배치된 이 시는 얼핏 한때의 유행이었던, 낡은 이념인 페미니즘이 아닌가 하는 혐의가 든다. 억눌리고("익사한 땅속") '빼앗기고' 또 "일용했던 고독" 따위에서 그런 혐의가 짙게 드리워 있긴 하지만, 반드시 페미니즘 쪽으로 몰아갈 것은 아닌 듯. 여성의 자유와 권리 신장을 위하는 여성가족부 같은 인상이 배제되어 있다는 직감 때문이다. 이 직감과 동시에 떠오르는 것은 폼페이 유적지에서 발굴된 어떤 유해이다. 이 유해는 어머니가 자식을 품에 안은 형상의 것인데, 머리 위로 떨어져 내리는 거대한 불구덩이 앞에서 자식을 지켜내려는 뜨거운 모성의 형상이다. 여자의 아니마, 그 영원한 모성이다. 여자의 아니마는 생명 지킴이, 제비꽃으로 소박하게, 수수하게 치장한 여자가 그렇다. 그 생명은 사회성 영역이 아니라 본성의 영역 아래에 있다. 전자가 남자의 영역라면, 후자는 여자의 영역이다. 김상미의 「제비꽃」이 범박한 페미니즘 시가 아닌 이유이다.

꽃이 피지 않는 세계가 있다면, 그 세계는 악마적 세계이다. 타클라마칸 사막 같은 우리의 세계가 김상미가 채록한 꽃말의 목록대로 혹 그 제비꽃 여자들이 다스리는 세계가 된다면, 그 상상은 상상만으로도 행복 이상이다.

i) 라퐁텐 우화집에서 우글거리는 검은 쥐 흰 쥐들을 세상 속으로 모두 풀어내 주는 女子

ii) 어떻게 해야 끝이고 시작인지를 너무 잘 알아 언제나 일기 끝에 최후의 웃음을 찍어놓은 女子

i)의 여자의 세계라면, 이 세계는 이 세계에 만연한 허위와 위선의 현실에 종지부를 찍게 될 터이고, ii)의 여자의 세계라면 이 세계는 나날들이 웃음 천국이 되지 않을까. 끝이든 시작이든 간에 일기의 그 끝에는 언제나 웃음이 찍히기 때문. 어서 이 제비꽃 여자들이 이 세계를 전면 접수하여 다스리는 날이 왔으면 하고, 기미독립선언서를 읽는 마음으로 간절히 바라는 것이다.

김안의 「나의 용서」

나의 용서

광기가 끝난 후 남겨진 액체처럼,
하얗고 고요하게 고여 있는,
평평하기 이를 데 없는 액체처럼
평등의 하느님은
이토록 침묵을 사랑하시므로
당신이 술에 취해 고요하게 잠들어 있는 사이,
침묵을 사랑하시는 평등의 하느님은
당신의 목에 구멍을 뚫고
당신의 목에서 쏟아져 탁자 밑으로 흘러 떨어지는,
분출하는 당신 생의 최초의 침묵을,
침묵의 시발점을 보며 기뻐하시므로

당신은 불안해할 것 없습니다.
침묵은 침묵이고, 고행이고,
침묵은 면죄부고, 폭력이고,
침묵은 내가 없어진 과거의 그림자입니다.
아무 계절도 찾지 않는 한갓진 나뭇가지 위에도
한때 당신의 머리칼과 살과 비밀들과 나뒹굴던 나의 방 안에도
버려진 방이 만들어내는 침묵하는 환영들의 폭력에도
나의 용서는 이만큼이나 자라나 있으므로
움직이지 않으면 모든 것이 선명하게 보이고
침묵하면 더없이 선하게 보이고
나의 용서는
소리 없이 당신의 혀를 먹어치우도록
당신이 술에 취해 잠든 사이 나의 벌레들을 보냅니다.
버려진 마음이 도망치는 침묵 속에서
평등의 하느님은
당신과 나를 동시에 이토록 사랑하시므로

―『시인동네』, 2013년 여름호

침묵의 풍경

텍스트에 따르면, 광기가 끝나면 이내 침묵이다. 이 광기는 꼭 광란한 성적 행위의 그 광기로 읽힌다. 광기 이후에 하얗고 고요하게 고여 있는 액체가 남겨진다는 진술이 그렇게 읽도록 유도하고 있다. 그러나 나는 그렇게 읽고 싶지가 않다. 표면상 성적 진술의 그 광기는 침묵에 대한 광기이므로 말의 광기에 다름 아닐 것이고, 시효가 소멸된 말의 광기의 풍경일 것이고, 그래서 하얗게 고여 있는 그 액체는 침묵으로 읽힌다. 시효가 다한 그 광기는 시효가 다한 것으로 해서 정연하게 말해질 수 없는 것이다. 그것은 언어의 한계이면서 세계의 한계이다. 비트겐슈타인의 침묵은 이 한계에 대한 뚜렷한 자각에서 나왔을 것이다.

현대인의 말을 전적으로 추악한 허위의 말이라고 몰아붙일 수는 없지만, 최초의 순수한 말에서 너무 멀리 와 버린 까닭에 처음으로 다시 돌아가기는 어렵게 되었다는 것은 분명하다. 그가 이 시점에서 침묵을 제시하는 것은 말의 현재에 대한 자각으로 해서 '최초의 침묵'으로 돌아가야 한다는 것인데, 그것의 치유에 대한 고려까지 고려한 것일 것이다. 침묵은 말에 있어서는 일종의 자연이기 때문이다. 말의 정신이 황폐해 있다면 말은 침묵에 깃들어야 한다. 그런데 침묵은 반드시 쓸모가 있을까. 이 물음에 대해 『침묵의 세계』를 쓴 막스 피카르트는, 침묵은 정신을 위한 자연적 토대로서, 정신의 말 속에 있는 말할 수 없는 어떤 것이 정신을 침묵과 결합시켜 주고, 정신을 침묵 속에 깃들게 한다고 답한다. 그의 논리대로라면 침묵은 쓸모가 있을까라는 물음은 처음부터 이미 쓸모없는 물음이다.

그는 평등의 하나님은 침묵을 사랑하신다고 한다. 이 진술을 제대로 이해하려면 거꾸로 뒤집어서, 침묵 속에서는 모두 평등하다로 읽는 것이 효과적이다. 말의 정신이 빠져나간 공허한 상태이라면 반드시 그 말은 치유의 과정을 거쳐야 한다. 물론 침묵의 세계에서인데, 그리고 침묵의 세계에서 모든 말은 평등하다.

당신이 술에 취해 고요하게 잠들어 있는 사이

는 말의 세계를 잠시 이탈하여 침묵의 세계에 가까이 가 있음을 뜻한다. 그래서 "당신 생의 최초의 침묵" 혹은 "침묵의 시발점"이라고 명명한 것이리라. 짐작컨대 당신의 말의 정신은 심하게 훼손되어 있는 듯하다. '나의 용서'는 모호한 대목인데, 무엇을 어떻게 용서한다는 것일까. 읽는 이의 자의성에 따른 해독이라면, 그 말의 훼손을 내가 용서하겠다는 것으로 읽히는데, 더 정확하게는, '나의 용서'는 당신의 훼손된 정신의 말을 망각하겠다는 것. 깨끗이 망각해 버리면 용서된다는 뜻으로 읽히는 '나의 용서'이지만, 글쎄, 딱히 확신이 서지 않는 난해한 구석이다. 그때 당신은 혹 침묵의, 그 죽음의 세계로 들어가는 것이 아닌가 하며 불안할 수도 있겠지만, 그러나 불안에 떨 이유는 없다. 인간은 처음 침묵의 세계에서 나와서 말의 세계에서 살다가 종국에는 다시 또 침묵의 세계－죽음의 세계－로 들어가야 한다. 말의 세계는 처음 침묵의 세계와 마지막 침묵의 세계 사이에 있다. 말이 광기를 띄거나 오염되었을 때 말은 침묵의 세계로 들어가 참선을 통해 최초의 말로 부활되어야 한다. 그 침묵의 세계에서 말은 처음 침묵의 세계에서 태어나면서 유전적으로 받아온 순결함과 소박함과 원초성을 다시 주유받게 될 것이다. 그런데 김안의 이 침묵은 그리 단순하지가 않다.

침묵은 침묵이고, 고행이고,
침묵은 면죄부고, 폭력이고,
침묵은 내가 없어진 과거의 그림자입니다.

침묵은 과거의 말이 자행했던 횡포를 뉘우치면 발급하는 면죄부이고, 또 그 속에는 침묵이 부드럽게 포용한 "못된 기억들"(「환절기」)의 폭력이 웅크리고 있고, 과거의 그림자이니 '최초의 침묵'의 세계로 돌아갈 수도 있을 터. 그 침묵은 질서 이전의 혼돈이고 그래서 순수 그 자체이다. 이 침묵은 말과 사물을 본래 자리로 돌려보내 그것이 본래의 자리를 이탈한 것으로 해서 분열되거나 균열된 상태를 치유해서 온전하게 만든다. 이런저런 사정으로 해서 내게는 그의 이 침묵이 그의 다른 시 「백지」의 '백지'의 이미지에 겹쳐져 읽힌다. "이제 누구의 말도 믿지 않을 테다"(「백지」)는 말의 세계에 대한 단호한 불신이 말의 환유 세계에 대한 부정, 가령, "당신의 눈물도 자주 틀린다. 당신의 정치는 더 자주 틀린다. 모두들 백치다"와 같은 경우—이 백지의 백치의 세계는 「환절기」에서 "다시 울창해질 언덕빼기와 걸어다니는 공포들", 곧 봄날의 생명 현상에 대해 공포를 겪는 이해할 수 없는 세계가 되기도 한다—로 비약된 「백지」는 "보이는 것만 믿"겠다는 현상적 실증주의를 거쳐 "죽은 벌레를 당신의 눈동자 속으로 넣"는 죽음의 세계까지 상상하기도 한다. 말과 사물의 세계는 움직이는 세계이기도 한데, 그는 이 세계의 움직이는 것에 대한 불신과 공포가 있는 듯. 텍스트에서 "움직이지 않으면 모든 것이 선명하게 보"인다는 그의 표명이 그것을 뒷받침한다. 움직이는 것의 현상은 살아 있음의 세계를 껴안고 있는 특징적 현상이다. 살아 있음의 세계는 시효가 다하면 부패하기 마련이다. 그러기에 "죽은 것만이 진실하다"(「백지」)며 죽음 곧 진실이라는 명제를 이끌어낸 백지의 세계는 아름다움의 결정이고, 그 세계는 또한 완벽함을 갖춘 세계이기도 하다. 그 완벽한 백지의 세계가 「나의 용서」에 와서는 침묵의 세계로 변주되고 있는 것인데, 「백지」와 마찬가지로 '당신의 죽음'—일련의 그의 시에서 당신의 죽음 현상은 편재되고 있다. 가령, 「수목장」에서의 당신도 머리가 나무에 매달려 죽은 형상이다—이 겨냥되고 있다. 그 당신은 「나의 용서」에서도 별 변화가 없어 보인다.

소리 없이 당신의 혀를 먹어치우도록
당신이 술에 취해 잠든 사이 나의 벌레들을 보냅니다

에서 보듯, 당신의 혀가 만드는 말의 세계는 긍정의 세계는 아니다. 그렇다고 당신이 배타적인 배제와 파괴의 대상인 것도 아니다. 다만 당신의 말은 침묵 속에서 소거되거나 치유되어야 한다는 것인데, 그 침묵은, 그의 진술대로, "침묵하면 더없이 선하게 보이"기 때문이다. 그것은

버려진 마음이 도망치는 침묵 속에서
평등의 하느님은
당신과 나를 동시에 이토록 사랑하시므로

에서 재차 확인된다. 침묵은 또한 사랑이다. 그래서 버려진 마음까지 그 침묵 속으로 도망치고 있지 않는가. 꼭 자궁과도 같은 그 침묵 속에서 버려진 마음 또는 말은 치유의 과정을 거칠 것이고, 그것이 완료되면 다시 당신은 사랑의 대상으로 부활할 것이라는 그런 전언을 보내는 것으로 읽힌다.

지금까지 "버려진 입들"(「환절기」)이 허다하지만, 버려야 할 입들은

또 얼마나 허다할까. 너나없이 우리의 입들은, 그 입들에서 태어나는 말들은 너무 늙었다. 가다가 불현듯 한 번쯤 자신의 늙고 추레한 말 혹은 광기의 말에 대한 반성에서 출발하여 대대적인 침묵의 과정을 거쳐 비로소 새로 태어나는, 물기가 뚝뚝 떨어지는 신선도 높은 고밀도의 말들의 풍경을 기대해 볼 일이다.

김이듬의 「나는 세상을 믿는다」

나는 세상을 믿는다

밤에 걸어도
골목길을 가만히 누가 뒤따라와도
나는 믿는다

꽃필 것을 믿고
그 지독한 냄새와 부스러기에 과민증이 도질 것을 믿는다
흐드러진 흰 꽃의 가치는 스러지는 데 있고
꽃나무 아래 하얀 목덜미를 젖힌 소녀에게
무자비한 사랑이 주어질 것을 믿는다

가구와 수집품을 밖으로 끌어내고

커튼을 뜯어 젖히고
네 마음을 건드린 소리와 색채에 묻혀있던 내 몸뚱이를
보라
사랑이여
무엇을 숨기고 있었는지

나는 믿는다
오늘의 뉴스를 믿고
유랑극단을 믿고
노래와 서커스가 돌아오지 않을 것을 믿는다

어떤 음악도 독서도 나를 방해하지 않고
철거반도 폭격도 내 식사를 망치지 않는다
사랑아, 너는 파리처럼 날아왔다 떠날 것이다
대충 이러다 멈춰줄 걸 믿는다

뜸하게 물을 줘도 꽃은 피고
물주지 않았는데 흙에서 반쯤 나와 피어나는 꽃도 있다
그런 꽃일수록 끔찍하다
마스크를 쓰고 밖으로 빠져나간다

조용한 골목에 강도가
어쩌면 기다리는 애인일지도
살인은 멈추지 않고 강간은 끝나지 않고 전쟁은 더더욱 치
밀해질 것이다

우리는 충분지 않은 과오를 나누고
끝내 나아지지 않은 채 사라질 것을 믿는다
—『말할 수 없는 애인』(≪문학과지성사≫, 2011)

수상한 믿음

밤에 걸어도
골목길을 가만히 누가 뒤따라와도
나는 믿는다

는, 이 믿음이 어째 좀 수상하다. 이 믿음을 순진하게 믿어주어야 하나, 의아할 정도로 긴가민가한 믿음이다. 믿음은 대체로 낙관과 긍정의 세계관으로 기울어지는 마음 상태인데—천박한 진보만큼 낙관은 또 얼마나 얄팍한가—그래서 믿음은 모범 인상이고, 주술적 인상의 믿음인데, 김이듬의 믿음은 낙관도 긍정도 주술도 아닌 괴팍한 인상을 주는 믿음이다. 대한민국 골목 구석구석이 밤길 무서운 살인의 추억이, 그 피의 흔적이 얼룩져 있는 골목인데, 누가 뒤따라와도 믿는다니. 그의 그 믿음을 믿으란 말인가. 그의 믿음은 간 큰 믿음이거나 간이 밖에 나와 있는 믿음이거나 태생적으로 간이 없는 믿음일 가능성이 크다. 그런데 그는 왜 이런 심상찮은 믿음을 선언했을까. 다음을 읽게 되면, 의뭉스러운 그의 믿음의 실체가 조금씩 드러난다.

꽃필 것을 믿고
그 지독한 냄새와 부스러기에 과민증이 도질 것을 믿는다
흐드러진 흰 꽃의 가치는 스러지는 데 있고

우리의 믿음은 꽃 필 것만 믿는다. 우리가 알고 있는 믿음의 전부이다. 그 뒤는 믿지 않는다. 아니, 외면한다. 불편하니까. 절망, 좌절, 죽음, 소멸 따위의 하강적 개념은 기피해야 한다. 그것은 금기의 범주이다. 세계의

질서는 우리로 하여금 불편한 것들은 애써 외면하고 감추고 파묻어야 살기 이롭게 되는 방향으로 짜여져 있다. 그러니까 불편한 진실이 있기 마련이고, 그것은 감추어진다는 것이다. 예쁜 사람에 대한 진실은 예쁘게 먹는 것까지이다. 그 뒤의 진실, 가령 먹은 뒤 싸는 것 따위는 감추어진다. 그 진실은 예쁜 사람에 대한 진실이 아니다. 때로 진실은 아름답기도, 추하기도 하다. 둘 다 진실이라는 것. 그것이 김이듬이 노리는 믿음의 실체이다.

그리고 삶은 누구나의 삶이건 간에 절정을 향한다. 그 절정은 이를 테면, 꽃의 경우 꽃 필 때의 그때이다. 꽃 피지 않는 꽃은 꽃이 아니다. 그러니 꽃 피어야 한다는 믿음은 마땅하다. 그런데 우리의 이념은 꽃은 무조건 아름답고 향기로운 완성 그 자체여야 한다는 믿음으로 일관되어 있다. 그러니 감추는 게 있기 마련이다. 이를 테면, 김이듬이 지목한 '지독한 냄새와 부스러기에 과민증' 같은 것들인데, 이들은 불순하거나 불온해서 우리의 믿음 체계를 위협하는 것들이다. 그래서 감추어지고 은폐된다. 그들은 감추어지고 은폐되었을 뿐, 그런 존재가 없다는 것으로 부정될 수 없는 실체이다. 이들 존재의 존재됨은 건드려 그것의 실체가 드러나는 방향이어야 한다. 김이듬은 그래서 이들을 건드리는 것이다. 건드려서 그 실체를 있음을 폭로한다. 그의 믿음은 그것에 대한 믿음이다.

여기 한 시한부 인생이 있다. 이때 대응 태도를 보이는 가족은 크게 두 가지이다. 하나는 그에게 아무 이상이 없고 오래 살 수 있다고 둘러대면서 걱정말라고 하는 가족이다. 이런 가족은 가족의 대부분이다. 다른 하나는 그에게 시한부임을 그대로 알리는 가족이다. 이런 가족은 극히 드문, 돌출된 가족이다. 앞의 가족의 말도 믿음이고, 뒤의 가족의 말도 믿음이다. 앞의 것은 거짓말이고, 뒤의 것은 참말이다. 앞의 것은 선의의 거짓말로 호도되고, 뒤의 것은 눈치 없는 참말로 전도된다. 김이듬의 믿음을 보면, 그 믿음은 생뚱하지만 생동적이다. 그 믿음은 우리가 제도적으로 애써 외면해온 것들이라는 반성을 불러일으키게 한다. 보라. 꽃이 피거나 지거나 할 때쯤이면 어떤 꽃 냄새는 얼마나 지독한가. 부스러기—이 부스러기는 꽃가루인 것 같은데—가 눈에 들고, 코에 들고 하면 예민한 누군가는 온몸이 알레르기성 두드러기로 인해 얼마나 고통스러운가. 꽃은 아름답지만 아름다운 것만이 꽃의 진실은 아니다. 꽃의 진실은 고통스러울 수도 있다는 것. 이 믿음은 세계의 진실에 대한 믿음이다. 다시 환기하면, 진실은 불편할 수 있는 것. 진실이 불편한 수도 있다는 것. 믿음의 윤리학은 그것을 확인해 주는 것에서 성립된다.

그리고 그의 믿음은 꽃의 가치는 스러지는 데 있다는 것인데, 그것은 사람의 가치는 늙음과 소멸에 있다는 담론과 겹친다. 분명히 말하지만, 절정은 소멸을 위해 있다. 그리고 소멸은 역으로 존재를 가르친다. 소멸이야말로 존재하는 것에 진정한 가치를 부여하기 때문이다. 사랑의 배후도 의심해야 한다. 사랑은, 절대적 가치로서의 사랑은 혹 무엇을 숨기고 있지는 않은가. 사랑도 '소리와 색채'로 치장하여 '몸뚱이'를 숨길 수도 있는 것. 하긴 사랑하면 눈이 멀어진다고 했으니, 설사 그 몸뚱이를 보여주었던들 제대로 보아냈을까. 때로 사랑은 실체를 숨기는 가면이기도 하다. 사랑이 변하지 않고 영원하리라는 믿음은 사실이 아니다. '파리처럼 날아왔다 떠날 것이'라는 것, '대충 이러다 멈춰줄 것'이라는 것, 그것이 사랑이라는 것을 믿는다. 사랑도 일종의 이데올로기이다.

사실을 사실 그대로 받아들일 때 믿음이 가동된다. "오늘의 뉴스를 믿고/유랑극단을 믿고/노래와 서커스가 돌아오지 않을 것을 믿는다"는 그의 믿음은 거짓이 아니다. 디지털 세상에서 구닥다리 유랑극단의 노래와 서커스가 돌아올 것을 믿는다는 것은 믿음의 신뢰성을 떨어뜨리는 일이다. 돌아올 것을 믿는 것은 허위이다. 꽃다운 사람이 있다는 것도 허위이다. 꽃이면 다 예쁜가. 보기에 예쁜 꽃도 있지만, 끔찍한 꽃도 있다. 본태가 끔찍할 수도 있지만, 물을 제대로 수유하지 못한 때문이기도 하다. 모든 꽃이 다 흡족하게 물을 받을 수 있는 것은 아니다. 뜸하게 받을 수도, 그것도 전혀 물을 받지 않을 수도 있다. 그런 꽃일수록 밖으로 빠져 나가기엔 '마스크'는 필수이다. 끔찍함을 감추어야 하지 않겠는가. 그리고 그 뒤에 이어지는 그의 전망은 역시 끔찍하다. 끔찍함은 끔찍함을 부른다. 그것은 어쩔 수 없이 사실이고 진실이다. 그것을 믿지 않을 수 없다.

> 조용한 골목에 강도가
> 어쩌면 기다리는 애인일지도
> 살인은 멈추지 않고 강간은 끝나지 않고 전쟁은 더더욱 치밀해질 것이다
> 우리는 충분지 않은 과오를 나누고
> 끝내 나아지지 않은 채 사라질 것을 믿는다

이 믿음을 나는 믿는다. 역사가 나아질 것이라는 낙관적 전망은 거짓이다. 나아진다며 지금까지 이어져 온 인류 역사 그 자체가 마취이고 현혹이고 거짓임을 밝혀온 확실한 물증이 아닌가. 적어도 백 년 전, 이백 년 전, 그 앞의 시기에 애인이 강도일 수가 있었던가. 역사 발전의 논리에 따르면 지금은 골목 강도가 애인이 되고 있다. 살인은, 강간은, 전쟁은 그의 말대로 멈추지 않고, 끝나지 않고, 더더욱 치밀해지고 있다. 그리고 우리는 사라질 것이다. 나는 이 사라짐이 분명한 현실로 닥쳐올 것임을 분명

하게 믿는다. 나아지지 않고 사라진다는 것을 믿을 때 그 사라짐은 막을 수 있다는 믿음이 생겨날지 모르겠다. 역설에 뿌리박은 믿음일까.

김지하의 「花開」

花開

부연이 알매 보고
어서 오십시오 하거라
천지가 건곤더러
너는 가라 말아라
아침에 해 돋고
저녁에 달 돋는다

내 몸 안에 캄캄한 허공
새파란 별 뜨듯
붉은 꽃봉오리 살풋 열리듯

아아
'화개(花開)!'

—『花開』(≪실천문학사≫, 2002)

붉은 세계의 열림

이제 우리는 더 이상 그를 「타는 목마름으로」에만 가두어서는 안 된다. 아니 무슨 권리로, 무슨 고약한 심사로 그를 그 속에 가둔다는 말인가. 가둔대도 고분고분 그가 갇히지도 않겠지만, 그를 가둘 수도 없다. 그 간절한 절창은 그 시대의 논리가 불러낸 것으로 그 시대의 것이다. 그러나 지금은 그런 논리가 통하는 시대도 아니고, 따라서 그는 더 이상 「타는 목마름으로」의 시인이 아니다. 세상도 바뀌고 사회도 바뀌고 사람살이도 바뀌고 사람의 의식도 바뀌었다. 바뀔 만한 것은 다 바뀌었고, 바뀌는 것 가운데 그도 들어 있다. 그도 바뀌었다. 이제 그는 자유가 아니라, 생명에 목말라 하고 있다. 그래서 생명의 시인으로, 흰 그늘의 시인으로 다시 태어났던 것인데, 영어의 몸에서 자유의 몸이 된 이후 그는 옛날의 퍼소나의 그라면 감히 생각하는 것조차 어려운 몇 개의 발언－특히 <죽음의 굿판을 걷어치우라>(≪조선일보≫ 1991. 5. 5)와 18대 대선 때 박근혜 후보에 대한 지지 발언－을 함으로써 스스로 자신을 궁지에 몰아넣고 말았다. 기고문을 보수언론에 쓰는, 보수 꼴통(?) 후보를 편드는 그는 진보 세계로부터 변절자, 배신자라는 붉은 낙인을 받게 된다. 이후 그는 그 세계에서 급전직하, 추락하는 날개였던 것인데, 한 번 진보는 영원한 진보여야 한다는 이 세계의 아스콘 같은 룰을 그는 몰랐던 것일까. 독재 정권에서도 자유라는 신념을 위해서 영어의 몸이 되는 것도 불사했던 투사적 그였기에 자신이 쏘았지만 치명적인 화살로 돌아와 자신의 숨통을 겨누었던 그 기고와 발언은 역시 그다운 신념의 발현이었을까. 글쎄, 확인하기 어렵다. 아무러나 그는 이념에서 순수했거나 진영 논리에 철저하지 못했던 것 같다.

물론 그는 지금 「타는 목마름으로」 류의 시를 쓰지는 않는다. 그렇다고 그가 사회에 대한 메시지를 완전히 끊은 것은 아니다. 어떤 식으로든 그는 사회를 향해, 사람을 향해 열려 있다. 「화개」는 사회성 저의가 깔린 시는 아니지만, 그렇다고 여기서 전혀 대사회적인 메시지를 확인할 수 없는 것은 아니다. '花開'는 꽃이 핀다는 뜻이다. 한 세계가 열리고 있는 모습이기도 하고, 또 그 세계는 아름다운 생명의 세계이기도 한데, 지금 세계의 반어이기도 하다. 실존적 범주에서, 나 이외의 모든 존재이거나 의식은 타자이다. 동일자는 인정 대상이되, 타자는 인정 대상이 아니다. 그래서 그 둘은 서로의 차이점을 받아들이지 못하고 물리치려는 악연으로만 존재한다. 그래서 만나면 싸운다. 동일자와 타자는 좋은 의미에서 차이로만 존재하는 것이지 적대적인 관계는 결코 아니다. 서로 깁고 채워서 상생하는 '부연'과 '알매'의 관계가 그 관계이다. 한옥의 구조에서, 하나의 집이 되기 위해서는 부연과 알매와 산자는 꼭 필요한 조건들이다. 부연이 알매보다 더 중요한 조건도 아니고, 알매가 부연보다 더 중요한 조건도 아니다. 그저 서로가 가지고 있는 쓰임새가 꼭 필요한 것이기에 서로 존중되어야 하는 조건이라는 것. 그러므로 어떤 상황에서건 서로의 높낮이가 달라지는 법은 없다. 그들이 서로에게 여는 말은 늘 '어서 오십시오'이다. 서로에 대한 지극한 배려이자 존중의 그것. 그런데 부연과 알매가 서로를 받아들이지 않을 때 초래되는 악몽의 결과는 끔찍하다. 가까이는 가족의 싸움에서 나라 안의 싸움까지, 나아가 나라와 나라의 싸움에서 그 악몽은 끔찍했다. 부연과 알매의 관계가 깨어진 역사적인 사례는, 그러니까 그 악몽의 끔찍한 사례는 왜국의 침공 움직임을 살피기 위해 왜국에 파견되었던 황윤길과 김성일의 전혀 다른 보고로 인해 나라를 위기로 내몰았던 임진 7년 전쟁이다. 그들 무리의 이익이 나라와 백성의 존재보다 더 컸던 것일까. 이해하기 어려운 일들이 역사적 사실에서 발견되는 것이 한두 가지가 아니다. 또 반세기 전에 벌어졌던, 우리 근대사의 가장 황당하고 슬프고 끔찍했던 그 비극은 또 어떻게 발설하랴.

지금도 별반 나아진 것이 없다. 그때의 당쟁이 오늘 정치 현장에서 그대로 재현, 재연되고 있는 것이다. 역사 발전은 대체로 거짓이다. 문명이 발전한다고 정치나 사회가, 민도가 같이 발전하는 것은 아니다. 이 나라의 정치인들이, 특히 정치적 이해가 얽힌 정치인들이 서로에 대해 '어서 오십시오'하며 상대를 배려하고 존중하는 그날은 언제일까. 오로지 나라와 국민의 행복을 위해서 소명해야 할 그들이 도리어 국민을 그들의 더러운 권력 쟁취의 진창에 끌어들이고 있는, 또 일부 순진한 국민들은 그 선정적 흉계를 눈치 채지 못하고 끌려 들어가 그들의 홍위병이 되고 있는 이 현실을 어떻게 숙정해야 할까.

'어서 오십시오'의 적은 위계의식이다. 이 나라는 위계의식이 유별나게 심하다. 학교에 가면 교장, 교감과 그냥 교사의 위계가 그렇고, 관공서에 가면 또 그런 위계가 있고, 회사에 가면 또 어떤 위계가 있다. 이 위계로 인해 그 둘은 '어서 오십시오'라며 서로를 동등하게 받아들이기 어렵게 되어 있다. 제도적으로 서로가 그렇게 하기에는 불편하게 되어 있다. 사실 이 모든 문제의 원인은 제도가 제공했다. 제도로 인해 일정한 방식이나 기준, 법령 등이 만들어졌기 때문이다. '어서 오십시오'는 비제도적인 말이다. 학교나 관공서나 회사에서 '어서 오십시오'가 여는 말로 시작될 때 학교는 학교답고 관공서는 관공서답고 회사는 회사답게 될 것이다. 그런 날이 오는 날은 언제일까.

천지와 건곤은 표현상 다르지만, 같은 대상을 지칭한다. 말하자면 본질도 같고 뿌리도 같다. 그렇기 때문에 천지가 건곤더러 '너는 가라' 할 수가 없다는 것이다. 그러니까 이념적인 좌와 우의 입장과 비슷하다. 물론 여기서의 좌와 우는 가짜가 아니라 진짜라는 전제에서의 좌와 우이다. 좌가 우에게, 혹은 우가 좌에게 '너는 가라'고 해서는 안 된다. 그렇게 말하는 좌와 우가 있다면, 그 좌와 우는 십중팔구 가짜일 것이다. 아침에 해가 돋고 저녁에는 달이 돋는 게 이치가 아닌가. 아침에 돋는 해와 저녁에 돋는 달이 서로를 침해하는 경우는 없다. 세상의 진실은 아침에 달 돋지 않고 해 돋고 저녁에 해 돋지 않고 달 돋는 것이다. 아주 간단하고 명쾌한 이치가 아닌가. 좌와 우가 서로를 침해하는 관계가 아니라 상생하는 관계인 것처럼, 부연과 알매의 관계가 그렇고, 천지와 건곤의 관계가 또한 그렇다. 해가 아침에 돋아 세상을 비추고, 달이 저녁에 돋아 또 밤 세상을 비추는 것과 다를 바가 없다. 음양이라면 음양일 것인데, 그 음양의 이치는 균형이고 조화이다. 놀랍게도 생명은 이 균형과 조화에서 나타난다. 또 놀랍게도 이 균형이 깨지는 날이 어떤 끔찍한 악몽의 그날이 된다는 사실도 이미 공개된 비기秘記로 전한다.

그런 지경의 세상이 열리면 비록 내 몸 안에 캄캄한 허공이 있다 해도 새파란 별이 떠서 그 어둠을 걷을 것이며, 혹은 붉은 꽃봉오리가 살풋 열려서 내 몸 안의 세계가 비로소 열리지 않을까. 아니다. 허공을 그렇게 만만히 볼 것이 아니다. 허공은 역동과 혼돈의 공간이며 생명이 꿈틀거리는 시원의 공간일 것인데, 허공이 있어야 별이 뜨고, 붉은 꽃봉오리가 열리지 아니 할까. 그러니 "아아, '화개!'"라는 놀라움이 발해지는 것. 드디어 붉은 한 세계가 열리고 있다. 이 세계가 어떤 세계인가고 미주알고주알 캔 끝에 나온 그 어떤 특정 세계로 가두지 말 것이다. 생명의 붉은 세계, 이 한마디면 이 우주를 다 안고도 남음이 있지 않겠는가. 나머지는 췌언이다.

문성해의 「하문(下門)」

하문(下門)

이 길고 멀고 오래된 것은 어디서 오나

이 차고 습습하고 묵은내가 나는
내 철들자 맞기 시작한
어떤 상담교사보다도 더
귀에 쏙 맞는 말씀을 담아주는 이것은

내 어미가 싱싱한 허벅지를 걷고 한바탕 시멘트 마당을 벗기고 나면
꼭 들이닥치던 이것은
내 아비가 장롱 손잡이에 혁대를 걸고

면도칼을 갈며 바라보던 이것은

내 이마를 지나 코끝을 지나
장미 꽃잎을 지나 꽃받침을 지나 잎사귀를 지나
땅에서 난민처럼 버글거리는 이것은

먼 산도 넓은 벌도 앞 도랑도
막 매달리기 시작한 포도도 착하게 맞고 있는 이것은
마침내 자두 맛 참외 맛 수박 맛도 다 업어가는 이것은

—『현대시』, 2013년 7월호

오랜 뿌리

헛것을 읽고 헛본 것일까. 비가 내리는 정경을 읽은 것 같은데, 그것도 그냥 무시로 내리는 빗줄기라기보다는 한여름 폭염을 식히며 붓는 서늘한 한 줄기 소나기를 맞은 느낌. 그 소나기로 해서 더위와 목마름에 지친 과실과 꽃과 작물과 인간들이 지친 기운을 회복하는 듯 상큼한 느낌을 주는 「하문(下門)」. 그런데 이 '하문'은 '하문下問'의 '하문'이 아니다. 사전의 지시에 따르면, 정확히 여성의 음문을 가리키는 하문下門이다. 글쎄, 왜 그 하문일까. 생뚱하다. 억지로 꿰맞추는 강변强辯은 금기인데, 그렇다면 이 '하문'의 입론 근거를 어디서 찾아야 할까. 물꼬가 잡히는 딱 한 군데가 있다. 불교적 사유에 기대고 있는 '향하문向下門'의 '하문'이 그것이다. 아래쪽으로 향하는 문이라는 '향하문'이니, 그의 시선은 아래쪽으로 향해 있다. 아래쪽에서 그가 노래하는 '이것'이 오고 있다.

그런데 '이것'이 무엇인지 그 질감이 손에 물커덩 잡히는 것은 아니다. 다만 텍스트의 첫 행에서 "길고 멀고 오래된 것"이라고 했으니 그것은 시간성을 내포한 질긴 생명의 것임에는 가당하다. 시간의 횡포 속에서도 굴절되거나 훼손되는 가치가 아니라는 것인데, 그러니까 시간의 검열 속에서도 살아남아 지속적인 가치를 부여받은 것이라는 것이다. 그것은 연속성을 초식으로 하는 것으로 보이는데, 가볍고 쉽게 바뀌는 변화성과는 상치 관계에 있는 듯하다. 그런 면에서 '이것'은 "길고 멀고 오래된 것"이라기보다는 오히려 지근에 있는 듯 아주 가깝고 늘 우리에게 익숙한 것이라는 뉘앙스를 풍긴다. 그러나 그것은 뻣뻣하게 자폐되어 있는 그 '무엇'이기보다는 부드럽고 유연한 그 '무엇들'이다. 텍스트는 자폐 공간이지만, 이 '무엇들'은 그 안에서 자폐되어 있지 않고 안과 밖을 부지런히 드나들면서 드나듦으로 인해 생긴 틈만큼 유연하게 열린다. 다층적이라고 할까. 그러니까 열려 있다는 것인데, 읽는 이로 하여금 적극적으로 들이닥치도록 포석의 여지를 한껏 넓혀 놓았다. 요는, '이것'이 오랜 시간의 변화를 거치면서 삶의 뿌리가 된 것에 대한 소중한 인식의 것이라는 것. 그래서 그의 '이것'은 사소한 삶의 일상과 생활에서 멀리 떨어져 있는 것이 아니라, 가장 낮고 수수한 모습으로 언제나 우리의 오른 옆, 왼 옆에서, 혹은 뒤에서 익숙하게 함께했던 일상의 것들이다.

그러나 "길고 멀고 오래된 것"이 더 이상 미덕이 아닌 세계에 우리는 던져져 있다. 우선 '이것'은 느리다. 그리고 낡았다. 새것 콤플렉스 또는 빠름 콤플렉스에서 본다면 이것은 악취를 풍기는 악덕이다. 그러나 시인의 눈은 늘 반전을 예고하는 눈이다. '새것' 또는 '빠름' 지상주의 벽癖으로 인해 흉물스럽게 벌어진 틈새에서 그는 '이것'의 소중함을 인식, 발굴하고 있다. 이 시를 읽는 나는 그래서 그의 '이것'을 꼭 어디서 온다는, 물질의 물리적 운동성으로 읽기보다는 시간적 지속성에 대한 인식의 형태로 읽고 싶은 것이다. 물론 그것은 가치 인식에 다름 아니다. 그런데 '이것'은 "차고 습습하고 묵은내가 나는" 것으로 변용되는 감각적 재현의 과정을 거치면서 '말씀'으로 바뀌고 있는데, 그 '말씀'에서 그가 나이에 비해 조숙했을 것이라는 징후가 느껴진다. 묵은 것을 통해서 한 '말씀', 그것도 "귀에 쏙 맞는 말씀"－이 말씀은 내게는 스님의 그 한 '소식'으로 들리기도 하고, 또 그가 쓴 다른 시인 「냄비」에서의 "깊고 우묵한 (품속의) 냄비"에서 "희한하게도 밥 익는 김처럼 길게 새어나오는" "한 줄의 말씀"으로 들리기도 한다－을 들었다는 것인데, 자신의 처한 세계가 하나의 의문이었을 것이고, 이 의문에 대해 한 '말씀'이 건네졌을 것이다. "차고 습습하고 묵은내가 나는" 이 묵은 것에 대한 감각을 통해서 말이다. 이 감각은 무엇일까. 감각은 때로 전통을 수행하는 매개체이기도 한데, 상황에 따라서 감각은 전통을 비롯한 여러 문화적, 종교적 층위를 수행하기도 한다.

그리고 어미의 허벅지는 싱싱한데, 그 싱싱함은 시멘트 마당을 벗기는 데에서 싱싱한 감각을 부여받고 있다. 이때 "꼭 들이닥치던 이것"은 무엇인가. 시멘트에 맞대응되는 어미의 그 싱싱한 허벅지를 보고 들이닥쳤던 '이것'에서 나는 원시적 아름다움 혹은 자연적 원시성을 읽는다. 자연에 반하는 시멘트 마당을 벗겨내는, 필연코(!) 벗겨내려는 어미의 그 건강한 싱싱함이 화자의 마음에서 '이것'을 불러내고 있는 것이다. 아비는 어떤가. 장롱 손잡이에 혁대를 걸고 면도칼을 갈고 있는 아비는 낡은 또는 사라진 풍경 속의 풍경이 되면서 가볍게 버려지는 일회성이 아니라 질긴 혁대의 가죽만큼 지속적인 연속성을 환기한다. 지금까지 '이것'은 대체로 연속성과 지속성의 층위에서 턱이 없거나 고른 편이지만, 이어지는 다음 대목에서 파행이 일어나고 있다.

> 내 이마를 지나 코끝을 지나
> 장미 꽃잎을 지나 꽃받침을 지나 잎사귀를 지나
> 땅에서 난민처럼 버글거리는 이것은

'이것'은 하강의 이미지. 내 이마와 코끝을 지나 장미꽃잎을, 꽃받침을, 잎사귀를 지나 아래로 아래로 떨어져 급기야 땅위의 난민처럼 버글거리는 것이 된다. 느닷없는 '난민'의 등장으로 불안한 긴장감이 조성된다. 난민의 버글거리는 이미지인 '이것'은 생명이면서 그늘이고 생존이면서 어둠일 수도 있다. 선의와 희망, 절망이 교차하는 이미지. 난민 자체는 불안하지만, 텍스트의 난민은 버글거리고 있다. 버글거린다는 것은 야단스럽게 끊임없이 끓어오른다는 뜻이다. 따라서 버글거리는 난민은 결코 죽지 않을 것이다. 이것은 하문下門의 삶의 엄숙한 가르침일 것이다. 그러나 처음에서 "길고 멀고 오래된 것"이었던 "이것"은 구체적인 밀도와 질감을 확보하는 선에서 그 끝을 처리하고 있다. 먼 산과 넓은 들, 앞 도랑, 막 매달리기 시작한 포도와 자두, 참외, 수박 맛으로 변주되는 '이것'은 역시 길고 멀고 오래된 것의 한결같은 지속성을 환기하는 기표들이다. 그는 '지금', '여기', '현재'에 충실하다. 이른바 그 지속되어온 것들의 현재화와 현전화에 그는 충실하고 있다. 미래에 대한 지나친 낙관 또는 미래주의는 실없고 공허하다. 꼭 사이비 신흥종교가 앞세우는 교리 같아서이다. 그가 산과 들과 도랑과 포도와 자두(맛)와 참외(맛)와 수박(맛)을 하나하나 예거하는 저의는 이들이 무시간적 존재태인 것에 주목하여 무시간적 연속성과 지속성을 점치고 있는 것이 아닐까.

하문下門에는 작고 낮고 소소하지만 길고 오랜 뿌리가 가지런하고 촘촘히 뻗쳐 있다. 그 하문下門을 통해 그는 가볍고 지리멸렬한 현대의 삶을 뛰어넘는 단정한 한 '소식'을 슬그머니 내놓고 있는 형국이다.

박성준의 「분위기」

분위기

장수탕에 가면 사람이 없다
사람이 없어서 벗은 사람도 없다
언제부터 여기 있었을까 라커룸에 누군가 흘리고 간 양말은,
주인이 없는 양말은 쓸모를 감당할 수 없는 한 짝
주인을 기다리지 않고 주인에게서 많이 멀어진
냄새를 쥐고 있다 싱크대가 무너졌다
집주인은 부재중이다
모르는 양말을 더 깊숙이 집어넣는다 내가 빌린
나의 라커룸에 다른 주인의 냄새가 돋아나 있다
나는 옷을 벗는다 아무도 없는 곳에서
나 혼자 옷을 벗었다 왜 부끄러울까

집주인은 성지 순례차 충청도에 내려갔다는데
나는 성지가 없다 싱크대 상판이 무너져버렸다 옷을 벗고 나온
깨진 그릇들이 부끄러웠다
나의 라커룸에는, 내가 빌린 라커룸에는 내 옷과 뒤엉켜 있는 다른 주인의 발이 있고
무너진 싱크대를 물어내라는 집주인의 전화가 있다
장수탕에서 전화를 받은 내가 있다 나는 벗고 있었다 성지를 몰라서 홀딱 벗고
싸우고 있었다
양말을 한 짝만 신고 간, 주인은 부끄러움을 모른다
순례를 아는 집주인은 부끄러움만 모른다 대체로 싸움에서
나는 이겨본 적이 없다
양말은 늘 왼쪽과 오른쪽을 구분하기 어렵고
장수탕에는 사람이 없다 모든 우연은 해결이 되지 않는다
나는 장수탕을 가는 유일한 없음이다

—『시사사』, 2003년 5~6월호

성지 신드롬

"나는 성지가 없다"는 전언은 담담하게 들리지만 듣기에 따라서는 아주 위험한, 그래서 무거운 선언이다. '없다'는 선언에서 여태껏 그 자리에서 헤게모니를 가지고 권력이 되었던 것들이 무너지고 깨어지고 박살나면서 밀려나고 쫓겨나는, 꼭 쿠데타적 분위기가 느껴지기 때문이다. 놀람의 강도로 치면, 연예인들의 커밍아웃이 그랬을까. '없다'는 선언은 순진하게는 결핍의 선언이지만, 그렇게 순진하게 읽기보다는 사건의 배후를 캐는 날카로운 시선으로 읽어야 할 듯. 이를 테면, 그것이 있었다면 분명 그것의 혜택 아래 있었을 것이라는 뜻을 드러내는 동시에 그것에 대한 부채의식이 부담이 되었을 수 있었을 것. 그래서 '없다'는 선언은 그것에 대한 부채 의식이 없다는 뜻이기 때문에 되레 당당한 태도의 표명일 수 있다는 것. '성지'는 종교적 사유를 불러낸다. 성지는 중심이고 존엄이다. 그 성지는 성지가 있는 주체에게 있어 구조적 패러다임이다. 성지가 없는 '나'에게는 그 중심은 어떻게 인식되고 있을까. 그의 다른 시 「나쁜 신앙」의 다음 한 대목이 눈길을 끈다.

> 휴지를 풀어 손바닥에 감을 때마다 옮겨오는 비밀들, 풀고 나면 같은 자리에서 멈추는 휴지는 눈치 채지 못할 만큼만 홀쭉해진다. 이것을 누가 중심 따라 모여 있는 집합체라고 말할까. 혹은 중심이 비어 있다는 것이 두루마리의 형식이라고 금기를 깰 것인가.

두루마리 휴지는 "중심 따라 모여 있는 집합체"라고 말할 수 있다. 그런데 놀라운 사실은 그 중심은 비어 있다는 것. 비어 있는 그 중심은 허위적이고 공허한 중심이다. 여기에 성지를 겹쳐 놓아도 되지 않을까. 이 사실은 비밀이고, 비밀은 일종의 금기이다. 누가 이 삼엄한 금기를 깰 것인가. 성지는 또한 금기이다. 금기는 다분히 억압적이다. 성지가 없는 내게는 중심이 없는 까닭에 처음부터 금기도 없다. 그래서 나는 자유롭다. 그 자유는 나로 하여금 중심에 초석처럼 박혀 있는 그 어떤 꿋꿋한, 혹은 뻔뻔한 패러다임도 처분할 수 있게 한다. 성지가 없는 '나'에 반해 성지가 있는 집주인은 성지가 있음으로 해서 그는, 적어도 그의 세계에서는, 유력한 '권력'을 쥐고 있는 큰 주체이다. 다분히 무의식적 진술로 읽히는 긴장된 다음 대목을 보라.

나는 성지가 없다 싱크대 상판이 무너져버렸다

내게 성지가 없는 것과 싱크대 상판이 무너져버린 것 사이에는 타당한 캿속이 있는 것일까. 있을 것. 싱크대 상판은 (성지가 있는) 집주인 명의의 '권력'으로 비치기 때문인데, 그의 '권력'의 세계를 옹골지게 형성하고 있는 것 중의 하나인 그것이 무너졌다는 것은, 금기 위반에 따른 엄중한 결과로 읽힌다(이 위반은 반칙일까. 금기에 대한 반칙은 성립되지 않는다. 그리고 위반은 언제나 금기에 대해 반골로 존재한다). 내게 성지가 없다는 사실에서 기인되었을 것이다. 성지가 없는 나는 성지가 있는 사람들이 하는 것처럼 순례—돌리지 않고 말하면 내 순례는 순례가 아니라 세례이다—할 곳이 딱 한 군데 있다. '장수탕' 순례이다. 물론 나밖에 이용하는 사람이 없긴 하지만. 이곳에 오면 나는 체제 순응의 옷을 벗고 몸을 씻고 몸에 덧붙은 때를 벗겨내고 그럼으로써 나로부터 벗어나려는 세례 의식을 치른다. 그것을 변신 욕망이라고 해야 하나. 한곳에 치우쳐 굳어지지 않고 유연해지려는 욕망이라고 해야 하나. 요는, 장수탕에는 중심 체제 획책을 위한 억압적 금기나 비밀이 없다는 것이다. "나는 성지가 없다"고 하지만, 엄정하게 말하면 나의 성지는 이곳 '장수탕'일 수도 있다. 그런데 무탈해 보였던 이곳 장수탕에서 나는 뜻밖의 방해를 받고 있다. 그 방해의 주체는 "누군가 흘리고 간 양말"이다. 이것도 주인이 있었던 것인데, 내가 빌린 라커룸에 번듯이 주인처럼 기득권을 가지고 주인의 냄새를 쥐고 있는 것이다. 이 양말 주인은 집주인과 더불어 부재하지만 '양말'로 현존하면서 내게 간여하고 있다. 나는 패러다임에 갇힌 주인이 되지 않기 위해 '장수탕'을 찾는 것이기도 한데, 주인은 부재의 현존—집주인은 '전화'로 현존한다—으로 끊임없이 '주인론'을 압박하고 있다. 실은 이러한 존재 방식이 더 집요하고 무섭다. 그래서 주인은 성지의 다른 이름이다. 주인을 거부하기 위해 나는 그들, 특히 집주인과 싸움을 벌이지만, 승산은 없다. 그들은 부끄러움에 대한 인식이 몰각해 있기 때문이다. 성지가 있는 집주인과 성지가 없는 나는—"성지를 몰라서" 홀딱 벗고, 김수영식으로, 온몸으로 밀고서—그와 싸우지만 헛되고 부질없는 싸움이다. 이 싸움은 허깨비와의 싸움과 같은 무력한 싸움이다. 개인이 넘어설 수 없는 무수하고 거대한 주인들, 성지의, 금기의 광기와의 싸움이라고 할까.

> 장수탕에는 사람이 없다 모든 우연은 해결이 되지 않는다
> 나는 장수탕을 가는 유일한 없음이다

이 시의 분위기는 세 개의 에피소드가 주도하고 있다. 먼저, 장수탕에 내가 간다는 것, 그리고 장수탕 라커룸에서 주인 양말 한 짝을 만난 것, 마지막으로 집주인이 부재중인 상황에서 싱크대가 무너져 내린 것 등이다. 그런데 이 에피소드들은 우연한 마주침이라고 할 수 있지만, 오히려 그들의 마주침은 치밀한 필연의 조작이 있지 않았을까. 우연으로 보이는

필연의 조작인 이 에피소드들은 그래서 쉽게 해결되지는 않을 것이다. 그런데 나는 왜 장수탕을 가는 "유일한 없음"일까. 아무도 가는 사람이 없기 때문에 내가 유일하지만, 그러나 아무도 안 가는 그곳에 갔다고 해서 갔다는 뚜렷한 표지가 나타나는 것은 아니다. 그들에게 나는 있으나 없는 존재일 것, 그러니 나는 없다. 나는 현존하지만 부재하는 존재이다. 그들 눈에는 내가 안 보이는 것이니, 나는 없는 것이다. 나는 분명 갔지만 안 간, 여기에 있지만 없는 것이나 마찬가지다. 다시, "유일한 없음"은 자신의 행위에 대한 회의적 인식의 표명인데, 도대체 이 위축되고, 왜소한 존재감이라니. 그러나 그의 이러한 태도에서 나는 그의 진정성을 읽는다. 언제나 그렇듯이 허세는 역겹고 혐오스럽다.

박성준의 시는 언어 운용의 측면에서 뜬금없이 비약적이라는 인상과 낯선 새로움을 안긴다. 그 뜬금없음과 낯설음은 깊은 산속의 새벽 공기를 들이쉴 때 진저리치며 다가오는 신선한 느낌의 그것이다. 비어있는 중심에 대한 사유와 성지 신드롬 분위기를 실황 중계하는 듯한 박성준의 시를 읽으면서 새 술은 새 부대에 담아야 한다는 전래의 말이 참[眞]임을 인증한다.

박용래의 「겨울밤」

겨울밤

잠 이루지 못하는 밤 고향집 마늘밭에 눈은 쌓이리.

잠 이루지 못하는 밤 고향집 추녀 밑 달빛은 쌓이리.

발목을 벗고 물을 건너는 먼 마을.

고향집 마당귀 바람은 잠을 자리.

―『먼 바다』(≪창작과비평사≫, 1984)

불면의 시

탈고향의 현대적 시사는 이미 정지용의 「향수」(≪조선지광≫, 1927)에서 시작되었고, 또한 고향은 그의 「고향」(1932)에서 '고향에 고향에 돌아와도/그리던 고향은 아'닌, '어린 시절 불던 풀피리 소리 아니나고/메마른 입술에 쓰디쓰'기 만한 상실의 공간으로 명시되기 시작한다. 특히 1960, 1970년대 근대 산업화를 거치면서 탈고향의 역사는 뿌리를 내린다. 고향은 태어나 자랄 때까지만 머무르는 공간일 뿐, 반드시 떠나는 곳이 됨으로써 입사적入社的 공간으로 자리를 굳혀가고 있다. 그래서 고향은 '그곳이 참아 꿈엔들 잊힐리야'의 후렴을 반복하는 간절한 공간이 됨으로써 귀소와 불귀 사이에 걸쳐 있다. 그곳에 대한 그리움은 그곳이 그 둘의 사이에 걸쳐 있는 것으로 해서 마르지 않는 샘물과 같다. 그 그리움은 혹여라도 가뭄에 바닥을 드러내는 개울처럼 되는 일은 없을 것이다.

긴긴 겨울밤, 불면의 한 사내가 있다. 불면이 문득 고향을 불러온 것일까. 아니면 고향이 문득 불면을 불러온 것일까. 불면과 고향은 팽팽한 관계, 불면이 심할수록 고향은 깊어지고, 고향이 깊어질수록 불면 또한 심해진다. 말하는 이의 위치는 이 시 밖 괄호 속에 있는 탈고향이다. 피에르 쌍소는 말하기를 "고향과 우리 사이의 관계는 서로를 유혹하는 관계라야 한다"고 했는데, 쌍소의 말에서 우리는 이 고향의식은 나라와 민족을 넘어서는 보편적인 것임을 알 수 있다. 그럴 것이다. 인간의 본성은 어디서나 누구에게서나 같은 것이다. 쌍소의 말 가운데 고향의 유혹 운운이 곧 불면을 낳게 했을 것이다. 불면도, 고향 밖 세계에서 겪는 일상적 불면은 고통스러운 불면이겠지만, 비록 고향 밖이지만 고향 생각으로 해서 겪는 불면은 그 바깥 세계에서 겪는 고통스러움을 상쇄하는 방향이다. 그 불면은 안락한 불면이다. 그의 불면을 이해하기 위해서는, 끼어들기가 난데없지만, 작품 외적인 조건을 챙겨보아야 한다. 이 시는 전란 직후인 1953년 12월에 발표된 작품으로, 그 시기는 그의 연보에 따르면, 그가 상경해서 創造社의 편집원으로 잠시 근무했던 때로 추정된다. 전후 폐허가 된 서울에서의 생활이 그에게 불면을 안겨주었을 법도 하다. 이후 그는 그의 고향을 떠난 적이 없는 전형적인 토박이로 살아갔다.

불면의 밤이다. 고향(집)은 그곳에 대한 그리움으로 인해 낮과 어울리는 조합이 아니다. 고향(집)은 해가 저무는 저녁 무렵이거나 무의식을 흔들어 깨우는 밤과 얼릴 때 그럴 듯하게 어울리는 조합이다. 그리고 겨울은 동적이기보다는 정적인, 움직임이 정체되거나 움직여도 느릿느릿한 계절이다. 어학적으로도 그렇다. 겨울의 옛말 '겨슬'은 '겻다(머물다)'–이를 테면 여자의 우리말인 '겨집<계집'은 '집에 있는 사람'의 뜻–의 뿌리말인 '겻'에 '을'이 붙어 '겨슬<겨을<겨울'이 된 과정의 추리에서 겨울이 정적인 철임을 알 수 있다. 움직임이 둔하거나 정체되어 있는 경우, 무의식은 활발하게 움직인다. 과거에 관련되어 있는 무의식이라면 그 움직임은 더욱 활발해진다. 고향은 아무래도 무의식의 영역 아래에 있다. 그래서 겨울은 밤과의 조합에서 고향(집)의 환유이자 고향이 발신하는 '친밀한 신호들'인 마늘밭, 추녀, 달빛 따위와 교신하고 고향을 육화시킨다.

물질로서의 고향(집)은 퇴락했을 것이다. 다만 고향(집)은 고향을 기억하려는 이의 심층 심리에 보존됨으로써 그 실체는 보전된다. 고향이 살아 있다는 것을 알리는 신호는 먼저 마늘밭이다. 마늘은 땅 속에 뿌리를 내리고 푸른 대궁과 잎으로 겨울을 산다(겨울을 사는 식물은 마늘 외 보리밭이 있다. 고향을 노래한 시이거나 노래에 보리밭의 출몰 횟수가 높은 이유이다. 아니, 오히려 보리밭이 마늘을 압도한다). 마늘을 살리는 것은 물론 땅의 생명력이다. 땅은 가이아를 떠올리는 원형적 이미지이다. 그 땅은 고향이고 어머니이고 아버지이고, 또 그들에 겹치는 이미지이기도 하다. 그런데 마늘에 의해 환기되는 고향의 깊이를 돋보이게 하는 것은 뜻밖에도 눈이다. 뜻밖이지만 아주 천연스럽다. 눈은 매섭게 차갑지만, 한편으로는 따뜻한 물질로 변주되어 마늘을 겨울의 혹한으로부터 보호하기 때문이다. 눈은 고향의 풍경이다. 한 자나 넘게 쌓인 눈뿐만 아니라 시나브로 녹다 남은 눈까지도 그 자체로서 고향의 풍경이 된다. 그래서 그 눈의 깊이는 그리움의 깊이이기도 하다. 요는, 함박눈이 내려 쌓이지 않는 고향의 풍경은 고향의 기상학이 아니라는 것이다.

그의 발걸음은 마늘밭을 지나 고향집 가까이에 이른다. 추녀가 보인다. 고향집 추녀는 많이 삭아 내렸을 것. 언제 불시에 허물어질지 모른다. 그 위태로운 추녀를 버티게 해주는 마력이 있으니, 달빛이다. 달빛은 쌓여서 추녀의 외로움을 지킨다. 추녀가 쉬 허물어지는 일은 없겠다. 달빛이 사라지지 않는 한, 달빛이 내려 추녀 끝에 쌓이는 한, 말이다.

기억 속의 고향은 먼발치에서 한눈에 들어오는, 그래서 원경이다. 원경의 고향마을에는 적어도 어느 사이에 작은 강물이거나 개울 정도는 배치되기 마련이다. 배산임수라는 기본 풍수를 떠나서도 고향 마을은 발목을 벗고 물을 건너는 마을이다. 맨살로 만나는 곳이 바로 고향이라는 뜻으로 읽히는 고향은 알몸으로 접촉하고 만나는 곳이다. 여름이면 그렇지 않은가. 이곳에서 허위나 허세나 완장 따위는 가당찮은 짓이다.

그렇게 발목을 벗고 물을 건너 고향집 마당에 들어서는 순간 그 사납고 모질게 부는 바람도 한풀 꺾이고 이내 고요해진다. 고향집의 따뜻한 위엄이다. 집은 바깥에 대한 안의 공간 개념이다. 안은, 바슐라르의 전언대로, 바깥의 차가움을 차단하고 따뜻하게 보호한다. 바깥세계의 횡포에 부대끼고 쓸리면서 잠 이루지 못하는 밤이 많았던 그도 고향집에 들어서는 순간 이내 편안한 단잠에 들리라.

디지털 문명 세상이 위력을 발휘할수록 그것의 극단에 있는 세계의 움직임도 활발해진다. 태어난 지 환갑을 맞아 희끗희끗한 「겨울밤」의 소환도 그런 움직임의 하나이리라. 「겨울밤」이 이젠 고향이다. 나도 「겨울밤」의 그처럼 고향의 유혹에 못 이긴 체하며 불면에 들고 싶다. 불면에 들면, 문득 오래 전에 사라진 내 고향 마을의 느티나무와 사랑채가 있는 큰집이, 그 사랑채의 기침소리가, 부엌에서 저녁 준비로 분주하신 젊은 날의 어머니가, 대청마루의 온화한 할머니가 눈앞에 어른어른 나타날까.

박우담의 「구름 트렁크」

구름 트렁크

구름이 여자를 어둠으로 포갠 후
마을은 뒤숭숭해지기 시작했다
임산부 침대 위에서
여자가 빗방울로 녹아내릴 때
가냘픈 몸은 여행 중이었다
가죽 가방의 지퍼가 이음새 없이
여자를 여닫았으므로
흘러가지 못한 빗물이 좁은 몸 안에서 소용돌이쳤다
아이의 웃음소리 같은 물방울이 터질 때마다
들고 있던 구름의 주소지가 지워졌다
겨울이 메스처럼 여자를 지나고 있었다

이제
여자는 보이질 않고
마을엔 얼음 우는 소리만 쩡쩡 들리어 온다

―『구름 트렁크』(≪한국문연≫, 2012)

구름, 불길한 삶의 문양

이미지의 계보를 따지면, 특히 전통 장르인 시조에서 '구름'은 그리 좋은 인상은 아니다. 구름의 입장에서야 부당하고 억울한 일이겠으며, 그래서 심히 불쾌하겠다. 이 시에서의 '구름'의 이미지도 기왕의 인상에서 크게 개선되지도, 쇄신되지도 않았다. '구름이 여자를 어둠으로 포갠 후'에 불길한 일이 일어나고 있는 까닭이다. 구름이 또 뭔가를 저질렀다는 예감. 구름은 좀체 불량한, 불온한 본성을 버리지 못한다. 마을이 뒤숭숭해지기 시작한 것은 불길한 조짐이다. 구름의 근본은 역시 어둠이다. 구름이 어둠으로 여자를 포갰으니 힘을 억압적으로 사용해서 포갰다는 느낌. 강간의 분위기가 물씬 묻어난다면 심한 비약일까. 이 폭압적인 사건 앞에서 마을은 뒤숭숭해진 것일 게다. 구름의 만행을 성토하고 규탄하는가 하면 대응 조치 강구에 머리를 맞대는 등으로 인해 마을의 여론은 분분할 터이고, 분분한 가운데 어떤 식으로든 결론은 내려졌을 것이다. 그 뒤의 동정이 궁금한데,

> 임산부 침대 위에서
> 여자가 빗방울로 녹아내릴 때
> 가냘픈 몸은 여행 중이었다

에서 보면, 그 여론의 뒤끝은 자연 분만 아니면 강제 유산으로 가닥이 잡힌 듯한데, 확인할 수 없지만, 후자일 개연성이 높다. 정상 출산의 합법적 터무니가 없다는 합의가 도출되지 않았을까. 대체적인 정황은 그런 쪽으로 움직이게 되어 있다. 그래서 여자는 '임산부 침대 위'에 누워 있고, 유산을 위한 수술이 진행되고 있다는 혐의가 물씬하다. 여자가 '빗방울로

녹아내'린다는 장면에서 수술의 고통스러움으로 힘겨워하는 여인의 모습이 연상된다.

그런데 '가냘픈 몸은 여행 중'이라는 대목은 난해하다. 임산부 침대 위에 누워 있는 여자와 여행 중인 가냘픈 몸의 여자는 동일인인가, 각기 다른 여자인가. 동일인일 개연성이 높은데, 그래서 여자는 수술대 위에 누운 여자와 여행 중인 여자로 이중으로 나타나고 있다. 이 두 여자는 각각의 여자가 아니라, 하나의 여자일 것이다. 하나의 여자가 둘로 나타난 것인데, 이런 일이 어떻게 가능할까. 수술대 위에 누운 여자의 의식 속에서 공포에 짓눌려 구름에 끌려가는 자신을 떠올린 것이 아닐까. 그것이 그의 표현에 따르면 '여행'이 아니었을까. 그런데 이 여행은 뒤틀려 있다. 자유 의지에 따른 '여행'이 아니라 구름에 자유 의지를 빼앗긴 채 끌려간 악몽의 여행이기 때문. 그래서 내게, 박우담의 구름의 이미지는 어둡고 불길한 삶의 문양으로, 나아가 삶의 전반에 걸쳐 안 보이지만 끈질기게 가해지는 폭력의 함의로 읽힌다. 이 세계에는 반윤리, 비도덕의 외설적 폭력 행태가 만연해 있다는 것. 그것으로 인해 이 세계는 불임의 세계가 되고 있다는 것. 「구름 트렁크」는 그것을 폭로하는 알레고리로서의 우화가 아닐까.

> 가죽 가방의 지퍼가 이음새 없이
> 여자를 여닫았으므로
> 흘러가지 못한 빗물이 좁은 몸 안에서 소용돌이쳤다
> 아이의 웃음소리 같은 물방울이 터질 때마다
> 들고 있던 구름의 주소지가 지워졌다
> 겨울이 메스처럼 여자를 지나고 있었다

'가죽 가방의 지퍼'의 이미지는 섬뜩한 느낌이다. 그 '가죽 가방의 지퍼'는 '구름 트렁크'의 지퍼가 아니었을까. 구름의 근본인 어둠과 겹치는 가죽 가방의 지퍼가 여자를 여닫았다고 하니까, 여자는 혹 납치된 것이 아닌가 하는 느낌. 여자는 무력하게, 열려진 가죽 가방에 갇힌 것이다. 그 두려움, 그 공포는 심상찮은, 불길한, '흘러가지 못한 빗물이 좁은 몸 안에서 소용돌이쳤다'에서 극명해진다. 그 두려움은 밖으로 분출되지 못한 채 안에서 크게 소용돌이치고 있는 것이다. 얼마나 두려웠을까. '좁은 몸 안에서 소용돌이'칠 수밖에 없었다니. 물의 본성은 흘러가는 데 있다. 그것은 물의 존재 현상 혹은 생명 현상이기도 하다. 이어 '아이의 웃음소리 같은 물방울이 터'지고 있다. 흘러가지 못하는 데 따른 당연한 귀결이다. 새로운 세계의 탄생이 저지되고 있는 것이다. 그 배후에 구름이 있다. 구름의 소행이다. 남은 것은 '구름의 주소지'를 파악하여 구름이 자행한 나쁜 소행을 낱낱이 파헤쳐 폭로하는 것뿐인데, 생뚱하게 '들고 있던 구름의 주소지가 지워졌다'고 한다. 이게 무슨 일인가. 구름이 배후로 밝혀졌거늘 이제 구름을 척결하는 일만 남은 것인데, 그러나 어쩌랴. 그 주소지는 자율로 지운 것이 아니라, 타율에 의해 지워진 것인 것을. 구름의 실체는 짐작되지만, 그것은 은폐된다. 구름의 횡포는 있었지만 없었던 것으로, 그들의 횡포를 알지만 모르는 것으로 구름의 주소지를 지워야 하는 것이다. 그 지움, 그 망각만이 구름이 횡행하는 이 세상에서 살아내는 길이다. 지우지 않을 수 없는 이 세상은 온통 겨울이다. 메스와 같은 섬뜩한 겨울이 여자를 매섭게 흘겨보며 지나고 있다. 여자는 겨울에 삼켜진다. 그리고

이제
여자는 보이지 않고
마을엔 얼음 우는 소리만 쩡쩡 들리어 온다

여자가 사라지면서 마을은 얼음 세상, 곧 동토가 된다. 겨울 다음엔 봄이 오는 것이 순리인데, 이 마을엔 봄이 올까. 여자가 보이지 않는데. 여자가 보이지 않는 세상은 이미 죽은 세상인데. 봄은 아득하고, 구름은 도처에 편재하여 세상의 '가냘픈 몸'들을 잔뜩 누르고 있다. 할[喝]!

송진권의 「그 저녁에 대하여」

그 저녁에 대하여

—못골 19

뭐라 말해야 하나
그 저녁에 대하여
그 저녁 우리 마당에 그득히 마실 오던 별과 달에 대하여
포실하니 분이 나던 감자 양푼을
달무리처럼 둘러앉은 일가들이며
일가들을 따라온 놓아먹이는 개들과
헝겊 덧대 기운 고무신들에 대하여
김치 얹어 감자를 먹으며
앞섶을 열어 젖을 물리던
목소리 우렁우렁하던 수양고모에 대하여

그 고모를 따라온 꼬리 끝에 흰 점이 배긴 개에 대하여
그걸 다 어떻게 말해야 하나
겨운 졸음 속으로 지그시 눈 감은 소와
구유 속이며 쇠지랑물 속까지 파고들던 별과 달
슬레이트 지붕 너머
묵은 가죽나무가 흩뿌리던 그 저녁빛의
그윽함에 대하여
뭐라 말할 수 없는 그 저녁의
퍼붓는 졸음 속으로 내리던
감자분 같은 보얀 달빛에 대하여

—『자라는 돌』(≪창작과비평사≫, 2011)

저녁의 시

햇빛을 받아 푸른 물 오른 감자는
맵고 아려서 못 먹습니다

세상엔 그냥 그늘에
두어도 좋은 것들이 있습니다

—「산골 엽서」 '감자'

입맛이 확 당기는 맛, 그늘과의 소통이 있는 이 말에 전적으로 동의한다. 세상의 것들이 반드시 빛이고 밝음이어야 할 이유가 없지 않은가. 빛과 밝음은 도시 넉넉하게 품는 여유와 도량이 없다. 새것 콤플렉스와 연결되어 있기 때문인데, '새것'이 근대와 연결되면 시멘트 콘크리트에 밀리는 흙담길처럼 남아나는 게 없다. '새것'의 검열 아래 이내 '그늘'로 밀려나 처분될 토종과 생명들이 어디 한둘이겠는가. 우리 근대사에 각인된 밝음의 '새것'은 문명과 접선되면서 문화의 우월감 또는 억압의 코드가 된 것이었지 않은가. 밝음의 치세 아래에서는 그늘에서처럼 한숨 돌려 쉬기도 어렵고 숨쉬기도 어렵다. 그래서 그의 시도 그냥 그늘에 두어도 좋을 '그늘의 시'에 가깝다. 그늘의 시는 저녁의 시이기도 한데, 저녁의 시인 텍스트의 '그 저녁'은 뭐라고 해야 할까. 저녁은 쉰다는 뜻의 쉼 때인데, 하루의 고단한 일상에 쉼표가 찍히는 때인데, 쉼은 또 숨을 쉰다는 그 쉼인데, 그 쉼과 숨으로 인해 생명이 비롯되어 자라고 비로소 삶이 생겨나는데, 그래서 저녁에는 쉼이 있고, 숨이 있고, 삶이 있다. 이 모든 것이 끝나면 비로소 밤이 온다. 밤이 오면 쉼도 숨도 삶도 사라진다. 그늘 또한 사라진다. 그늘의 저녁의 시도 사라지리라.

그 저녁에 무슨 일이 벌어졌는가. 무슨 일이 벌어졌기에 그가 '뭐라 말해야 하나', 하면서 아득한 모습으로 아둥바둥 흔들리는 것인가. 그의 아득함에 동참하여 그 아득함의 뿌리를 찾기 위해 그 저녁의 풍경에 같이 따라 들어갔는데, 웬걸, 아무렇지도 않고 특별할 것도 없는 쑥떡 같은 저녁이 눈앞에 떡 열리고 있지 않은가. 별 찬 없는 저녁 후딱 한 술 뜨고 나면 마당엔 그득히 마실 온 별과 달이 있고, 그 별과 달 따라 마실 온 일가들이 가죽나무 아래 기다란 평상이거나 돗자리 덕석에 덕신덕신 회집하고, 달무리처럼 줄레둘레 둘러앉아 금방 쪄낸 포실하니 분이 모락모락 나는 감자로 주전부리하며 도란거리는 모습이 있고, 또 주인 따라 와 저들끼리 이리저리 몰려다니는 개들, 평상 아래 돗자리 밖에 벗어놓은 어지러운 고무신들, 헝겊 덧대 기운 고무신들. 그냥 '아 모두들 따사로이 가난하'(백석, 「삼천포」)기만 한 저녁일 뿐, 아무렇지도 않은 저녁. '뭐라 말해야 하나', 고민 중이던 그와 더불어 그를 따라 '그 저녁'에 들어간 객꾼도 똑같이 '뭐라 말해야 하나', 고 고민 중이던 차, 그런데 그게 아닌 것이다. 그 순간, 아무렇지도 않은 저녁이 놀라운 저녁으로 변주되어 우사인 볼트의 속력으로 질주하며 달려오고 있는 것이 아닌가. 한때 우리들의 몸은 '그 저녁'에 있었지만, 현재 몸은 '그 저녁'에 있지 않기에 비로소 우리는 '그 저녁'이 홀연 사라진 세상을 살고 있다는 쓸쓸함에 젖을 것인데, 이 쓸쓸함은 아무렇지도 않은 그때 '그 저녁'을 살았던 때문에서이고, 오늘의 삶들이 불행과 비극으로 인식되는 것도 아무렇지도 않은 그때 '그 저녁' 때문이라는 것을 불현듯 깨닫는다.

텍스트만 가지고 보면 텍스트에 드러나지 않고 수면 아래 잠복되어 있는 부분, 곧 (−) 장치는 지금 현재의 저녁 현실이다. 서로는 서로를 숨겨주면서 반영하고 폭로한다. 가령, 명리학에서 천문天文은 지리地理의 현상에 의해 반영되고 폭로되는 이치와 같은 것이다. 그러나 엄밀하게 따지고 보면 (−)로 가라앉아 있는 부분은 텍스트에 표명된 '그 저녁'의 현실이다. 무슨 말인가, 하면 텍스트의 저녁 현실은 수몰되어 완전히 사라져 버린 과거형이거나 몸체는 거의 다 사라지고 꼬리만 남긴 형용의 잔영이라는 것이다. 그러니까 사라지는 '그 저녁'의 꼬리를 잡고 놓치지 않으려 안간힘을 쓰고 있는 그런, 안타까운 형국이다. 그 안타까운 마음이 그 관계를 뒤집어서, 사라져 안 보이는 머리와 몸체 부분을 이렇게 살려놓고 있는 게 아닌가. 이것을 어떻게 말해야 하나. 그렇다면 그는 과거주의자인가. 그렇게 쉽게 말할 수 없다. 차라리 그는 현재반성주의자이고 오래된 미래주의자라고 해야 할 것 같다. 그런 마음이기에 이렇게 그가 '못골' 연작을 21까지 끌고 간 것이 아닐까. '못골'은 어떤 곳일까.

약하고 못난 것이 약하고 못난 것으로 하여 소외되거나 따돌려지거나 하지 않고 좀 빠지면 빠지는 대로 그것을 그대로 인정받고 그 자리에 있게 되는, 가령, 「노루목이라는 곳」에서, '순하고 약한 걸 지키려고' 노루고기를 먹으면 재수 없다는 말을 흘렸을지도 모르는 그 노루목이라는 곳이 혹 이 '못골' 인근에 있는 어느 길목인지 모르는 곳. 또한 「산골 엽서」의 '우렁이 핥고 가는 더운 논물에'에서 가축 짐승이라고 해서 함부로 짐승 취급하지 않고 짐승 먼저 먹이고 사람이 먹어야 한다는, 사람과 짐승을 서로 동급으로 생각하는 두 늙은이가 있는 이런 희한한 세상. 바야흐로 별천지의, 신화의 세계가 아닐 것인가. '못골' 연작은 못골에 대해 이야기하고 싶은 그의 하염없는 욕망을 풀어놓은 것인데, 풀어놓지 않고서는 도무지 허하고 텅 빈 것 같아서, 꼭 신병이 들 것 같은 그런 아픈 마음이 부르는 소리에 어쩌지 못한 되울림의 소리가 아닐 것인가.

그래서인지 이 시는 꼭 무巫의 세계를 그려놓은 것 같은 느낌인데, 흔히 미신으로 치부되는 그런 무가 아니라, 미신적인 색채를 걷어낸 본래 의미 그대로의 세계 말이다. 아니, 미신적인 그 무巫라고 해도 무방하다.

그것이 우리 삶의 원형이고 뿌리인데 굳이 극력 부인할 이유가 없다. 巫를 파자破字하게 되면 하늘을 뜻하는 위 '一'와 땅을 뜻하는 아래 '一', 그 가운데를 받쳐 연결하고 있는 'ㅣ'와 사람 '人'자 둘이 합체된 것임을 알 수 있다. 파자의 뜻을 합친 무의 세계는 이 우주 세상을 형성하는 주축인 하늘과 땅과 사람의 세 층위가 통섭하며 서로 흐뭇하게 어우러진 총체적인 세계이다. 무의 세계상은 부조화를 조화로 바꾸는 연금술의 세계이기 때문인데, 텍스트에서 그것은 '마실'에서 실현된다. 별과 달이 그득히 내리는 저녁(위 '一'), 그 저녁의 마당(아래 '一'), 그 마당에 모인 수양고모를 비롯한 일가들('ㅣ'와 사람 '人')이 각기 조화롭게 빈틈없이 벌이는 저녁의, 그윽한 소통의 축제라고 할까, 그런 무의 세계상이 실현되고 있다. 그의 이런 저녁빛 세계를 다시는 못 볼까 두렵기도 하고, '그 저녁빛의 그윽함'이 하도 눈물겹게 아름다워 자칫하면 틸 동티를 무릅쓰고 그의 「하염없이」에 덧씌어 이렇게 써 부친다.

우우 여름밤
우우 하염없는 여름밤

원구식의 「시감도」

시감도

13인의 시인이 도로로 질주하오.
(모두 마침표를 찍지 않는 시인들이오. 길은 막다른 골목이 적당하오.)

제1의 시인이 요즘은 시에 마침표를 찍지 않는 게 대세라 하오.
제2의 시인이 한심하다는 듯 그걸 이제 알았느냐 하오.
제3의 시인이 이번 시집에서 마침표를 아예 다 빼버렸다 하오.
제4의 시인이 실수로 찍힐 수가 있으니 조심하라 하오.
제5의 시인이 시를 쓰기 전에 무조건 마침표를 빼는 것부터 가르친다 하오.

제6의 시인이 그거 괜찮은 교습법이라 하오.

제7의 시인이 산문시에서 마침표를 찍지 않아 성공한 시인이 있다 하오.

제8의 시인이 그나마 마침표가 없어서 겨우 시의 꼴을 갖추었다 하오.

제9의 시인이 그런데 아직도 마침표를 찍는 무식한 시인이 있다 하오.

제10의 시인이 어느 사회나 꼴통이 있는 법이니 그냥 내버려 두라 하오.

제11의 시인이 마침표를 안 찍으니 알딸딸해서 좋다 하오.

제12의 시인이 마침표를 모두 빼버리니 골이 안 아파 좋아 하오.

제13의 시인이 마침표가 없으니 뭔가 있어 보여 좋다 하오.

13인의 시인은 마침표를 안 찍는 시인과 빼버린 시인과 그렇게 뿐이 모였소.

(다른 사정은 없는 것이 차라리 나았소.)

그중에 1인의 시인이 문학상을 받은 시인이라도 좋소.

그중에 2인의 시인이 시잡지를 내는 시인이라도 좋소.

그중에 2인의 시인이 교과서에 실린 시인이라도 좋소.

그중에 1인의 시인이 예술원 회원이라도 좋소.

(쥐나 개나 마침표를 찍지 않는 세상이오. 길은 뚫린 골목이라도 적당하오.)

13인의 시인이 도로로 질주하지 아니하여도 좋소.
아, 오늘밤도 별들이 밤하늘에 마침표처럼 박혀 반짝거리오.

―『유심』, 2013년 10월호

시감도, 오감도의 세계

그런데 왜 이런 시가 나왔을까. 어째서 「오감도」를, 그러니까 그 시가 발표되던 당시 독자의 항의가 빗발쳐 중도에 연재가 끊겼던, 말도 많고 탈도 많았던 그 시를 덮어쓰기한 것일까. 덮어쓰기는 원시를 덮어버리는 퍼포먼스를 통해 원시를 덮어버리려는 이면적 의도-이 의도는 원시에 대한 부정이거나 풍자 또는 비판이기도 함-를 드러내기도 하지만, 원시의 의도에 동조한다는 취지 아래 새로운 방식보다는 원시의 방식이 더욱 효과적이라는 판단 아래 원시의 방식을 재사용하려는 심리적인 저의가 깔려 있다. 그런 측면에서 원구식의 「시감도」는 그가 오래 동안 주시해 온 목하 현대시판에 대한 심상찮은 반응일 수도 있겠다. 그 반응은 「오감도」의 시인이 그랬던 것처럼, 혹 권태의 세계에 대한 절망이 아니었을까. 현대시판도 권태롭기는 한가지라는 판단일 것인데, 그런데 덮어쓰기의 대상은 「오감도」만이 아니다. 「서시」의 마지막 부분도 약간 변형된 채 덮어쓰기되고 있다. 뒤의 덮어쓰기는 반전을 노린 한 수로 보인다.

이 시를 이끌어가는 핵은 시인과 시와 마침표이다. 발상이 아주 재미있다. 기발한 생각에 자꾸 웃음이 쿡쿡 터진다. 도로로 질주하고 있는 13인의 시인 모두가 마침표를 찍지 않는 시인들이라고 한다. 심상찮은 시작에서 단호한 결기가 느껴진다. 길은 막다른 골목이라고 하지 않는가. 막다른 골목은 막가는 골목을 환기하는데, 그래서 무슨 험악한 일이 터질 것 같은 직감. 그 막다른 골목은 13인의 시인들이 가는 길이 막다른 곳이라는 뜻 외에 화자가 그들을 막다른 골목에 몰아넣었다는 뜻도 내포한다. 한 번 크게 건드려 야료를 부려 보겠다는 불뚝심지랄까, 그런 고약한 심사가 내비친다.

제1의 시인이 '요즘은 시에 마침표를 찍지 않는 게 대세라'고 한 말에서 그렇구나, 하고 고개가 끄덕여진다. 과연 그랬다. 최근에 읽은 시 대부분은 마침표가 보이지 않았던 것이다. 제2의 시인이 '한심하다는 듯 그걸 이제 알았느냐'며 입을 삐쭉거린다. 그 뒤를 이어 계속 시인들이 쫑알거린다. 어떤 시인은 '이번 시집에서 마침표를 아예 다 빼버렸다'고 하기도 하고, 또 어떤 시인은 '실수로 찍힐 수가 있으니 조심하라'고도 하고, 또 어떤 시인은 '시를 쓰기 전에 무조건 마침표를 빼는 것부터 가르친다'고 하니, 어떤 시인은 '그거 괜찮은 교습법', 또 어떤 시인은 '마침표가 없어서 겨우 시의 꼴을 갖추었다'고 하며 맞장구를 친다. 이구동성이고 야단법석이다. 더구나 '아직도 마침표를 찍는 무식한 시인이 있다'고 한 시인의 말이 끝나기 바쁘게 '어느 사회나 꼴통이 있는 법이니 그냥 내버려 두라'며 한 술 더 뜨는 시인도 있다.

우르르 골목으로 몰려간 시인들, 무슨 날인가. 13인의 시인들의 정기모임이 있는 날인가 보다. 여기에 모인 시인들은 '마침표를 안 찍는 시인과 빼버린 시인'들 뿐이다. 그의 극언은 '쥐나 개나 마침표를 찍지 않는 세상'이라는 데에서 절정에 이른다. '길은 뚫린 골목이라도 적당하오'라고 한 진술은 시의 판세가 마침표를 찍지 않는 세상인데, 막다른 골목이나 뚫린 골목을 구분한다는 것 자체가 무의미하다는 진술이다. 그 진술에 이어지는 '13인의 시인이 도로로 질주하지 아니하여도 좋소'도 같은 맥락이다. 이미 도로는 그들에 의해 접수 완료되었다. 문학상을 받거나 시잡지를 내거나 교과서에 실리거나 예술원 회원이 되거나 간에 그쪽 방면은 마침표를 찍지 않는 시인들에 의해 장악되었다. 판세를 잡기 위해 더 이상 우르르 도로를 질주하며 영역을 표시하거나 확대할 필요가 없게 되었다. 마침표를 찍지 않는 그들의 세상이 되었다.

마침표 운운에서 내 사적인 경험 하나가 수면 위로 떠오른다. 오래 전에 나는 좌우명을 하나 지은 적이 있었다. '무작정 남을 좇아 따르지 않고 나를 지켜 산다'를 지어 글씨로 쓰고 표구해서 거실 벽면에 떡하니 걸고는 글귀대로 살았다. 세상이 내게 가장 먼저 가르친 것은 처세였다. 물론 세상이 내게 낸 문제이기도 했지만, 내가 풀기에는 아주 난해했다. 처음에 세상은 우둔한 나를 낙숫물처럼 조금씩 건드리다가 나중엔 내가 견뎌내기 힘든 장대비, 채찍비 같은 고통의 기제가 되어 갔다. 우둔한 자가 살아내기엔 세상은 가혹하고 불편했다. 자연 세상은 나를, 나는 세상을 비켜가고, 그 서로 비켜감의 끝자락이 지금의 내 모습이다. 원래 세상은 적절한 반칙의 유용성을 가르쳤건만, 나는 그 가르침을 소화해 내지 못했다. 세상이 내게 안긴 끝은 실패였다. 반면, 세상의 가르침을 잘 따른 이들에게는 큰 성공을 안겨 주었다. 어쨌거나 성공은 위계상 실패의 상전이다. 나는 성공을 상전으로 모시고 실패로 살고 있다. 실패는 내 업이다. 늦게야 고백하지만 거실 벽면에서 그 좌우명은 벌써 내려졌다. 이유는 한 가지, 그 업의 대물림을 바라지 않기 때문이다. 나도 범상한 부모일 뿐이다. 그러나 어쩌랴. 걷어낸 그 좌우명은 별수 없이 내 마음의 벽면에 걸려 있는 것을.

시는 자유이다. 형식이건 내용이건 간에 완전한 자유이다. 유행을 타거나 일정한 매너리즘이나 전형에 들어서는 순간 시는 최초의 언어가 아니라 최초의 언어를 따라하는 모방적 언어가 되어 버린다. 남는 것은 시의 낡음이다. 시감도가 보여주는 세계이다. 이 시감도의 세계는 오감도를 낳은 그 숨 막히는 형식의 세계가 아닐 것인가. 그런데 여기서 한 가지 주의를 환기시켜야 하겠다. 화자가 비꼬는 것이 마침표에 집중되어 있다고 해서 읽는 이도 순진하게 그것에만 집중해서는 안 된다는 것인데, 본질을 놓치는 결과가 나올 수도 있기 때문이다. '마침표'는 저 난장판을 보라며 손가락질했을 때의 손가락에 해당하는 것. 그 손가락이 가리키는 난장판의 세계를 주시해야 마땅한데, 난장판은 보지 않고 손가락만 보는 일과 같다. 낭패가 아닌가.

마지막 결구는 전격적이다. 앞의 내용의 흐름을 전격 돌려 버림으로써 반전을 주도한다. 서시의 '오늘밤에도 별이 바람에 스치운다'를

> 아, 오늘밤도 별들이 밤하늘에 마침표처럼 박혀 반짝거리오.

로 변형시킨 그는 처음부터 끝까지 마침표를 찍는다. 마침표를 찍는 그는, 제13인의 시인에 따르면, '뭔가 있어 보'이는 시인이 아니라, 뭔가 없어 보이는 시인이다. 없어 보이는 시인이 되는 것도 감수하고, '쥐나 개'의 시인이 되기를 거부하면서 결연히 마침표를 찍는 이 시인은 고독한 시인의 이미지이다. 서시의 '별'이 순탄하지만은 않을 것이라는 예감이 드는 데 반해, 시감도의 '별'은 '마침표'의 변주, 아니, '마침표'가 '별'의 이미지로 높여져 빛나는 가치체계가 되고 있다. 세상에, '마침표'가 '별'이 되어 반짝거리는 세상이라니. 마침표에게 바란다. 언젠가는 하늘에 박혀 반짝거리고만 있지 말고 지상으로 내려와 제 본분으로 돌아가길, 그리고 앞으로는 한 자리에 모인 시인들도 '마침표를 찍는 시인과 안 찍는 시인과 그렇게 뿐이 모였소'라는 소리가 나오길, 간절히 바란다.

정푸른의 「흐르는 군중」

흐르는 군중

1
떠도는 소문은 훈제다
온갖 구석과 모서리가 연기처럼 배어든 육질
속에서 툭툭 터지는 그을린 얼굴들
익명은 고기에 맛을 더하는 소스다
위선과 알 수 없는 양념들이 걸쭉하게 버무려져 있다
부풀어진 웃음과 제스처가 뿌려진
세상의 살을 씹어 뱉는다

꽃처럼 벌어지는 괄약근, 입술

2

서로를 삼키는 육식은 무리의 유전자다
세상을 먹어치우는 거대한 위장(胃腸)
소화액처럼 사람들 사이에 안개가 흐른다
과거와 미래와 현재가 끊임없이 되새김질되는
거리에서
뭉쳤다 흩어졌다 다시 뭉치며 흘러가는
무표정들, 반쯤 먹힌 뒷모습으로 돌아보는
눈빛이 겹겹이다
불 냄새가 밴 몸을 이끌고
육중한 그림자가 천천히 밀려간다

몬스터의 틀니처럼,
아래턱이 덜거덕거리는 소리와
골목을 빠져나가는 엇갈린 어깨들
배설되지 못한 영혼들이 서로의 침이 묻은 채
무리 속을 떠돌고 있다
흘러가는 것은 아무도 안부를 묻지 않는다

—『시인의 눈』(2013)

시로서의 '군중론'

귀스타브 르 봉의 『군중심리』가 산문으로서의 '군중론'이라면 정푸른의 「흐르는 군중」은 시로서의 '군중론'이다. 현대는 르 봉의 말대로 군중의 시대이다. 이를 테면, 자스민 혁명이라 불리는, 튀니지의 한 노점상 청년의 죽음을 기화로 모이고 뭉쳐서 튀니지를 뒤엎고 튀니지를 넘어, 리비아로, 이집트로 번져가면서 철권통치의 정권들을 무너뜨렸던 그 군중의 시대이다. 난폭과 광기가 사상된 군중의 모습일 뿐이다. 그가 쓴 '군중'이라는 말에 주목한다. 대중도 아니고, 민중이 아닌 군중이다. 사전에서, 대중은 계급 · 사회적 지위 · 직업 · 학력 등 사회적 속성屬性을 초월한 이질적인 불특정 다수의 사람들로 구성된 집합체로, 민중은 지배계급층과 상대되는 피지배계급층의 사람들로, 군중은 '공통된 관심사나 주목 대상 아래 비교적 한정된 지역공간에 일시적으로 밀집하여 정동적情動的으로 행동을 같이 하는 여러 개인의 모임'으로 풀이되어 있다. '흐르는'과 대중 또는 민중은 어울리는 조합이라고 하기 어렵다. 흐르는 대중, 흐르는 민중은 앞뒤 말이 서로 핀트가 맞지 않아 삐걱대는 느낌이다. '흐르는 군중'으로 조합될 때, 비로소 어울리는 조합이라는 느낌, 그래서 서로 꽉 찬 느낌이 든다. 왜 그럴까. '흐르는'은 어딘가에 일정하게 붙박혀 있지 않고 이리로 쓸리고 저리로 쏠려 다니는 유동과 부동浮動의 행위어이다. 그 흐르는, 쓸리고 쏠려다니는 모습은 대중의 대중적 이미지도, 민중의 저항적 이미지도 아니다. 그 모습은 군중의 느슨하고 불안정한 이미지에 딱 들어맞는 이미지이다.

떠도는 소문은 훈제다
온갖 구석과 모서리가 연기처럼 배어든 육질

속에서 툭툭 터지는 그을린 얼굴들
익명은 고기에 맛을 더하는 소스다
위선과 알 수 없는 양념들이 걸쭉하게 버무려져 있다
부풀어진 웃음과 제스처가 뿌려진
세상의 살을 씹어 뱉는다

꽃처럼 벌어지는 괄약근, 입술

어느 나라이든 '흐르는 군중'의 존재는 있다. 이 나라도 예외는 아니다. 주로 반정부 시위에서 그들의 위력이 발휘되었지만, 2008년 광우병 파동은 아직도 기억에 생생하다. 진실 여부와는 관계없이 공권력의 무력화과 공백을 이끌었던 그들의 힘은 한마디로 무서운 파괴력, 그것이었다. 그들의 무서운 파괴력은 그들의 지성과는 무관하다. 아니, 군중은 지성에 따라 움직이지 않는다. 외부에서 전달되는 자극에 따라 움직일 뿐이다. 군중의 목표는, 지성에 뒷받침되지 않는 그들의 목표는 진실 추구에 있지 않다. 르 봉의 다음 한마디를 더 경청하자.

> 군중은 진실을 갈망한 적이 없다. 구미에 맞지 않으면 증거를 외면해 버리고 자신들을 부추겨주면 오류라도 신처럼 받드는 것이 군중이다.

익명성을 바탕으로 충동적으로 움직이고 그들의 배후에서 조종하는 자에 의해 파괴적이 된다. 그것의 진원은 '소문'이다. 군중은 소문에 약하다. 소문은 진실이 아니다. 그들이 군중이 된 것은 진실 때문이 아니다. 환상 때문이다. 안개처럼 작은 물방울에 불과한 개체로서의 그들이 모여서 뭉치면 가스가 되어 가공할 폭발력을 가지게 된다는 그런 놀라운 환상 말이다. 그래서 그 소문은 진실 여부와는 관계없이 그들의 구미에만 맞으면 된다. 구미에 맞지 않으면 증거 또한 전혀 고려 사항이 아니다. 부추겨주기만 하면 된다. 물론 그 소문은 흐르는 군중에 꼭 어울리게 '떠도는 소문'이다. 그런데 떠도는 그 소문은 '훈제'란다. 온갖 구석과 모서리가 연기처럼 배여든 육질이기 때문이다. 소문을 소문답게 하는 것은 역시(!) 익명이다. 소문은 익명에 의해 생산되었을 수도 있고, 익명이 생산하지 않았더라도 익명에 의해 증폭되어 퍼지게 마련이다. 소문이 실명으로 전해지면 이미 소문이 아니다. 그래서 익명은 고기에 맛을 더하는 소스와 같은 것이고, 소문은 그 익명에 의해 위선과 알 수 없는 양념들이 걸쭉하게 버무려진 것이 된다. 익명은 얼마나 제멋대로이고, 무책임한 폭력인가. 카카오톡이나 SNS와 같은 즉각적 소통 매체를 통해 끊임없이 전송 또는 재전송되어 걷잡을 수 없이 퍼지는 유령 같은 괴소문을 보라. '얼굴들'은, 그 얼굴들의 '입술'은 '부풀어진 웃음과 제스처가 뿌려진/세상의 살', 곧 '훈제된 소문'을 씹어 먹고 뱉는다. 저 '꽃처럼 벌어지는' 게걸스러운 '괄약근, 입술'은 누구의 입술일까. 군중의 입술일 수도 있겠지만, 내게 그 입술은 군중의 뒤에서 그들을 자극하는 배후의 입술로 보인다. 현대는 익명의 군중의 시대, 갈수록 군중의 위력은 커지고 있다. 밴드나 페이스북을 통한 모임이나 집회가 늘어나면서 거기에 모여든 사람들의 개체 또한 기하급수적으로 늘어가고 있다. 그렇다. '꽃처럼 벌어지는 괄약근, 입술'이 늘어날수록 세상의 살은 잘근잘근 씹힌다.

군중의 식성은 서로를 삼키는 육식이다. 육식은 무리의 유전자이다. 군중의 위장은 거대해서 가히 세상까지 먹어치울 수 있다. 여기에는 어떤 예외도 있지 않다. 종교적인 믿음도, 전통적인 인연도, 사회적인 어떤 권위도 가치도 고려 대상이 아니다. 닥치는 대로 먹어치우는 것이다. 먹어치우는 식감의 그 쾌감이라니.

과거와 미래와 현재가 끊임없이 되새김질 되는
거리에서
뭉쳤다 흩어졌다 다시 뭉치며 흘러가는
무표정들, 반쯤 먹힌 뒷모습으로 돌아보는
눈빛이 겹겹이다

역사는 진보할까. 정치인들의 저급한 낙관론에 따르면 역사는 진보하게 되어 있다. 그러나 정푸른의 눈에 과거와 미래와 현재는, 곧 역사는 끊임없이 되새김질되는 것일 뿐이다. 순환적으로 거듭 되새김질되는 시간 속에서 그들은, 군중은 '뭉쳤다 흩어졌다 다시 뭉치며 흘러가는/무표정들'이다. '무표정들'의 표정과 '겹겹인 눈빛'을 보라. 이들은 '조직된 군중' 혹은 '조작된 군중'이기에 기계적으로 뭉쳤다 흩어졌다를 반복하며 흘러갈 뿐이다. 배후의 어떤 자극에 의해서 행동할 뿐인, 그래서 그들은 수단에 불과하다. 눈빛이 겹겹인 것은 초점을 잃은 눈빛으로 보이는데, 그 눈빛은 군중은 결코 현명하지 않다는 복화술의 눈빛이다. 역사가 증거하지만, 숨겨지거나 가려진 진실이 그들에 의해 밝혀진 적은 일찍이 없다. 소문에 의해서만 만들어진 군중은 따라서 허상이다.

허상의 군중은 '몬스터'에 비유된다. '몬스터'는 군중의 괴기하면서 섬뜩한 광기의 이미지를 드러내기에 아주 적의한 표현이다. 그러기에

흘러가는 것은 아무도 안부를 묻지 않는다

군중은 허상이고 허상은 실체가 아니기에 안부를 물을 존재 방식이 아니다. 그러나 군중은 민주주의 시대의 산물인데, 부정적이든 긍정적이든 간에. 왕조 시대에는 군중의 개념이 없다. 그래서 이 나라의 북쪽에는 군

중이 없다. 그곳은 전제 군주가 군림하는 왕조이고, 왕조이기 때문에 그곳에는 전제 군주시대의 백성들만이 연명을 위해 숨을 죽인 채 있을 뿐이다. 어서 그곳에도 군중들이 생겨나 군중의 무서운 위력을 발휘해서 끔찍한 그 왕조를 뒤엎었으면 하고 바란다. 그리고 그들의 세상을 만들어서 그 세상 안에서 건들면 무섭게 폭발하는 '가스' 같은 인간으로 태어나기를 바란다. 가만, 논리가 이상하게 흐른다. 아무래도 내 정신이 제 정신이 아니다. 존재 방식으로서의 군중도 그렇지만, 도대체 그들에게 거는 이런 바람이라니! 이이제이以夷制夷의 논리에 무의식적으로 제압당한 것일까. 모르겠다. 세상은 자유롭고 공평해야 한다. 어느 사회의 부정이 어느 사회에서는 긍정이 될 수도 있을 것. 이 논리가 참이라면 그 역도 참이다. 아무튼 원칙과 상식을 지키는 것만으로도 살만한 세상이 되기를 바랄 뿐이다. 여기서 예외가 되는 세상은 없다. 그리고 종내에는 '흐르는 군중'도 가뭇없이 흘러가서 불러도 대답 없는 군중이 되었으면 하고 바란다.

채선의 「삐라」

삐라

―다 울지 못한 새벽 있거든 맘껏 울어주리

나는, 핏속에 울음을 가둔 벙어리로 태어났다.

해마다 봄은 미리 죽거나 시들해졌다.
몹쓸 병에 걸린 시절,
철 이른 꽃들 노랗게 흔들리고
계절 밖에서 떠도는 뜬소문 같은 칙칙한 안개
떼 지어 강가를 몰려다녔다.

늘 안개 속이거나 아수라장인 봄,
싸움이 일고

설움이 일고
파탄이 일고
누군가는 피다 만 꽃을 따라 떠나기도 했으나
그리 오래 슬펐던 건 아니다.

꽃들은 제가 피고 진다는 것 알까, 피었던 죄로
마른 꽃으로나마 매달려 있어야 하는 것도.

피어난 것들은 변질을 강요당하고
변질된 것들은 하나씩 검은색 이름을 갖는다.

백 년 가뭄 이어지는 국경 너머,
알록달록 짧은 희망으로 피어난 모두를 생략한 나는
곧
척박한 곳으로 던져질 것이다.

지워지는 사람들, 그 앞에
이제 우는 사람은 없다.
추억이든 기억이든
까무룩 꺼져드는 춘곤증 같은 또 다른 출생
울지 못한 것들이, 다시 앓기 시작한다.

—『삐라』(≪한국문연≫, 2013)

불온을 읽다

'삐라'(bill)는 거의 수명이 다한 말이다. 삐라는 알릴-정확하게는 '억지로' 알릴-권리와 알-정확하게는 '억지로' 알게 하는-권리를 충족시키는 구시대, 구세대의 메커니즘이다. 통신 매체가 발달되지 않았던 시대에는 그 효력이 있었으나, 정치, 경제, 사회, 문화 등 생활 전반에 걸친 모든 정보가 실시간으로 전송되거나 리트윗되어 전파되는 지금 시대에는 그 기능이 거의 소멸되었다. 비밀스러운 개인 정보나 사생활까지 유출되어 사이버 공간에 흘러 다니는, 그래서 숨겨지거나 감추어지는 정보는 좀체 만나기 어렵다.

그런 구시대적인 삐라는 왠지 불길한 느낌을 준다. 울긋불긋 무섭고 사나운 그림에 선동적인 섬뜩한 문구들이 조악하게 그려지고 쓰인 삐라에 대한 기억 때문이다. 적어도 내 기억 속의 삐라는 그렇다. 휴전선 부근에서는 어떤 삐라가 뿌려졌을지 짐작이 간다. 북에서 날아온 삐라와 북으로 올라간 삐라의 대결이 눈에 잡힌다. 체제 선전과 옹호를 위한 심리전의 수단으로 활용되었던 삐라들. 끝난 줄 알았던 삐라의 존재가 아직도 살아 있어 북으로 가고 있다고들 한다. 전지구가 한 생활권이 된 지금, 바깥세계의 실상을 알림으로써 그 속의 갇힌 실상을 깨닫게 하기 위해서라니. 아이러니한 비극이다.

불길하고 불온한 느낌을 주는 삐라에 대한 내 인상에서 채선의 삐라도 크게 벗어나지 않는다. 부제가 톡톡히 더 거든다. '다 울지 못한 새벽 있거든 맘껏 울어주리' 어떻게 보면 감상적인 멘트이다. 아무튼 이 시의 시적 공간이 울음으로 톡톡히 울리겠다는 그런 직감이 든다. 첫대목부터 심상찮다. 1인칭 화자인 '나'는 '핏속에 울음을 가둔 벙어리로 태어났다'

고 고백한다. 벙어리는 불구인데, 그렇게 '태어났다'고 했으니 그 불구는 선천적이라는 말, 그것도 울음을 가둔 벙어리라니. 근원적인 상처가 있다는 것인데, 그 울음, 그 아픔은 그러나 치유가 되지 않을 것이다. 선천적, 태생적이기 때문이다. 이러한 자각은 일종의 자의식인데, 시인으로서의 자의식이다. 시인은 웃음보다는 울음의 진원 및 그 파장의 감도에 더 민감하다. 그래서일까. 시인은 대체로 또래보다 더 조숙하지만 늙는 것도 더 빠르다. 그들의 눈에 포착된 세계는 어떤가. 그로테스크하다고 할까. 비극적이고 황폐한 세계 인식을 전면적으로 크게 보여주고 있다. '봄'에 대한 그의 인식이 어떻게 나타나 있는지, 보라. 그 상처의 심연이 이리도 깊다니.

> i) 해마다 봄은 미리 죽거나 시들해졌다.
> ii) 늘 안개 속이거나 아수라장인 봄,

이 봄은 그의 봄이기도 하지만, 그를 에워싼 바깥 세계로서의 봄이기도 하겠다. 봄의 이상 현상이 포착된 위 두 구절에서 봄은 그것이 내장하고 있는 생명적 본질과는 달리 괴사하거나 요절하고 있다. 또한 미궁에 빠지거나 혼란 속에 던져져 있다. 서로 싸우나 보다. 싸우다가 설움이 터져나고, 끝내는 파탄이 나고 있다. 우리의 상식과 원칙에서 크게 일탈한 봄의 모습이다. 그러나 누군가에게는 봄은 꽃이 피고 새 우는 화창한 봄일 것이다. 다만, 봄은 그 봄을 보는 어떤 누군가의 눈에 따라 이면의 캄캄한 어둠을 드러내는 것일 뿐이다. '나'의 눈은 영 삐딱하고 불량한 눈이다. 그래서 그 눈은 봄의 아이콘격인 '꽃'에 대한 시선도 심하게 기울어져 있다.

ⅰ) 철 이른 꽃들 노랗게 흔들리고
ⅱ) 꽃들은 제가 피고 진다는 것 알까, 피었던 죄로

봄이 요사하거나 괴사하니 꽃 또한 무사하지 않다. ⅰ)에서 '노랗게 흔들리고' 있다. 병증이 보이는 꽃이다. 중생이 아프니 나도 아프다던 유마힐이 본 병든 세계의 모습이다. ⅱ)는 더욱 슬프다. 세상에, 제가 피고 진다는 것을 알까, 라고 묻다니. 게다가 '피었던 죄'라니. 피는 것이 죄인가. 극언이다. 하긴 세상에 시달리다 보면 그런 말이 흘러 다니긴 한다. 태어난 게 죄라느니, 살아 있는 게 죄라느니, 하는 그런 말. 그만큼 삶이 아프고 괴롭다는 뜻. '꽃'은 개체적 삶의 표상인데, 그 삶에 대한 극한적인 부정은 도저하다. 시인으로서가 아닌, 그냥 사람으로서의 그는 괜찮을까. 괜찮지 않을 것 같다. 시인과 사람이 다르지 않은 동일인이기 때문인데, 그는 지나치게 예민하다. 그래서인지 심약하고, 여리다. 도대체 그에게서 희망을 발견할 수가 없다. 앞이 보이지 않는다. 전망은 부재하고 지평이 막혀 있다. 이 무서운 자기예언을 보라.

알록달록 짧은 희망으로 피어난 모두를 생략한 나는
곧
척박한 곳으로 던져질 것이다.

희망이 원천 봉쇄되어 있는 위 인용에서 희망, 그것도 짧은 희망 모두를 나는 생략한다. 그리고는 척박한 곳으로 던져질 것이라는 무서운 예언을 하다니. 희망에 대한 부정적 태도의 원조격인 기형도도 「오래된 書籍」에서, '텅 빈 희망 속에서/어찌 스스로의 일생을 예언할 수 있겠는가'라며 희망의 부재를 선언했지만, 채선이 발한 도저한 이 흉한 예언은 발설하지 않았다.

무서운 자기 예언과 더불어 도래할 상황도 조금도 나아지지 않을 것 같다.

> 까무룩 꺼져드는 춘곤증 같은 또 다른 출생
> 울지 못한 것들이, 다시 앓기 시작한다.

울어야 할 때 울지 못하는 것은 무서운 병이다. 다음 세대에 넘어가도 상황은 개선되지 않을 것이라는 예감. '또 다른 출생'의 건강 상태도 건강해 보이지 않는다. 언제 꺼질지 모르는 춘곤증에 비유된 것을 보면 그렇다. 그래서 '또 다른 출생'의 세대도 암담하다. 그러니 울지 못한 것들이 그 암담함에 앓기 시작하는 것이리라. 채선은 지금 어디서 무엇을 하고 있을까. 어디서 또 어떤 불온한 삐라를 만들고 있는지도 모르겠다. 아니면 그것을 만들면서 울지 못한 것들로 인해 끙끙 불치의 병을 앓고 있지나 않은지 모르겠다.

허만하의 「밀밭에서」

밀밭에서

한 알 모래알이 뿌옇게 부서지는 검푸른 바다 물결을 불러오듯, 한 알 밀알은 역사 이전의 적막한 시간을 불러 온다. 인류의 역사보다 긴 밀알 한 알의 역사. 그 여문 열매 안에서 시간이 구름처럼 조용히 흐르고 있을까.

시작이란 언제나 끝의 시작이다. 끝의 끝이 없는 것처럼 시작의 시작은 없다. 한 알 밀알에서 아득히 들려오는 건조한 황갈색 물결 소리. 아, 가을의 바람이 보인다. 숨 막히는 늦더위에 떠밀리는 구름. 움직임을 잃은 밀밭 위를 바람이 까마귀떼처럼 낮게 낮게 날개를 젓고 있다. 내가 듣는 것은 보일락 말락 물결치며 멀리 사라지는 밀포기 긴 잎새 서걱임 소리.

밀알 한 알의 가벼움 안에 고여 있는 슬픔의 깊이. 그가 어루만졌던 최후의 슬픔. 비유가 아닌 슬픔의 진실. 불현듯 솟구치는 밀밭에 대한 그리움으로 화구를 메고 붉은 흙 길을 걷는 한 화기의 마지막 발자국 소리.

장밋빛 구름이 하늘에 피를 흘리듯, 옆구리에서 피를 흘리며 쓰러진 그의 눈시울 안에 번진 영혼의 빛깔. 뒤에 남는 것은 바람도 없이 본능처럼 물결치는 밀밭의 황갈색. 따가운 햇살에 익고 있는 그의 최후의 가을.

아, 빈센트 반 고흐. 그의 풍경은 묻고 있다. 우리들은 언제까지 자신의 숙명과 싸워야 하는가를 그가 헤어졌던 가혹한 가을처럼 조용히 묻고 있다.

—『현대시』, 2013년 8월호

액자 시점의 켯속

허만하의 「밀밭에서」에서 추정컨대, 그는 화랑에 걸린 빈센트 반 고흐의 유작인 「까마귀가 나는 밀밭」 앞에 서 있거나 그 그림의 현장인 오베르의 들녘에 서 있을 것이다. 이국의 고흐는 이국의 한 시인에 의해 끊임없이 불려나오고 있다. 「밀밭에서」는 소설로 치면 액자 시점의 시이다. 이런 형식의 시에서, 서술 주체인 '나'는 큰 주체인 '그'에게 흡수되어 생략되거나 잠복해 있다. 그는 큰 주체인 고흐의 세계 깊숙이 들어가 있다. 그 속에서 그는 성심으로 고흐를 현전화시키고 있다. 고흐의 그 그림은 파도처럼 요동치는 황갈색 밀밭과 어둡고 낮게 가라앉은 검은 하늘, 그 하늘을 나는 불길한 까마귀떼, 그리고 세 갈래로 난 갈림길이 전경인 그림이다. 고흐 자신의 말을 빌면, 그 하늘은 성난 하늘이고, 거대한 밀밭은 극도의 슬픔과 외로움을 표현한 것이다. 고흐의 슬픔은 고흐의 슬픔이면서 서술 주체의 슬픔이다. 이렇게 주체끼리 겹치고 동일시되고 흡수되고 하는 데에서 액자 시점이 발효되는 것이다.

가장 먼저 허만하의 눈에 선명하게 들어온 것은 한 알의 밀알이다. 밀알은 성서적 이미지가 강한 것인데, 고흐의 밀알도 성서에 기댄 것일까. 그가 젊은 시절 한때 복음 사역자의 생활을 하면서 "저는 예수님처럼 가난한 자들의 친구입니다"라는 물증을 남겼다고 해서 그렇게 쉽게 예단할 수는 없다. 밀알을 한 꺼풀 까면 그 속에 압축되어 있는 고흐가 나온다는 사실을 알고 있는 그는 다음과 같은 긴장된 진술을 던진다.

> 한 알 밀알은 역사 이전의 적막한 시간을 불러온다. 인류의 역사보다 긴 밀알 한 알의 역사.

실제의 전언은 아니다. 그래서 내게 이 진술은 화엄적으로 읽힌다. 화엄의 세계에서 시간은 직선이 아니라 원이다. 인류의 역사는 전자이다. 그러니까 직선적 계기의 질서에 따르는 시간이다. 후자의 시간, 곧 원의 시간은 원융적 순환의 질서에 따르는 시간이다. 그래서 후자는 전자 이전의 시간까지도 불러오기에 적어도 전자보다 길다. 그 시간은 영원의 시간이기 때문이다. 따라서 화엄의 핵심은 한 점 속에 한 세계가 포섭되는, 혹은 한 생각 속에 영원이 흐르고 있다는 것인데, 한 알의 밀알은 그 한 점이거나 한 생각에 상당하는 일종의 캡슐이다. 그 속에서 고흐는 영원의 "구름처럼 조용히 흐르고 있"다.

그런 까닭에 "시작이란 언제나 끝의 시작"이다. 이 전언은 이중으로 걸쳐 있는데, 그 하나는 고흐의 삶의 시작에 걸쳐 있고, 또 하나는 고흐에 대한 그의 탐색의 시작에 걸쳐 있다. 물리적인 층위에서 고흐는 예술이나 삶에서 이미 끝나 있지만, 예술적이거나 인간적 층위에서 고흐는 그에 의해 발굴되어 새로운 시작이 되고 있다. 그 밀알에서 그가 듣는 소리는 "건조한 황갈색 물결 소리"이다. '건조한'에서 나는 고흐가 몸담고 살았던 세계와의 불화—그에게 호의적이었던 세계, 가령, 인간적, 상황적, 사물적 조건들은 생각하기 어렵다. 그의 동생 테오, 화가 친구 고갱, 의사 가셰 박사가 그나마 그에게 호의적이었던 그의 바람벽이었지만, 그들조차 결정적인 순간에 그를 외면하거나 충돌해서 불편한 관계에 있었던 듯—를 떠올리게 되고, '황갈색'에서 그의 무의식을 읽는다. 그의 주변에 포진했던 가난한 농부와 광부와 창녀의 일그러진 슬픔이거나, 고갱 외 다른 화가들과 교류도 친교도 없었던 외로움이거나, 상품적 평가를 얻지 못해 그림이 팔리지 않았던 탓에 아우에게 빌붙었던 가난이거나, 그 세계의 아류가 되지 않기 위해 "예술은 질투가 심하다. 두 번째 자리를 차지하기를 좋아하지 않"는다며 자신의 예술을 엄중 경계했던 그의 꿋꿋한

자존심을 읽는다. 이 밀알 속에—밀알의 황갈색 속에 잭여진 무의식은 그래서 복합적인 풍경이다. 그래서

> 밀알 한 알의 가벼움 안에 고여 있는 슬픔의 깊이. 그가 어루만졌던 최후의 슬픔. 비유가 아닌 슬픔의 진실

이라고 했던 것일까. 슬픔하면 고흐가 그린 「슬픔」에서의 일그러진 알몸의 슬픔이 먼저 떠오르는 그의 슬픔의 뿌리는 "인물화나 풍경화에서 내가 표현하고 싶은 것은, 감상적이거나 우울한 것이 아니라 뿌리 깊은 고뇌야"라고 했던 그의 화론畵論격의 무거운 말에 그 뿌리가 이어져 있다. 그에게 삶의 풍경—삶의 생생한 표정은 인물과 풍경에서 가장 짙게 드러난다. 그의 그림에서 인물화가 압도적인 이유가 될 듯—은 뿌리 깊은 고뇌와 슬픔의 파토스로 체험되었던 것 같다. 그의 그림의 모델이 되었던 압도적 다수에게 있어 살아내는 것 그 자체가 크나큰 슬픔이었을 것. 그 삶의 뿌리가 슬픔으로 뭉쳐있는 것을 고흐의 눈이 보아낸 것이다. 따라서 그것은 진실이다.

해서, 고흐를 밀밭으로 이끈 것은 아마 슬픔이었을 것이다. 그리고 그 슬픔의 밀밭이 그리움이 되는 역설이 태어나기도 한다. 그 두 개의 충돌하는 마음이 만나야만 역설이 태어나는 법이지만, 그들의 만남에는 반드시 불길한 암시가 있다. 죽음이다. 밀밭은 죽음으로 가는 '기차여행'을 떠나는 마지막 역이 될 터. 이 역의 분위기는 장례식의 음산한 분위기, 그 분위기의 배경은 밀밭의 낮게 가라앉은 하늘에 떼까마귀가 출몰하는 스산한 풍경…….

허만하가 주목한 고흐의 풍경은 어떤 풍경일까. 그는 자신이 쓴 어느 산문에서 "풍경은 형이상학적 가치를 가지고 있다"고 했는데, 고흐의 풍

경은 "우리들은 언제까지 자신의 숙명과 싸워야 하는가"라는 형이상학적 물음을 던진다. 이 물음에 대해 그가 이미 내린 현답 중의 중요한 한 전언은,

> 하나의 색채를 낳기 위하여 세계는 밤처럼 떨고 있다. 한 마리 새가 둥지에 돌아가기 위해서는 별과 별 사이 캄캄한 거리를 날지 않으면 안 된다. 그 아득한 어둠을 위기의 천사처럼 날지 않으면 안 된다
>
> ―「미완의 자화상」에서

이다. 고흐의 죽음의 배후를 꼭 짚어낸 것으로 읽히는 이 대목에서, 고흐의 숙명은 "하나의 색채"와 세계의 캄캄한 어둠 사이에 있다는 것, 그 사이를 "위기의 천사"가 되어 날지 않으면 안 된다는 것이다. 오르테가 이 가세트식으로, 인간이 끝난 거기서 비로소 고흐 또는 예술이 나오고 있다는 것인데, 그의 복심이 고흐를 통해 은근슬쩍 새어나오고 있다. 인간의 할 일이 인생을 사는 것이라면, 시인의 할 일은 존재치 않는 것을 창조해 내는 일일 터, 그것은 "아득한 어둠"일 것, 시인은 이 아득한 어둠을 나는 "위기의 천사"가 되어야 하리라. 그때 고흐는 그의 백년 앞의 그이고, 그는 고흐의 백년 뒤의 고흐가 되는 것인데, 이 고흐와 그의 거리를 무화하고, 서로 얽히고설키는 것에 액자 시점의 켯속이 있을 것이다.

황동규의 「탁족(濯足)」

탁족(濯足)

휴대폰 안 터지는 곳이라면 그 어디나 살갑다.
아주 적적한 곳
늦겨울 텅 빈 강원도 골짜기도 좋지만,
알맞게 사람 냄새 풍겨 조금 덜 슴슴한
부석사 뒤편 오전(梧田) 약수터 골짜기
벌써 초여름, 산들이 날이면 날마다 더 푸른 옷 갈아입을 때
흔들어 봐도 안 터지는 휴대폰
주머니에 쑤셔 넣고 걷다 보면
면허증 신분증 카드 수첩 명함 휴대폰
그리고 잊어버린 교통 범칙금 고지서까지

지겹게 지니고 다닌다는 생각!

시냇가에 앉아 구두와 양말 벗고 바지를 걷는다.
팔과 종아리에 이틀내 모기들 수놓은
생물과 생물이 느닷없이 만나 새긴
화끈한 문신(文身)들!
인간의 손이 쳐서
채 완성 못 본 문신도 있다.
요만한 자국도 없이
인간이 제풀로 맺을 수 있는 것이 어디 있는가?

—『미당문학상 수상작품집』(≪중앙일보사≫, 2002)

문신의 역설

언젠가 출타 중에 김언희 시인의 전화를 받았는데, 이어지다 끊기고 또 이어지다 끊기고 하였다. 좀 전에도 전화를 하니 전화가 끊기고 하더란다. 그래서 이곳은 휴대폰이 잘 안 터지는 곳이라고 했더니, 그런 곳이 어디냐면서 매우 부러워하는 기색이었다. 아마 김언희 시인이 상상한 곳은 사람도 절도 없는 깊은 산 속 어디 오지쯤 되는 곳이라고 생각했던 모양이다. 그러나 나는 내가 있는 곳을 사실 그대로 이야기하지 못했다. 그의 부러움을 깨고 싶지 않았기 때문이고, 그의 부러움대로 휴대폰이 안 터지는 곳이 있다는 헛된 믿음을 지켜 주고 싶었기 때문이다. 사실대로 말하면 그때 내가 전화를 받은 곳은 그가 상상한 그런 곳이 아니었다. 국도변에서 아주 가까운 곳인데도 기지국이 설치되어 있지 않아 좀처럼 휴대폰이 안 터지는 곳이었던 것이다. 지금도 그는 이곳이 이런 곳인 줄 모르고 있을 것이다. 그렇게 알고 있도록 내버려 둘 작정이다. 때로 사실을 사실대로 알리지 않고 적당히 속는 채로 두는 것이 여러모로 좋을 때도 있다. 나도 그를 속이면서 그의 환상을 지켜 주고 싶다.

황동규 역시 김언희와 별반 다를 게 없다. 그 역시 '휴대폰 안 터지는 곳이라면 그 어디나 살갑다'고 하지 않은가. 김언희가 상상 경험했던, 그러나 나는 결코 경험하지 못한 황동규의 그곳은 어딜까. 김언희가 그랬듯이 나 또한 황동규의 그곳이 부럽다. '부석사 뒤편 오전梧田 약수터 골짜기'이란다. 때는 '산들이 날마다 더 푸른 옷 갈아입는' 초여름이다. 탁족하기엔 안성맞춤인 곳이고 꼭 알맞은 때이다. 이 골짜기는 흔들어도 휴대폰이 안 터지는 곳이기에 주머니에 쑤셔 넣는다. '살갑다'는 표시이다. 그는 기계 문명과는 영 화해롭지 않은 듯하다. 그 뒤에는 어떤 이유가 숨어 있을 것. 현대인의 왜곡된 관계에 대한 거부감이 아닐까 싶은데, 아직까지는 비약이다. 2연까지 가봐야겠다.

휴대폰 외 면허증, 신분증, 카드, 수첩, 명함, 심지어는 교통 범칙금 고지서 따위는 또 무엇인가. 이것들은 현대인이 현대가 제공하는 현대적인 각종 편이와 혜택을 누리며 살아가게끔 하는 요건들이다. 범칙금 고지서는 그것을 편리하게 누리다가 받은 부작용이지만. 싫고 좋고를 따질 여지가 없는 것이다. 그런데 이것들에 대한 그의 즉각적인 반응은 '지겹게 지니고 다닌다는 생각!'이다. '지겹다'는 반응은 그의 기질, 체질, 취향에서 그것에 대한 불쾌한 경험, 불편한 심리를 드러낸 것이다. 도대체 사회적 조건들에서 자유로울 수가 없다는 것이다. 그것에서 자유롭지 않음은 물론, 그것에 예속되어 있기까지 하다고 생각는 것이다.

탁족의 동기가 무엇일까. 탁족은 범박하게 사전에 따르면, 산간 계곡의 시냇물에 발을 담그고 더위를 쫓는 일이다. 그 뜻을 따라 가면 몇 가지 영상이 나타난다. 먼저 탁족을 위해 도시를 빠져나와, 산 속으로 들어가 최소한 발목 위까지는 잠길 정도의 맑고 서늘한 시냇물을 찾는다. 구두와 양말을 벗고 바지를 걷어 시냇물에 발을 담근다. 그러면 이내 살갗을 뚫고 뼈를 타고 흐르는 서늘한 냉기에 온몸이 진저리가 쳐진다. 탁족의 풍경은 대략 이런 수순의 풍경인데, 이 시는 그런 수순을 따르지 않는다. 탁족을 위해 양말을 벗고 바지를 걷는 순간, 돌연 탁족의 일반적인 풍경은 끝나버린다. 이어지는 것은 팔과 종아리에 모기들이 수놓은 '화끈한 문신文身들!'이다. 탁족의 경험치고는 생뚱한 경험이다. 결론은 그의 탁족은 시냇물에 발 담그는 탁족이 아니라는 것인데, 그러므로 우리는 그의 탁족을 다르게 읽어야 할 것 같다. 그의 탁족은 어떤 발견을 위한 탁족이다. 그 발견은 탁족에서 발견되어 건져진 것이다. 그가 발견한 것을 그에게 물어볼 수는 없는 일. 그래서 이렇게 추정한다. 휴대폰의 형식적인 가짜 관계와는 다른 직접적인 소중한 관계를 발견한 것이 아닐까. 그 만남은—그의 표현대로라면 '문신文身'은 생물과 생물이 만나 새긴 것이라는데, 아주 적나라한 만남과 접촉이다. 휴대폰이 만드는 만남과 관계가 그러한가. 현대사회에서 우리가 갖는 만남과 관계는 거의 적나라한 만남이 없었다고 해야 하지 않을까. 가면을 써서 민얼굴을 은폐한 거짓 만남, 서로의 이해를 위해 적당히 거짓으로 눙치는 만남이 아니었을까. 시인은 그런 관계의 심드렁한 만남에 대해 진지한 성찰을 요구하고 있다.

> 요만한 자국도 없이
> 인간이 제풀로 맺을 수 있는 것이 어디 있는가?

라는 반문처럼, 사실 '인간이 제풀로 맺을 수 있는 것'은 거의(!) 없다. 특히 '자국'을 남기는 만남이 '제풀로' 되는 것이 있기나 한가. '자국'을 남기는, 그러니까 직접적인 만남과 관계일 때 진실하고 생생한 만남이고 관계가 담보된다는 것. 따라서 그의 탁족은 단순히 발을 물에 담가 더위를 피하는 선비들의 바캉스적 행위가 아닌 것이다.

사족이지만, 우리의 만남과 관계맺음은 현대가 깊어질수록 가늘고 엷어지고 있다. 그 추세는 전통집이 사라지는 데에서도 나타난다. 전통집은 타자에게 열린 구조의 공간이었다는 것인데, 대문에서 마당으로, 마당에서 마루로, 마루에서 방으로 열리거나 이어져 있다. 현대가 깊어지는 만큼 전통집의 사라짐 또한 급격하다. 현대인의 집은 아파트로 대표되는데, 아파트는 현관문 안에 가옥의 오든 것이 감춰진다. 마루와 마당은 타자에게 열린 공간이다. 타자에게 열림으로써 타자와의 만남과 관계맺음의 계기를 제공한다. 아파트가 집이 됨으로써 마루는 사라지고 만남과 관계 또한 사라진다. 설혹 전통집이 남아 있긴 하지만, 마당과 마루는 예전처럼 열려 있지 않다. 굳건히 닫힌 철대문과 높이 쌓은 철옹성 같은 담벼락에 갇혀 열린 모습을 잃고 말았다. 오로지 동일자에게만 열릴 뿐이다.

그렇게 현대 세상은 타자는 배제되고 동일자만 추구되는 세상이다. 밴드가 그렇고, 페이스북이 그렇고, 트위터 팔로우가 그렇고, 스마트폰의 카카오톡이 그렇다. 이런 세상에서 우리는 서로에게 문신으로 남을 수 있을까. 그가 탁족을 통해 우리게 던지는 뼈아픈 물음이다. 현대가 우리에게 가르치는 것은 정작 문신은 동일자가 아니라 타자가 남긴다는 역설이다. 아니, 요는, 동일자든 타자든 몸에 자국을 남길 정도의 강한 충동과 연대와 접촉이 중요하다는 것일 터인데, 현대는 너무 자폐적이어서, 글쎄.

◆ Ⅲ부

자유인의 초상

「권태」의 배후

—이상의 「倦怠」에서

대체로 1930년대는 수필의 시대가 아니었다. 당대의 수필은 계절 감상기나 일상의 피상적 기록, 혹은 고답적, 회고적 취향의, 소소한 일상의 기록에 불과한, '雜記' 정도의 글쓰기에 불과했다. 이상 수필의 공적은 수필이 '雜記' 정도의 낮은 단계의 글쓰기가 아니라는 인식을 심어 준 데에 있다. 그의 수필은 그의 다른 글쓰기인 시, 소설에 비해 비평적 조명이나 관심도가 현격하게 떨어지는데, 그것은 그의 글쓰기에서 수필이 차지하는 장르적 비중의 문제이기도 하지만, 시나 소설에 나타난 그의 특징적 일면인 초현실적 혹은 모더니즘적 캐릭터가 수필에서는 매우 약한 데에 있을 것이다. 그의 수필 가운데에서 뛰어난 글은 1935년 여름 성천기행을 통해 얻은 「山村餘情」과 「倦怠」 및 그의 백부인 김연필의 사후(1932. 5. 7) 약 2주간 친가에 머물렀던 그때를 생각하며 쓴 「슬픈 이야기」들인데, 이 가운데에서도 내게는 「倦怠」가 몇 가지 이유에서 가장 읽을 만한 글이다.

먼저, 폴 발레리의 말을 빌어, '작가란 남들이 보고 있으면서도 보지 못하는 것을 보는 사람'이라고 한다면, 「倦怠」의 작가는 폴 발레리의 그 작가에 대입되는 바로 그 작가이다. 그 작가인 이상은 이 수필을 통해, 남들과 똑같이 보고 겪고 있으면서도 남들이 보고 겪지 못하는 것을 그는 보고 겪는 까닭에서이다. 「倦怠」에는 글쓰기 주체인 작가의 생생한 체험과, 그 체험에서 우러난 생생한 사유와 정서가 절절하게 울린다. 그러니까 이 수필에는 그만의 눈과 마음이 있어, 그 눈과 마음으로 세계와 대상을 들여다보고 오직 그만의 시점과 관점으로 그 세계와 대상을 내면화 내지 의미화하고 있다. 이런 글쓰기는 그의 사유의 깊이에서 나오고 있다. 1930년대의 雜記 수준의 글과 그의 글이 다른 확연한 이유이며, 또한 그의 글이 읽을 만한 글이 되는 결정적 이유이다.

이 글에 끌린 두 번째 이유는 「倦怠」는 체험 시점과 집필 시점이 다르다는 것인데, 「倦怠」보다 앞서는 성천기행글인 「山村餘情」이 ≪매일신보≫(1935. 9. 27~10. 11)에 발표됨으로써 그 두 시점이 서로 일치하는 반면에, 미발표작인 「倦怠」는 그가 동경에 체류하고 있던 1936년 12월 19일 未明—이 글은 그의 사후 ≪조선일보≫(1937. 5. 4~11)에 발표됨—에 쓴 것으로 되어 있다. 물론 성천기행이라고 하더라도 체험 시점의 바로 그때 한꺼번에 써야 한다는 법은 없다. 기억을 다듬고 정리해서 시간이 얼마간 지난 뒤에 쓸 수도 있다. 의식적, 내면화 과정을 거쳐 의미화에 이르는 경로가 체험의 형식마다 다를 수 있기 때문이다. 그런데 동경에서의 경우는 상황이 좀 다르다. 동경에서의 이상의 처지는 성천 기행글을 쓸 정도의 한가한 처지가 아니었다는 것이다.

> 東京이란 참 치사스런 都십디다. 예다 대면 京城이란 얼마나 人心 좋고 살기 좋은 '閑寂한 農村'인지 모르겠읍디다.
>
> —「私信(七)」에서

이 私信은 '期於코 東京 왔오. 와 보니 失望이오. 實로 東京이라는 데는 치사스런 데로구려!'라며 극도의 실망감을 드러낸 바 있는 私信(六)—김기림에 대한 이상의 집착은 단순한 우정을 넘어 존경의 대상에 대한 그것이라고 할 정도인데, 발굴된 그의 私信 10편 중 7편이 김기림에게 부친 것이 그 뚜렷한 증거이다—에서와 마찬가지로, 아니 그보다 더 심하게 꼬여 뒤틀린 심사를 드러내고 있다. 私信(六)에는 없는 '참'에 감정을 잔뜩 실고는 '東京이란 참 치사스런 都십니다'라고 하는 것인데, 게다가 '어디를 가도 口味가 당기는 것이 없'고 '表皮的인 西歐的 惡息, 分子式 輸入, ホンモノ(진짜) 行세, 구역질'과 같은 환멸을 거쳐, 급기야는 '卑俗', '속빈 강정'이라는 극언에까지 치닫는다. 그런데 이 '치사스런' 東京이 처음부터 그에게, 환멸의, '비속'의, '속빈 강정'의 이런 곳이었던가. 역시 김기림에게 앞서 보낸 私信(二)에서,

> 膏盲(?肓의 誤字인 듯—필자 주)에 든, 이 文學病을—이 溺愛의, 이 陶醉의 (…) 이 굴레를 제발 좀 벗고 飄然할 수 있는 제법 斤量 나가는 人間이 되고 싶소. 여기서 같은 環境에서는 自己腐敗作用을 일으켜서 그대로 燃化할 것 같소.

라고 한 데에서도 알 수 있듯이, 동경은 '여기서(경성—필자 주) 같은 環境에서는 自己腐敗作用을 일으켜서 그대로 燃化할 것 같'은 불안감에 대한 대응 공간, 곧 이상 자신이 부활 또는 환골할 수 있을 공간으로서의 의미가 부여된 곳이다. 그러나 동경은 그의 환상적 기대를 채워줄 도시가 아니었다. 정치적으로 군국주의 색채가 짙어지면서 일본 내의 자유주의자와 반전론자들을 단속 · 탄압 · 검거하고 나프NAPF 해체를 비롯한 각종 억압 정책이 가속화되었던 파시즘의 도시, 여기에 세계 대공황의 여

파로 경제적 궁핍으로 내몰리던 도시였던 동경은 한낱 '桃園夢'(「私信(八)」)에 불과했다. 『李箱評傳』을 쓴 고은에 따르면, 그는 동경에 유학 중인 일부 문청들로부터 부정되는 수모를 겪기도 했으며, 일본 작가로부터도 인정을 받지 못했던 것으로 보인다. 실제로 그가 동경에서 일본어로 쓴 작품을 일본 작가에 보였으나 대수로운 작품으로 호평되거나 인정받기는커녕 이미 한물 지나간 유행 정도로 받아들여졌다. "그는 그가 계획한 일본의 작가들을 만날 수 없었으며 군소작가의 몇을 만난 일이 있어도 그를 인정해 주지 않았다"(『李箱評傳』, 318쪽) 이런 일들은 자칭 '一世의 鬼才'(「종생기」)인 이상에게는 치욕이자 수치였다. 모르긴 해도 이런 동경의 최저급 대우가 이상으로 하여금 동경에 실망하게 하고 동경에 대해 혐오하게 된 묵시적 이유가 될 수도 있었을 것. 이런 일은 이상이 전혀 예상하지 못했던 끔찍한 일이 아니었을까. 동경에서의 이상은 경성에서만큼 존재감이 없었고, 그가 동경에서 딱히 한 일도 없었다. 동경에서의 그의 무료한 나날들은 줄기차게 김기림에게 자신을 방문해 줄 것을 요청한 몇 편의 私信에서 짐작된다. 동경에서의 나날도 별수 없이 끔찍한 권태의 연속이었다. 그렇다고 김기림에게 보낸 私信(七)에서처럼 '나도 보아서 來달 中에 서울로 도루 갈까 하오'는 이행하기 어려운 일이었다. 그것은 이상의 동경행을 만류했던 안회남, 박태원들에게 했던 '동경 가서 일곱 가지 외국어를 배워 오겠다', '나는 달에 대한 일은 모두 잊어버려야 하오. 새로운 달을 발견하기 위하여 엄동과 같은 천문과 싸워야 하겠소'라며 그들의 만류를 뿌리쳤던 그 자존심을 보전해 줄 수 있을 성과–이 성과는 고은에 따르면, 그의 작품이 일본의 문예지나 잡지에 수록되는, 최소한 그 정도에 상당하는 성과로 드러남–를 가져야만 가능한 일이어서, 그러한 성과가 없는 그의 귀국은 따라서 어려운 일이었다. 귀국하는 대신, 그는 동경의 허름한 한 세가 石川方 골방에 처박혀 「봉별기」,

「종생기」 등의 소설과, 「공포의 기록」, 「슬픈 이야기」 따위의 수필과 함께 「倦怠」를 썼던 것이다. 요는, 그가 동경에서 「倦怠」를 쓴 집필 동기가 동경에서의 권태 때문이었다는 것, 그렇다면 동경의 권태를 써야 할 것인데, 동경의 권태 대신 성천에서의 권태를 쓴 물계는 무엇인가. 동경의 권태를 쓰지 않은 것은 쓸거리가 없었던 것이 아니라 차마 쓸 수가 없었던 것이었을 듯. 호언으로 문우들의 만류를 뿌리쳤던 그 자존심이 동경의 권태를 쓸 수 없게 했을 것이다. 대신 성천에서의 권태를 씀으로써 동경에서의 권태를 쓰는, 혹은 성천의 권태 위에 동경의 권태를 얹어서 쓰는 방법론을 택했을 개연성이 짙다. 물론 성천에서의 권태와 동경에서의 권태는 디테일 면에서는 현격하지만, 동일한 권태 상황에 처해진 부분에 있어서는 심정적으로 겹치거나 서로 일치한다. 따라서 「倦怠」에는 두 개의 자아, 곧 성천에서의 자아와 동경에서의 자아가 각각 혼재되어 있지만 그 두 자아는 두 목소리가 아닌 한 목소리의 자아로 합류되어 발성되고 있다. 품어본 가정 하나. 만약 그가 동경에서 그의 뜻대로 성공적인 출발을 하게 되었다면 과연 그는 「倦怠」를 쓸 수 있었을까.

동경에서 성천기행을 「倦怠」로 문자화한 그의 심리적 저의, 곧 동경 집필의 또 하나의 동기가 있을 것이다. 이상李箱은 이상以上이 아니었던가. 하나 이상의 또 다른 이유가 내재하고 있을 것이다. 그런데 이 또 다른 이유라는 것이 그의 평소 민족의식이나 역사의식, 전통의식으로 보아서는 요령부득이어서 실은 그 설정이 여간 곤혹스럽지 않다. 앞서 끌어 쓴 그의 私信(七)과, 새로이 私信(九)를 참고인으로 불러야 할 듯.

i) 東京이란 참 치사스런 都십디다. 예다 대면 京城이란 얼마나 人心 좋고 살기 좋은 '閑寂한 農村'인지 모르겠습디다.

—「私信(七)」에서

ii) 過去를 돌아보니 悔恨뿐입니다. 저는 제 自身을 속여 왔나 봅니다. 正直하게 살아왔거니 하던 제 生活이 지금 와보니 卑怯한 回避의 生活이었나 봅니다. (…) 오늘은 陰曆으로 除夜입니다. 빈자떡, 수정과, 약주, 너비아니, 이 모든 飢渴의 鄕愁가 저를 못살게 굽니다. 生理的입니다. 이길 수가 없읍니다.

—「私信(九)」에서

조선에서의 그의 조선에 대한 인식은 천박하거나 몰인식이거나 둘 중의 하나이다. 오로지 경성에서의 비극적 탈출구는 동경이었던 것인데, 앞서 살펴본 대로 동경에서 부활하려던 그의 계획과 기대는 물거품이 되었다. 그 동경에 대한 실망과 권태는 거꾸로 그로 하여금 조선에 대한 성찰을 하게 했을 것이다. 그렇다고 그의 역성찰에 어떤 의식성을 부여하는 것은 신중해야 할 터. 동경에서의 '막달은골목'(「烏瞰圖」 · 詩第1號)의식에서 조선을 생각했던 것이지, 애당초 없던 아비—민족의식, 역사의식 등—가 하루아침에 생겨난 데 따른 성찰은 아니었을 것이다. 가령, i)에서, 경성이 인심 좋고 살기 좋은 '閑寂한 農村'으로 전환하게 된 것은 순전히 치사한 도시 동경 때문이다. 그 '閑寂한 農村'에 대한 발상이 그로 하여금 성천—경성 토박이인 그가 직접 체험한 유일한 농촌인 성천을 '閑寂한 農村'으로 점찍었을 터—기행의 기억을 불러왔을 가능성이 크다. 그리고는 미미하지만, 군국주의의 군홧발 아래 거의 동적인 움직임이 사라진 정적의—'답답한 하늘, 답답한 지평선, 답답한 풍경, 답답한 풍속'(「倦怠」)의—조선에 대한 연민과 애착을 느꼈을 수도 있을 것이다. 그러나 어디까지나 동경에서의 권태 해결을 위한 대상代償 심리로서의 연민과 애착일 뿐이다.

ii)는 이상의 소리라고 믿기 어려운 어사들이 빈발하고 있는데, 가령, 過去, 悔恨, 正直, 卑怯, 回避 따위의 어사가 그것이다. 이 어사들은 평소 그가 기피하거나 외면했던 윤리적인 뉘앙스를 환기하는 것들인데, 뜻밖이다. 이 私信은 H兄이라는 이에게 부친 것인데, 그에게서 '돌아와서 人間으로서, 아니, 사람으로서의 옳은 道理를 가지고 善處하라'는 취지의 말을 들었다고 私信에 쓰고 있다. 그리고는 자신이 사람노릇을 못하고 있다며 '계집은 街頭에다 放賣하고 父母로 하여금 飢渴케 하고 있으니 어찌 足히 사람이라 일컬으리까'라고 자책하고 있다. 이 뜻밖의 태도는 바로 그가 부양해야 했던 가족의 궁핍한 가정사 때문이었던 것. 이른바 장자의식의 소산인데, 그의 장자의식이 그를 조선으로 향하게 했을 것이다.

일본 동경으로 그를 이끈 사상적 동인이라면 모더니즘이었을 것인데, 그래서 평소의 그라면 한국의 전래 풍속이나 전통적 경향 등에 대한 몰이해가 그것에 대한 그의 이해의 모두였다. 따라서 따옴글에서처럼, 陰曆, 除夜 운운에다가 설날의 음식인 '빈자떡, 수정과, 약주, 너비아니' 따위의 '飢渴의 鄕愁'에 매달리는 그의 처사는 동경행을 이끈 그의 모더니즘 의식과는 심하게 어긋난 행보가 아닐 수 없다. 여기서 분명하게 확인 가능한 것은 그 역시 뿌리는 원천적인 조선인이라는 사실-모조 조선인일 수도 있지만-이다. 이런 모순된 의식 위에서 「倦怠」는 태동하고 있지 않았을까.

이 글에 끌린 세 번째 이유가 되는, 그러니까 그의 성천행을 부추긴 동인은 무엇일까. 「倦怠」에 대한 내 생각은, 「倦怠」는 하나의 독립된 텍스트라기보다는 그가 자신이 처한 세계에 대해 숨김없이 자신의 마음을 표백하고 있는 거시적 텍스트로 보아야 한다는 것이다. 따라서 「倦怠」에는 자신의 삶과 문학, 그리고 삶과 문학을 에워싸고 있는 당시의 세계에 대한 그의 솔직한 자의식이 표출되어 있다. 「倦怠」는 그의 작품 연보에서 거의 가장 마지막 텍스트에 해당되는 것임을 감안하면, 그가 의도했는지 여부와는 관계없이, 그의 삶과 내면에 뿌리박은 권태의식과 억압의식을 발설한 텍스트라는 짐작이 든다. 그러니까 그의 권태는 태어나면서부터 부여된 것—세 살 되던 해 백부의 양자로 입적되는 개인사와 관련됨—인데, 권태는 그의 불행한 가족사를 숙주로 해서 그의 생애 내내 음침한 먹구름이 된다. 그의 시 「易斷」 중의 하나인 '家政'에서 그는 '나는우리집내門牌앞에서여간성가신게아니다 나는밤속에들어서서제웅처럼자꾸만滅해간다'고 했는데, 자신을 집안의 제웅으로 인식했던 이 '제웅의식'이 먹구름의 의식이며, 그 의식은 먹구름처럼 드리워 그를 살아 있는 내내 질식하게 했을 것이다. 특히 그의 기획작인 「烏瞰圖」 사태 이후 이 땅의 완고한 문화적 풍토에 대해서도 절망했을 것이다.

> 十三人의兒孩가道路로疾走하오
> (길은막달은골목이適當하오.)

에서 그가 처한 상황은 그의 표현대로 '막달은골목'이 적당한 표현이다. 이 '막달은골목'을 향해 질주하는 13인의 兒孩들의 절망적인 풍경에서 그는 이 세계에 미만한 권태를 읽는다. 13의 수는 일상적 시간의 수가 아니다. 12의 일상적 시간, 혹은 그 권태의 시간을 무화시키려는 수이다. 이 아이들의 권태는 「倦怠」에 제대로 묘파되어 있다. 그의 권태의식은 비단 이 시편에서만 노출되어 있는 것은 아니다. 주제면에서 「詩第二號」, 「詩第十四號」, 「肉親」, 「家庭」, 「門閥」 따위가 그렇지만, 형태면—언어, 구문, 문체—에서 「烏瞰圖」 연작을 비롯한 그의 모든 시가 여기에 포함된다. 이른바 절망과 권태의식의 산물인 것이다. 그의 성천행은, '家眷屬을 떠나, 朋友를 떠나, 世上의 한없는 따분함과 倦怠로 해서 먼 낯설은 땅'(「첫번째 放浪」)으로 격리되려는 마음에서이다. 이 즈음의 그는 창작에도 거의 손을 놓은 상태였는데, 1935년 정지용의 소개로 발표한 「正式」(『카톨릭청년』, 4월), 「紙碑」(≪조선중앙일보≫ 9. 15)말고는 거의 발표작이 없다는 사실이 이를 반증한다. 이때 이상을 만났던 서정주의 회고는 충분히 그의 절망과 권태와, 그것으로부터의 탈각을 노렸던 이상의 마음을 짐작할 수 있다. 그를 만났던 서정주의 회고에 따르면, 남대문 부근의 색주가에서 술을 마셨는데, 그때 술 시중을 드는 한 작부에게 이상은 윗저고리를 벗게 하고는 손가락으로 그녀의 유두를 꾸욱 눌러서 손가락으로 빨아먹는 기이한 행동을 하더라는 것이다. 훗날 서정주는,

> 이상이 그 젖꼭지를 꾹꾹 눌러 대는 건 그때의 내 생각으로는 마치 그가 어디 하늘을 향해서라도 하는 것 같은 SOS 타전으로 보였어. 아마 그는 그 무렵의 비극을 그런 식으로 구조 요청을 해서 이겨 내려는 것 같았어.
>
> —『李箱評傳』, 257쪽.

라고 전한다. 시인 서정주의 눈에 '유두 타전의 광경'이 마치 이상이 '하늘을 향해서라도 하는 것 같은 SOS 타전'으로 보인 것이다. 그랬을 것이다. 그가 직면했던 '막달은골목'에서 누군가에게 구원의 타전을 보내고 싶었을 것이다. 그 'SOS 타전'의 비장한 광경이 잠시 서울로부터 출분이었을 것인데, 그 출분이 곧 성천행이었던 것. 그것의 소설적 형상화는 「날개」였을 것.

> 어서—차라리—어둬 버리기나 했으면 좋겠는데——僻村의 여름—날은 지리해서 죽겠을 만치 길다.
>
> 東에 八峯山. 曲線은 왜 저리도 屈曲이 없이 單調로운고?
>
> 西를 보아도 벌판, 南을 보아도 벌판, 北을 보아도 벌판, 아— 이 벌

판은 어쩌라고 이렇게 限이 없이 늘어 놓였을꼬? 어쩌자고 저렇게까지 똑같이 草綠色 하나로 되어 먹었노?

農家가 가운데 길 하나를 두고 左右로 한 十餘戶式 있다. 휘청거린 소나무 기둥, 흙을 주물러 바른 壁, 강낭대로 둘러싼 울타리, 울타리를 덮은 호박넝쿨, 모두가 그게 그것같이 똑같다.

어제 보던 답싸리 나무, 오늘도 보는 金서방, 내일도 보아야 할 신둥이, 검둥이

읽는 이도 초장부터 「倦怠」의 권태에 질려버릴 듯한 「倦怠」의 서두이다. 권태의 기능어를 들자면, '지리, 단조, 똑같다, 어제 보던, 오늘도 보는, 내일도 보아야 할' 따위이다. 이 기능어는 크게 공간어–가령, '단조, 똑같다'와 시간어–가령, '지리, 어제, 오늘, 내일'의 경우로 묶인다. 이것은 그가 공간과 시간 양쪽에서 모두 권태를 느끼고 있다는 것이다. 표면적으로 보면 그의 권태는 굴곡없이 밋밋한 자연이거나 농촌의 풍경이거나 범상한 인간과 같은 외부 세계에서 온 것으로 보이겠지만, 그러나 그의 권태는 오래 전 그의 내면에 똬리를 튼 권태의식 때문이다. 공간적 똑같음과 시간적 똑같음에 대한 그의 선병질적 혐오나 거부감이 자연과 인간에까지 투사되어 있다. 「烏瞰圖」 사건이 다시 떠오른 것일까. '미친 놈의 잠꼬대' '개수작' 등의 비난의 소리가 환청으로 들려온 것일까. 그러나 다시 생각해도 '시'의 규범적 범주에 대해 그는 뜻을 굽힐 수 없었을 듯.

왜 미쳤다고들 그러는지 대체 우리는 남보다 數十 年씩 떨어져도 마음 놓고 지낸 作定이냐. 모르는 것은 내 재주도 모자랐겠지만 게을러빠지게 놀고만 지내던 일도 좀 뉘우쳐 보아야 아니하느냐. 여남은 개쯤 써보고서 詩 만들 줄 안다고 잔뜩 믿고 굴러다닌 패들과는 물건이 다르다.

–「烏瞰圖作者의 말」에서

똑같이 판박이로 닮아 공간적으로나 시간적으로나 도시 구분이 안 되는 '물건'들-이를 테면, 혈연, 가족, 역사, 문화, 전통-에 대한 성찰과 반성의 창조적 결과가 그것들이었는데, 끝내 그 '물건'들이 쌓아 올려 유물이 된 견고한 성채를 뚫지 못한 것이다. 아무튼지 다르지 않고 하나같이 똑같은 것들은 그는 거부하고 부정할 것이다. 거부와 부정의 그 마음이 「倦怠」를 낳은 우월한 뒷심이었을 것이다. 그렇다. 권태는 존재 그 자체에 대한 부정이고 거부이다. 레비나스의 표현대로 '권태는 존재함에 대한 거부의 현상이 실현되는 방식 자체이다.' 그리고 권태는 '모든 판단에 앞서서 모든 것과 모든 사람을 권태로워하는 것, 그것은 존재를 거부해 버리는 것'이다. 그러니 처음부터 유구한 팔봉산도, 벌판도, 농가도, 나무도, 김서방도, 신둥이도 다 권태의 대상이 되고 마는 것이다. 똑같은 혈연이나 문벌이나 역사나 문화나 전통이 권태를 유발했듯이. 그 권태의 세계가, 혹은 그 세계의 권태가 그를 좌절시키고 절망에 빠뜨렸듯이. 이렇게 시작된 그의 권태는 다음과 같이 전개된다.

> 나는 아침을 먹었다. 할 일이 없다. 그러나 無作定 널따란 白紙 같은 '오늘'이라는 것이 내 앞에 펼쳐져 있으면서 무슨 記事라도 좋으니 强要한다. 나는 무엇이고 하지 않으면 안 된다. 무엇을 해야 할 것인가 硏究해야 된다.

따옴글에서 권태의 동인은 '할 일이 없다'이다. 그렇다고 무엇이고 하지 않으면 안 되는 상황이고 또 무엇을 해야 할 것인지 연구해야 하니 그 하는 무엇은 결국 권태로운 일이 될 수밖에 없다. 남은 것은 벌판처럼 초록색 하나로 한없이 늘어진 권태만이 펼쳐져 있는 것이다. 이렇게 펼쳐진 「倦怠」의 '권태'에 대한 이해를 위해 몇 개의 기능적 화소를 간추리면,

i) 지는 것도 倦怠어늘 이기는 것이 어찌 倦怠 아닐 수 있으랴? 열 번 두어서 열 번 내리 이기는 장난이란 열 번 지는 以上으로 싱거운 장난이다. 나는 참 싱거워서 견딜 수 없다.

ii) 地球 表面的의 百分의 九十九가 이 恐怖의 草綠色이리라. 그렇다면 地球야말로 너무나 單調無味한 彩色이다. 都會에는 草綠이 드물다. 나는 처음 여기 漂着하였을 때 이 新鮮한 草綠빛에 놀랐고 사랑하였다. 그러나 닷새가 못 되어서 이 一望無際의 草綠色은 造物主의 沒趣味와 神經의 粗雜性으로 말미암은 無味乾燥한 地球의 餘白인 것을 發見하고 다시금 놀라지 않을 수 업었다.

iii) 그러니 實로 개들이 무엇을 보고 짖으랴. 개들은 너무나 오랜 동안–아마 그 出産 當時부터–짖는 버릇을 抛棄한 채 지내왔다. 몇 代를 두고 짖지 않은 이곳 犬族들은 드디어 짖는다는 본능을 喪失하고 만 것이리라.

iv) 소는 食慾의 즐거움조차를 冷待할 수 있는 地上最大의 倦怠者다. 얼마나 倦怠에 지질렸길래 이미 胃에 들어간 食物을 다시 게워 그 시금털털한 半消化物의 味覺을 逆說的으로 享樂하는 체해 보임이리요?

v) 돌멩이로 풀을 지찧는다. 푸르스레한 물이 돌에 가 染色된다. 그러면 그 돌과 그 풀은 팽개치고 또 다른 풀과 다른 돌멩이를 가져다가 똑같은 짓을 反復한다. 한 十分 동안이나 아무 말이 없이 잠자코 이렇게 놀아 본다. (…) 五分後에 그들은 비키면서 하나씩 둘씩 일어선다. 제各各 大便을 한 무데미씩 누어 놓았다. 아–이것도 亦是 그들의 遊戲였다. 束手無策의 그들 最後의 創作遊戲였다. 그런 그中 한 아이가 영 일어나지를 않는다. 그는 大便이 나오지 않는다. 그럼 그는 이번 遊戲의 못난 落伍者임에 틀림없다. 分明히 다른 아이들 눈에 嘲笑의 빛이 보인다. 아–造物主여, 이들을 위하여 風景과 玩具를 주소서.

꼭 권태의 사열을 받는 듯한 권태로운, 이런 기이한 느낌이라니. 위에 끌어쓴 권태의 계열체적 풍경은 말할 것 없이 자의식의 과잉이 불러온 내면의 풍경들이다. '끝없는 倦怠가 사람을 掩襲하였을 때 그의 瞳孔은 內部를 向하여 열리리라. 그리하여 忙殺할 때보다도 몇 倍나 더 自身의 內面을 省察할 수 있을 것이다'라는 그의 언술과 완연히 일치하는 풍경이다.

ⅰ)에서, 최서방 조카와 벌이는 장기는 '常勝將軍'과 常敗將軍이 이미 결정이 나 있는 터이어서 '싱거운 장난'이다. 그러니 이기는 나나 지는 그나 '壓倒的 倦怠' 그것이다. 실력도 실력이지만, 문제는 그 조카의 무관심과 '放心狀態'이다. 그러한 태도로써 싫음이나 반감을 나타내기도 한다. 어쩌면 글 쓴 주체의 내적 문제의식이 그 표현으로 전이되어 표명된 것인지 모르겠다. 가령, 「烏瞰圖」의 경우에서처럼, 극도의 반감과 혐오를 드러낸 문단 또는 독서 대중의 태도가 유추되는데, 혹 그 조카에게, 그를 실망케 한 그런 부류의 조선과 일본의 문인 또는 독서대중이 대입되어 있는 것인지 모르겠다. 아무튼 대상에 대한 무관심과 방심상태는 그 대상을 숨막히게 권태롭게 한다.

ⅱ)에서, 서술자는 여름날의 초록색이 단조무미한 공포의 채색이라는 것, 나아가 '造物主의 沒趣味와 神經의 粗雜性'의 소산이라는 것이다. 그러니까 세계의 획일성에 대한 불만이거나 권태의 표현인데, 삶과 문학의 길이 다기다양한 것이라는 본질에 입각해서 그가 터트린 불만이다. 그러나 아무리 생각해도 당시 조선의 풍속과 문화 풍토를 감안해 볼 때 그는 너무 전위적으로 앞서 갔던 것 같다. 초현실주의 혹은 모더니즘 색깔이 수용되기 어려운 시대에 그것을 실험하려 한 것만으로도 그는 사방에 적을 거느린 셈이다. 시대를 앞질러 간 자의 업이다. 그에게 초록색 외에 다른 채색도 허용되었으면 하지만, 여름날의 채색은 초록색뿐인 것을 어찌

하랴. 따라서 그의 권태는 요지부동의 뿌리이다.

iii)에서, 서술자는 성천 동네 개들이 짖지 않는다는 사실에 아연해 한다. 왜 짖지 않을까. '旅人이 이곳에 오지 않'기 때문이다. 그만큼 성천은 僻村이라는 것이다. 벽촌에는 신문도, 승합자동차도 오지 않는다. 그의 말대로 '五官이 모조리 剝奪된 것이나 다름없다.' 그러니 도대체 외부의 자극이라곤 없다. 그 외부의 자극을 전할 旅人이 없으니 개가 짖는 것을 잃어버린 것이다. 개의 존재성은 짖는 데에 있다. 짖음을 잃은, 곧 존재성을 상실한 개를 보는 것은 슬픈 일이고, 고통스러운 일이며 끔찍한 일이다. 그런데 여기서의 개는 꼭 개만을 지칭하는 것일까. 끔찍한 상상이지만, 환유의 그 개 같은 것들을 보는 것은 '凶惡한 倦怠' 그것이다.

iv)에서, '할 일이 없'이 이곳저곳 둘레둘레하면서 다니던 서술자는 '地上最大의 倦怠者'인 소를 만난다. 소는 먹은 음식을 되새김하는 동물인데, 다시 게워 되새기는 모습도 서술자에게는 권태에 지질린 행동으로 비친다. 서술자인 그의 눈에 비친 소의 되새김은 '享樂'하는 것으로 보이려 하지만, 어디까지나 '享樂'인 체하는 가식 행동, 그러니까 역설적이다. 되새길 때의 미각은 시금털털해서, 결코 아름다운 맛이 아니다. 그런데도 다시 게워 시금털털함을 '享樂'하는 체하는 소는 서술자에게는 i)에 이은 또 하나의 '壓倒的 倦怠'의 존재이다. 이미 소화되어 반소화물이 된 낡은 것에 집착, 그것을 추수하고 반추하는 소와 같은 이 세계의 '물건'들은 어디에나 편재하고 있는 것, 가히 '地上最大의 倦怠者'라 할 만하다.

v)에서, 놀이가 없어 무료하기 짝이 없는 아이들은 무료한 놀이—돌멩이로 풀을 찧는 놀이는 아무리 몰입해도 10분을 넘기지 못하는, 얼마나 무료한 놀이인가—에 몰입한다. 속수무책의 그들이 최후의 놀이 하나를 창안한 모양인데, 놀랍게도 그 놀이는 '大便을 한 무데미씩 누어 놓'는 대변보기이다. 이 대변보기가 놀이가 될 수 있느냐를 고민할 때, 아이들

의 놀이는 권태를 동반한다. 아이들의 무료한 놀이—정확하게는 놀이 없음—는 서술자의 '할 일 없음'과 일치한다. 참으로 '凶惡한 倦怠'가 아닐 수 없다. 여기서 품은 물음 하나. 그런데 이 '凶惡한 倦怠를 自覺할 줄 아는 나는 얼마나 幸福한가'라며 짐짓 행복해 하는 서술자는 진짜 행복해 하는 것일까. 계속 품은 물음 둘. 그런데 대변이 나오지 않아 일행 중에서 낙오자가 되고 만 그 아이는 누구의 변신(분신)일까. '아아 조물주여, 이들을 위하여 풍경과 완구를 주소서'라고 간구하지만, 실은 자신을 위해, '凶惡한 倦怠'를 벗겨낼 그 풍경과 완구를 달라는 것이나 진배없다. 그런데 끝내 그에게 조물주가 준 풍경과 완구는 죽음이었으며, 그가 임종 직전에 맡고 싶다던 '레몬'이 아니었을까.

이후 계속 이어지는 권태의 계열체로는 별과 농부가 있다. 별은 윤동주의 별 하나 나 하나의 그 별도 아니고, 천문학의 대상도 아니다. 그에게는 '絶對倦怠의 到達할 수 없는 永遠한 彼岸'일 뿐이다. 그리고 하루의 농사일을 끝내고 끼니를 해결하고 난 뒤 마당에 깔아놓은 멍석에 누워 쿨쿨 잠드는 농부들은 그의 눈에는 '먹고 잘 줄 아는 시체'에 불과하다. 자연의 순환론적 시간은 근대문명의 선적 시간에 익숙한 그의 눈에는 지루한 일상의 시간일 따름이다. 따라서 순환론적 시간 질서에 따르는 별이든 농부든 그들은 그에게 있어 '絶對倦怠'의 존재일 뿐이다.

그렇다면 이 압도적인 중량의 권태를 어떻게 해야 하는가. 권태에 굴복하여 반동의 전위적 태도를 해체하고 일상적 질서에 따라야 하고 마는 것인가. 그런데 여지껏 문제에 대한 방법이라곤 제시한 적이 없었던 그가 뜻밖에 역시 그다운 방법을 하나 내놓는다. 불나비, 불나비를 지목하면서, 불을 향해 달려드는 불나비의 뜨거운 情熱을 보라고 한다.

불나비라는 놈은 사는 方法을 아는 놈이다. 불을 보면 뛰어들 줄도 알고-平常에 불을 초조히 찾아다닐 줄도 아는 情熱의 生物이니 말이다.

어쩌면 그 자신이 불나비-그가 '惡의 衝動'(「첫번째 放浪」)에 끊임없이 시달렸던 것을 감안하면 불나비의 방법은 필연이다. 시차상 「倦怠」의 경험 시점(1935, 여름)과 집필 시점(1936. 12. 19)의 사이에 있는 「날개」(≪朝光≫, 1936. 9)에서 이미 '날개'로 타전한 바가 있고, 다시 「倦怠」에서 불나비의 그것으로 확인하고 있는 셈이다-라는 생각을 했을 것. 뛰어들면 깨끗한 죽음만이 있겠지만, 그것은 자신을 의미 있게 소멸시키는 방법. 그가 사는 방법이었을 터, 지금껏 그렇게 불을 찾아다니는 불온한 반동을 거침없이 행해왔지 않았던가. 불나비는 이 도저히 끔찍한 권태를 사를 수 있을 존재일 것인데, 그러나 어찌하랴. '蒼白하고 앙상한 瘦軀'의 病軀에다 불을 찾으려는 정열마저 사라지고 없는, 더욱이 뛰어들 불조차 없는 '暗黑'의 상황이니 말이다.

暗黑은 暗黑인 以上, 이 좁은 房 것이나 宇宙에 꽉 찬 것이나 分量上 差異가 없으리라. 나는 이 大所 없는 暗黑 가운데 누워서 숨쉴 것도 어루만질 것도 또 慾心나는 것도 아무것도 없다. 다만 어디까지 가야 끝이 날지 모르는 來日, 그것이 또 窓 밖에 登待하고 있는 것을 느끼면서 오들 오들 떨고 있을 뿐이다.

이 '좁은 방'은 클라인 병(Klein's Bottle)의 구조, 곧 동경 석천방의 골방이기도 하고, 성천의 방이기도 하다. 이 좁은 방에 꽉 들어찬 암흑은 민족의 현실을 인식한 시대적 어둠으로서의 암흑이라면 적이 좋으련만, 불행하게도 그것은 그의 실존적 어둠으로서의 암흑일 뿐이다. 성천 혹은 동경의 권태는 '어디까지 가야 끝이 날지 모르는 來日'에 대한 두려움을 불러온다. 내일이 오는 것도 그는 마치 '凶猛한 刑吏'를 만나는 것처럼 두렵기만 하다. '오늘이 되어버린 來日 속에서, 또 나는 질식할 만치 심심해해야 하고, 기막힐 만치 답답해해야'(위 따옴글의 바로 윗 대목) 하기 때문이다. 푸드득거리던 그 '날개'(「날개」)는 어디로 갔을까. 혹 그 날개마저 이 세계의 절망과 권태에 꺾여버리고 만 것일까.

딴은 권태는 범연하게는 따분한 세계와의 소통 장애에서 오기도 하고, 전위적으로는 시대에 앞선 불온에서 오기도 한다. 따라서 권태는 범연하거나 전위적이거나 간에 세계와 화해롭지 못한 인간의 것, 1930년대의 권태라면 그 권태는 응당 이상의 것이다. 권태는 세계의 권태를 자각하고 권태를 못 이겨 그 권태에서 벗어나려 할 때 생겨난다. 권태의 생리는, 그 논리는 방심상태의 그것이지만 이런 역설 위에 기반한다. 이 권태를 이상한 이상의 이상한 권태라고 매도할 것인가, 아니면 창조적 생성의 일환, 달리 말해서 새로운 것의 생성을 위한 고통스러운 변증적 몸짓으로 볼 것인가에 대해서 진지하게 고뇌해야 할 것 같다. 내 생각을 비친다면, 권태는 변증법적 인식의 형식이다. 절망적 인식에서 나온 의욕 상실이고 방심상태이고, 또 역설적으로 그것을 허물어버리고 그 위에 새로 건축하려는 의지의 꿈틀거림이다. 동경에서 권태를 쓴 것은 이 꿈틀거림에 대한 고통스러운 바람 때문이 아니었을까. 그가 죽으면서 '레몬'—그의 아내 변동림은 레몬이 아니라 멜론이었다고 하지만, 의미 없는 일. 설혹 멜론이었다고 해도 달라지는 것은 없다—향기를 맡고 싶다고 한 것도 동경에서의 권태를 드러내는 동시에 그 권태로부터 벗어나기를 바랐던, 권태 이후의 세계에 대한 바람이 아니었을까.

나는이미世上에맞지아니하는衣服이다

—「悔恨의 章」에서

세계의 권태, 권태의 세계에 맞섰던, 유령 같은 그의 침중한 소리가 위에서 들린다. 그러나 그는 끝나지 않았다. 그의 뒤를 잇는 21세기의 그의 후예들이—비록 소수이지만, 소수자의 위치에서 그가 맞섰던 그대로 치열하게 맞서고 있는 까닭에 그의 권태의 배후는 미미하지만 여전히 위력적이다. 근조.

'觀', 만행(卍行)의 글쓰기

—류준열의 『무명그림자』 세 번째에 부쳐

수필가 류준열은 2012년 3월 1일자 신참 교장이다. 군대식으로 하면 별자리 장성이다. 장성이 되면 달라지는 게 많다. 교장 역시 그렇다. 그 가운데 가장 큰 매력은 자신만의 독립 공간이자 자유자재 공간인 교장실이 생긴다는 것인데, 그가 그 교장실에서 무엇을 하나 했더니 그 큰 책상에 앉아서 학생교육과 학교경영에 머리를 쓰는 외 틈틈이 이 글들을 주섬주섬 모으거나 새로 긁고 있었던 것. 호오, 괜찮은 교장이라는 예감. 이 예감은 불현듯 루카치의 '길이 시작되자 여행은 끝났다'는 명제를 소환해 낸다. 이 명제를 교육에 적용시키면 타당성이 있을까. 타당성이 있다. 그 '길'은 교육의 길이 될 것, 그렇다면 '여행'은 필시 교육에의 그것이 될 것이다. 그러니까 교장이 된 바로 지금부터 고난의 교육의 길이 모색되어야 하는 것. 그 전망과 모색을 위한 진짜 여행이 시작된다는 것. '여행은 끝났다'고 했을 때의 그 여행, 곧 끝나버린 여행은 행복하고 달콤한 여행이었던 것. 그 여행은 가짜 여행이었다. 그러니 지금부터 시작되는 여행이야말로 진짜 여행이라는 것이니 그 여행은 행복한 여행이 아니라, 고통스러운 여행이다. 그런데 이 나라 교육자(?)들은 교장 자리 따내는 것에 절정의 목표를 두어서인지 정작 그것을 따내는 그 순간, 진짜 여행은 안중에 없다. 따지자면 원래 처음부터 안중에도, 뇌리에도 없었던 것. 그들의 꿈은, 철학은 오로지 가짜 여행, 곧 교장이라는 '벼슬(?)' 자리 획득에만 있었던 것인데, 그런 그들 가운데 그가 속해 있긴 하지만, 그러나 그는 노는 물이 다르다. 글로써 인간과 세계에 대해 사유하고 성찰하여, ―그래서 적어도 그는 그 길을 외면하지도, 고난의 그 여행을 피하지도 않을 것이라는 묘한 믿음이 솟는데, 내게 인상적인 이오덕 교장을 좇아가는 교장이라는 생각에 마음 한 구석이 흐뭇하게 밝아온다.

『무명 그림자』 세 번째 작품은 Ⅰ부와 Ⅱ부로 나뉘어져 있는데, Ⅰ부에는 21편의 수필이, Ⅱ부에는 '觀' 연작 150여 편에 달하는, 짧은 길이의 방대한 분량의 글이 실려 있다. 분량으로 보면 Ⅱ부의 글이 압도적이니 Ⅱ부에 글의 무게가 실려 있는 셈이다. 따라서 나의 시선도 Ⅰ부보다는 Ⅱ부에 치중된다. 일독 이후 검출된 편집 체재상의 한 가지 특징은, 작가의 의도인지는 알 수 없지만, Ⅰ부와 Ⅱ부는 단절되어 있기보다는 연속되어 있다는 점이다. Ⅰ부의 마지막에 「관음상(觀音像)」을 배치시켜 Ⅱ부의 '觀' 연작으로 자연스럽게 넘어가도록 하고 있는 것이다. 확언할 수 없지만, 글과 글의 구조적 연관성을 고려했을 것이다. 두 번째의 특징은, 우연일 수도 있겠지만, 맨 처음에 실린 「구지가(龜旨歌)」와 가장 마지막에 놓인 「나꼼수」가 과갈瓜葛의 서로 얽히는 관계에 있다는 점이다. 이 두 텍스트로 인해 『무명 그림자』는 글쓴이의 정치적 소회 혹은 세태에 대한 담론을 주축으로 에워 쌓여 있는 게 아니냐는 인상을 강하게 받게 된다. Ⅰ부의 「구지가(龜旨歌)」는 2007년 12월에 쓴 글인데, 훌륭한 지도자를 바라는 취지의 이 글은 18대 대통령 선거를 앞둔 2012년 현재의 시점으로 바꾸어 읽어도 유효하다. 비단 그의 바람만이겠는가. 너와 나의 바람이기도 하고, 우리 모두의 바람인 것. '세월이 지나고 나면 누구의 눈에 콩깍지가 끼였는지 알게 되겠지만' 말이다. 그러나 그가 쓴 '콩깍지'는 피하고 싶은 불길한 언어이다. '콩깍지'로 판명이 나는 불길한 일이 일어나서야 되겠는가. 그가 바라고, 우리 모두가 바라는 '개척자'(「개척자」)로서의 지도자가 탄생하기를 바랄 밖에. II부의 「나꼼수」가 이 뛰어난 지도자 탄생에 대한 그의 간절한 바람의 이유를 얼핏 제공하고 있는 듯이 보인다. 여기서 그는 나사 풀린 사람들, 사표가 되지 못하는 사회 지도급 인사들에 대한 실망을 토로하고 '나꼼수'가 통하는 세상에 대해 암담해 하는 표정이다. 그의 말대로 '나꼼수'는 '제자리 지키며 제 역할 다하지 못한 시대의 업보'임은 분명하다. 차제에 '나꼼수' 따위가 존재하지 않은 세상을 위해서도 윗물이 투명하게 맑은 '개척자'를 그가 기대하는 까닭이리라.

그의 수필 가운데 가장 읽을 만한 글은 「돌 번호」와 「낙수(落水)」이다. 「돌 번호」는 내용의 측면에서, 「낙수(落水)」는 형식의 측면에서 읽을 만한 글이다. 삼풍백화점이나 성수대교 붕괴 참사와 같은 끔찍한 기억을 가지고 있는 우리이기에 「돌 번호」의 전언은 예사롭지 않다. '빨리빨리'가 모든 문제의 원인이다. 그 조급성을 글쓴이는, 우리 눈으로 보아서는 꼭 느려 터진 거북이걸음 같은, 캄보디아 사원 복원용 돌 번호를 끌어와 비교하면서 '성과주의와 보여주기'에 함몰된 우리의 타성을 꾸짖고 향후 우리 문화(재) 복원의 안성맞춤한 키를 찾고 있다. 「낙수(落水)」는 기승전결의 고전적 글쓰기의 전범이 될 만한 글이다. 그가 던지는 메시지는, 도대체 끝이 보이지 않는 인간의 욕심을 경계하는 것이니 전혀 새로울 것이 없는, 범상하다면 참으로 범상한 메시지이다. 그런데 글쓴이는 고전적 글쓰기 단계를 통해 '범상함'을 '범상치 않은 것'으로 끌어올리고 있다. 유년의 기억에 남은 '낙수'에 착상하여 트리클다운이라는 성장이론으로, 그리고 물꼬 싸움으로 화제를 전환하면서 인간의 이기적인 욕심의 무한대를 비판, 경계하고 있는 이 글은 좋은 글쓰기의 표본이다. 미담의 글이 많이 나왔으면 하는 바람이지만, 바람은 늘 바람으로만 끝난다. 그 바람을 이 불량한 세태가 허용치 않는 모양이다.

II부의 '觀' 연작은 낯익은 듯 낯선 형식이다. 수필 형식 같은데, 꼭 수필이라고 하기 어렵다. 그렇다고 시라고 하기에는 언어의 긴장도와 장력이 떨어져 느슨하다. 수필을 실험한 것이 아닐까. 더 구체적으로 말하면 그 형식을 실험한 것이 아니냐는 그런 추정이 드는데, 확실하지는 않다. 다만 나름대로 이 형식을 선택한 데에는 그럴만한 터무니가 있을 터, 그 터무니를 영국의 비평가 테리 이글턴이 제공한다. 형식은 내용의 형식, 곧 자기 생산의 구조라는 그의 진술이 그것. 이 말의 요지는 내용은 반드시 형식을 필요로 하며, 형식은 내용을 생산적으로 드높이게 된다는 뜻일 듯. 과시果是. '觀' 형식의 글쓰기는 대상을 있는 그대로 그려내거나 어떤 정보를 제삼자에게 전달하려는 형식으로는 적합하지 않다. 그러면 이 글은 직관의 형식이라는 것인데, 대상의 요체를 질질 길게 끄는 것이 아니라, 한 칼에 끝내는 것, 불교식으로 말하면 돈오점수가 아니라 돈오돈수에 가까운 글이다. 그의 짧은 글 가운데에서도 상대적으로 더 짧은 글일수록 더욱 여기에 가깝다.

그런데, '觀'은 단순히 자전적 풀이인 '보다'로서는 약하다. 관세음보살 혹은 관자재보살의 '觀'이라고 해야 힘이 실리는 한자이다. 그러니까 '세상의 모든 소리를 살펴본다'는 뜻의 그 '觀'이라야 비로소 제 자리가 잡히는 셈이다. 마치 밋밋한 '물 수'가 아니라 상선약수上善若水의 '水'라고 힘주어 말할 때 '水'를 쓴 이치가 비로소 확연해지는 '水'와 같은 경우이다. 이 '觀'은 납자衲者의 만행卍行을 먼저 불러온다. 만행이 무엇인가. 납자의 깨달음을 위한 수행인데, 현실에서 그것을 구하는 방식이다. 납자는 속인들의 세상을 주유하면서 보고, 듣고, 겪음으로써 무명無明에 대한 인식을 얻는다. 그리고 만행을 통해 '어두운 지상에서 들리는 숱한 신음소리'(「천문사」(觀 108)(이후 '觀'은 빼고 일련번호만 붙임), 곧 무명의 그림자에 서리서린 소리들을 들어야 한다. 그 소리들을 듣기 위해 그는 쉴 새 없이 다니고, 쉴만하면 또 다닌다. 나라 안을 다니다가 한동안 종적이 없으면 그는 나라 밖을 다니고 있다. 어차피 공간은 한데 통하여 구별이 없는 원융일진대, 그의 만행에서 그 안과 밖의 구별은, 분별은 의미 없는 일이다. 그 만행에서 글쓰기가 업인 그의 의미 있는 작업은 역시 글쓰기이다. 글쓰기도 만행의 일환인 까닭이다. 무명 속으로 걸어 들어가 그 속에 갇혀 있는 삶의 미망과 어둠을 길어 올리는 행위, 그것이 글쓰기가 아니던가. 무명의 어둠은 밤에만 있는 것도, 나라 안에만 있는 것도 아니다. 삶은 어디에나 있다. 삶이 있는 곳이면 무명이 있을 터이고, 무명이 서린 곳마다 만행이 있다.

그래서 그의 '觀' 연작은 대체로 외국 나들이가 주축을 이루고 있다. 유럽과 아시아 여러 나라를 순례하면서, 그런데 그의 여행은 단순한 탐방 수준이 아니라 성지 순례 수준의 여행인데, 그 여행을 통해, 아니, 정확히는 그 여행의 순례를 통해 성스러운 풍경을 포착한다. 역사, 문화, 예술, 정치, 종교 등 여러 방면에서 그의 시선에 들어오는 풍경들은 그냥 무작위로 들어오는 풍경들이 아니다. 엄밀하게 말하면 그 풍경들은 그가 풍경을 받아들이는 일정한 프레임 아래 선별하여 받아들이는 풍경들이다. 그래서 그는 그 풍경들을 섬세하게 다루거나 날카롭게 벼린다. 대개의 풍경이 전자, 곧 섬세하게 다루어진 것에 속하지만, 가령, 「분수 궁전」(207)에서, '니콜라이 2세' 같은 독단과 독선의 잔혹한 정치를 펼친 황제에 대한 시선은 후자에 속한다. 그런데 이상한 점은 두 번째 작품집에서의 '觀' 연작이 대체로 짧은 글이며 따라서 직관의 힘이 강한데 반해, 이번 글에서는 글의 길이가 길어지면서 직관의 힘이 빠지고 있다는 인상이다. 그런 까닭에 뒤로 갈수록, 특히 그의 여행글은 세계대백과사전식 서술에 함몰되고 있다는 인상을 버릴 수 없다. 여행글은 성공하기 어려운 장르이다. 이국적 풍경에 묻히거나 압도되어 내 존재가 드러나지 않는 경우가 태반이기 때문이다. 외국 풍경에 질질 끌려가다가 끝내 글쓰기 주체인 '나'는 소외되어 버리는 결과가 나타나는 것이다. 글쓰기의 풍경은 사진으로 찍은 듯한 순진한 풍경이 아니라 왜곡된 풍경, 그러니까 실제 풍경을 내 의식 속으로 끌어와 내가 재창조한 풍경으로 만들어야 하는 풍경이다. 그러한 풍경 만들기에 실패한 글쓰기는 물리적으로는 현존하는 것이나 실체적으로는 부재하는 것이 되어 버린다. 이런 위험이 있음을 그가 모르지는 않을 터, 그것을 감수하면서까지 여행글을 대거 수록한 저의는 무엇일까. 여행은 얕게는 일상의 탈출일 것이나, 깊게는 '지상의 허접스러운 윤리와 관습, 고정관념의 압박에서 벗어나고픈 자유의 비상'(「분출」(125)), 곧 분출의 행위일 것이다. 그의 의식과 무의식에 여행을 통한 분출을 재촉하는 금기와 제약이 도사리고 있거나 그렇지 않으면 만행의 욕구가 넘쳐흐르고 있다는 반증이 아닌지 모르겠다. 그의 여행도, 새로운 풍경이 아니라 새로운 눈을 갖게 하는 여행이어야 한다는 마르셀 프루스트의 여행론에 가까운 것이 되었으면 좋을 터이다.

한편, 그의 글에서, 전체 글의 분량 면에서 보면 적은 분량에 불과한 것이지만 무거운 중량으로 다가오는 몇 편의 글이 발견된다. 연전에 비극적으로 생을 마감한 한 정치인에 대한 술회의 글이 그것이다. 그가, 가령, 「봉하 노방궁」(114)에서 '새는 건강한 좌우 양 날개가 힘차게 푸득거려야 멀리 높이 날 수 있는 법'이라고 했을 때, 그의 정치적, 이념적 성향은 '좌빨도 우빨'도 아닌, 밋밋하게 말하면 중도적이고, 밍밍하게 말하면 원론적이다. 그런 면에서 그는 정치적이라기보다는 오히려 탈정치적이다. 행여 특정 정치인에 대한 추모와 관심이 그의 편향된 정치적 성향이라는 오해를 불러일으킬 수도 있겠으나 지나친 생각이다. 인간에 대한 순수한 관심이 오해를 불러일으킨 동인이 아닐까. 편향은 편향된 시선이 부르는 것이지, 전체를 아우르는 중도적 시선이 부르는 것이 아니다. 편향으로 가득한 세상은, 그의 표현대로 「미망의 세상」(102)이 주도하는 것인데, 그는 대상을 가리는 껍데기를 걷어치우고 그 속으로 들어가 대상의 맨살을 만지려는 몸짓을 보여준다. 그런데 그것은 거창하게 생각할 일이 아니다. 세상을 있는 그대로 보거나 '제 모습대로 제각기 본성대로 보'(「세상 바라보기」(102)면 되는 것이다. 이 글을 읽고 기억할 만한 중요한 대목 하나는,

> 티끌 하나 없이 푸른 하늘이든, 마른 장마로 비가 오락가락하는 하늘이든, 어느 하나 꼬집어 원망하지 않고, 산이 낮으면 낮은 대로 높으면 높은 대로, 내게 가까이 다가오지 않아도 불평하지 않는다. 고운 맵시 뽐내는 꽃이거나 보잘 것 없이 초라한 잡초일지라도, 푸념하거나 괄시하지 않는다.

이다. 어디에도 치우치지 않는, 이런 불편부당이 그의 인간과 자연과 사회와 역사를 바라보는 기본 시선이다. 이런 시선이 그로 하여금 자살로

끝낸 특정인에 대한 추모와 처연한 감정을 드러내게 했을 것이다. 그 이상도 이하도 아니다. 정치인 그에게서 그가 본 것은 어떤 특정 정치적 이념이 아니라, 자신이 그리는 '극락정토'의 세상일진대, 그 세상은 그의 표현대로라면,

> 학벌 돈 없어도 능력 발휘되고 인정해 주는 세상, 따돌림 없이 따뜻하고 원칙과 상식 통하는 세상, 좌우 날개 푸드덕거리며 마음껏 날아다닐 수 있는 세상, 이념이나 종교 달라도 서로 싸우지 않고 평화롭게 사는 세상,
>
> -(「봉하산 수광전」(133)) 부분

이다. "세상 어느 곳엔가 온갖 사람 꿈꾸는 세계"(「천자산에서」(107))를 줄곧 꿈꾸었던 그이기에 그를 그 정치인의 정치적 색깔에 끼워 맞추려는 것은 일종의 폭력이다. 그래서 그가 봉하마을에서 그 정치인을 생각하며 삼키는 눈물도 눈물이지만, '아우슈비츠'(「아우슈비츠 1, 2」(148, 149))에서 흘리는 눈물은 더욱 진실하고 순수해 보인다. 광기의 폭력 아래 수 백만의 인명이 학살된 그 현장에서 폭력 없는 세상을 꿈꾸며 흘린 눈물이기에 더욱 눈물겹고 아름다운 것이다.

이 눈물은 편향과 통념을 거부하면서 존재의 실존적 아픔과 슬픔을 느끼는 작가의 눈에서 흐르는 눈물이다. 이때 작가의 눈은 날카로우면서 따뜻하다. 그들의 눈은 남이 보고 느끼는 것, 그 이상의, 아득한 그 너머 혹은 그 깊숙한 깊이까지 들여다본다. 진짜 보는 눈은 그때 열린다. 「눈동자」(99)에서의 '눈'은 진짜 좋은 눈이다. 낙타, 소, 코끼리, 인력거꾼 노인, 무희, 구걸하는 어린이들과 같은 낮고 하찮은 존재들의 '눈'에서 한없

이 곤고하고 힘든 삶의 모습을 발견하는 눈이기에 그 눈은 좋은 눈이다. 하지만 '나'의 행동은 그것을 보아낸 눈과는 다르게 나타난다. 가령, 눈물 흘리며 지친 낙타의 흐릿한 눈동자를 바라보며 이색적 홍취를 맛보기 위해 낙타에 올라타는 행동이라든지, 무희의 곤고한 삶이 얼비치는 눈동자를 바라보며 아름다운 관능미에 빠져 바라본다든지,

> 야위고 구부정한 허리 힘주며 두 사람이나 태운 인력거의 페달을 밟으며, 남루하기 이를 데 없는 늙은 노인의 눈동자를 바라보며, 숱하게 오고가는 자동차와 자전거 사이로, 넘어질 듯 위태롭게 스쳐가는 소와 수많은 사람들 사이로, 곡예하며 굴러가는 릭샤의 딱딱한 의자 위에서 마음 편한 척하며, 이국의 어수선하고 복잡한 거리를 이리저리 눈길 돌리며, 탄성을 질러야만 했다.

그렇다. "나는 낯 뜨거운 이중적 사고를 하는" 모순적 인간이다. 그렇다면 그는 위선적인가. 그렇지 않다. 전혀 다른 효과를 그려내고 있다. 오히려 생각과 행동의 이런 불일치에서 오히려 그의 진실이 두드러지며, 감동 또한 전해진다. 그의 모순을 지적할 수는 있지만, 실천적 시혜가 없었다는 명분 아래 그의 '있는 그대로'를 비난할 수는 없다. 그는 위인이나 성인이 아니다. 선인도 아니다. 그는 한낱 '인간'일 뿐이다. 인간이 성인이나 위인을 시늉하여 꾸밀 때 위선이 자란다. 수필가 류준열의 글은 대체로 시늉이나 거짓이 없다. 적당히 감추거나 기교도 부리지 않는다. 오로지 솔직담백한 맛이 그가 쓴 글맛이다. 그런 까닭에 그의 시선에는 우직한 의문이 담기곤 한다. 「타지마할」(98)에서 그 웅장하고 화려한 건축물에 대해, 그 거대한 외형, 그것이 과연 먼저 간 여인에 대한 사랑의 표현이냐는 우직한 의문이 제기되기도 한다. 「병마용(兵馬俑)」(111)에서, 자신의 주검과 영혼을 지키기 위해 수많은 병마용을 만들어 무덤 속 자

신을 철통같이 호위하게 했다는 진시황. 아연한 일이다. '무상無常'의 보리菩提 앞에서 벌인 덧없는 '무상無常'한 일이라니. 사후에서의 권력까지 행사한 그에게 던진 의문—가령, 병마용으로 호위하게 해서 살아 생전 항시 따라다니던 죽음에 대한 두려움 사라졌을까, 그리고 영원불멸의 삶 이루었다고 여기며 편안하게 눈 감았을까, 따위의 의문은 소박하지만 타당하다. 혹여 그—진시황에게 '한 소식'(「응석사 방광」(115)) 보낸다면 이런 게 아닐까. '몸짓 흔들다 흙으로 돌아가더라도 가뭇없이 사라지는 게 아니라, 본래 제 있던 자리로 되돌아가는'(「화무(花舞)」(127)) 것이라는 것.

딴은 무명無明은 쉽게 걷히지 않을 것이다. 그것은 인간의 실존에 걸려 있는 운명이기 때문이다. 그러나 부단한 선정禪定과 만행의 글쓰기에 의해 '한 소식' 듣게 될지도 모를 일이다. '觀' 글쓰기는 그의 공언대로 앞으로도 계속될 글쓰기로 보이는데, 향후 지속될 그 오래고 긴 만행 끝에 그가 기어코 무명의 그림자를 푸는 '한 소식' 얻어 붉은 방광放光 사방에 뿌리며 돌아올 날이 그 언제일까.

그리고 바란다. 이 말을 해도 될까, 저어하면서 입에 말을 올린다. 그가 현직 교장인 한, 이 나라 교육판에 대한 사유와 성찰의 글쓰기가 없을 수 없다. 그것이 없다면 그의 이제까지의 글쓰기는 공허한 글쓰기이다. 이 글쓰기의 대상이 복잡하고 민감한 사안들이라 회피한다는 인상을 주기 십상. 사실을 따지면 그렇다. 이 나라 교육에 대한 만행卍行은 그 누구에게도 결코 삽상한 일이 아니다. 그러니까 그가 해야 한다는 것이다. 그 너머 혹은 그 깊숙한 곳까지 응시하는 눈의 그라면 말이다. 이 나라 교육 세상을 주유하며 살피는 만행의 글쓰기가 결코 만만찮은 일일 터, 아무튼 그가 교육판 '觀'의 글쓰기를 통해 '한 소식' 제대로 들려주기를 기대한다.

도끼글의 가능성

—윤지영의 수필 세계

재기 넘치는 박웅현(광고기획가)은 카프카의 예지가 번득이는, 다음의 인상적인 한 대목에서 카피로 뽑아 그가 읽은 감동적인 글 읽기 모음집의 제목, 『책은 도끼다』로 잡아내는 재치를 발휘하고 있다.

> 우리가 읽는 책이 우리 머리를 주먹으로 한 대 쳐서 우리를 잠에서 깨우지 않는다면, 도대체 왜 우리가 그 책을 읽는 거지? 책이란 무릇, 우리 안에 있는 꽁꽁 얼어버린 바다를 깨뜨려버리는 도끼가 아니면 안 되는 거야.
>
> —카프카, 『변신』의 「저자의 말」에서

'책은 도끼'가 되어야 한다는, 이른바 '도끼론'이다. 그 '도끼론'으로 사이비 글쓰기를 뜨끔하게 한 카프카에 빙의한 박웅현 역시 그 '도끼론'으로 이 세상의 모든 글쓰기를 겨누고 있다. 이 뜨끔한 '도끼론'을 듣고도 머리끝이 쭈뼛 서지 않는 글쟁이가 있다면 우리는 그의 글쓰기를 의심해야 한다. 도끼날의 처분을 기다려야 하는, 우리 안에 그 꽁꽁 얼어붙은 바다는 어떤 바다일까. 좀체 얼지 않는 바다이기에 얼어붙은 바다는 죽은 바다이거나 잠든 바다일 것. 그러니까 그 바다는 일상의 삶에 익숙하여 그 속에 갇혀버린 무반성의 삶이거나, 일상에 젖어 통념이 되어버린 형식과 무딘 사유와 죽은 비판력과 힘없는 지식들이거나 할 것이다. 이 죽거나 잠든 것들을 깨뜨리는 도끼가 되는 일이 글쓰기에 부과된 일이다. 도끼가 되지 못하는 글쓰기는 시나 소설에도 무수히 포진해 있지만, 수필 역시 도끼가 되지 못하는 글이거나 무딘 도끼날의 하나이다. 긴장감이나 감동이 부재하는 여행기를 비롯해서 일상 한담에 이르는 따분한 글쓰기는 삶은 없고 허연 살비듬만 날리는 공허한, 그래서 읽기도 피곤한 글쓰기이다.

윤지영의 글쓰기는 어떠할까. 그의 글은 과연 얼어붙은 바다를 깨뜨리는 도끼 같은 글일까. 도끼글을 쓰기 위해서는 자신이 먼저 도끼가 되어야 한다. 때릴 급소를 정확히 포착하고 어느 정도의 힘으로 가격해서 깨뜨릴 것인가를 고민해야 한다. 지금까지 그의 글쓰기는 크게 두 방향, 곧 여성성이 두드러지는 글쓰기와 그의 여성 속에 숨어있던 아니무스가 표출되는 글쓰기였다. 그의 수필집인 『찻잔 속의 반란』이 전자의 글쓰기라면, 그의 신문 칼럼집인 『붕어빵에는 붕어가 없다』는 후자의 글쓰기이다. 그렇다고 전자의 글쓰기에 후자의 글쓰기가, 후자의 글쓰기에 전자의 글쓰기가 전혀 없다는 것은 아니다. 전자에는 전자의 글쓰기가, 후자에는 후자의 글쓰기가 두드러진다는 그런 뜻이다. 해서, 그의 글쓰기의 문체는 여성성이 두드러지는 글에서는 부드럽고 감미로운 반면에, 아니무스가 표출된 글쓰기에는 바깥 세계에 대한 관심과 간여가 우세한 만큼 그 문체는 힘이 있고 논리적이다.

최근에 내가 읽은 그의 수필은 「여자는 목욕 중」 외 10여 편, 이 중에서 내 눈에 들어온 글은 「여자는 목욕 중」, 「액자 밖의 선서화」, 「그 섬에 가고 싶다」 그리고 「열려라 자물통」 등 네 편이다. 이 글들은 지금까지 그가 써 온 글쓰기의 두 방향, 곧 「여자는 목욕 중」과 같은 여성성이 드러나는 글쓰기와, 「액자 밖의 선서화」, 「그 섬에 가고 싶다」와 같은 아니무스가 드러난 글쓰기 외, 그 둘 사이에 있는 까닭에 그 둘의 성격을 다 갖추고 있는 「열려라 자물통」 같은 글쓰기이다. 그의 글쓰기가 과연 내가 생각하는 도끼글에 가까운 글인지는 꼼꼼히 읽고 찬찬히 따져봐야겠다.

알 듯 알 수 없는 깊이의 세계가 여성의 세계이다. 여성의 세계는 은밀하기에 그 세계의 깊이는 쉽게 드러나지 않는다. 「여자는 목욕 중」은 여성의 세계를 훔쳐볼 수 있는 적의한 글이다.

> 그대여, 여자가 몸을 씻는 이유를 아는가?

라는 유혹적인 물음으로 시작하는 이 글은 섬세하고 아름답다. 그리고 몸 씻는 이유를 묻는, 빤한 물음—그러니까 이 물음은 빤한 물음이 아니라는 뜻인 듯—에서 여성 세계는 남성 세계와는 다른 깊이를 가진다는 복선이 숨어 있다. 몸의 각질 벗기는 이유 말고 그녀들의 몸 씻는 이유는 무엇일까. 목욕은 목욕재계의 목욕에 그 본래의 의미가 있다. 자기 정화의 제의로서의 목욕이 바로 그 목욕인데, 그러나 그 목욕은 가족이나 집단, 마을공동체의 기복과 제액을 위한 기표와 기의로서의 목욕이기에 정작 목욕의 주체인 여성은 소외되어 있는 셈이다. 자기 정화의 제의가 여성 자아의 내부를 향해서가 아니라 여성 자아 밖의 세계를 향해 있기 때문이다. 이 물음은 목욕이라는 기표를 통해 여성의 자아—찾기의 내밀한 것을 드러내 보겠다는 물음이다. 그 물음에 대한 자답의 형식으로 그가 풀어놓고 있는 다음 몇 개의 화소에 주목한다.

> i) 나만의 세계가 분명하게 확보된 공간 속 여자에게 있어 입욕 전의 일상은 중요하지 않다.
>
> ii) 그 튼실한 표피의 세포 하나하나에는 아직도 '몸짓'이 아닌 '꽃'이 되고 싶은 간절함이 담겨 있다.
>
> iii) 비명소리가 터진다. 이 소리 없는 아우성은 여자들의 카타르시스다. (…) 여탕의 공론은 음담패설이 아니다. 원초적 본능을 건드리는 공통된 소통, (…)

i)에서의 '나만의 세계'에 눈이 쏠린다. 몸 씻는 이유를 풀어볼 수 있을 단서이다. 혼인 의례 이후로 여인은 세 개의 퍼소나−아내와 엄마와 며느리라는 세 개의 퍼소나에 갇히게 된다. 자아는 밀려나고 남편의 아내로서의 세계, 아이들의 엄마로서의 세계, 집안의 며느리로서의 세계에만 충실하게 된다. 그러니 '나만의 세계'는 없다. 밖의 세계 수행 층위에서의 퍼소나는 자아에 대해 권위적이고 억압적이다. 그가 표현했던 '거세된 욕망'의 숨은 뜻은 여기서 찾을 수 있다. 자신에게 가면(퍼소나)이 씌어짐으로써 자아의 욕망은 억압되어 거세되었던 것. 입욕 전의 일상−이 일상은 퍼소나의 세계로서의 일상일 것. 그러니 '입욕 전의 일상은 중요하지 않다'고 애써 부인하는 것일 듯−에서의 탈출이 곧 입욕의 세계이다. 입욕하면 곧 나만의 세계가 확보된다. 퍼소나의 세계가 명령한 규격의 옷을 벗어던지고 그 세계에서 일탈함으로써 '나만의 세계가 분명하게 확보'되는 것이다. 그래서 입욕 전의 탈복脫服행위는 흡사 퍼포먼스와 같은 상징 행위 또는 통과제의 같은 것. 자아와 세계가 분리되지 않았던 세계로 돌아갈 것을 꿈꾸는 공간이 입욕의 공간이다.

ii)에서 여자가 몸을 씻는 이유는 '몸짓'이 아닌 '꽃'이 되고 싶다는 것인데, 김춘수의 언어가 그대로 사용되고 있는 그것은 물론 존재감에 대한 열망이다. 엄마, 아내, 며느리와 같은 가짜 존재감이 아니라, '꽃'으로서의 진짜 존재감이다. 이 꽃이 여성의 기표로 기능하는 꽃이라면, 그러니까 외적 아름다움의 기표라면 이 글은 기대 밖의 생뚱한 글이 되고 만다. 물론 이 글은 내 기대에서 벗어나지 않는다. 다음 진술이 이어지고 있기 때문이다.

> 전망 부재의 내일과 젊은 날의 이상, 그 깊은 괴리 사이에 섭씨 40도의 온수를 끼얹고 또 끼얹는 것이다.

에서의 '젊은 날의 이상'에 주목한다. 이 대목은 '꽃'의 이미지에 결부되는 진술인데, '젊은 날의 이상'은 곧 젊었던 시절에 꿈꾸었던, '꽃'이 되고 싶은 이상이 아니었을까. 세계에 도도히 피어난 삶의 절정 같은 것. 누구라도 몸짓이 아닌 꽃이 되기를 욕망한다. 더구나 '전망 부재의 내일'이니, 젊은 날의 이상은 더욱 간절하고 그립다. '그 깊은 괴리'가, 그래서 더욱 꽃이 되고 싶은 뜨거운 마음-'섭씨 40도의 온수'-을 촉구하는지도 모르겠다.

iii)에서의 '비명소리'는, 그의 표현대로, '사우나탕에서의 실존적인 담론'인데, 그 담론은 곧잘 음담패설로 오인되기도 하지만, 분명히 "원초적 본능을 건드리는 공통된 소통"으로서의 담론이다. 페소나의 세계에서 억압되어 있던 것들을 해방-그의 표현으로는 '배설'-시키는 것이다. 인정한다. 그들의 몸 씻는 이유에 대한 확실한 인증이 될 만하다.

끝으로 다시 몸에 비누를 칠하면서, 여자가 몸을 씻는 마지막 이유가 될, 이 글에서 가장 아름답고 매혹적인 전언을 남긴다.

> IV) 프리즘처럼 빛에 의해 산란되는, 그 투명한 기표 속에는 수많은 별들이 들어 있다. 팔 · 가슴 · 허리 · 다리를 타고 미끄러지는 풍성한 거품의 움직임을 보라. 이것은 활발한 피돌기로 상기된 여체 위에서 은하수로 범람한다. 유년의 꿈, 방년의 소망, 너에게 나를 보낼 때의 약속이 아직도 그쪽에서 이쪽을 보고 있다. 무디어진 가슴 속에서 숨죽였던 자아가 새삼 꿈틀한다. (중략) 제 삶의 기호와 상징으로 존재하는 그 정제된 슬픔을 여인은 사랑하고, 또 사랑한다. 그래서 틈만 나면 즐겨 몸에 비누칠을 하는 것이다.

비누거품에서 별과 은하수가 연상되고, 여인의 유년의 꿈, 방년의 소망, 약속 등이 살아나고, 이제는 '무디어진 가슴 속에서 숨죽였던 자아가 새삼 꿈틀'하는 것이다. 비누는 여인의 '삶의 기호와 상징으로 존재하는 정제된 슬픔'을 자아내는 이미지이다. 그 슬픔을 여인은 사랑하는 것이며, 그래서 그들은 틈만 나면 목욕을 한다. 이제 알겠다. 그네들의 목욕의 이면을 알겠는 것이다. 그네들의 자아는 죽지 않고, 다만 무디어진 가슴 속에서 숨죽이고 있었던 것. 그 자아는 입욕의 공간에서 비로소 꿈틀하는 몸짓을 보였다는 것인데, 그래서 그네들의 그 입욕의 세계는 그네보다 더 무딘 가슴의 내게도 슬픈 일이다. 낡은 페미니즘의 권력에 의존하지 않고 목욕이라는 일상을 통해 여성의 '거세된 욕망' 또는 여성의 자아-찾기에 대한 무의식을 드러내고 있는 이러한 글쓰기는 기왕의 수필판에서 쉽게 접할 수 있는 글쓰기가 아니다.

두 번째 글쓰기는 어떨까. 「액자 밖의 선서화(禪書畵)」를 통해 그 가능성을 타진해 보자. 「액자 밖의 선서화(禪書畵)」는 그의 아니무스－아니무스는 여성 속에 숨어있는 남성성인 까닭에 아니마에 비해 합리적이고 비판적이며 따지고 드는 경향이 있다－가 발동되어 사회 기류에 대해 부정과 비판의 시선을 꽂은 글쓰기이다. 깊은 울림이 없는 부정과 비판은 오래 가지 못한다. 이런 글쓰기는 성공할 확률보다는 실패할 확률이 높다. 그 실패는 사회의 부정적 기류에 대한 적절한 거리 유지의 실패에서 연유한다. 내부의 적절한 제어 기능이 떨어진, 그래서 정제되지 않은 직정直情이 일거에 분출됨으로써 읽는 이는 그의 기대와는 달리 무덤덤하거나 심드렁해진다. 왕왕 시사비평인지 수필인지 헷갈리는 글쓰기를 보는 괴로움이 더러 있다. 글쓰기도 일종의 연기演技가 아닐까 하는 생각이 들기도 하는데, 직정의 다스림 때문이다. 읽는 이가 반응하기도 전에 먼저 반응하여 읽는 이의 반응을 유도하려는 전략은 거의 파탄에 직면한다. 이런 측면에서, 그의 비판적 글쓰기는 그의 직정이 적절하게 제어된 글쓰기로 보인다. 자신의 성냄을 적절히 제어한 데에서, 설정된 서사를 긴장된 국면으로 이끄는 적절한 의장意匠－'발가락 통증'이 그것인데, 그의 비판을 어설픈 비판과 차별화하는 의장이다－의 설정에서, 이 글은 읽을 만한 조건을 제대로 갖춘 글이다. 그 대략의 서사는 이렇다.

i) 글쓴이는 선서화 전시회 초청을 받았다.

ii) 그런데 그 선서화가의 전시회는 일반인들의 그것과 조금도 다르지 않았다 : 거물급 귀빈 소개가 지루하게 이어지고, 그 거물급 귀빈들이 나와서 축사 또는 덕담을 하고, 덕담에 이어 작품에 대한 평판이 계속 이어진다.

iii) 귀빈 소개가 지루하게 시작된 그때부터 글쓴이의 발가락 통증이 시작된다.

IV) 전시회 공간을 빠져나오면서 통증은 가라앉고 그의 시야에 억새밭과 투명한 하늘과 백로들이 들어온다.

카프카의 얼어붙은 바다의 하나로 나는 통념을 지목한다. 일상에 편재하여 지배하고 있는 의식이나 현상들에 숨어 있는 음험한 통념은 알게 모르게 억압적이지 않은 듯 억압적이다. 현실에서 통념을 따르지 않는다는 것은 자신을 격리시켜 스스로를 매장하는 자살 행위와 다르지 않다. 1930년대에 대한 절망(/권태)이 이상의 권태(/절망)를 낳았다면, 이 시대의 절망은 통념이 낳고 있다. 통념의 실체와 허위성에 대한 자각은 그것을 폭로하려는 혁명적 시도로 이어지기 마련이다. 그 혁명의 전위는 대개 문학예술이 주도했던 것인데, 통념에 기반한 권력은 통념에 반하는 불온한 기미들을 지목, 경계 · 감시하고 색출해서 감금하고 처단해 왔다. 그것의 방증 텍스트의 하나는 민담이다. 비극적 민담의 주인공—아기장수는 그 대표적인 주인공이다—은 통념에 반하는 존재였을 것이었을 것. 그에 의해 자신의 권력 체제가 흔들려 붕괴될지도 모른다는 권력자의 위기의식이 그를 제거하게 했을 것. 통념은 그래서 억압적이고 체제적이다.

압도적인 불특정 다수에게 통념이 통념으로 자각되거나, 혹 그것을 무너뜨려야겠다는 의식이 생기거나 하는 경우는 없다. 세계를 인식하는 힘이 없거나 그 힘이 달리는 까닭에서이다. 출간기념회나 전시회도 통념의 일환이다. 그것의 인상은 처음부터 타기되어야 할 정도의 나쁜 것은 아니었지만, 무개념의 낡은 통념의 질서에 휘둘린 결과, 불행하게도 좋은 인상을 남기지 못했다. 무개념의 통념에 대해 문학예술이 삐딱하게—이 삐딱함은 곧 불온함인데, 김수영의 '불온' 운운 이전부터 문학은 기질상 본래 불온하다—대결하지 못한 데서 온 비극이다.

나는 보았다. 무소유를 추구한다는 선서화, 그 소욕지족(少欲知足)의 철학을 생활화하기 위해 끊임없이 전진한다는 작가, 그가 재차 부각시킨 세속의 화려한 인맥들, 그들이 낸 수북한 축의금, 칭찬 일색으로 이어진 평설, 이들 사이에 놓인 깊은 간극을…….

기실 무소유는 불교만의 것도 아니고, 그것을 글로 쓴 법정만의 것도 아니다. 더욱이 입으로 외칠 것도, 글로, 그림으로 떠벌릴 것도 아니다. 물론 그것은 물질적이 아니지만, 말로 외치고 글로, 그림으로 떠벌리는 순간, 물질적이 되고 만다(무소유를 화두에 올리면, 내게는 시인 천상병이 법정보다 한 수 위로 다가온다. 불가승의 가난은 마땅한 가난이어서 범상한 가난이지만, '가난은 내 직업'(「나의 가난은」)이라며 평생 가난을 직업처럼 살았던 천상병의 가난은 범상치 않은 가난이다). 무소유가 선서화의 선과 색의 물질의 형태로 나타났을 때 무소유는 거기에 없다. 뱀은 없고 뱀 허물만 남아 있는 자리. 그 자리는 뱀(/무소유)을 우롱하는 자리이다. 무소유를 추구한다는 선서화가 전시회를 한다고 했을 때, 그 자리는 무소유의 자리가 아니라 무소유로 가장한 소유의 자리이다.

대개의 전시회는 메두사의 얼굴이다. 메두사의 얼굴을 대하는 이는 대하는 순간 돌이 된다. 그 선서화도 전시회를 대하는 순간 돌이 되고 말았다. 비극이면서 희극이다. 그 비극이자 희극은, 더 정확하게는, 죽은 이는 소외되어 있거나 죽음의 자리에 있어야 할 죽음은 정작 사라지고 없는 현대의 장례식장에서 벌어지는 비극적 희극과 같은 성질의 것이다. 그래서 그 전시회는 우리에게 캄캄한 절망을 안긴다. 절망 끝에 나온 그의 눈에 들어온 풍경 하나.

차창 밖으로 저 멀리 억새밭이 보였다. 투명한 하늘과 텅 빈 지평에서 노니는 백로들, 그 풍경은 아무것도 갖지 않을 때 비로소 많은 것을 얻는다는 진리를 일깨워주는 액자 밖의 선서화였다. 해설이 필요 없는 만추의 역리(逆理)가 일몰 속에서 눈이 부셨다.

그 풍경은 억새밭과 투명한 하늘과 텅 빈 지평에서 노니는 백로들이 어우러진 풍경이다. 이 풍경이 곧 '액자 밖의 선서화'인데, 이 풍경의 발견은 액자 속의 선서화를 반성하게 하는 발견으로, 수필가의 눈이 행여 놓쳐서는 안 되는 소중한 발견이다. 게다가 여운을 남기는 마무리로 처리한 결구의 깔끔한 문장은 그 발견을 더욱 돋보이게 한다. 그런데 '아무것도 갖지 않을 때 비로소 많은 것을 얻는다' 운운한 대목은 차라리 침묵으로 비워두는 편이 낫지 않았을까. 그랬으면 그의 저의가 깔리면서 글의 무게가 더욱 실리는 쪽이 아니었을까. 이미 그 이치는 따옴글의 풍경에서 말해지고 있기 때문에 사족으로 비치는 이유에서인데, 풍경의 제시에만 그치고 침묵했더라면 비판적 파동이 계속 울리는 글이 되었을 것이라는 아쉬움이 있다. 침묵은 때로 말하기 이상이다. 자장이 그만큼 커기 때문이다.

'액자 밖 선서화'가 「액자 밖의 선서화」에서 백로가 노니는 풍경이라면, 「그 섬에 가고 싶다」의 '액자 밖 선서화'는 G 선생과 노학자 A 교수의 풍경이다. 두 글의 공통 화소는 축하자리 초청인데, 그러나 「그 섬에 가고 싶다」의 초청은 앞의 글의 초청과는 '기류'의 층위에서 격이 다르다. '신선한 기류'의 결핍(「액자 밖의 선서화」)과, 그것의 충족(「그 섬에 가고 싶다」)이라는 점에서 후자는 전자의 결핍을 보전하는 글쓰기로 읽힌다.

‘신선한 기류’가 감지된 G 선생의 출판기념회는 통념 의례가 일체 생략되어 있다. 축의금 접수, 내빈 및 약력, 가족소개 등의 통념 의례는 물론, 식후 이벤트―그가 말하는 식후 이벤트는 어떻게 하는 이벤트일까―조차 없는 조촐한 자리에서 그는 ‘진정한 문학의 길’에 대한 기류를 감지한다. 따지자면, ‘진정한’과 ‘문학의 길’의 조합은 어색한 조합이다. ‘문학의 길’은 그 속에 이미 ‘진정한’이 품겨 있는 까닭에, ‘진정한’은 잉여적이다. 췌언이지만, 문학의 길은 운위되지 않을 때 가장 건강하다. 그것이 운위되는 순간, 그 길은 이미 훼손되어 있다는 것. 이 세상에 순결한 것이 어디 있겠냐만, 문학도 예외는 아니다. 그의 ‘진정한’은 모르긴 해도 문학의 순도가 예전 같지 않음에 촉각을 세워서일 것인데, 그래서 그의 ‘진정한 문학의 길’ 운운은 문학의 힘이 탕진되어 달리고 있다는 사실을 확인하게 하는 우울한 대목이다.

‘진정한’의 세계는 곧 노학자 A 교수의 세계이다. A 교수는―문학가라기보다는 문학을 연구하는 인문학자인 그는, 무려 50여 권이 넘는 인문학 저서를 발간하고도 출판기념 한 번 가진 적이 없을 뿐더러, 그의 제자들이 한 번만 출판기념의 자리를 마련할 수 있는 기회를 부탁해도 그 간절한 부탁조차 들어주지 않았다는 것이다. 한마디로 통념에 굴복하지 않았던 것인데, 출판기념은 통념의 유혹에 넘어간 것을 의미한다. 그 통념은 대체로 허세와 허영과 위선 따위의 숙주이다. 이들 기생들은 기득권을 보유한 데 따른 저급한 사유에서, 삶에 대한 식어버린 열정이나 사랑에서 발균한다. 지리멸렬한, 허튼 세상의 모습이다. 이런 허튼 세상에 그가 바라는 ‘섬’은 어떤 세계일까. ‘진정한’의 세계, 그러니까, 통념의 세계를 기피하는, 나아가, 그 세계의 질서에 맞서는 세계일 것인데, 요는, 본질적으로 문학의 지향 세계는 ‘섬’의 세계라는 것이다. 수필의 세계 또한 크게 다르지 않을 것. 수필의 문학적 현주소는 어떠할까.

뼈아픈 말이지만, 수필의 아킬레스건은 문학성에 있다. 까놓고 말하면, 수필도 문학이냐는 것이다. 답답하다. 답답하지만, 받아들여야만 풀리는 문제이기도 하다. 그것을 부인하려 들면 먼저 수필이 문학이라는 증거를 확실히 내보여야 한다. 그러나 그렇게 하기에는 수필판이 너무 졸卒, 拙판이 되어 있다. 그런데, 누가 말했던가, "붓 가는 대로만 쓰면 수필이 된다"는 이상한 수필론의 졸판에 반기를 든 글이 윤지영에게서 발견되었다. 「열려라 자물통」이 그것인데, 그 반기의 혐의는 형식에서 뚜렷하다. 형식은 내용의 형식이어서 문학성의 첫째 가늠자이다. 두 개의 이야기를 나란히 배치하지 않고, 겉과 속에 각각 배치하여, 두 이야기가 서로 연결되거나 얽히는 방식으로 설계되어 있다. 그러니까 겉이야기가 속이야기를 껴안게끔 되어 있는 구조인데, 대체로 소설에서 자주 잉용되는 방식이다. 결론적으로 이 글은 문학적 골격이다. 겉과 속의 이야기는 이렇다.

> i) 겉이야기 : 글쓴이가 여행 숙소에서 트렁크 비밀번호를 몰라서 짐을 풀지 못하고 있다가 그의 남편이 알려준 비밀번호를 통해 트렁크를 열게 되었다.
>
> ii) 속이야기 : 젊은 연인들 사이에 생긴 새로운 풍속도가 있는데, 가령, 남산 타워에서, 자물통 세트를 구입한 연인들이 그 표면에 '영원한 사랑' '세상 끝까지' 따위의 문구를 써서 하트를 씌운 다음, 두 개를 서로 묶어 철망에 걸고 인증샷을 날린 뒤, 멀리 열쇠를 던져버린다. (…) 그러나 일부는 머지않아 각자 예전 상태로 되돌아가곤 한다.

주술에 기대는 현대인의 아이러니가 ⅱ)에서 발견된다. 현대는 문명을 통해 현대가 된 것인데, 그 현대는 문명을 앞세워 일찍이 주술을 축출하지 않았던가. 그런 현대가 주술에 의지하는 이 아이러니라니. 이 아이러니는 이미 심각한 틈새를 드러내면서 파국을 예고하는 복선이 된다. 외형의 유사성에만 치중했던 그들이기에 그들의 파국은 필연적이다. 대상 주술에서 그 주술에 거는 욕망을 충족시키는 것은 주술 대상 그것이 아니라, 그 대상에 온 마음을 기투하는 사람의 심리라는 것이다. 자물통에 사랑의 의식을 거행한 뒤 열쇠를 버리면 사랑은 영원하겠지, 라는 믿음은, 글쎄, 이미 금이 가서 깨어진 믿음이다. 사랑의 본질은 기실 결핍이라는 것을 간과했던 것인데, 그래서 실존적이고, 실존적이니 그들의 관계는 흔들리는 존재 방식이 된다. 그 흔들릴 때에 맞춤해서 마음 한 켠에 비상 열쇠 하나 정도는 숨겨두어야 하는 숨은 지혜를 발휘했어야 하는데, 어쩌랴. 그에 따르면, '신행길 심산유곡에다 열쇠를 버린 커플일수록' 연인 이전의, 그러니까 그 둘의 관계가 파투가 날 공산이 크다. 왜 그럴까. 그 까닭을 그는,

> 자물통이 열쇠와 분리되는 동시에 간극의 요소가 발생하게 된(다.)

것이라고 진단한다. 그의 이 진단은 아주 적실하고 명쾌한 진단이다. ⅰ)의 겉이야기(열쇠/비밀번호 있음)와 ⅱ)의 속이야기(열쇠 없음)가 대립관계인 두 이야기는, 그래서 긴장 국면에 있다. ⅰ)에 대해 ⅱ)는 해결 방법을 제시하는 구조이다. ⅰ)이 ⅱ)에게 건네는 충고는 '막힌 부분은 열쇠로써 풀어야 한다'이다. 그러나 어쩌랴. 그 열쇠는 숲 속으로 날아가 실종되어 있고, 남은 것은 열쇠가 없음에서 생긴 둘 사이의 분리와 간극뿐. 열쇠가 없는 비극적 결말의 ⅱ)와는 달리 열쇠(비밀번호)가 있는 ⅰ)의 끝

에는 '코끝에 퍼지는 아로마'의, 아주 매혹적인 감각이 배치되어 있다. 그 감각은, 그의 표현대로, '서로 다른 무질서가 변증법적인 긴장 과정을 통해 질서로 다듬어'진 데에서 결과된 감각일 것이다. ii)의 젊은 연인들은 그래서 그의 다음 한마디를 경청할 필요가 있다.

> 부족한 부분을 채워 가며 살아가는 의리는 한 번 잠근 뒤 개폐를 차단하는 소유욕이 아니다. 상황에 따라 여닫을 수 있는 화해이며 해결이다.

이 메시지는 훈계조이거나 계몽조의 것이다. 훈계나 계몽이 다른 글쓰기 의장을 통하지 않은 채 진부하게 관념 그것만 전달하려 했다면 이 글은 읽기 따분한 윤리 담론에 그치는 글이 되고 말았을 것. 윤리 담론의 글쓰기는 글 쓰는 쪽에는 게으른 인상을 안기고, 글 읽는 쪽에는 하품 나게 하는, 그래서 비탄력적 글쓰기이다. 그러나 이 메시지는 두 이야기의 구조적 긴장을 통해서 전하는 것이기에 탄력적이다. 그리고 그 구조는 형식적 긴장 속에 따뜻함이 배어있는 구조이기도 한데, 그것은 i)의 (어른의) 이야기가 ii)의 (젊은 연인들의) 이야기를 포대기로 싸서 안고 있는 형국이기 때문이다. 따라서 이 글쓰기의 액자 구조는 형식은 내용의 형식이라는 반영적 관점이 유효하게 적용된 글쓰기 방식이다. 딴은, 잠든 형식의 얼음바다를 깨뜨리는 도끼글의 가능성을 지닌, 그래서 내가 유효한 형식의 글이라고 생각하는 글쓰기이기도 하다.

수필의 얼음바다는 멀리 있는 게 아니라, 수필 내부에 있다. 말하자면 수필의 적은 기실 수필이라는 것인데, 수필은 누구나 쓸 수 있지만, 누구나 쓴 글이 모두 수필이 되는 것이 아니라는 기준을 훼손하는 데에서 그런 검안 결과가 나온다. 수필의 현실은 깊이 들여다보지 않아도 안타까운 실정이다. 시, 소설에 비해 글쓰기의 저변이 지나치게 넓은 데에서, 그리고 수필이라고 쓴 글에 대한 검열이 느슨한 데에서 긴장 부재의 글쓰기가 횡행하고 있는 것이다. 그러다 보니 가짜들이 득실대고 수필의 질적 저하가 두드러졌을 것. 수필의 되삶을 위해서 엄격한 검열을 통한 숙정이 이루어져야 하지 않을까. 나아가 수필의 얼음바다에 대한 성찰적 공안公案도 필요하지 싶다.

내게 얼음바다로 인식되는 글이라면, 이를 테면, 형식은 내용의 형식이라는 인식적 고민이 보이지 않는 나른한 연대기적 기술의 글이거나, 난삽한 언어에 묻혀 형안은 꺼져 있는 사변적인 글이거나, 유희, 허영에 들뜬 갤러리형의 글이거나, 사회 현상이나 현안에 대해 글쓴이의 초자아가 과하게 노출되어 있는 글이거나, 삶의 현장이 실종되어 있거나 그 실감이 물커덩 느껴지지 않는 '賞春曲'류의 고답적인 글이거나, 하는 따위의 글들이다. 이런 글들이 숙정되고 살아남은 수필의 싱싱한 얼굴을 보는 날이 고대 왔으면, 또한 가볍고 쉬운 글쓰기가 수필이라는 단견을 떨치고 수필이야말로 삶의 경험을 지혜로 연역하는 연금술적 글쓰기라는 무거운 인식이 뿌리 내리는 날이 어서 왔으면, 그리고 모든 글이 도끼글이 되어 도끼글이란 말 자체가 낯설게 여겨지는 그런 날이 왔으면 하는 바람이다.

입사형(入社型)의 세계

–고동주의 수필 세계

오르테가 이 가셋은 『예술의 비인간화』(1925)에서, 현대예술은 인간적인 것으로부터 탈출, 비인간화의 예술, 곧 인간적 요소를 될 수 있는 한 많이 제거한 예술을 지향할 것이라고 전망했다. 그가 "인간이 끝나는 지점에서 시인이 나온다"고 했을 때의 '시인'은 현대예술을 지칭하는 것으로, 탈인간화, 탈상식화의 길을 걷는, 그래서 생활과 구별되는 예술이다. 그러니까 '비인간화'는 예술의 난해성에 대한 개념인데 인간적 시점으로는 이해하기 어렵다는 것이다. 지금의 예술 경향은 그의 전망에 거의 정확하게 일치하고 있다. 시는 물론, 소설까지 '인간이 끝나는 지점'으로 가고 있는 행보를 보이고 있지 않은가. 그런 면에서 수필은 여전히 인간적 시점을 견지하고 있는 인간적인 문학이다. 인간이 끝나는 지점이 아니라 인간이 지속되는 지점을 포착하고 있기 때문이다. 수필의 자리는 바로 그 자리이다. 수필이 그 자리에 있을 때 비로소 수필의 본령이 나타난다. 내가 읽은 고동주의 몇몇 수필은 그 자리에 있었다.

고동주의 수필은 크게 과거시점과 현재시점의 글쓰기로 구분된다. 대체로 수필은 현재시점의 글이 대개인 것을 감안하면 그의 과거시점은 유별난 것이다. 그것은 그의 삶에서 그의 과거가 차지하는 중요성의 한 측면을 시사한다. 과거는 유년 지향일 것인데, 그의 유년 지향은 유년의 자유로운 꿈에 대해 몽상하고 사유한 바슐라르와는 현격하게 다르다. 그의 과거시점의 글을 읽으면서 의미심장한 한 구조를 발견하게 되었다. 그것은 우리 고전소설 가운데에서, 특히 영웅소설의 서사 구조를 이루는 모티브인데, 그의 글에서 그에 상당하는 모티브—물론 고동주의 글에 나타난 그의 삶이 영웅소설의 그것과 전면 일치하는 것은 아니고, 몇 가지 요소에서만 부합되고 있다—를 추출할 수 있었다는 것이다. 영웅소설의 기본 모티브는 다음과 같다.

i) 고귀한 혈통을 지니고 태어났다.
ii) 비정상적으로 잉태되었거나 출생했다.
iii) 범인과는 다른 탁월한 능력을 타고났다.
iv) 어려서 기아가 되어 죽을 고비에 이르렀다.
v) 구출, 양육자를 만나서 죽을 고비에서 벗어났다.
vi) 자라서 다시 위기에 부딪혔다.
vii) 위기를 투쟁으로 극복해서 승리자가 되었다.

여기서 i), ii), iii), vi)는 고동주의 삶과는 무관하거나 그의 수필에서는 찾을 수 없는, 또는 확인할 수 없는 요소이다. 그와 관련되는 요소는 iv), v), vii) 부분인데, 이들 부분도 조금씩 변형시켜서 받아들여야 한다. 가령, iv)는 '어려서 기아(천애고아)가 되어 의지가지가 없게 되었다'로, v)는 '숙부의 헌신적인 양육을 받았다'로, vii)는 '불우한 환경과 여건을 극복해서 소기의 성취를 이루었다'로 고쳐 읽어야 한다. 여기서 추출되는 의미소는 유기遺棄－조력－입지－성취이다. 고동주의 세계는 입사의 단계를 거치지만, 영웅적이라기보다는 입지전적이다. 그의 입지전적인 과정에는 입사入社의 시련과 그것을 넘어서는 과정까지 노정되어 있다. 물론 그것은 그의 글쓰기에서 발견된 것이다. 따라서 이 글은 그의 글쓰기에 나타난 잠재적 네 단계－유기遺棄－조력－입지－성취－의 위에서 씌어진다.

그가 어린 나이에 기아(천애고아)가 되었다는 사실은 「팔월이 다 가던 날」의 처음 대목인,

> 나는 지금도 여섯 살 된 아이를 만나면 그 보드라운 고사리 손을 가만히 만져본다. 그럴 때마다 어릴 적 내 손을 잡아보는 것 같은 기분에 젖는다.

에서의, 여섯 살 된 아이의 손을 만져보면 어릴 적 내 손을 잡는 것 같은 기분에 젖는다는 대목에서 더듬어 알 수 있다. 천둥벌거숭이의 여섯 살 나이에 기아(천애고아)가 된 것이 분명해 보이는데, 「감동 만들기」의 다음 한 대목을 읽으면 여섯 살 이전으로 더 거슬러 올라갈 개연성도 있다.

> (…) 유일한 보호자였던 숙부께서는 뒤늦게 조카의 출생신고를 하면서 음력 생일을 양력인 양 표기해 버렸고, 그런 사실을 철이 들었을 때 알려 주었다.

'뒤늦게 출생신고' 운운이 그런 혐의가 드는 대목인데, 설마 출생신고를 여섯 살이 될 때까지 미루지는 않았을 것이고, 그렇다면 태어난 그해보다 뒤늦은 그 이듬해, 아니면 그 이듬해의 다음해 정도로 추정되는 것

이다. 충분히 짐작되고도 남음이 있지만, 고아가 된 어린 그의 세계는 어떠했을까.

> 어쩌자고 그 어린 나이에 양친을 다 잃어버리고 격랑 앞에 나섰던가. 마구 불어 닥치는 바람, 추위, 어둠, 외로움, 쓸쓸함 등을 그때 그 철부지는 혼자서 감당할 수가 없었다. 캄캄한 밤이 무서워서 그냥 울어버렸던 것만 지금까지 기억에 남는다.
>
> –「팔월이 다 가던 날」에서

어린 그의 세계는 바람과 추위와 어둠과, 외로움과 쓸쓸함으로 환기되는, 거칠고 춥고 어둡고 컴컴한 실존의 세계였다. 위에서 '유기遺棄'라는 표현을 썼는데, 그것의 사전적 뜻은 부모로부터 버림받는다는 것이어서, 어려서 부모를 잃은 고동주에게는 적합지 않은 표현인 것은 분명하다. 그러나 세계는 부모의 보호가 절실한 어린 나이에 부모의 현존을 부재하게 함으로써 세계는 그를 버린 것이나 마찬가지, 따라서 실존적 층위에서 그는 유기된 것으로 볼 수 있는 것이다. 희극적 세계로부터 그는 그렇게 차갑고 어두운 세계 속으로 내던져진 것이고, 그렇게 그를 참담하게 내던진 그 세계는 그래서 그의 실존을 위협하는 세계이다. 세계는 기아인 어린 그를 보호해야 하지만, 보호하지 않고 유기하는 비극적 아니러니의 구조이다. 신화적인 층위에서 이 구조는 겨울의 미토스이다. 그의 수필에서 작중 배경이 실제 겨울인 것은 「군불」에 불과하지만, 그의 불우한 유년이 드러난 과거시점의 글쓰기는 대체로 신화적 겨울의 미토스 아래에 있다.

그의 글쓰기는 어렸을 적 유기되어 서러운 외톨이 의식을 드러낸 글로써 시작된다.

> 어릴 때, 어버이를 여읜 서러운 외톨이의 고향은 이미 따스한 정이 식은 타향이던 것을…….
>
> —「동백의 씨」에서

발표 시점은 그의 나이 52세이었던 해인데, 그의 시발점이 되는 글쓰기에 유기의식의 일단이 드러나 있다는 것은 그의 무의식 속에 그것이 깊이 들어가 있다는 증좌이다. 혈연적 유대인 숙부는 그의 외롭고 두려운 실존을 붙들어주는 조력자이다. 그에게 헌신적인 사랑과 관심을 쏟은 숙부로 인해 그는 위기의 실존을 버텨내었으니 숙부는 그의 제2의 탄생을 가능하게 한 정신적 아버지였다. 「팔월이 다 가던 날」에서, 그가 숙부의 영전에 바친 조사 형식의 글에서 숙부는 아버지로 호칭되고 있다. 숙부는 그를 다시 태어나게 한 아버지이기에 그 호칭은 자연스럽다.

> 당신께서는 육지에 있는 학교에까지 나를 유학 보내실 정도로 조카의 장래를 생각하셨다. 그 당시 유일한 젖줄인 토지를 팔아 학비를 마련해 주신 것이었다.
>
> —「꽃다발」에서

> 겨울 바다에 나가 종일토록 시린 손끝으로 낚아올린 감성돔은 모두 상인들의 손에 넘어갔고, 그 수입의 일부는 조카의 학비에 충당되었다.
>
> —「팔월이 다 가던 날」에서

> 며칠 동안 힘든 작업의 대가와 함께 받은 대 값을 고스란히 내 손에 쥐여주던 순간, 나는 뭉클한 감동에 몸을 떨었다.
>
> —「팔월이 다 가던 날」에서

유일한 젖줄인 토지를, 겨울바다에서 시린 손끝으로 낚아올린 감성돔을, 집 뒤의 대나무를 팔아서 그의 학비를 마련했던 숙부는 불씨의 존재가 아니었을까. 영하의 혹한에도 불을 지피지 못하고 이불을 뒤집어쓰고 지내야 했던, 뭍의 어느 달동네에서 자취하던 조카를 위해 땔감을 장만하여 손바닥만 한 조각배에 나무를 싣고 얼어붙은 밤바다를 다섯 시간도 넘게 노를 저어서 왔던 그 숙부였기에 그는 더욱 불씨의 존재였다. 불의 현상학은 수직성에 있다. 수직성의 불은 하강 국면에 있는 존재를 상승 국면으로 끌어올리는 역동성이 있다. 그러니까 방치했더라면 아득한 바닥으로 떨어져 꺼졌을지도 모르는 그의 하강적 삶을 솟구치게 한 숙부는 수직성의 불길이었다는 것. 숙부가 그에게 내민 불길은 아이러니한 세계로부터 그를 지키는 불길이면서 그의 내면을 풍요롭게 한 불길이었다.

> 그런 연유로 나의 가슴에는 불씨 하나가 생겼다. 그 불씨는 지금까지도 꺼질 줄 모른다. 나이 들수록 더욱 선명해지고 뜨거워지는 느낌이다. 그 열기 때문에 일찍부터 설움덩어리의 외로움도 눈물도 녹아버렸다.
>
> —「군불」에서

'숙부님의 가슴 속에서 은근히 타고 있는 모닥불'(「군불」)에서 발화된 '불씨'는 그에게 옮겨와 그에 의해 '이웃을 보살피는 삶을 감당할 수 있'(「군불」)을 대승적 차원의 불길로 번져나갈 것인데, 그 불길의 결과는 지역공동체의 삶을 감당하는 초대 민선 통영시장과 2대 시장 당선으로 나타났다. 그의 삶과 의식에 뿌리박혀 있는 숙부는 자칫 꺼졌을 수도 있는 그의 삶에 불을 지핀 불씨이면서, 나아가 그의 위태로운 실존을 지탱해 준, '내면적인 중심'으로 기능했던 큰나무의 존재였으며, 적어도 어린 나이의 그에게 있어, 그의 현존을 가능하게 한 희극적 세계의 큰 주체였던 것이다. 그의 삶에서, 이른바 '숙부의식'으로 개념화되는 이 의식은 그래서 그의 삶 전반에 깊이 내린 뿌리이며, 그 뿌리는 그의 과거와 현재의 양쪽 모두에 뻗쳐 있다.

불씨와 큰나무로서의 숙부의식은 현재시점에서도 여전히 유효하다. 그 유효함은 현재시점의 수필에서 입증되고 있다.

> 외적으로 부족한 것을 이겨낼 수 있는 힘은 돈 주고도 살 수 없는 것이다. 바다를 집어삼킬 듯했던 태풍 속에서도 침착할 수 있는 지혜는, 성장기 시절에 숙부님의 따뜻한 손길을 감지하며 자라난 덕택이며, 성상 같은 그분의 인품 밑에서 세상사는 법을 터득하여 열심히 살아온 결과가 아니겠는가.
>
> ―「꽃다발」에서

파블로 네루다는 그의 시 「과거」에서, "과거는 계속 떨어진다/비록 그게/가시들과/뿌리들을 쥐고 있다고 하더라도/그건 갔고, 그건 갔으며, 이제/기억은 아무 의미도 없다"면서 "과거를 버려야 한다"며 과거와의 단절을 선언했지만, 고동주의 과거에 대한 생각은 네루다와는 현격하게 다르다. 그의 과거는 그의 현재를 살아 있게 만든, 그래서 그의 현재 속에 충만하게 살아 있는 과거이다. 범상한, 위의 진술은 과거의 힘을 표나게 중시하는 대목인데, 그러니까 그는 과거의 힘인 숙부에 힘입어 입사 제의의 시련을 성공적으로 넘어섰다는 것을 시사하고 있다. 따라서 그의 현재는 그의 과거와는 무관하게 나타난 돌연한 것이 아니라, 그 과거가 원인 작용을 한 데에서 현재의 '지혜'와 '세상사는 법'이 '터득'된 것이라고 보는 것이다. 해서 그의 현재시점의 글쓰기는 입사의 시련을 극복한 '성취' 단계에 있는 글쓰기로 보인다.

현재시점의 글쓰기는 과거의 연장선 위에 있다는 연속성의 차원에서 크게 두 방향의 길이 모색되고 있다. 주변의 소소한 일상에서 자신이 걸어온 삶의 궤적, 곧 입사의 시련을 극복하는 과정이 추출되는 의미를 연역하는 방향이 그 하나이고, 숙부와 같은 불씨와 큰나무에 대한 인식이 투영된 글쓰기가 다른 하나이다. 이 글쓰기는 우연이라고 보기 어렵다. 현재시점의 첫 번째 글쓰기로는 「그 아픈 이야기」가 있다. 입사의 과정을 토대로 쓴 것 같은 인상을 주는, 그래서 그의 삶이 유추되기도 하는 수작이다. 진주가 만들어지는 과정에서 겪어야 하는, 진주를 탄생시키는 진주조개의 아픔과, 불기운의 높고 낮음과 길고 짧음의 조화에서 다양한 빛깔이 빚어지는, 이렇게 아주 어렵게 태어나는 청백자의 색깔일수록 아름답고 신비롭다는 비의를 인식한 글이다.

> 수술을 마친 조개는 임산부를 다루듯 보름 동안 요양을 시킨 후 채롱에 넣어 바다 뗏목에 매달게 된다. 수술의 자국이 아물고 나면 조개의 자궁 안에 들어온 이물질인 핵과 또 싸워야 한다. 어둡고 아프고 고통스런 비탄 속에서 몸부림할 때마다 이상분비물이 생기고, 그 분비물이 핵을 서서히 둘러싸게 되면 엷은 진주층이 한 겹씩 쌓이게 된다. 밤하늘의 달과 심해의 어둠이 만들어 낸 역설의 광채. 그래서 진주는 인어의 눈물방울이라 했던가. 이런 시련을 2년여 견디는 동안 그 밑에 달린 수많은 진주조개의 신음이 들리는 듯하다.

진주조개의 고통스러운 탄생의 과정이 섬세하게 기술되어 있는 이 글에서 그의 성실하고 진지한 글쓰기 태도를 감득하게 된다. 이 성실함과 진지함은 그의 삶의 그것일 것인데, 특히 글 말미의 '진주조개의 신음' 소리를 듣는 그의 귀는 신음 소리를 들을 만큼 열려 있어 신뢰할 만하다. 그가 진주조개의 아픔에 상당하는 아픔을 경험하지 않았더라면 그가 들은 진주조개의 신음 소리는 거짓이거나 포즈에 그칠 공산이 컸을 것이다. 그래서 "글은 그 사람"(뷔퐁)이라거나 "그 사람과, 그 사람이 쓴 글은 똑같다"(루이제 린저)는 말들은 거의 옳다. 그 끝에 그가 부친 마음은 이렇다.

> 도공의 정성으로, 콩깍지 재가 콩의 색깔로 환원되고 솔잎의 재는 솔잎 색깔로 환원되는데, 내가 죽는다면 과연 어떤 색깔로 남을 것인가. 지금부터라도 나의 마음 속에 진주가 되는 씨 하나를 소중히 묻어두고 싶다. 그리하여 진주 층이 눈물처럼 쌓일 때마다 아픔을 배우고 그런 아픔을 이겨내는 진주조개처럼 신비로운 진주 빛 글을 남기고 싶다.
>
> –「그 아픈 이야기」에서

연륜에 의거하여 쓴 글들이 울림을 주는 글이 되지 못한다면, 그것의 치명적인 이유의 하나는 위에서 내려다보고 쓴다는 데 있을 것이다. 위에서 내려다보는 글쓰기의 태도는 남을 가르치려 드는 오만한 득의의 태도가 되고 만다. 이 태도는 거의 실패한 글쓰기에서 발견되는, 그래서 실패한 글쓰기로 이끄는 주된 변인이 되고 있다. 이 글의 말하기–또는 글쓰기의 방향은 불특정한 다수거나 특정한 소수를 향해 있지 않고, 글쓴이 자신을 향해 있다. 이 방향의 말하기–또는 글쓰기는 위에서 내려다보는 방향의 것이 아니라 남 앞에서 자신을 여는 방향의 것이다. 글쓰기 주체가 자신을 여는 방향이면 글읽기의 주체 역시 냉담하게 자신을 닫고만 있을 수 없을 것이므로, 자신을 열고 그 글을 받아들이게 될 터. 그러면 그 글은 읽는 이의 글이 될 것이니, 그 글은 전범이 될 만한 글이 된다. 따옴글은 도공의 정성과 진주조개의 아픔을 발견하고는 자신도 진주 빛 글을 남기고 싶다는 바람을 표백한 글이다. 남들에게 '도공의 정성과 진주조개의 아픔을 발견해서 그렇게 살아라'가 아니라, 자신이 그런 삶을 뼈저리게 살겠다고 하는 것이다. 수필의 말하는 이는 그 말을 듣는 대상이 자신이어야 하고, 그래서 그 말은 결국 자신에게 하는 독백의 말하기일 수밖에 없다. 그렇게 말하는 방식은 글쓰기 전략의 하나이다. 그 글쓰기는 썩 유효한 글쓰기 전략이라는 측면에서 정치적이기도 하다. 글쓴이 자신에게 말하는 듯하지만, 읽는 이로 하여금 읽는 이 자신에게 하는 말하기로 겹쳐 읽도록 하기 때문이다. 대체로 성공한 글쓰기는 이런 방식의 글쓰기가 아닌지 모르겠다.

「칡넝쿨」은 「그 아픈 이야기」와 비슷하게 그의 연륜이 드러난 글이지만, 그 말이 자신으로 향하기보다는 타자를 향해 있다.

> 우리가 살아가는 주변에서도 칡넝쿨을 닮은 인간들이 더러 있다. 두 사람 이상이 모였다 하면 반드시 남의 험담만 이르집는 유다른 사람을 두고 하는 말이다. 그 험담에 추임새라도 넣은 상대가 있으면 시간 가는 줄도 모른다. 어쩌면 평생을 험담과 더불어 살아가는 사람으로 보인다. 있는 그대로의 험담이면 몰라도 대개 눈덩이처럼 부풀리거나 없었던 일을 상상까지 하고, 그 상상을 사실인 양 최면을 걸면서까지 열을 올려야 직성이 풀리고 쾌감까지 느끼는 모양이다. 이 사람 저 사람에게 험담의 씨를 부지런히 뿌려 휘감아 놓고 자신은 교만 위에 올라앉는다. 항상 교만의 자리에만 있으니 겸손과는 거리가 멀어졌고, 험담만이 마음 속에 가득하니 칭찬이나 격려나 위로가 존재할 틈이 없다. 그대신 자신과 주변 자랑에는 침이 마른다. 그대로의 자랑도 듣기 싫은 법인데, 과대포장을 하기 마련이라 심히 역겨울 때도 있다.
>
> ―「칡넝쿨」에서

그에 따르면 '칡넝쿨'은 "곁에서 자라는 나무에게 횡포가 대단하고" "왕성한 본성을 으스대며 다른 식물들의 기를 죽"이는 '백해무익'의 식물이다. 그 칡넝쿨에서 그는 남의 험담만 이르집는 인간들을 보아낸다. 칡넝쿨은 실로 왕성한 번식력을 보유하고 있다. '인간 칡넝쿨' 역시 그렇다. 자연에 인간을 빗대어 나타낸 표현 방식은 유추적이다. 수필에서 이런 유추에 의한 글쓰기는 필요하다. 그런데 그것이 지나치게 윤리적인 방향의 글쓰기 방식이 될 때 글쓴이의 의도가 빤하게 드러나는 것이어서 쉽게 김이 새는 단점이 있다. 등장인물의 말이나 행위가 수행하는 계도적 일면이 들통 나면 그때부터 그 영화는 시큰둥한 영화가 되는 것과 같다. 유추는 유추하는 데에서 손을 떼는 게 수필을 살린다. 글쓴이의 의도는 적당히 의뭉스럽게 만들어 줄 필요가 있다. 유추는 적절한 정보 수행에만 그치도록 하고, 지나치게 많은 정보, 특히 윤리적인 정보는 수행하지 않도록 하는 글쓰기가 바람직하다.

현재시점의 두 번째 글쓰기, 곧 숙부와 같은 불씨와 큰나무에 대한 인식이 내면화된 글쓰기가 있다. 겉으로는 다큐의 형식을 취하면서, 속으로는 나라와 문화의 측면에서 큰 성취를 이룬, 환언하면, 불씨와 큰나무에 대한 의식이 다른 존재로 변주되어 투영된 글쓰기인데, 여기에는 「소중한 문화유산」과 「코리안 에인절」의 두 편의 글이 있다. 이 글쓰기의 대상은 각각 윤이상과 박정희이다. 그런데 이 두 인물에 대한 우리의 기억은 동베를린 사태로 인해 고약하게 얽힌 이념적 악연이다. 그 악연은 대개 편향적으로 다루어지는 경우가 일반적이다. 그들은 그 악연에서 자유롭지 않다. 그런데 고동주의 글은 예외적으로 탈편향적이며, 그래서 자유롭다. 이념적으로 가해자와 피해자의 악연에 얽매이지 않음으로써 그들을 억압하지 않은 것인데, 그들의 고유한 본질을 자유롭게 있는 그대로 인정한 것이다. 윤이상이 소중한 문화유산인 것은 분명하니 소중한 문화유산으로 윤이상을 본 것이고, 박정희가 나라경제를 도약시킨 것은 분명하니 경제부흥의 측면에서 박정희를 본 것이다. 글쓰기는 본질적으로 자유를 추구하고 억압을 거부하지만, 이 나라의 글쓰기는 자유롭지 않고 억압적이다. 진영 논리가 엄격하고, 엄격한 만큼 전체주의적이다. 아무튼 이 글들은 첫 번째 글쓰기에 비해 읽는 감동이나 집중력은 떨어지는 편이다.

> 윤이상 선생은 어렸을 때부터 우주의 소리를 들을 수 있는 귀가 열렸던가. 아버지를 따라 밤낚시를 갔을 때, 해면을 스치고 지나가는 바람 소리가 그의 예민한 감성을 거쳐 청각을 자극한다. 하늘에는 은하수, 어둔 바다에는 해조음이 밀려왔다 밀려가는 파도는 그의 귓속에 박자처럼 부서진다. 낚시꾼들의 노 젓는 소리, 거기에 곁들인 남도 민요 한 가락, 섬 벼랑에 간신히 뿌리 내린 해송의 비명까지 어우러졌을 때, 그는 이미 신비한 음향을 발견할 줄 알았다.
>
> —「소중한 문화유산」에서

따옴 글의 문체는 감성적이며 미려하다. 글의 앞부분에 위치한 이 대목은 윤이상이 예술가라는 사실을 의식했을 것, 그러나 이러한 시작은 시작과 동시에 그 시작에서 끝난다. 그 이후는 윤이상의 삶의 궤적을 쫓아가거나 윤이상 음악에 대한 독일에서의 평판 등이 별다른 문학적 의장이 없이 기술된 까닭에 밋밋하고 건조하다. 이 글은 세계적인 음악가 윤이상을 여행기라는 글쓰기 형태로써 조명했는데, 대체로 공간의 이동에 따라 견문과 소회를 곁들이는 형식의 여행기는 좀체 성공적인 글쓰기가 되기 어렵다. 더 나쁘게는 따분한 글쓰기가 되기 십상이다. 그런 것을 의식하지 않는 글쓰기는 없다. 따라서 그의 여행기는 내적인 이유가 있을 것인데, 윤이상의 '문화유산'적 가치는 이 나라 땅에서보다는 그가 살면서 활동했던 독일에서 꽃 피웠을 터이니, 부득이 여행의 체험 형식에 의지하지 않을 수 없었다는 그것이 아니었을까. 윤이상을 종합하여 내린 그의 평가는 이렇다.

> 윤이상 선생은 현대 음악 속에서 사람과 하늘과 땅을 하나로 만나게 하고, 동양과 서양을 잇는 음악의 철인이며, 도인이며, 성자가 아닌가. 이렇듯 유년의 바람 소리를 세계 정상에까지 끌어올린 그 빛은 영원하리라.

천지인天地人을 하나로 연결하고, 철인, 도인, 성자 등등 다소 찬사가 흘러넘친다는 인상을 주는 위 대목은 '사람과 하늘과 땅을 하나로 만나게 하고' 운운에서는 M. 엘리아데식의 우주목宇宙木을 떠올리는데, 엘리아데에 따르면, 우주목은 하늘과 땅, 보이는 세계와 보이지 않는 세계를 연결하는 신성한 나무이다. 그러니까, 요는, 윤이상은 문화적 우주목이라는 것이다. 그런 우주목이 이념에 갇혔다니, 아이러니한 일이다.

> 시커멓게 그을린 광부들의 얼굴과 간호사들의 가냘픈 모습을 다시 둘러본 대통령은 목이 메어 말이 나오지 않았다. 한참 동안 침묵이 흘러간 다음, "우리 조국이 잘 살 때까지 후손들을 위해서 열심히 일합시다." 겨우 젖은 목소리로 위로했다. (…) 두 대통령이 같은 차를 타고 호텔로 돌아갈 적에 박정희 대통령은 계속 눈물을 닦고 있었다. 그때 뤼브케 대통령은 손수건을 건네주면서 "우리가 도와드리겠습니다. 서독 국민이 도울 것입니다"라고 위로했다.
>
> —「코리안 에인절」에서

이 일화는 사람들 사이에 회자된 일화이어서 특별히 새로운 느낌으로 이끌지는 않는다. 그것을 그가 모르지는 않았을 것인데도 불구하고 이 일화를 끌어낸 것은 '숙부의식'의 발현으로 보이는데, 그가 어린 시절 자신에게 헌신했던 숙부를 잊지 않는 것처럼 이 나라를 위해 진력했던 분들의 공을 잊지 말아야 한다고 생각했을 듯. 그때 그 당시의 이 나라의 상황과 그의 어린 시절은 실제적 상황도 그렇지만 비교적 상황에서도 역시 같았다고 동일시한 것이 아닐까. 그의 눈에 포착된 것은 '눈물'이다. 그 눈물은 시커멓게 그을린 광부들의 얼굴과 간호사들의 가냘픈 모습에 의해 자극된 것이었을 것인데, 설움이고 아픔이고 사랑의 눈물이었을 것이다. 그 눈물은 그의 유년을 적셨던 눈물과 겹치는 설움의 눈물이기도 했을 것이다. 눈물은 아무도 침을 뱉지 못한다. 그것은 인위적으로 만들지 못하는 순수의 결정인 까닭에 거짓이 될 수 없기 때문이다. 순수한 눈물의 그 주체가 비극적으로 삶을 끝내지 않았더라면 그 눈물은 끝까지 훼손되지 않고 지켜졌을 터인데. 동일시는 왕왕 이렇게 대상을 주의 깊게, 크게, 깊게 그리고 나란히 같이 보는 공감의 눈을 가지게 한다. 그의 눈은 한없이 따뜻한 눈이다.

그리고 그는 '나목이 되고 싶다'(「裸木의 기도」)고 한다. 나목이 되고 싶은 그의 욕망은 새로이 거듭되는 봄 때문이다. 그의 욕망에서 나는 그의 내부 깊은 곳에 숨어 있는 수직성의 불길과 나무에 대한 무의식을 읽는다. 봄은 불이다. 그리고 봄에는 나무에 불씨가 붙어 불길로 타올라 번진다. 그런 불길이, 그런 나무가 되기를 바라는 욕구가 은밀히 숨어 있다. 나무는 위로 타오르는 불길이기 때문이다.

> 감출 것 없이 드러낸 알몸으로 버텨온 인고의 겨울, 시린 손끝을 하늘로 향하여 모으고 서서 봄의 은혜와 여름의 성장(盛裝)을 내내 기원했나 보다. 그 간절한 기원의 응답이 저 개울을 도란도란 넘치는 속삭임이었던가. (…) 차라리 한 그루 겨울나무로 서서 빈 가지를 허공에 맡기고, 참고 견디면서 거듭나는 인생의 봄을 위하여 마음을 모아본다.

나무는 사람의 삶에 유추된다. 민속 문화의 층위에서 나무와 인간은 동일시되거나 서로 교감하는 관계에 있다. 지금은 낯설지만, 오래 전의 낯익은 '내나무'가 그것이다. 아들을 낳으면 소나무와 잣나무를, 딸을 낳으면 오동나무를 심어 그 아들딸과 나무가 운명을 같이하는 문화적 풍속이 그것이다. 또한 나무에 자신을 가탁하는 것은 나무의 삶, 그러니까 정신적 상승의 삶이거나 '인고'의 삶에 대한 대리충족의 욕망에 닿아 있다. "아름다운 나이테는 아직도 먼 꿈"이라고 그는 겸손해 하지만, 인고의 겨울을 보내면서 언젠가 그의 "가슴에는 단단한 나이테 하나를 새길 것이다. 그 야무진 연륜의 표적을……"(「만남의 의미」) 그런데, 입사 의례를 성실하게 이행해 온 그를 보면, 거센 비바람이 그친 하늘가에 피는 선연한 무지개 빛 같은 아름다운 나이테가 새겨져 있겠다는 짐작이 스치는 것은 무엇 때문일까. 그에게서 나무의 이미지가 겹쳐 얼른거리는 것을 본 듯한 느낌 때문이었을까.

> 나무의 이미지는 근대의 비종교적 인간의 상상적 세계에서도 여전히 자주 나타난다. 그것은 그의 보다 깊은 삶, 그의 무의식 속에서 전개되며, 그의 심리적 · 정신적 생활과, 나아가 그의 생존 자체가 관련되는 드라마의 징표이다.
>
> —M. 엘리아데의 『聖과 俗』에서

나무 이미지는 그에게 상당하는 이미지이면서, 그와 이어진 세계, 그러니까 그의 실존을 지켜준 숙부의 이미지이고, 그의 확장된 세계가 찾아낸 또 다른 세계인, 이를 테면, 숙부의 변주라고 할 수 있을 인물들의 이미지이기도 하다. 종내에는 그가 자신의 욕망을 나무에 투영함으로써 그들 세계와의 혼연한 합일을 시도하고 있다는 인상이다. 이 글이 끝나는 지점에 와서, 그 인상은, 그의 수필을 통해서 읽은 그의 삶이 '드라마의 징표'와 같은 입사 의례를 성공적으로 관통해 온 것으로 보이는 것과 서로 만나고 있다.

읽기 쉬운 글이라고 해서 깊이가 없는 것은 아닌 것과 같이 읽기 어려운 글이라고 해서 깊이가 있는 것은 아니다. 수필은 대체로 읽기가 어렵거나 불편하지는 않다. 문제는 울림이다. 가령, 피천득의 「인연」과 김소운의 「가난한 날의 행복」에서 어떤 글이 울림이 큰지를 생각해 보자. 그 울림을 놓고 보면 수필은 읽기 편한 글이기도 하지만 읽기 불편한 글이기도 하다. 울림이 크게 오는 글은 읽기 편하면서 읽는 내내 행복하지만, 그 얕은 속이 훤히 들여다보이는 글은 후회감이 밀려오면서 읽기 곤혹스럽고 읽는 내내 불편하다. 우리가 수필에 거는 기대는, 현대예술이 그렇듯이 수필도 비인간화의 길을 가지 않을까에 대한 기대가 아니라, 인간화의 길을 고수하고 있는 수필이, 혹 우리가 맹안이 되어 놓치고 있는지도 모를 울림들에 대해 깊고 서늘한 시선을 뻗쳐 포착해 내는 것에 대한 기대이다. 고동주의 글에서 나는 울림의 문제와 수필의 기대치에 대해 진지하게 생각하고 있는 중이다.

※ 수필가 고동주는 지금까지 『사랑바라기』 외 다수의 수필집을 상재하였다. 이 글을 쓰기 위해 참고한 수필 자료는 『동백꽃, 정의 미학』(한국문화사, 2013)과 「칡넝쿨」(≪수필시대≫ 통권 52호, 2013)이다.

자유인의 초상

–천상병의 풍경

천상병은 시와 삶이 완연히 일치하는 시인이다. 그의 삶은 시로서의 삶이고, 그의 시는 삶으로서의 시이다. 물론 시라고 해서 반드시 시적 성취가 뛰어난 시를 두고 말하는 것도 아니고, 삶이라고 해서 꼭 성인군자와 같은 위대하고 고결한 삶을 두고 말하는 것은 아니다. 시인의 그것은 정직이고 진실이다. 시와 삶이 정직과 진실로 꿰어져 있다는 것이다. 그래서 그는 행운아이다. 그 양자의 불일치로 인해 늘 문학사의 도마 위에 올려지는 시인들이 한둘이 아니지 않은가. 그런 시비에서 자유로운 몸이니 그래서 그는 행복한 시인이다.

알다시피 천상병은 남다른 삶을 살다간 시인이다. 그를 두고 기인으로 명명하지만, 정작 그 자신은 자신을 전혀 기인이라고 생각하지 않는다. 사람들의 입에 오르내리는 그에 관한 일화는 숱하게 많지만, 내게는 그의 '천 원만', 하면서 내미는 손바닥 일화가 가장 의미 있게 들어온다. 그 행위는 그의 삶을 드러내면서, 특히 그의 가장 잘 알려진 시 「귀천」과는 클라인 병의 구조에 있거나 뫼비우스 띠의 관계에 있다. 향수병이나 쌍과부댁 등에 결부된 일회성의 일화에 비해 손바닥 일화는 그의 생애 내내 지속된 일화이다. 물론 여기서 말하는 '천 원'은 그가 수금한 액수를 일반화한 통칭 액수이다. 명동 시절에는 백 원, 관철동 시대에는 천 원, 인사동 시대에는 이천 원으로 흔히 말하는 세금이 인상되었긴 하지만.

그런데 문제는 그것을 아무나 자연스럽게 할 수 없다는 것인데, 그래서 혹자는 그것을 기인적 행위라고 하지만, 그것이 그에게는 지극히 자연스럽다는 것이다. 억지로 꾸며진 것이거나 지어서 하는 것이라는 구린내(혐의)가 풍기는 순간, 그 행위는 지극히 부자연스럽고 치기스럽다. 천상병의 그것은 일반인에게는 기인적으로 보이는 행위이겠으나, 정작 본인에게는 기인적이 아닌 것이다. 그는 자신이 기인적인 일을 해본 적이 없다고 항변한다. 사람들의 그런 생각이 번지수를 잘못 잡은 것도 아니고, 자신이 기인이 아니라는 천상병의 그 항변도 잘못은 아니다. 그랬을 것이다. 순수와 진실이 고갈된 시대에 그것을 정직하게 보여주었기에, 그리고 그 정직함은 감히 범상한 인간들은 상상하기조차 어려울 정도의 벌거벗은 까발림이기에, 그것이 그들에게는 기인적 행동으로 보였을 것이다. 그리고 천상병의 입장에서 볼 때 그 행위는 일상이었기에 기행이 될 수 없는 것이다.

그런데 그의 손 벌리기는 지금까지 일화 정도로만, 그를 아는 지인들의 입에서 흘러나오고 있는데, 좀 의미 있게 접근해 볼 필요가 있다고 생각한다. 세 방향으로의 접근이 있게 되는데, 첫째 천상병의 언급이 담긴 그의 산문에서, 둘째, 행동심리학의 관점에서, 셋째 실존적 층위에서의 접근이 그것이다. 그러면, 먼저 언제부터 시작되었을까. 그 처음부터 흔히 말하는 무욕의 철학이니, 무소유에 대한 달관이니 하는 고결한 형이상학에 따른 것이었을까, 하는 의문이 드는데, 그의 말을 참고로 한다.

> ⅰ) 나는 중학교 육 학년 때 『문예』誌를 통해 나의 「강물」이 추천이 되었기 때문에 내가 대학교를 다닐 때 학교에서 『문학탐구』라는 교지를 만들면서 이미 시인과 평론가로 행세를 하였으니 돈에 대한 구애를 받지 않았다. 돈이 없을 땐 원고를 쓰면 용돈이 나왔고 필요한 만큼 선배들에게 달라면 언제나 주셨으니 나는 아무 것도 부러운 것이 없었다.
>
> —「하숙비로 술집을 찾던 학창 시절」(1990. 8)에서

> ⅱ) 나의 대학 시절은 서울에서 보냈다. 대학 일 학년은 하숙 생활이었는데 부산 집에서 넉넉히 하숙비와 잡비를 보내 주신 덕분에 돈에 대한 귀중함을 모르고 살았다.
>
> —앞의 글

(※ 위 두 개의 회고 진술은 팩트 확인의 필요성이 요청되는 대목이다. 먼저, 등단 시기의 혼선이다. 그의 등단은 『문예』誌를 통해서 이루어졌는데, ⅰ)에서 그는 중학교 육 학년(1950년) 때였다고 하지만, 그의 작품 연보나 『문예』誌 자료의 1952년 1월과는 일치하지 않는다. 그리고 이 육 학년도 다른 글, 그러니까 위의 글보다 3개월 앞서 쓴 글(≪월간조선≫(1990. 5))의 오 학년 때라는 회고와는 일치하지 않는다. 오 학년 때 그는 당시 마산중학 선생님이었던 김춘수 시인에게 「강물」을 보여드렸고, 김춘수 시인이 그 시를 유치환 시인에게 보내서 추천된 것이라고 본인은 ≪월간조선≫에서 말하고 있지만, 정작 추천의 산파역을 했던 김춘수 시인은 그런 기억이 없다는 투의 글을 어느 문예지에 썼다고 한다. 김춘수의 말이 맞을 것이다. 본인의 중개로 추천이 되었다면 굳이 그것을 공식적으

로 부정할 리가 있을까. 혹 천상병이 말한 그 오 학년 때는 ≪竹筍≫誌－1945년 5월 이윤수가 발행인이 되어 발행된 것으로 1949년 12집을 마지막으로 정간되었는데, 김요섭, 최계락, 천상병 등이 추천을 받았다. 천상병은 11집에 추천됨－에 「공상」 외 1편(피리)을 발표했던 그때(1949. 7)를 잘못 기억한 것은 아닐까. 아무래도 천상병의 기억이 이리저리 꼬여 섞인 것 같다. 그랬을 것이다. 기억이 없다고 한 김춘수의 기억이 천상병의 기억보다 오히려 정확한 기억일 것이다.

그리고 ii)에서의 진술대로라면, 대학 일 학년 되는 해(1951년)부터 서울에서 하숙을 했다는 것이 되는데, 납득하기 어려운 사실이다. 1951년이라면 전시 체제였고, 그래서 그가 다닌 대학은 서울이 아니라 부산에 있었던 것. 서울대 연혁에 따르면 그 대학은 줄곧 부산에 있다가 1953년 휴전 협정 이후, 정확하게 9월 18일에 옮긴 것으로 되어 있다. 그의 문우 김재섭의 말에 따르면, 1950년대 초 진주에서 대학수업을 한답시고 부산엘 가서 ≪新作品≫ 동인이 되면서 천상병을 알게 되었다고 한다. 천상병이 ≪新作品≫에 발표한 작품은 「無名」(1952. 6), 「오후」, 「다음」(1953. 3), 「푸른 것만이 아니다」(1954) 등이다. 이 작품 발표를 미루어 보면, 김재섭이 언급한 1950년대 초의 시기는 대략 1952년 무렵이었을 것이다. 그가 만년에 쓴 시 「고향이야기」의 "대학 2학년 때까지 보낸 부산시" 운운하는 대목은 ii)의 "대학 일 학년 서울" 운운한 대목과는 보기 좋게 어긋난다. 그렇지만 그가 서울에서 대학을 다니지 않은 것은 아닌 것, 그가 서울에서 대학 생활을 한 것도 1년 남짓 되는 기간이다. 그런데 어째서 이런 착오가 일어난 것일까. 그의 노화 탓일 것. 위의 글은 그의 나이 만 육십 세 되던 해에 쓴 글인데, 사실의 불일치는 그의 정확하지 않은 기억이거나 기억의 착란에서 말미암은 것일 것).

ⅰ)을 보면, 그의 손 벌리기는 대학 시절 때 시작된 것으로 확인된다. 그 손 벌리기가 가능했던 것은 그가 시인이고 평론가였다는 사실에 주목하여, 혹 그것에 뿌리가 있는 것은 아닐까. 그러니까 선배 문인에게 손 벌리기가 가능했던 것은 이른 나이에 빛을 발하게 된 자신의 문학적 역량에 대한 자신감 때문이 아니었을까, 하고 추정되는 것이다. 사실 여부와는 관계없이 ⅰ)의 말대로라면, 중 육(또는 오) 학년 때 시로 등단하고, 대학 시절에 조연현의 추천을 받아 평론가로 등단했기 때문에-『문예』 18호(1953. 10) 사실 당시는 조연현을 빼고는 딱히 내세울 만한 문학평론가가 없었던 시대가 아니었던가-문단 선배들의 귀염을 독차지했을 것.

그 손 벌리기는 그러한 문학적 자신감 위에 그의 밉지 않은 애교와 붙임성과 넉살이 더해져 작동한 결과가 아니었을까. 말하자면, 엄숙함과는 거리가 먼, 젊은 나이의 가벼운 장난과 치기에서 시작된 것이 그의 손 벌리기의 발단이 아니었을까, 하고 조심스럽게 운을 떼어 보는 것이다. 그래서 품어본 가정 하나. 그때 그가 시인과 평론가의 위치에 있지 않았다면, 그리고 선배들이 그의 손 벌리기의 수작을 받아 주지 않았다면, 과연 그의 그 손 벌리기가 그의 이미지이면서 그를 표상하는 전설이 될 수 있었을까. 글쎄.

그런데, ⅱ)에서 확인되는, 천상병이 마냥 가난했다는 우리의 선입견을 깨뜨리는 놀라운 사실 하나는, 그때만 해도 그가 누구한테 손을 벌릴 정도로 그렇게 궁색한 형편이 아니었다는 것이다. ⅱ)를 보라. 경제적인 어려움을 겪기는커녕 그는 아주 넉넉하게 대학을 다녔다. -당시만 해도 그의 집은 부유한 편이었다. 한때 마산 진동에서 그의 아버지는 천석지기를 했을 정도이니 말이다. 일인에게 사기를 당해 전 재산을 탕진하고 일본으로 건너가 거기서 건축 쪽의 일을 통해 재기를 해서 상당한 부를 축적하고 있었다고 한다. 같은 글에 기술된 대로, 심지어는 하숙비가 올라오면 친구들과 함께 조선 호텔 근처의 바를 찾아 술을 마실 정도의 호사를 부렸다지 않은가. 하긴 이때 그는 소설가 한무숙 댁에 기거를 하면서 하숙비가 필요 없게 되었다고 하지만.

그런 여유 있는 형편의 그가 왜 구차하게 손을 내미는 행위를 했을까. 역설적이지만, 돈의 아쉬움을 모를 정도로 넉넉했기 때문에 돈의 귀중함을 몰랐을 개연성이 있다. 그랬기 때문에 돈에 대한 관념이 없었던 것이었을 듯. 손을 벌려야 했을 정도로 찢어지는 가난을 겪어본 사람은 돈에 대한 콤플렉스 때문에도 남에게 손 벌리는 짓은 지레 기피할 것이다. 그러니까 그에게는 그 행위가 부끄러운 행위로 인식되지 않았던 것이다. 있는 자가 많이 쓰는 것이고, 베풀고 나누어 쓰는 것이라는 생각을 가지지 않았을까. 만약 그에게 거액의 유산이 남겨졌다면 그의 그러한 인식의 실천 행위로 인해서 거의 남지 않았을 것이다.

지금까지가 그의 산문에서 그의 손 벌리기에 대한 개연성을 추적해 본 것인데, 그러나 이것만으로 그의 손 벌리기의 배후가 명쾌해진 것은 아니다. 다른 쪽, 곧 행동심리학의 측면에서 짚어보자. 이 손 벌리기라는 게, 거칠게 따져보아도, 전혀 낯모르는 사람에게는 하기 어렵다. 낯모르는 사람에게 가서 아무 때나 손 벌리는 행위는 딱 한 종류의 부류, 곧 거지만의 전유 행위인데, 그렇다면 거지가 아닌 천상병의 손 벌리기는 도대체 뭘까. 거듭 말하면, 그 행위는 친숙한 대상이거나 그 행위가 기꺼이 받아들여지는 대상에게만 가능하다는 것. 그러니까 아무에게나 손을 벌리지 않았다는 것인데, 한마디로 소통과 친교의 대상에게만 행한다는 원칙이 있었던 것으로 보인다.

그래서 처음 시동은 명동 시대, 곧 선배 문인들과의 교유가 시작되면서부터였는데, 아무래도 그들과 문학적 소통과 친교가 가능했던 것 때문이었을 것이고, 그의 후반부, 곧 '귀천' 카페 시대에는 그를 따르는 일반인들에게까지 그 범위가 넓혀졌는데, 이때에도 자신과 그들 사이에 소통과 친교의 교류가 이루어진다는 암묵적 원칙 아래 그 손 벌리기가 행해진 것으로 보인다.

이것을 뒷받침하는 한 일화가 있다. 이 일화는 강홍규의 기억에서 나온 것인데, 1960년대 말 어느 날 오후, 광화문의 ≪조선일보≫사 논설위원실에 천상병이 나타난 것이다. 그 자리에 있던 남재희와 이어령에게 천상병이 손바닥을 내 보이자 남재희가 오백 원을 건네던 차, 그때 전광용이 천상병을 부르며, "상병아, 이리와, 내가 천 원 줄게"라고 하면서 지갑을 꺼내는 시늉을 하자, 천상병이 얼굴을 찡그리며 "문디자식! 내가 언제 니 보고 돈 달라 하더나!"라며 버럭 소리를 질렀다고 한다. 그를 평소 탐탁하게 생각하지 않았다는 것인데,

상식적으로 판단하면 천상병의 이 행위는 무례한 짓이다. 기회주의적 출세형 인간을 풍자한 「꺼삐딴 리」를 쓴 전광용은 1919년생으로 1930년생인 천상병보다 한참 위이다. 나이만 그런 것이 아니고, 대학도 한참 선배이다. 전광용이 서울대(국문학과) 47학번이고, 천상병이 51학번이며, 게다가 전광용은 서울대 상대 전신인 경성경제전문학교(1945년 입학 1947년 수료) 출신이기도 하다. 이 전광용이 남에게 함부로 다루어질

호락호락한 인물은 아닌데, 모를 일이다. 그가 천상병에게 무슨 책잡힌 일이 있었던 것일까. 그런 모욕을 당했는데도, 분격하기는커녕 머쓱한 웃음만 지었다는데, 글쎄, 그 사정은 두 사람만 아는 일일 것이다.

여기서 우리는 사람과 세계를 대하는 그의 시선을 엿볼 수 있다. 아니꼽게 생각하거나 같잖다고 판단되면 그에게 손바닥 내미는 것을 거부하는 것이다. 천승세식 표현을 빌면, '사람 같은 녀석'의 주머니만 골라 풍년거지 노릇을 했다는 말이 되는데, 그의 손 벌리기는 거절 대상이 있는 선택적 행위였던 것이다. 타인들이 우리를 이해하는 폭이 우리 세계의 폭이 된다고 한 비트겐슈타인의 말을 조금 변형시키면, 상대에 대한 그의 이해의 폭에 따라 상대의 세계의 폭이 결정된 것이었다(비트겐슈타인의 말은 이렇게 이해하면 되겠다. 가령, 나는 대단한 인물일 수도, 아닐 수도 있다. 나보다 대단한 인물들 사이에서 나는 대단치 않은 인물이 되는 것이고, 나보다 대단치 않은 인물들 사이에서 나는 대단한 인물이 되지 않는가. 내 세계의 폭은 전적으로 그들의 이해의 폭에 달려 있는 것이다). 그 이해의 폭은 그 나름의 준거, 곧 소통과 친교와 신뢰에 의해 정해지지 않았을까.

그의 손 벌리기의 배후로 추정되는 또 하나의 해석, 곧 실존적 층위의 해석이 있다. 그의 손 벌리기가 시작된 당시의 전후적戰後的 분위기로 보아서, 그의 행위는 실존적인 몸짓이 아니었을까, 하는 것인데, 천상병은 환도 후 자방 영역인 고향을 벗어나 서울이라는 이방에서 생활하게 되었다는 것에 주목할 필요가 있다. 자방(집/고향/조국)에서는 그 속의 모든 사물이나 삶이 친숙하고 좋은 것이라는 강한 견인력을 보이는 데 반해, 이방(집 밖/타향/이국)에서는 스스로 소외를 겪으면서 모든 게 낯설고 나쁘다는 반반력을 보인다(박태일, 『현대근대시의 공간과 장소』). 전화戰火

로 폐허가 된 서울에서 그는 이방의 세계에 던져졌다는 실존적 위기를 느꼈지 않았을까(여기서의 '실존적'은 내가 이 세계를 살아가는 주체적 존재라는 인식을 기반으로 하는데, 실존적 세계는 내게 호의적인 세계는 아니지만, 나를 굴복시키려 드는 세계도 아니다. 그 세계는 내가 적극적으로 뛰어들게 하는 도전의 세계이다). 실제로 그가 자신의 이십 대를 추억하며 쓴 「우리들 청춘의 묘지」에는 이러한 실존에 대한 위기감을 암시하는 대목이 있다.

> 나의 서울 생활은 임시 수도였던 부산에서 환도하자마자부터니까 10년이 넘는다. 환도라곤 했지만 사실은 처음 서울행이었으니까 그때 서울역에서 내리자 눈에 비친 폐허된 앙상한 서울 거리의 광경은 촌놈에게 벌써 큰 위협을 주었다. 6 · 25의 참사를 고향 마산에서 아무것도 모르고 지냈던 나에게는 처음으로 6 · 25가 그 생태를 보인 것이나 다름이 없었기 때문이다.

이 위기를 감지하여 작동된 심리적 매카니즘이 바로 그의 독특한 손 벌리기가 아니었을까. 그러니까 그 특유의 친화적 손 벌리기를 통해 이방 세계의 위협과 낯섦과 위화감을 걷어내고, 나는 지금 따뜻한, 친밀한 자방 세계에 있다는, 그런, 어쩌면 심리적 안정의 층위에서 자신에게 거는 주술적, 최면적 효과가 있지 않았을까, 하는 것이다.

이렇게 형성되어 굳어진 '천 원만'의 세계는 교묘하게 그의 타고난 천성과 일치하는 것이었다. 작지만 주어진 것에 족할 뿐, 그 이상의 어떤 욕심도 부리지 않은 그의 천성에 일치하는 것이다. 그가 뜯어낸 용채 '천 원'의 용처는 딱 술 한 잔 값에 맞춰져 책정되어 있었던 것. 황명걸의 표현대로 무욕의 철학이 굴절된 표출 또는 무소유에 대한 달관—이 무소유에 관한 것이라면 오히려 법정보다 천상병이 한 길 위에 있다. 불교적 세계관인 무소유는 비단 법정이 아니라도 출가승이면 모두 이 세계관을 따르는 것이기에 그들 입장에서 무소유를 생활하는 것은 크게 어려운 것은 아니다. 그러기에 속인인 천상병이 법정보다 한 길 위라는 것이다—이랄까, 하는 그런 것인데, 그 행위는 기왕의 관습이나 윤리, 도덕에 일격을 가하면서 자유로운 일탈의 행위로 보인다. 그렇지 않은가.

당시 상대 졸업 5위 이내의 성적 우수자—천상병은 4위였다고 한다—에게는 한국은행 입사의 특혜가 주어졌는데도 그는 그것을 뿌리치고 가난한 시인의 길을 택한 상식 밖의 그의 선택을 보면 알만하다. 생활을 포기했다는 말인데, 생활에는 맹문이인 그를 어떻게 이해해야 할까. 틀에 얽어 매인 조직적인 생활에 적응하지 못하는 그의 기질 때문일 것인데, —그래서 그의 이력 중 가장 난해한 부분은 1961. 5. 16 이후 부산시장 김현옥의 공보비서를 약 2년간 지냈다는 그 이력이다—이러한 그는 천상 자유인의 초상이다. 또한 그런 그의 손은 평화주의자의 손이다. 손바닥을 전면 개방한 상태에서 상대에게 손을 내미는 서양인의 악수가, 내 손에는 당신을 해칠 무기가 없음을 알리는 뜻에서 평화주의적인 몸짓이 되는 것과 같다.

그의 천 원의 행로는 평화적이어서 대체로 순항이었다. 물론 고비가 없지는 않았는데, 그의 시적 표현을 빌면, "아이롱 밑 와이셔츠 같이 당한 그 날"(「그 날은」)의, 그의 삶과 영혼을 뿌리째 괴멸시킨 끔찍한 것도 있었다. 그의 천 원에 관한 가장 인상적인 일화가 있다. 화가 주재환의 기억에서 나온 것인데, 어느 날 사무실에서 천상병과 몇 사람이 환담을 나누고 있었다고 한다. 그런데 갑자기 천상병이 안절부절하면서 "큰일 났다, 큰일 났다"고 하기에 연유를 알아보았더니, 다음 날 단골술집이 이사

가게 되어서 오늘 외상값을 꼭 갚아야 하는데 돈이 없어서 큰일 났다는 것이다. 좌중에서, 그래, 얼마나 되느냐고 물었더니, 천 원이라고 말하는 것이었다는데. 이 일화는 내게 상당히 충격적이었다. 범상한 속물인 내게 이 일화는 이 세상 밖의 어떤 이야기로 받아들여진 것이다.

도대체 천 원이 외상이라니, 수중에 천 원이 없다니, 게다가 그깟 천 원 외상값을 갚아야 한다며 안절부절하는 모습이라니. 이 '천 원'에 비추어진 그의 세계를 가늠할 수 있겠는가. 신비로운 고대문자와 같은 것. 이 천 원은 허위와 위선의 모든 것을 생각하게 하고 그것을 부끄럽게 하고 그 모든 것을 전면 개방하게 한다. 돈의 가치로 보면 천 원은, 그를 뺀 우리들에게 있어서는, 정말 작고 쓸데가 전혀 없는 가치이다. 그러나 천 원이 그에게 귀속됨으로써 그 천 원은 천상병의 왕국을 거느리는 가치가 되어버리고, 사람들로 하여금 그것보다 더 큰 것이 이 세상에 또 있을까, 라고 뒤집어 생각하도록 한다. 그리고 작은 것의 행복에 대해 생각하게 함으로써, 큰 것만이 행복이라는 가짜 행복에 빠져 큰 것만 꿈꾸는 이 세상의 허황된 논리를 곰곰이 성찰하게 한다. 그래서, 과시, 이 일화는—이 일화는 꼭 삼국유사에 실린 어느 향가의 곁에 붙어 그 세계를 설명하고 있는 배경 설화와 같은 인상이다—「귀천」의 곁에 놓일 존엄한 자격이 있다.

나 하늘로 돌아가리라.
새벽빛 와 닿으면 스러지는
이슬 더불어 손에 손을 잡고,

나 하늘로 돌아가리라.
노을빛 함께 단 둘이서
기슭에서 놀다가 구름 손짓하며는,

나 하늘로 돌아가리라.
아름다운 이 세상 소풍 끝내는 날,
가서, 아름다웠더라고 말하리라……

이 시는 내게 꼭 '유언장'처럼 읽힌다. 유언장은 죽음을 전제로 하지만 죽음에 초점이 있는 것은 아니다. 그 초점은 죽기 전까지의 삶, 남은 삶에 있다. 구체적인 죽음이 닥쳐올 때까지 남은 삶을 어떻게 꾸려갈 것인가, 하는데 초점이 놓인다. 그러니까 '천 원'이 환기하는 작지만 맑은 삶에 만족하며 살겠다는 것, 더 이상의 바라는 것 없이, 욕심내는 것 없이 주어진 작은 것 안에서 족하며 살겠다는 것이다. 그때 이 세상의 삶은 '아름다운 소풍'이 될 터이다.

천상병의 후반부에 와서도 천 원의 풍경은 여전하다. 아니, 상태는 더욱 심해지고 있다. 꾸밈이 없는 정직한 세계로 들어선 것이다. 시가 언어 예술이라는 사실을 무색하게 만드는 그의 소박하기 짝이 없는 시가 그렇고, 천진무구하기까지 한 그의 사유와 감성이 그렇다. 삶이 곧바로 시로 옮겨지는 그런 단계에 들어선 것인데, 후반부의, 괄약근 풀리듯 시의 긴장이 속절없이 무너진, 그의 시는 언어미학이기보다는 '천 원'의 족함의 삶을, 그 삶의 세계를 기술하기에 딱 적합한 양식이다. 그의 시는 시로서의 기본적인 기율조차 해체해 버림으로써 급기야 시와 산문의 경계까지 해체되어 버리는 그런 시이다.

나는 막걸리를 퍽이나 좋아한다.
막걸리는 배가 불러지고
목마름을 다신다.
선조대대로

우리 민족은 이 막걸리를 마셨다.
오늘의 발전도 막걸리 때문이다.
오늘도 막걸리
내일도 막걸리
어찌 잊으랴 이 막걸리를

-「막걸리」(≪월간문학≫, 1984. 12)

-이 시의 뒤에 혹 뭐 대단한 것이 숨겨져 있지 않나, 하고 그 감추어진 비밀을 찾기 위해 갖은 수고를 쏟아부어봤자 헛일이다. 막걸리를 좋아해서 오늘도 막걸리를 마신다는 그것 말고 따로 나올 게 없다.

후반부에 와서도 그가 그임을 입증하는 확실한 인증인 세금 징수는 여전하다. 혼인 이후 아내 목순옥에게서 하루 용돈 이천 원을 받는 까닭에 그의 오랜 세금 징수도 막을 내려야 하지만, 여전히 계속되고 있다. "내가 세금을 달라고 하지 않으면 심심할 테니까"라는 게 그가 내세운 이유이다. 그런데 전반부의 풍경과는 조금 달라진 구석이 있다. 쓰고 남는 돈은 예금 통장에 넣는다는 것-그의 예금 목표는 백만 원이라고 함-이 그것인데, 그도 돈에 대한 가치를 알게 된 모양이다. 비록 돈의 가치를 알았다고 하지만, 일반인의 그것과는 여전히 상거한 것이다. 이렇다. 모은 돈의 용처는 장모가 별세했을 때 장례비로 일부 보태고, 처조카딸인 영진이 결혼 비용으로 일부 쓰고, 또 그의 곁을 늘 지켜주고 있는 노광래가 장가를 들면 오십만 원을 보태겠다는 것이다. 역시 천상병다운 소박한 쓰임 계획이다. 전반부에 비해 변모가 있기 하다. 있긴 하지만, 그 맑은 풍경은 예의 그대로이다.

탈현대의 시대로 갈수록 우리네 삶은 거칠어지고 있다. 자기만, 자기

식구만, 자기 진영만 아는 그런 메마르고 팍팍한 시대로 들어선 지 오래다. GDP 2만 달러 시대라고 아주 물질적으로는 넉넉하게 되었지만, 사는 것은 영 마뜩찮다. 행복지수란 게 말이 아니다. 사랑, 이해, 용서, 베풂 등의 아름다운 목록들은 멸종 위기에 놓여 있다. 그러니까 우리가 마음으로 괜찮다고 여기며 애지중지 보듬어왔던 그런 삶의 생태는 형편없이 파괴되어 가고 있는 실정에 있다.

그리고 무서운 세상이 되었다. 사사건건 이쪽저쪽 진영으로 나뉘어져, 흡사 내란 수준의 섬뜩한 이념 전쟁이 벌어지고 있다. 신문, 방송, 인터넷과 같은 언론매체도 각 진영으로 갈라서서 상대 진영을 저주하고 증오하고 있다. 진영 간에 계속되는 이 싸움은 참으로 지루한－윤홍길의 「장마」의 '장마'처럼 지루하다－, 징글징글한, 오랜 싸움이다. 차라리 아나키즘 세상이 그립다. 일체의 이념적 강압과 권력의 존재를 불허하는, 무정부주의로 옮겨지는 아나키즘이 아니라 반강권주의로 옮겨지는 아나키즘 말이다. 혹 천상병은 그런 면에서 아나키스트가 아닐까. 이래저래 그는 더욱 자주 불려 나오게 될 것 같다. 그 특유의 빈손과 자신을 전면 개방한 듯 갈갈거리는 웃음을 터뜨리면서 나타나 고은의 입을 빌어 다음 메시지를 남길 것 같다.

4월 30일
저 서운산 연둣빛 좀 보아라

이런 날
무슨 사랑이겠는가
무슨 미움이겠는가

남을 미워하면서 내 쪽에만 치우치게 쏟은 사랑은 미움과 한 통속인 것, 그것은 배다른 미움의 형제, 따라서 비단 미움만이 아니라 사랑도 때로는 남에게 겨누는 날카로운 무기가 되는 때가 있는 법. 그래서 고은의 입을 빌린 위의 소리는 꼭 이렇게 들리는 듯하다. 지리산의 무르익는 저 울긋불긋 빛 앞에서 고 따위 시시한 사랑도 미움도 다 버리라는, 그런, 그의 소리가 울리는 동안이나마 이 세상은 드물게 가을 하늘처럼 높고 푸르고 맑아지겠다.

■ 저자 강외석

* 경남 진주에서 태어나 국립 경상대학교 사범대학 국어교육과를 졸업하고, 동대학원에서 석·박사 학위를 취득했으며, 경상대학교 국어국문학과 겸임교수, 인문학연구소 연구원 등을 역임하고, 2000년 ≪문예운동≫ 봄호에 「박용래론」을 발표하면서 평론 글쓰기 활동을 시작하였음.
* 지금까지 낸 저술로는 연구서 『일제침략기의 한국현대시 연구』, 평론집 『피그말리온의 풍경』, 『라푼첼의 길』, 공저 『경남의 시인들』, 『김용호시연구』 등이 있음.

둘레길을 걷다

초판 1쇄 인쇄일	2014년 6월 12일
초판 1쇄 발행일	2014년 6월 13일
초판 2쇄 인쇄일	2014년 12월 11일
초판 2쇄 발행일	2014년 12월 12일

지은이	강외석
펴낸이	정진이
편집장	김효은
편집/디자인	김진솔 우정민 박재원 윤혜영
마케팅	정찬용 정진이
영업관리	한선희 이선건 허준영 홍지은
책임편집	우정민
인쇄처	월드문화사
펴낸곳	새미

등록일 2006 11 02 제2007-12호
서울시 강동구 성내동 447-11 현영빌딩 2층
Tel 442-4623 Fax 442-4625
www.kookhak.co.kr
kookhak2001@hanmail.net

ISBN	978-89-5628-638-9 *03810
가격	22,000원